田中家の三十二万石

岩井三四二
Iwai Miyoji

光文社

田中家の三十二万石

目次

寛永《かんえい》六（一六二九）年の秋、江戸の昼下がり　7
第一章　はじめの三石《こく》　11
第二章　おどろきの七十五石　62
第三章　千五百石の焦り　112
第四章　三万石の別れ　168
第五章　危ういかな五万石　227
第六章　十万石の賭け　288
第七章　三十二万石を抱きしめて　339
寛永六（一六二九）年の秋、江戸の夕暮れ　392

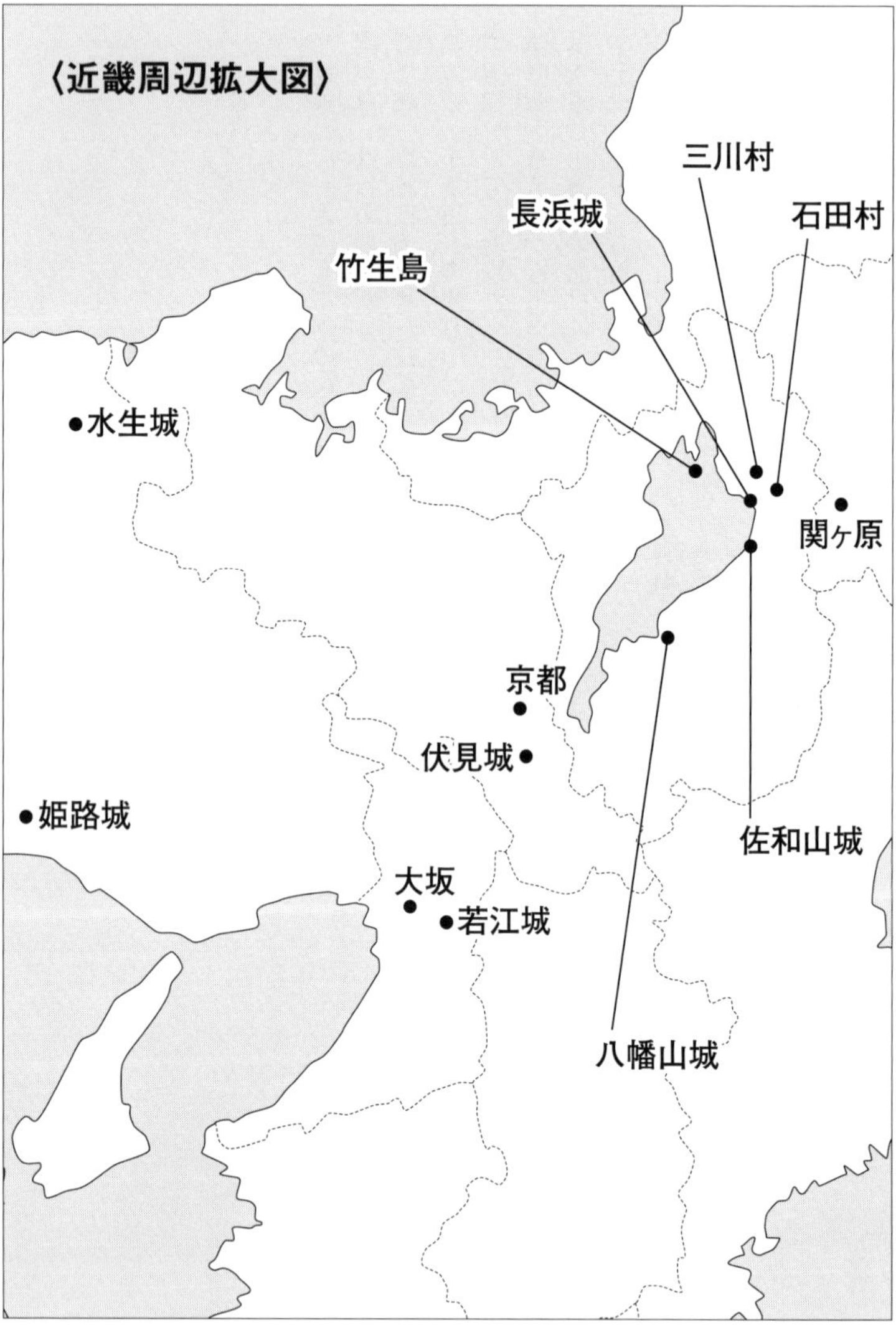
〈近畿周辺拡大図〉
三川村
長浜城
石田村
竹生島
水生城
関ヶ原
京都
伏見城
姫路城
佐和山城
大坂
若江城
八幡山城

田中久兵衛吉政、
戦歴ゆかりの土地と城
三川村
竹生島
石田村
関ヶ原
水生城
京都
小山
鳥取城
小田原城
山中城
姫路城
長久手合戦場
名護屋城
久留米城
柳川城
岡崎城
長浜城
大坂
佐和山城
八幡山城
若江城
伏見城

装丁　西村弘美
装画　スカイエマ

寛永《かんえい》六（一六二九）年の秋、江戸の昼下がり

馬場先門《ばばさきもん》近くにある幕府老中、土井大炊頭《どいおおいのかみ》の屋敷の御用部屋に、右筆《ゆうひつ》、近習《きんじゅ》ら家臣数名があつまっている。

みな折り目のついた裃《かみしも》に威儀を正しているが、そんな家臣たちと離れて、古ぼけた肩衣《かたぎぬ》とけば立った麻袴《あさばかま》姿の老人が、部屋の隅にひとりすわっていた。

老人は小柄な上に、板に肩衣を着せたかと見えるほど痩せている。いくつも染みがある顔はのっぺりとして鼻が低く、とろんと垂れた目には光がない。最前から口がだらしなく開いており、上体がななめに傾《かし》いでいることもあって、かなり耄碌《もうろく》しているのではないか、まともに話ができるのかと、家臣たちはひそひそとうわさしている。

そこに四十路《よそじ》と見える男がせかせかと入室して上座にすわると、部屋を見まわし、

「みな揃ったゆえ、はじめようかの」

と言った。そして下座の老人に、

「宮川《みやかわ》どの、件《くだん》の話、聞かせてくだされ」

とうながした。

しかし老人は反応せず、口をあけたままぽかんとしている。

「宮川どの」

四十路の男が声を大きくすると、老人はやっと気づいたというように、ゆっくりと男のほうに首を

まわした。

「話、件の話を」

「ああ？」

老人は耳に手を当てて男を見た。どうやら耳が遠いらしい。男はひとつ咳払《せきばら》いをし、さらに声を張り上げた。

「件の話をしてくだされ。それ、田中筑後守《ちくごのかみ》の件」

「あ？　ああ、おう」

声が聞こえたのか、老人はうなずいた。

「筑後守とな。おお、もちろん存じておりまするぞ」

老人の声は、貧相な格好に似合わずしっかりとしていた。家臣たちのほうを向くと、

「それがしはもと田中筑後守の家人《けにん》にて、宮川新兵衛《しんべえ》と申す者にござる。こたびは老中さまのお招きにあずかり、家の面目《めんぼく》これに過ぎざるはなしと覚えてござる」

と会釈した。背筋もまっすぐになった。部屋の中に安堵《あんど》の空気がただよう。老人自身はいま隠居の身で、鍋島《なべしま》家に出仕している息子の世話になっているという。

そこまで語ると老人は年配の男を向き、大きな声でたずねた。

「田中筑後守の生涯をおたずねと伺《うかが》ってござるが、それでよろしゅうござりましょうかの」

「さよう、ちと子細《しさい》あって田中筑後守どのの事績を調べておる。まずは大小かまわず、存じおることどもなど話してくだされ」

「はあ。して、その子細とは？」

老人はまた耳に手を当て、目を細めて四十路の男を見た。

「いや、いまは話せぬ。お役目じゃによって、外に漏らせぬのじゃ」

「教えてはくださらんのか」

「まあ悪い話ではござらぬゆえ、安気に話してくだされ」

男がなだめるように言うと、老人は口を開けたまま動きを止めてしまった。一瞬、部屋の中がしんとする。老人はやがて唇をなめ、

「田中家にかかわるうわさは聞いておりますぞ。これは一大事と思い、馳《は》せ参じてまいったのやが、うわさの実否、教えてくださらんのかの」

と食い下がるが、

「お役目ゆえ、いまはちと」

と四十男は首をふる。

老人はまた動かなくなったが、みなが見ているとふたつみっつ咳払いをしてから、

「ま、お役目では仕方がないかの。こちらは祈ることしかできぬわ」

とひとりごち、語りはじめた。

「それがしは十四の年に筑後守の最初の家人《けにん》となり、以後ずっと奉公してまいり申した。それゆえ田中筑後守の生涯は、つぶさに見聞きしており申す」

老人の声は凜《りん》とし、よく響く。戦国の荒波をくぐり抜けてきた者はこうもあろうか、と家臣たちは老人を見直しはじめていた。

「初代の筑後守が身罷《みまか》ってすでに二十年ほどもすぎてござるが、そのお姿とお声は、いまだそれがしの目と耳に焼き付いてござる。それがしの話が筑後守の菩提《ぼだい》を弔《とむら》う一助になれば、喜びもひとしおでござる。さればお望みのとおり、筑後守の生涯を語るといたそう」

そう言うと老人は、ひとつ深く息をし、

「そも筑後守の生まれと申すは近江国浅井郡《おうみのくにあざいこおり》にて、三川《みかわ》村という在所の久兵衛《きゅうべえ》と名乗る百姓でござった」

と声を張り上げた。

「百姓？　三十二万石《ごく》の大名が、もとは百姓と申すか」

若手のひとりが咎《とが》めるように問う。

「さよう。五反《たん》ほどの田地《でんち》しかもたず、土にまみれて暮らす百姓でござった」

老人は落ち着いて答え、つづけた。

「それゆえか久兵衛、いや筑後守は学問がなくて歌の一首も詠めず、大酒飲みでがさつで品のない男やった。その上にえらく吝《しわ》くてな、自分は三十二万石もの禄を食《は》んでおきながら、家来にはなかなか禄をくれなんだ。あんなしょうもない男が大名になれたのも、戦国というおかしな世の中のせいでござろうて。ひっ、ひひっ」

急に口調が変わったのにおどろいた家臣たちが見ると、老人は懐紙《ふところがみ》をとりだして目尻をぬぐっていた。その目は赤くなっている。

「まことに、まことにしょうもない男でござった」

家臣たちがいくらか引き気味になる中、老人は涙声になって語りつづけた。

第一章　はじめの三石《こく》

一

永禄《えいろく》六（一五六三）年の冬、近江国浅井郡三川村――

庭のほうから不穏な足音が聞こえてきたと思うや、土間の入り口にかけてある筵《むしろ》がばさりとはねあがった。

「おう、飯の最中か。悪いな。わぬしが畑に出る前に話がしとうてな」

へらへらと笑みをうかべて顔を出したのは、このあたりの領主、宮部善祥坊《みやべぜんしょうぼう》の中間《ちゅうげん》で、末松《すえまつ》という者だ。背が高く胸板も厚い大男である。瓦のように角張った顔は髭《ひげ》におおわれ、獅子っ鼻の上に細い目が光っている。

十六歳ながら家長の田中久兵衛は朝餉《あさげ》の折敷《おしき》を前に、板の間の奥にすわっていた。弟ふたりが左右に、赤子の弁天丸《べんてんまる》を抱いた女房のおふくが末座《まつざ》にいて、寝たきりの父とその世話をしている母は、となりの間で膳にむかっている。

みな、凍りついたように動きを止めた。

「未進《みしん》の年貢、きょうこそ納めてもらうで」

その声を聞くと、久兵衛は箸を置き、口をぬぐって土間におりた。冷たい土の上に正座して言う。

「まだ納められまへん。もう少し待ってくだされ。できれば来年まで。もう売る米もあらへんのや」

「あかん。もう待てぬわ。われらもあるじに合わせる顔があらへん。銭があらへんのなら、米の一升、一升なければ一合なりとももらっていくぞ」

末松は手にした六尺ほどの樫《かし》の棒で、土間をどんと突く。

弁天丸を抱いた妻のおふくも土間におりて額を土にこすりつける。久兵衛は背を丸めて、

「もう少し待ってくだされ。今年とれた米は、みな銭に換えて納めたと、何度も言うてるがな。ないもんはないんや。どうにもならへんがな。わざわざ来てくれてすまんことやけど」

と哀訴するが、末松はなおも言う。

「ならば麦を出せ。麦ならあるやろ」

「麦！　麦をとられたら、あたしらは何を食べればいいの」

おふくが上体をはねあげ、大きな声を出す。その拍子に弁天丸がむずかりだした。

「知るか。年貢未進は重い咎《とが》や。咎人の都合まで聞いておれるか」

さあ出せ、出さねば家捜ししてもらってゆくぞ、と末松は大声をあげ、久兵衛の肩を樫の棒で叩《たた》いた。久兵衛はうっとうめいて肩を押さえる。

「勘弁してちょうでえ。家捜ししたって、ねえものはねえんじゃあ」

久兵衛が哀れみを誘うような声を出すが、末松は「もらってゆく」の一点張りだ。久兵衛の胸を蹴る。久兵衛はあおむけにひっくり返った。

「さあ、どこにある」

末松は土間から土座へ足を踏み入れた。

「やめてくだされ！」

久兵衛が叫ぶが、末松は動じない。

久兵衛の家はこのあたりに多い三つ間取りで、入り口から土間になり、ついで籾殻《もみがら》の上に筵を敷いた土座がつづく。そして土座の奥に板の間がふた間ならぶ。

板の間にすわっていた弟ふたりが、びくりと背をそらす。弁天丸が大きな声で泣き出した。

「麦も出せぬなら、こやつらを売り飛ばすか。なかなか丈夫ではたらきそうやないか」

末松がにたにたしながら言う。次男の助次《すけじ》は十四歳、三男の佐吉《さきち》は十一歳だが、いまは久兵衛を助けて野良仕事もこなしている。

「ふむ、去年の分は一貫三百四十文、今年は二貫と五百七十二文じゃ。ひとり売り飛ばせば、去年の未進分くらいは出るかな」

末松に見つめられて、助次たちは引きつった顔であとずさりする。

それを見ていた久兵衛の顔が険《けわ》しくなった。こぶしを握りしめ、立とうとする。

「やめて！」

久兵衛の袖を、おふくが引っ張る。

「外にも何人かいるみたいよ。かなわへんよ」

とささやかれて、久兵衛は固まってしまった。唇を噛《か》み、中腰のまま末松を見ている。

末松は助次の腕をつかんだ。助次が声をあげて腕を振り切る。

「ほう、いやか。ならば」

と末松は首をまわし、おふくに目をつけた。

「かわいい女房をもらってゆくか」

目尻を下げ口元をゆがめて、つかつかとおふくの方へ歩く。

「きゃあ、いやあ！」

おふくは悲鳴をあげて久兵衛の背後にまわる。久兵衛はおふくをかばうように、末松の前に立ちふさがった。

「……」

「なんや。おう、何か言いたいのか」

「いくら何でもやりすぎやろ」

「年貢の代わりに女房を出す。何もおかしなことやあらへん」

「……」

にらみつける久兵衛の顔が赤くなってゆく。末松は薄笑いをうかべたままだ。

「調子にのるな。出ていけ！」

久兵衛の言葉に末松は薄笑いを消し、一歩ひいて棒をかまえた。

「痛い目に遭わんとわからんのか」

久兵衛も腰を落とし、手を前に出して棒の一撃にそなえた。

にらみ合いになった。

末松の背後で弟たちが動き、囲炉裏《いろり》の薪《まき》を手にした。それを末松が横目で見て、

「いよいよ堪忍ならんな」

と言い、棒を振りあげた。久兵衛は一撃を覚悟し、せめて少しでも反撃しようと、飛びかかる構えをとった。

そのとき、

「末松よ」

と声が響いた。

呼びかけたのは久兵衛ではない。奥の板の間に寝ている父の惣左衛門《そうざえもん》だった。

「なんや、おやじはん。年貢納めてくれるのんか。くれんのやったら、口だしせんほうがえぇで」

末松が馬鹿にしたように言う。

「いくら先年までお館《やかた》に奉公していたとて、いまは百姓で年貢を納める身や。言い抜けはできへん」

「その奉公でこんな身になって、田を打つこともできん。いまではもう、お迎えを待つばかりや。せめてわしが逝《ゆ》くまで、静かにしていてくれんか」

末松の顔から笑みが消えた。いくさで負った傷で半身不随となった惣左衛門の言葉は、さすがに衝撃だったようだ。

末松のような中間でも、合戦となれば主人に従って戦場に出る。手負いになることも、討死《うちじに》することもある。自分の将来を見た気がしたのかもしれない。

末松は、棒を下ろすと脇に抱え込んで土間の入り口に向かった。

「仕方がねえ。お迎えを待つおやじはんの前であまり騒ぐと、後生に障《さわ》るやろしな」

ぶつぶつ言いながら久兵衛を見据えて、

「あとちょっとだけ待ってやるわ。必ず納めるんやで」

と言って庭へ出ていった。庭では「引きあげるぞ」という声が聞こえ、何人かが罵声を投げつけながら立ち去っていった。

家の中にほっとした空気が漂う。だがその空気は同時にささくれ立ってもいる。

「あのひと、うちに来るといつもやらしい目であたいを見る！」

おふくが訴える。しかし久兵衛は何も言えない。長々と息を吐いた。

「やれやれ、こんなことになるとはな」

惣左衛門がぼそりと言う。

「いくさになど出るのやなかった。いくさで首をとって出世するなど、鬼のような大男か兵法《ひょうほう》の達人か、それでなきゃよほど運のいいやつしか無理や。並の者は走り回ってくたびれ果てて、矢や鉄砲で怪我《けが》をするのがせいぜいや。いくさなど、出たらあかん」

「そうやよ、久兵衛も心して聞いておかな、あかん」

と母も言う。

これまでに何度聞かされたかわからない繰《く》り言《ごと》である。

「どうすればいいの。あの人、また来るんでしょ。こわい」

弁天丸をあやしながらも、おふくは心配そうだ。丸顔で、ぽってりした唇。久兵衛よりふたつ年上だが控え目な性格で、何かと久兵衛に甘えようとする。

久兵衛は背丈も肩幅もごく人並みで、大勢の中に入るとまったく目立たない。しかし動きは素早く膂力《りょりょく》もあって、子供のころは餓鬼《がき》大将で相撲も強く、村の若衆《わかしゅ》仲間では負け知らずだった。また細面《ほそおもて》で鼻が高く、目は切れ長と顔立ちがととのっている上、ものにこだわらぬ性格のせいか、村のおなご衆に人気がある。十三歳から夜這《よば》いに出はじめた久兵衛を拒む女は、村の中にはいなかった。

おふくが孕《はら》んだとき、父親は久兵衛だと名指したのだが、村の衆はさもありなんという見方をした。それほどあちこちの女のところへ忍んで行っていたからだ。

そんな久兵衛に嫁いだおふくは、赤子ばかりかふたりの弟と体のきかぬ舅《しゅうと》の世話をするため、一日中くるくると動き回っている。

久兵衛は頭をふり、家の中を見まわした。

朝餉の最中だったのだ。

みなの折敷の上にあるのは、麦に大根まじりの雑炊が碗に七分目、近くの小川でとれた雑魚《ざこ》を日に干したものが少々。

それが朝餉のすべてだが、文句を言う者はいない。雑炊が出てくるだけでも幸せだと、みな身にしみているからだ。

この夏、麦がとれる前には米も麦もなくなり、わいた蛆をとりのけながら、雑魚の日干しばかり食べていたものだ。そもそも田地が少ない上に重い年貢をとられて、収穫物が十分に残らないのだ。

久兵衛は残っていた雑炊を素早くかき込んだ。立ち上がり、かまどの横の瓶から水を一杯飲んでから、土間の隅に立てかけてあった鍬《くわ》を手にした。

「どうするの」

「畑に行く。もう麦を蒔《ま》かんと」

そう言って、久兵衛は家を出た。

畑仕事をしなければならないのはもちろんだが、それ以上に気分がくさくさして家にいたくなかった。この家には銭や米ばかりでなく、先の見通しも、ささやかな望みすらもないのだ。

二

集落を出て見晴らせば、東にある伊吹山《いぶきさん》はまだ雪をかぶっておらず蒼《あお》いままにそびえているし、北に鎮座する虎御前《とらごぜ》と小谷《おだに》の山は深く色づいている。

あたりの田圃《たんぼ》はどこも稲刈りが終わって、深田《ふかだ》は黒い水をたたえており、乾いた田には稲株ばかりが寒々と残っていた。空は青く澄みわたり、トンビが高い空を舞っている。

その身軽さをうらやましいと思う。

「背に翼が生えておったら、わしとてここから飛び去ってやるわ」

と鍬をかついだ久兵衛はひとりごちた。

畑に向かう途中に小川があって、丸太を二本掛けわたした橋がかかっている。ちょうど真ん中にきたとき、上流の方で岸の草むらがゆれた。

立ち止まって草むらに目をやると、三歳児ほどの大きさの茶色いものが、水面からあがったところだった。長い尻尾《しっぽ》をもち、口のまわりが白いけもの、カワウソである。

べつに珍しいことでもない。この三川村は鳰《にお》の海（琵琶湖《びわこ》）――このあたりの者は単にウミと呼んでいる――のほとりにあるので、付近に小川や沼沢地《しょうたく》が多い。カワウソやイタチなどはよく見かける。

カワウソの肉は臭く、好んで食う者はまずいない。病人が薬代わりに食うものとされていて、時々、誰それがカワウソを食って病気を治した、という話が聞こえてくる程度だ。カワウソも心得ているのか、姿を人目にさらすのを恐れていない。

そのカワウソは、自分の体の半分ほどもあるナマズをくわえていた。白い腹をくねくねと動かして逃れようとするナマズを、前足で器用におさえながら岸にあがると、草の上に落とした。

ほほう、カワウソも朝飯かと思って見ていると、岸辺の穴から小さなカワウソが何匹もでてきて、四方から我がちにナマズに食らいついた。

憐《あわ》れなナマズは、子カワウソどもに頭といわず尻尾といわず、食いちぎられている。ナマズの身を食《は》む音が聞こえ、生臭いにおいがこちらまで漂ってくる気がした。

久兵衛は目をそらすとひとつ息をつき、無言で橋をわたった。

朝からいやなものを見てしまったと思う。それでなくとも鬱屈《うっくつ》がたまっているのに。畑につくと、小袖《こそで》の裾を尻からげし、手につばをして鍬で土を起こしはじめた。黙々と畑を打つあいだにも、さっき見たカワウソとナマズの姿がよみがえってくる。

――人の世もあれとおなじかもしれんな。

ふた畝《うね》ほど耕したころには、そんな思いに行き着いていた。

弱いものは強いものに食われ、消えてゆくばかりだ。そして弱いものの肉をおのれの血肉にした強いものは、ますます栄えてゆく。

戦国の世のいまはあちこちで合戦があり、大名たちが大勢の兵を駆っては討ちつ討たれつしている。負けた兵は首をとられ、骸《むくろ》を戦場にさらすことになる。やがて戦場稼ぎの盗人たちに鎧《よろい》や刀はおろか着ているものまではぎ取られ、裸で野にうち捨てられる。その肉は野犬に食われ、骨は土に還《かえ》ってゆく。

今年も南《みなみ》近江の六角《ろっかく》勢がこの近くまで攻め込んできていくさがあった。そのときも死人が出たから、白い骨が剝《む》き出しになった骸はいくつも見ている。

もともと久兵衛の家は湖西《こせい》の高島《たかしま》郡《こおり》田中《たなか》郷《ごう》出身の侍《さむらいぶん》分で、だから田中を苗字《みようじ》にしている。数代前にこの浅井郡三川村にうつってきた。

村には侍分の家が五軒、地下《じげ》百《びやくしようぶん》姓分の家が五十軒ほど、そして小百《こびやくしよう》姓と称される、自前の耕地をもたぬ家が十数軒ある。

といっても、地下百姓分と侍分の家がはっきり分かれているわけでもない。

このあたりでは地下百姓でも自分の田畑《でんぱた》をもつほどの者なら、みな鎧の一領《いちりよう》、弓のひと張くらいはもっている。村同士の水争いなどあれば村人同士の合戦におよぶし、領主に不満があれば、一揆《いっき》を起こして侍どもと戦うこともある。

　地下百姓分と侍分のちがいは、仕える主人がいるかいないか、すなわち主人の供《とも》をして戦場へ出るか、戦場へ出ずに年貢を納めるか、それだけである。

　二年前、北近江一帯を支配する浅井《あざい》家が南近江の六角家と戦ったとき、父の惣左衛門は宮部善祥坊に率いられて出陣した。合戦そのものは浅井家の勝利に終わったが、惣左衛門は手柄を立てるどころか、右足と右肩に矢傷を負ってもどってきた。

　以来、右手右足が不自由になり、まともに歩くことさえできなくなった。そののち気落ちからか、中気《ちゅうき》の発作を起こして左半身も動かなくなり、寝込んでしまっていた。

　そんな惣左衛門にかわって、十五歳になっていた久兵衛が家長になり、おふくと所帯をもって家を切り盛りするようになった。

　よほど合戦が恐ろしかったのか、父は久兵衛にも侍などなるな、いくさに出るなどとんでもないとしきりに説く。

　母はとなりの国友《くにとも》村の元の城主一族から嫁いできたのだが、こちらの実家も没落して城を失っており、やはり父の肩をもって、侍は危ないと言う。

　だから久兵衛は侍分をやめて百姓に専念してきた。そのため年貢を納めなくてはならなくなったが、昨年は惣左衛門の怪我を治療するために薬やら祈禱《きとう》やらに銭を使い、年貢を半分ほどしか納められなかった。今年もやはり薬代がかさみ、年貢すべては納められそうにない。

　久兵衛も、近ごろは考えが変わりつつあった。

　――合戦など、そう毎日あるわけやないしな。

　侍どもは、年に一度か二度あるかないかの合戦を請け負って、威張《いば》っていればいい。だが百姓は悲しい。平和なときには領主から厳しく年貢を取りたてられ、近くで合戦があると、敵兵に食い物を強奪されたり、家を焼かれたりする。

年貢は米ばかりではない。粟がとれれば粟年貢、小豆も半分は年貢にもってゆかれ、正月には藁縄《わらなわ》や筵も奉納しなければならない。その上、一年のうち十日ほどは領主の館での奉公にこき使われる。

今年も、春先から汗水垂らして作った米は、ほとんどが年貢にもっていかれ、自分の口にははいらない。

昨夏の端境期《はざかいき》には、ひどくひもじい思いをした。

食うものがなくなっても二日くらいはどうということはないが、三日目あたりから腹に重く鈍い痛みを覚え、それが全身にじわじわと広がってゆく。頭痛と吐き気がして、やがてすわっているのも大儀《たいぎ》になってくる。

そのときは、見かねた本家のオバがとっておきの種籾《たねもみ》をゆずってくれて、なんとか命をつないだが、その分は借銭《しゃくせん》となっていまに残っている。

百姓でいれば、ああした目にこれから何度も遭うのだ。いや一生、この田畑を這《は》いずり回り、年貢を絞りとられて生きてゆかねばならない。毎年毎年、田植えと稲刈りを繰り返し、時にひもじい思いをし、侍に頭を下げつづけ、そして死んでゆく。

人生の先は見えている。

そこまで考えたとき、畑の前の街道をやってくる者が目に入った。

馬に乗った侍と、供の者五人である。

侍は、濃緑《こみどり》の素襖袴《すおうばかま》にあざやかな朱鞘《しゅざや》の大刀を差し、葦毛《あしげ》の馬をゆったりと歩ませている。供の者はそれぞれ弓と槍をもち、黒い小袖に袴姿だが、布地は目が細かい。高価な木綿《もめん》のようだ。

久兵衛は目を落とし、おのれの姿を見た。

着ているのは、紺染めのよれよれの麻の小袖一枚だった。それを尻からげし、股から汚れた褌《ふんどし》がのぞいている。侍たちの身なりとの差にいまさらながらため息が出る。

久兵衛の家では、みな小袖は一着しかもっていない。いまは小袖に裏地を縫いつけた上、布地のあいだに蒲《がま》やススキの穂を入れて秋冬の着物にしているが、春になれば穂をぬいて袷《あわせ》とし、夏になれば裏地も取りさって単衣《ひとえ》の帷子《かたびら》にする。一着を年中着回しているのだ。

小袖を仕立てるとなれば、麻を育てて糸に紡ぎ、布に織りあげてから縫い合わせねばならない。大変な手間だから、一家で年に一着、仕立てられるかどうかだ。市場で布を買う銭もない百姓たちは、どうしたって一着しかもてないのである。

三人は畑に立っている久兵衛に目もくれず、堂々と道を歩み去っていった。見かけない者たちだから、少し北にある小谷城か虎御前山の館から、このあたりの領主、宮部善祥坊の館を訪ねに来たのだろう。

あの侍たちは、百姓たちから奪いとった年貢で贅沢《ぜいたく》な装いをしている。逆に自分は年貢を納めた分、貧しい身なりでいるしかない。

久兵衛はひとつ大きく息を吐くと、鍬を杖《つえ》にして畑の中で立ち尽くした。

自分の姿と、あのナマズの姿が交錯する。

そう、いまのおれはナマズだ。侍どもに自分の血肉を食われているのと変わりない。

このままでは居たくないという強烈な思いが、胸の中で跳ね回っている。

いまのように百姓をつづけていると、いずれ家を支えられなくなる。年貢と利子を納めるために田畑を売り払い、小百姓に落ちるしかない。

いや小百姓にもとどまれず、下人《げにん》になって家族がばらばらに売られるかもしれない。そうした例は、この近在でも見聞きする。家運が衰えれば、家が滅びるのは早いのだ。

それに、もし何か奇跡が起きて年貢を皆済《かいさい》できたとしても、百姓でいる限り、おれは一生、この畑と田圃に縛り付けられる。二年前に元服して、ようやく人生がはじまったばかりだというのに……。

そんな窮屈ないまの身から逃れる手が、ひとつだけある。

侍になればいいのだ。

年貢を納めなくていい上に、うまくゆけば年貢を得られる身になる。そうなれば暮らしはぐっと楽になるだろう。

しかし侍はあぶない。

父の姿を見ればわかる。もし初陣《ういじん》で矢をうけて父のような姿になったら、そのあとはどうやって生きてゆくのか。

大男でもなく、兵法の心得《こころえ》もないのに、過酷ないくさ場を生き抜いていけるのか。

それに、父は許さないだろう。久兵衛が怪我をしてはたらけなくなれば、一家が危機に陥るからだ。

迷っていると、子犬のように軽く小さな弁天丸の、邪気のない笑顔が脳裏に浮かんだ。

このままなら弁天丸は、大人になっても自分とおなじように狭い田畑を耕し、侍に年貢を絞りとられて一生を終わるのだ。

それでいいのか。

いや、いいわけがない。

久兵衛はひとりうなずくと、「よっしゃ！」と言って立ち上がった。そして耕作半ばの畑をほうりだし、鍬をかついで道をもどりながら、

「侍や。侍になるぞ」

とつぶやいていた。

「どうせ人の世は一度きりや。矢をうけて歩けぬようになったら、それだけの男やったってことよ」

覚悟が決まると、不思議なほど気分が晴れた。もっと早く決心すべきだったと思った。

三

侍になる、と久兵衛が言うと、案の定、惣左衛門が恐《こわ》い顔をして反対した。

「わぬしは知らんのじゃ。いくさがどんなに恐ろしいか。一度怪我をしたら、もうそれで一生終わりやぞ。まだ若いのに、何十年も寝て暮らす気か」

寝たままの惣左衛門が言うと、言葉に重みがある。さらに言う。

「侍なんぞは、ひらひらと舞う蝶《ちよう》々《ちよ》よ。見た目はきれいで楽しそうに見えるが、風が吹けば飛ばされるし、命も短い。百姓は蟻《あり》よ。黙々とはたらかにゃならんが、自分の力で食っていける。蝶々の死骸だって食うじゃろ。最後に残るのは蟻や。なあ、蝶々になんかなっちゃあならんで」

蝶々や蟻と言われて、久兵衛の頭に先ほどのナマズの姿がよみがえった。

「いや、百姓は蟻なんかやねえ。ナマズやろ」

「ナマズ?」

「生きながら食われても、手も足も出せん」

「何を言うておるのや」

「わしら、食われておるやないか。いくらはたらいて米を穫《と》っても、みな侍にもっていかれる。そして今度は弟どもを売れって言われとる。この身を囓《かじ》られておるのといっしょや」

「米をもっていかれても、命をとられるよりはましやろ。とにかく、侍だけはやめておけ」

惣左衛門は頑としてきかない。母はおろおろしているだけだ。

久兵衛は段々と腹が立ってきた。そもそもいまの窮状をつくりだしたのは、惣左衛門ではないか。その張本人が、どうしてこちらの手足を縛ろうとするのか。

「じゃあ、どうせいっちゅうんじゃ！　このままみな売られて下人になれっちゅうんか！　ほかに手がないやろが！」

このままでは一家まるごと沈んでゆくしかない。そう言いたかった。

思いあまって声を強めた久兵衛に、惣左衛門はおどろいたように目を丸め、だまった。

久兵衛も自分の声におどろいていた。父に向かって、こんな言葉を吐くとは。

そのまましばらく沈黙の時がすぎたが、

「やむを得ん。本家のオバに相談してみよ」

ぽつりと惣左衛門が言った。

「あれも止めるやろが、代わりになにか知恵を出してくれるかもしれん」

怪我で弱気になっている父は、説得役を本家のオバに託したようだ。

「おう、誰でも話したるわい」

力のない者は、力のある者に従うしかない。たとえ親子でもそうなる。

久兵衛はさっそく腰をあげた。本家はすぐ近くにある。

「侍か。ふむ」

久兵衛が話し終えると、オバは男のように腕組みをして考え込んだ。

オバはずんぐりとした体で顔は細く鼻は高い。伯父が早くに亡くなったあと、本家をひとりで切り盛りしてきただけに気は強く眼光も鋭い。口も達者で、親戚の中だけでなく、近所の女たちの中の親玉といった存在である。気に入らぬ者には容赦がない。説得するのは骨が折れそうだ。

「いまの世の中、侍やないと人がましい顔をしておれんで」

久兵衛は訴えた。オバはため息まじりに言う。

「いまの世はなあ、侍といってもなあ」

昔は合戦といっても敵味方の人数は少なく、実際に戦う者はさらに少なかった。だから死んだり手傷を負う者もさほどおらず、いたってのどかなものだった。

しかしいまはちがう。浅井家と六角家の戦いでも万を超す兵が動員され、広い野ではげしくぶつかり合った。結果として死者も怪我人も多く出る。

「討死覚悟でいくさに出ると、本当に討死してしまうのや。かといって敵の首をとることも、なかなかできん。忠節を尽くして討死して、その手柄を子供に伝え、家として出世してゆくつもりでないと、侍としてはやっていけんで」

だからいまどきの侍は割に合わぬ世渡りや、とオバは言う。

「侍になる者は少ないやろ。みなよう考えて、百姓のほうが得やと見ておるのやで」

オバの本家は久兵衛と同い年の息子がいるが、やはり百姓に専念している。

「いや、いまの身では死んだもおなじや。年貢に縛られて身動きがとれん」

ここで言い負かされてなるかと、久兵衛は訴える。

「いくさに出れば怪我をするかもしれんが、首をとって出世もできる。でも百姓でおれば、怪我はせんでもいずれ年貢に押しつぶされて死ぬ。それなら、まだしもいくさに出るほうがええ」

「死ぬのも覚悟の上、と言うのかや」

「もちろんや。どうせいつかは死ぬのや。体のあちこちを囓られて、じわじわ死んでいくより、首をとられていっぺんに死んだほうがええ。いや、死ぬ気はないけどな。わしはいくさで敵の首をとって、出世してみせる」

「そうは言うが、侍になるのもつらいで。お屋敷に奉公するのも命がけや」

「聞いとる。仕方がないやろ。それくらい」

侍になるとなればここの領主、宮部善祥坊に仕えることになる。だが奉公先となる宮部屋敷の評判はよくない。くわしくはわからないが、奉公人には地獄のようなところだという。

しかし、それも覚悟の上だ。

久兵衛が言い切ると、オバは眉間に皺《しわ》を寄せて考え込んでいたが、ひと息ついて久兵衛の顔をしげしげと見てから、

「まあええか、ひとりくらい。弟もおることやし、わぬしが死んでも家はなんとかなるやろ」

と真顔でつぶやいた。

理由は気に入らないが、認めてくれるのなら文句はない。

「そうやて。助次も佐吉もおる。誰も困らへん」

久兵衛は応じる。ちらりとおふくの顔がうかんだが、結局は家のため、おふくのためにもなることだから、多少の不便は我慢してくれるだろう、と不安を頭から蹴り出した。

「まあ、そういうことなら止めはせん。好きにするがええ」

「おお、許してくれるのか」

「許すもなにも、死にたきゃ勝手に死ぬがええ、というだけやで。侍になったかて、そうそう出世な

どできへんで」

「ああ、わかっとる。迷惑はかけへん」

オバはうなずき、真顔で言った。

「どうせなら、蓮華会《れんげえ》の頭人《とうにん》になるほどになりなはれ。そこまでやって、はじめて出世したと胸を張れるんやで」

「蓮華会の頭人？　そりゃ無理や。そこまでは望んでおらんぞ。わしはただ、年貢をとられる側から、とる側にまわりたいだけや」

蓮華会は、琵琶湖にうかぶ竹生島《ちくぶしま》にある都久夫須麻《つくぶすま》神社で、毎年六月十五日におこなわれる祭りである。頭人となった者は飾り立てた船にのり、多くの供船をひきいて竹生島に上陸し、新たに作った弁財天《べんざいてん》の木像を神社に奉納する。その渡御《とぎょ》の華やかさで都にまで知られている。

古くからあるこの祭りの中心となる頭人は浅井郡の者がつとめる決まりだが、名誉ある職であるだけに出費も大きく、よほどの有徳人《うとくにん》でないとつとめられない。近ごろでは北近江のあるじである浅井家の者か、城をかまえる国人《こくじん》がつとめる例がほとんどだ。

つまりオバは久兵衛に、城持ちの侍になれと言っているのだ。

侍になりたいとは思うし、自分ならなれるという根拠のない自信はあるものの、さすがに城持ちになれると思うほど甘く考えてはいない。ただ年貢をとられなくなれば、まずは十分だと思っていた。

「それじゃあろくな侍になれんぞ。もっと志を大きゅうもちなされ。大名になりたいと願って、張り切ってこそ手柄も立てられるのや。初めから小さく固まってはいかん。どうせなら、城持ちの大名をめざしなされ」

とオバは言う。久兵衛は聞き流していた。それはさすがに夢物語だと思う。

――これで父もオバもよし。あとは……。

もうひとり、説得しなければならない者がいるが、いまは草刈りに行っていていないから、先にひとつ片付けておこうか。


「なに言うてるの。いまさら侍になるって、あんた正気?」

弁天丸を抱いてあやしながら、おふくは怒ったような口調で言う。いくらか垂れ気味の目にとまどいの色がうかんでいる。

腰をかがめて鎌を振るうので、草刈りは疲れる。なのに帰ってきたら、夫がいきなり侍になると言い出すのだから、とまどうのも無理はない。

「百姓が侍になるんやったら、お稚児《ちご》のころにお屋敷に入って、行儀見習いからはじめるでしょうに。そんなに大きゅうなって、お稚児をする気?」

おふくは久兵衛よりふたつ年上なだけに、諭《さと》すような口調で言う。

「いや、小者《こもの》から始めるそうや」

久兵衛は平然とした顔で答える。

「出遅れは承知や。けど、その分、一所懸命にはたらいたらええのやろ。主人が認めてくれれば、出世もできるわ。最初は小者でも、いずれは立派な侍になって見せたる」

「それで、いつからどこへ行くの」

「明日からや。宮部さまのお屋敷で使《つこ》うてもらう約束になっとる」

オバの家から、領主である宮部善祥坊のお屋敷に直行し、侍として使ってくれるよう談判してきたのだ。

ところが案に相違して、すぐに侍として使うことはできない、と言われてしまった。

侍となれば年貢を納めずにすむので、兵として奉公するから年貢を勘弁してくれ、と申し出る百姓もいる。しかし実際にいくさで役に立たねば意味がない。それだけの腕前があるかどうか、よく確めてからでないと、奉公人とは認められないというのだ。

ではどうすればいいのかと言えば、まずは小者として屋敷に住み込みで奉公しろという。それで役に立つかどうか見定めるのだと。

「小者として奉公するつもりなら、明日からでも来い」

といわれた。十六歳とはいえ妻も子もある家長が家を離れるのはどうも、ととまどったが、奉公するならそのあいだは未進の年貢を待ってもよい、とも言われた。それなら家を留守にしてもなんとかなるかと思い、決心したのだ。

「明日！　なんでそんなに忙しいの！」

「来いというのに、断るわけにはいかんやろ」

おふくはおろおろとし、寝ている惣左衛門を見るが、惣左衛門は聞こえないふりをしている。

「いいの？　あそこ、恐いんでしょ。いろいろ聞くよ」

おふくは心配そうだ。

「お屋敷で足を折ったとか指をなくしたとか、頭がおかしゅうなって帰されたとか……。手討ちにされて骸になって帰ってきた人もいるとかって」

たしかに宮部屋敷の評判は悪い。いったい何をしているのか、異様に怪我人が多いのだ。

「ああ、オバにも言われたわ。でもな、仕方がないんや。もう決めたことや」

おふくは眉根を寄せ、悲しそうな顔で久兵衛をじっと見る。

おふくを嫁にしてよかった、と久兵衛は思っている。

貧乏なのに人数の多い所帯をなんとか切り回しているし、なにより愛らしい。日々の暮らしに疲れているはずなのにいやな顔もしないし、時には笑顔でじゃれかかったりする。まるでお転婆娘のようだ。

おふくの実家は自立した百姓だが、自前の田畑を三反しかもたない貧しい家だ。久兵衛の家から二町ほどはなれた集落にある。

田植えや稲刈りはとなりの集落と共同でするので、おふくとは子供のころから顔見知りだった。そんなおふくを久兵衛が見そめたのは十四歳のとき、田植えの最中だった。

昼休みで田の畦《あぜ》に腰を下ろしたとき、

「あれあれ、顔が泥だらけ」

と笑いかけてきて、

「はい！」

と元気よく濡《ぬ》れた手ぬぐいを差し出してくれた。正面から顔を合わせる形になり、目も合った。澄んできれいな目だった。

一瞬で、久兵衛は虜《とりこ》になった。いや、それまでも気になってはいたが、まずまずきれいな姉御《あねご》だとしか思っていなかった。それが、正面から見合った瞬間に一変した。

胸騒ぎと、甘くしびれるような思い。生まれて初めて経験した感覚だった。

その夜、久兵衛はおふくの家に夜這いに行った。おふくも待っていたようで、闇の中でほとんどものも言わずに抱き合った。

それから久兵衛は、毎夜のようにおふくの家を訪ねた。

しばらくすると、おふくが孕《はら》んだ。そこに惣左衛門が深傷《ふかで》を負って帰ってきたので、久兵衛が家長になるという話になり、それならば嫁をとれと言われて、祝言《しゅうげん》までとんとん拍子にすすんだのである。

そんなおふくに、久兵衛は手を合わせる。

「いったんおまえとは離れればなれになるが、侍になって扶持《ふち》をもらうようになるまで、こらえてくれ。な、侍になれば飢えずにすむ。家のみんなが助かる。弁天丸のためにもええやろ。しばらく迷惑をかけるが、家のためや。こらえてくれ」

久兵衛はおふくに言った。おふくは目をいっぱいに見開く。

「離ればなれって、どういうこと」

「奉公するにはお屋敷に住み込まにゃならんやろ。だからしばし家を空ける。達者で暮らせ」

侍になるのは家族のためでもある。言わずとも、おふくならわかってくれるだろうと思っていたが、さすがにそうは行かないらしい。おふくの顔が真っ赤になった。

「ちょっと待って。あんたが奉公に行ったら、だれがうちの田畑を耕すの！」

「おまえとおふくろや。それに助次や佐吉もいるやろ。なんとか切り盛りしてくれ」

久兵衛の返答に、おふくの目が大きくなり、ついで吊《つ》り上がる。

「あたいに耕せっていうの」

「食うためにはやむを得んやろ。助次たちにもよう言うておく。草を生やさぬよう、せいぜい励《はげ》め」

「あんた、女房と子供を捨てるつもり？　それでも男なの？」

「捨てるのやない。出世のため、家のためや。侍になったらもどってくる。頼む。それまで我慢せえ」

正直に説いたつもりだったが、それで我慢する女など、この世に存在しないようだ。きいーっと、おふくは家の屋根を突き抜けるかと思われるような声を発した。

久兵衛が耳を塞いだとき、入り口の筵をあげて誰かが入ってきた。

「おや、揉《も》めとるのかね」

と言うのは、本家のオバである。睨まれたおふくは決まり悪げな顔になり、口を閉じた。

「ま、家の者も大変じゃろうが、男が一大決心をしたのじゃ。しばらく辛抱して支えてやりなされ。ひょっとしたら家の運が開けるかもしれんで。そうなりゃ田中家も万々歳じゃ」

そこでオバは少しはにかんだような顔になり、さらに言った。

「じつはな、わしは二日前にな、奇妙な夢を見たのや」

「夢？　はあ、夢ねえ」

おふくが気のない返事をする。オバはかまわずつづける。

「なぜか家でカワウソを飼っておったのやが、それがみるみるうちに大きくなって、しまいには家を呑《の》み込むほどの大きさになってしもうた。おどろいていると、今度は急にちいさくなってネズミになり、手招きをするのや。そこで招かれるままに行ってみると、何百という米俵があってな、それがわが一族のものやという。そこで目が覚めたのやが」

カワウソ？　と久兵衛はびっくりした。自分もカワウソを見て侍になる決心をしたのである。オバも夢の中とはいえ、カワウソを見ていたとは。

「もしかすると、あれは久兵衛が先々出世するというお告げかもしれんと、さっき気づいたのや。夢のお告げは、案外あたるさかいな」

オバはカワウソを久兵衛の化身ととらえているのだ。

ここまで偶然が重なると、夢のお告げも信じられるような気になってくる。

オバは、手にしていた反物《たんもの》を差し出した。

「これはわしが織った麻布《あさぬの》じゃ。侍奉公となればしゃんとした袴が要るじゃろう。あやつは満足な袴もないのかと言われては、田中家の恥になるでな。これで仕立てるがよいわ」

「おお、これはありがたい」

オバが一年かけて苗から育て、糸にして織りあげた貴重な反物をくれるというのだ。

「遠慮はいらん。侍への門出のはなむけじゃわ。とはいえ明日から出仕では仕立てる暇がなかろう。よければわしが染めに出してやる。藍に染めるより、侍じゃもの、褐色《かちいろ》がよかろう。うちの紋もつけてな。仕立てあがったら、お屋敷に届けてやるわ」

「そうしてもらえりゃ、助かる」

そこへ弟たちがやってきた。

「兄者《あにじゃ》よ、侍奉公するんやって？」

ふたりの弟はおどおどした目をしている。一家の大黒柱である兄が家を離れるのに、不安を感じているのだろう。

久兵衛は弟たちの肩をたたいて言った。

「明日から出仕や。おまえらともしばしお別れよ。留守を頼むぞ。おふくを助けて田圃仕事をやってくれ」

そんな久兵衛の横でおふくは深くため息をつき、

「百姓の家に嫁に来たのに、なんでこんな目に遭わないかんの」

とつぶやいた。途端に抱いていた弁天丸がむずかり、泣きはじめた。

四

空は晴れて日は差しているが、伊吹山は中腹まで白くなっており、寒風が吹き抜けて手足をかじかませる。

「年貢を納めずに年を越す気か！」

百姓家《やや》の母屋《おもや》から、末松の怒鳴《どな》り声がもれてくる。

「納めぬとはいうておらん。籾干《もみぼ》しに日にちがかかっておるゆえ、しばし待ってくれと申しておるだけよ」

低く怒気《どき》を含んだ声が応じている。

「おなじことや。昨年もそう言って、春が終わっても未進、夏の半ばにようやくくず米を納めておった。今年はそうはいかんぞ」

そんなやりとりを聞きながら、久兵衛は鞘《さや》をつけた槍を手に庭で仁王立ちしていた。

白い小袖に、オバに仕立ててもらった褐色の袴をつけている。

どこで間違えたのか、袴の紋が左巴《ひだりともえ》になっている。久兵衛の田中家の紋は右巴であるが、「うは、違っとるわ」と笑い飛ばして着用していた。さして気にならなかったし、日々の仕事が大変で、それどころではなかったのだ。

侍屋敷の小者は、雑用をこなす者である。掃除をしたり縄をなったり、門番もすれば使い走りや馬の世話もする。俸禄はなく、台所で飯を食わせてもらって、夜は屋敷の廊下などで寝る、という暮らしである。侍に仕える者としてはもっとも下の身分だ。

聞いてはいたが、実際になってみるとひどくみじめな立場だった。

まず先達たちの指図《さしず》には逆らえない。それをいいことに、先達たちはちょっとしたことでも文句をつけ、新入りを殴ったり蹴ったりする。逆らおうものなら、指南《しなん》と称して数人がかりで気を失うまで叩かれる。その上、侍屋敷だけに槍や相撲の稽古もある。こちらも厳しくて怪我が絶えない。奉公をはじめて数日で、久兵衛は歯を二本折った。あばら骨も折れたようで、左脇腹にいまも鈍い痛みがある。

だが怪我ですめばまだいいほうだ。先達といっても中間小者だから、仲間を処罰することはできない。しかし主人とその配下の侍衆は、中間小者を手討ちにしても咎めをうけないから、下手をすると斬られて命を落とすことになる。現に二日ほど前に、小者のひとりが掃除をしていて主人の甲冑《かっちゅう》に足を触れたとかで、有無を言わさず無礼討ちにされた。

小者としてお屋敷にはいっても、十日ほどで逃げ出す者がほとんどだという。だから常に人が足りない。久兵衛が易々《やすやす》とお屋敷に奉公できたのもそのためだ、と聞いたときには目の前が暗くなった。侍だけはやめておけと言った父は正しかったと、ずいぶん後悔したものだ。

それでもみなの反対を押し切って我意を通した以上、辛いからといっておめおめと帰れない。生傷《なまきず》が絶えず、いつも痛みを抱える毎日だったが、逃げ出したいという思いを必死に抑え、なんとかひと月を耐えた。

まだ先達には逆らえないが、目端《めはし》を利かせて言われることを先回りして片付けるので、殴られる回数が減ってきたのがせめてもの救いだった。

屋敷内の仕事の合間には、年貢の取りたてにもゆく。今日は先輩の中間、末松に連れられて、宮部村の大百姓の家にきている。末松は久兵衛の家にきたときと同様、強い態度で年貢納入を迫る。

「暮れまでに納めねば、女房子供を質にもらってゆくぞ」

「そんなことをしたら、ただではおかんで」

話合いはだんだんと荒れてゆく。久兵衛がそうだったように、百姓といっても家には刀も槍もあり、不満があれば一揆を起こして領主にも逆らうほどの連中である。容易には折れない。いざこざが起きるのは毎度のことだ。

「今日は一貫文でも一俵でももらってゆく。そのつもりで来た。さあ、出してもらおうか」

末松の声が大きくなる。納めぬというなら、蔵にある米俵をかっさらってゆくまでだ。末松がそう言うと、大百姓の声が破裂した。

「そんなことはさせるか！」

ふと気づくと、庭に下人が三人、近所の百姓がふたり、それぞれ手には鍬や竹箒《たけぼうき》、棒をもって立っているではないか。もちろん腰には刀をおびている。騒ぎが起これば助太刀しよう、という腹だろう。

相手は五人かと、久兵衛は緊張した。

「寄るな。散れ、散れ。年貢の具合を聞きに来ておるだけやで」

犬を追うように手をふったが、だれも動かない。暗い顔できびしい視線を浴びせてくる。

母屋から、床を蹴る音と荒い息づかい、「何をする！」という声が聞こえてきた。どうやらつかみ合いになった模様だ。

下人たちが、母屋へ駆け入ろうとする。

「おっと、待った」

久兵衛は手をあげて下人たちを制した。ここで加勢を中に入れては、あとで末松にしかられる。何かしくじると末松は棒で叩くだけでなく、ねちねちと小言を言うので苦手だ。

「なにが待てや。どけ！」

声をあげ、押しのけて進もうとした下人の脛《すね》を、久兵衛は槍の柄《え》で打つ。悲鳴をあげ、地面にころがった下人を見て、ほかの下人ふたりが怒声とともに打ちかかってきた。

「おうっと」

久兵衛は槍の柄で鍬をはねとばし、竹箒をはらった。しかしひとりにうしろに回り込まれ、棒で背をたたかれた。動きが止まったところに、竹箒で顔面をはたかれる。

「おのれっ」

久兵衛はよろめいたが、すぐに立ち直って槍をふりまわす。しかし当たらない。なおも力まかせにふりまわすが、下人たちは隙を見ては打ちかかってくる。ひとりふたりは母屋の中へ飛び込んだようだ。

「こらあっ、待て」

止めようとふりむいた隙に棒で腕を打たれ、久兵衛は槍を取り落とした。

「やりやがったな！」

かっとなり、素手で棒をもつ下人につかみかかった。棒でしたたかに肩を打たれたが、かまわず突進して棒をつかむ。棒の奪い合いになった。

大汗をかいて力比べのもみ合いをしているうちに、母屋から下人たちがまろび出てきた。そのあとから大男の末松が、ゆっくりと姿を見せた。母屋の中がどうなったかはわからないが、下人がひとり減っていた。下人と近所の百姓たちは、末松に竹箒やら鍬やらを向けて警戒している。

末松は、もっていた棒を下人たちに向けた。それからは速かった。末松は声もなく動いて、三人の鳩尾《みぞおち》のあたりを正確に棒の先で突いてまわった。聞こえたのは、末松の足音と下人たちがあげた喉声《のどごえ》だけである。

数瞬ののちには末松の足許《あしもと》で三人が地面に突っ伏し、苦しげにうめいていた。久兵衛と力比べをしていた下人は、それを見て逃げていった。

ぽかんとしている久兵衛に、末松が笑いかけてきた。

「では米をもらって帰るか。一俵かつげるな」

久兵衛は善祥坊の屋敷まで、重い米俵をかついで帰るはめになった。


宮部善祥坊の屋敷は、東方にそびえる伊吹山系から流れ出てウミにそそぐ清流、姉川《あねがわ》のほとりから十町ほど離れたところにある。

まわりに濠《ほり》と土塁をめぐらし、門を頑丈にして城塞のような構えとなっていた。一町四方ほどの敷地内には母屋と厩《うまや》、台所に下人小屋など、いくつかの建物が立っている。

「そうれ、そんな構えでは目を突かれるぞ」

屋敷の横にある宮部神社の境内に、末松の怒声が響きわたる。善祥坊の屋敷に仕える中間小者たちが、槍の稽古をしているのだ。

小者や中間は侍あつかいされないが、いざ合戦となれば腹巻ひとつをつけて出陣し、主人や配下の侍たちの荷物もちや使い走りをするほか、主人の馬廻《うままわ》りを馳せまわって敵と戦うこともある。だから槍の稽古は欠かせない。

「うう、痛え」

久兵衛は、一間ほどの竹の先端を厚く布でおおった稽古槍をとり落として、しゃがみ込んでいた。末松に横《よこ》っ面《つら》をしたたかに打たれたのだ。

膂力《りよりよく》には自信があったし、子供のころに遊びで槍合戦をすると、いつも一方の大将をしていた。槍の稽古など楽々とこなせると思っていたが、まったく考えちがいだった。

いざ稽古槍で対戦してみると、先達の中間小者たちにまるでかなわない。すぐに腹を突かれ、槍を打ち落とされ、果ては脛を払われて地面に転がされてしまう。武家の奉公人たちは、たとえ小者であってもたくみな技が身についていた。

とくに末松が強かった。大男にもかかわらず、素早い動きで突き出される槍をさけ、相手の手元に飛び込んでは腹や喉を突く。槍をもたせると、中間小者は誰もかなわない。

久兵衛も何度も突き倒されている。尋常の勝負ではかなわないと思い、今回は競り合いから間を詰めてゆき、槍を捨てての組み討ちに持ち込むつもりだった。組み討ちでも大男の末松に勝てはしないが、突かれたり叩かれたりするよりは痛くない。

組めば相手の体をつかんで投げ倒し、組み敷いて上になり、帯に差した、短刀を模した棒を抜いてとどめを刺す仕草《しぐさ》をする。

組み敷かれた者も、そうはさせじと足を絡めたり、腕をとって肘を極《き》めようとするなど抗《あらが》うから、すぐには終わらない。三組が稽古していれば、そのうちのひと組は泥だらけになって地面を転げ回っている。

久兵衛がいざ槍を手放してつかみかかろうとしたところで、末松の槍が一回転した。つぎの瞬間、目の前が暗くなって、久兵衛は膝をついた。槍先が視界から消えた直後、反対の石突《いしづき》のほうがうなりをあげて飛んできて、久兵衛の横面《よこつら》をはたいたのだ。

「そんなことではいくさ場ですぐにやられるぞ。それ、立て」

「ああ、はあ……」

末松は容赦がない。その後、腹を突かれて黄色いものを吐き、脛を打たれてうずくまっても、稽古はつづいた。久兵衛はふらふらになり、末松の槍を払いのけるどころか、立っているのが精一杯だった。

久兵衛は最後まで相手をさせられ、顔から手足から、擦り傷と痣《あざ》だらけにされた。

「ようし、槍をしまえ。今度は相撲や」

先達の声で、ようやく久兵衛は末松の相手から解放された。久兵衛は、

「いやあ、末松どのにはかないまへん」

と愛想笑いをうかべながら槍を片付ける。しかし胸の奥は怒りで燃えさかっていた。

――いまに見ておれ。

包み隠した憎悪とともに、久兵衛は思う。あの男はいつか叩きのめす。この恨みを倍にして返してやる、と。憎悪が生きるための心の糧《かて》になることも、ここで初めて知った。

そもそも末松に勝てないようでは侍になれない。侍は何より強くなくてはならないのだ。

稽古槍をおいた小者たちは、輪になってすわり込んだ。

相撲といっても土俵はない。人の輪の中でとり、輪を出そうになると真ん中へもどされる。これは組み討ちの稽古なのだ。投げるかひねり倒して相手の背中を地面につけ、その上にのしかかってとどめを刺す仕草をして、初めて勝ちになる。

最初は自信のある者が出てくる。

諸肌《もろはだ》脱ぎになった末松が、まず二番とった。立ち合いに相手の顔を張ったあと、相手の懐にもぐりこんでまわしをとり、器用に投げて相手を地面にころがした。末松は素手の戦いでも強い。

久兵衛は息がおさまるのを待ち、十番ほど終わったところで登場した。痛めた左脇をかばって右腕ばかりを使ったため、初戦から相手に投げ飛ばされて組み伏せられ、たちまち敗退した。しかし先達

に許してもらえず、五番、六番とつづけてとらされる。

投げられ、押し倒されて頭からつま先まで泥まみれになったが、それでも許してもらえない。つづけて投げられるうちにとうとう動けなくなり、地面に大の字にのびてしまった。

「よし、今日は終わりだ。屋敷にもどるぞ」

小者たちは、やれやれと声をあげながら立ち上がった。誰もいなくなったあと、久兵衛もふらふらと立ち上がり、屋敷にもどった。

奉公でありがたいのは、朝夕きちんと飯が食えることだ。それも米が半分以上はいった飯である。味噌汁や塩漬けの菜や魚などもついてくるし、おかわりも許されている。

衝撃を受けたのは、飯が残るとためらいもなく屋敷の飼い犬に与えられることだった。年貢を奪われて飢える百姓は、犬以下の存在なのだ。そうと知って暗い怒りを覚える一方、やはり百姓でいては駄目だと痛切に感じた。

久兵衛は必ず腹一杯になるまで飯を詰め込んだ。少しでも多く食べて体を大きくするつもりだった。これも戦いのうちなのだ。

日が落ちれば、用を命じられることもなくなる。小者たちもくつろいで、横になったり談笑や賭け事に興じたりするが、久兵衛はだまって屋敷を出て、神社の境内に入った。

しんしんと冷え込んでいるが、まだ雪は降っていない。

月明かりの下で稽古槍をもち、前後左右に動きまわる。素早く突き、引く。その動きを汗が流れるまで繰り返す。そののち、昼の稽古でなぜやられたのかを考え、防ぐ手を工夫する。

今日、回転した槍の柄で横っ面を叩かれたが、その寸前に末松は右手で槍の真ん中あたりを握った。そうして槍を一回転させたのだ。つぎに相手が槍の握りを変えたときは気をつけなければ、と自分に言い聞かせた。

体は痛むが、泣き言は言っていられない。一日も早く腕を上げなければ、叩き殺されるか逃げ出すしかなくなる。久兵衛は黙々と槍をふるった。

五

夏の日射《ひざ》しが姉川の河原を灼《や》いている。

土手から水際までは百歩ほど。石混じりの砂地がひろがる河原には、ところどころに灌木《かんぼく》や雑草が生えている。痩せた流れをはさんで、向こう岸に十数名の人影が見えた。

「やあ、やってござった」

末松がうれしそうに声をあげる。

「久しぶりの戦いや。腕が鳴るわい」

向こう岸の者たちは、国友《くにとも》城主、野村肥後守《のむらひごのかみ》の家人たちである。野村家と宮部家は姉川をはさんで所領が隣あっており、おなじく浅井家に仕える国人同士だが、仲がよくない。というより日頃からいがみ合う仲で、これまでも所領の境を流れる姉川のほとりで、何度も小競り合いを演じてきた。今日も些細《ささい》なことから合戦沙汰《ざた》になっている。

「あちらの小者が姉川で網を打っとったんや」

と末松は言う。

「それが、われらの漁場まで踏み込んできたんで、殴り倒して網を奪ってやったのや。するとあちらは泣きわめいて去《い》んだけど、すぐに人数をあつめて取り返しにきたがな。喧嘩《けんか》なら負けへん。返り討ちにしてやった。するとな、遺恨あり、立ち合われるべしって、果たし状がきたわけや」

久兵衛は槍を手にそんな話を聞いていた。これまで村の水争いなどに参戦したことはあるが、武家同士の合戦に出るのは初めてで、いくらか緊張していた。初陣の姿は塗りのはげた胴丸をつけて腰に大小を差し、頭に揉烏帽子《もみえぼし》と白鉢巻き。小さな足半《あしなか》をつっかけている。借りた胴丸からは饐《す》えた臭いがする。

「ま、ちょうどいい話や。われらには腕の見せ所やしな」

こちらも侍三人、中間小者が十人。ほぼ同数である。侍たちは弓を手に従者に槍をもたせて、河原から一段上の土手に立っていた。見れば野村方の侍衆も、向こう岸の土手の上に立っている。

なにがちょうどいい話なのかと思っているうちに、向こう岸の人数が浅瀬を渡りはじめた。姉川も夏枯れで水が少なく、浅瀬は膝までしかない。喊声《かんせい》をあげながら、盛大に水をはね散らかして流れを渡りきった。

「それ、こちらも声をあげよ」

横沢宇右衛門《よこさわうえもん》という長身の侍が、大将として下知《げじ》する。久兵衛たちはありったけの声をあげ、それから走り出した。

「初陣ってのは、どうにもならん。心ノ臓《しんのぞう》が躍り出して汗がだらだら出て、何が起きておるのか、なんでみんな走っているのか、わからずに駆け回っているうちに終わってしまう。手柄を立てるなんて、とんでもないぞ」

先輩の小者から、久兵衛はそう聞かされていた。しかしいまのところ、何が起きてなぜ走っているのか、よくわかっている。

——さほど恐くはないな。

案外と落ち着いてまわりを見ていられる。自分は度胸があるのだと思う。それに槍の腕前もあがったという自負がある。夜更けのひとり稽古では、ただ闇雲に突くだけでなく、月が明るい夜は木の枝に的をぶらさげ、正確に突くよう修練してきた。いまでは前後左右に四つの的を下げて、ひと息で四つとも突けるようになっていた。今日は絶好の腕試しだ。

敵勢のひとりが、久兵衛の目の前に迫ってきた。

稽古のとおりに槍をかまえ、相手と対峙《たいじ》する。相手の槍の穂先が光った。稽古槍ではなく、本物の槍だ。突かれれば怪我ではすまない。そう思うとじわりと腹の底が冷えてきた。足がすくんで前にすすめなくなる。

初陣は、やはり恐ろしいものだった。

しかし、目の前の相手も異様だ。強《こわ》ばった顔つきで、口がわななないて声も出ないようだ。

——こやつ、恐がっている。

敵をよく見れば兜《かぶと》も笠もなく、腹巻も古く縅《おどし》糸《いと》がほつれている。やはり雑兵《ぞうひょう》だ。手強《てごわ》い敵ではない。そう気づくとすっと恐さが消えて、久兵衛は落ち着きをとりもどした。

「そりゃあっ」

かけ声とともに槍を突き出す。敵はあとずさりする。さらに追うと、その分だけ逃げてゆく。これならやれる。こやつの首をとってやる。誘い込まれるように、久兵衛はそのあとを追う。

「そりゃあ、そりゃあ！」

久兵衛は槍を手に走る。水際で追いついた。気合いとともに繰り出した槍が敵の腰に吸い込まれる。うぎゃあと悲鳴があがり、へたり込むように敵が倒れた。

拍子抜けする思いだった。敵を倒すのは、思ったよりたやすいではないか。

しかし、倒れた敵の前で立ち尽くしてしまった。これからどうすればいいのか。敵が地面に伏せている場合の戦い方など知らない。

敵はうめきながらまだ動いている。起き上がりそうだ。とどめを刺さないと逆襲される。

――よし。

槍を逆手《さかて》にもった。倒れている敵を、上から串刺しにすればよい。「そりゃあっ」と声をかけて思い切り振り下ろした槍の穂先は、敵の胴体を貫いた。悲鳴があがり、同時に敵の体がびくんとはねる。

その勢いで久兵衛は尻餅をついたが、同時に叫んだ。

「ああっ、何やこれ！」

槍が、柄の半ばから折れてしまったのだ。

穂先のない槍を手にしばし呆然《ぼうぜん》としたが、ふといやな予感がしてあたりを見まわした。

背中が見える。それも、見覚えのない者たちばかりだ。どうやら深追いして、敵の背後にまできてしまったらしい。

――こら、あかん。

早く味方のほうへもどらねば、と思ったそのとき、顔のすぐ横を、何か忌まわしいものが風を切って飛んでいった。

目をあげ、何かが飛んできた方を見ると、向こう岸の土手に立つ侍が、弓を手に残心《ざんしん》を示していた。狙われたのだ。

侍がさらに矢をつがえたので、久兵衛は「わあっ」と叫び、あわてて逃げ出した。

「そやつ、逃がすな！」

侍の声とともに矢が脇腹をかすめていった。背後から、誰かが追ってくる足音がする。

久兵衛は必死で足を飛ばし、宮部家の侍たちが見守る土手の近くまでたどり着いた。

ほっとしたのもつかの間、

「こらあっ、逃げてくるな。去《い》んで戦え！」

横沢宇右衛門に叱られ、おまけに矢をつがえて引き絞った弓まで向けられた。

「逃げるなら射殺《いころ》すぞ。それが軍律や」

「いや、逃げるなんて。たったいま、敵をひとり串刺しに……」

「ほう。だったらその首をもってこい。首がなければはたらきは認めんぞ」

「ええっ、でも、敵勢の背後まで追いかけていったのに……」

自分の奮戦ぶりをどう説明したらいいのかわからず口ごもるうちに、

「もどれ。いくさ場へもどれ！」

と怒鳴られた。どうやらこのいくさは中間小者たちが戦い、侍衆がそれを高みから指図し、弓矢で支えたり逃げる者を叱りつけたりする、そういう仕組みになっているようだ。

やむなく川の方へ足を向けた。といってももう槍はない。刀を抜いて駆けてゆく。

両軍はこちらの岸でもみ合っていたが、久兵衛がもどった時には野村勢が押されており、やがて水際まで押し込まれた。

「それ、いまや。押せ！」

末松の声で、宮部勢はさらに喊声をあげ、野村勢を流れの中へ押し落とそうとする。野村勢は水しぶきをあげ、流れを渡って逃げ始めた。末松らはさらに追うが、そこに対岸の土手から矢が飛んでくる。侍衆が、味方の中間小者を助けようとしているのだ。

「あかん、もう追えん。引き揚げや」

誰からともなく声がかかり、宮部勢も流れからあがった。

「おお、そうや」

敵を倒したのだから、首をとらねば。

死体をさがした。すると心覚えのあたりに、誰かしゃがみ込んでいる者がいる。

「あっ、それ、わしの首や！」

久兵衛が叫ぶと、首を切り落とそうとしていた男が振り向いた。末松だった。

「なにを！　わしが倒したのや。難癖をつけるな！」

「いや、そやつはわしが……」

「文句があるなら、槍でくるか」

素早く立ち上がった末松が槍を向けてくる。槍のない久兵衛は突っ立ったままだ。

「それそれ、隙だらけや」

末松が槍を突き出す。胴丸をかすする。やむを得ずに久兵衛は数歩退いた。

「わかりゃええ」

末松はそれでも用心してか、久兵衛のほうを見ながら首を切り離した。そして言った。

「ああ、ひとつ手柄を立てて、奉公したわい。久兵衛も初陣、苦労やったな」

首を盗まれるとは、思ってもいなかった。

こやつをぶちのめす理由がまたひとつできたと、怒りを腹の底に押し込みつつ、久兵衛はみなとともに屋敷に帰った。

六

一年がすぎた。

その朝、久兵衛は善祥坊の供をして浅井家の居城《きよじよう》、小谷城へ向かった。

浅井家はこの江北一帯を支配する大名で、小谷城は高い山をひとつ丸々縄張りとし、いくつもの曲輪《くるわ》が連なる壮大な城郭である。善祥坊は家来として月に数度登城していた。

城内に入るのは善祥坊だけで、供の者は山麓の門前で待つ。昼すぎに善祥坊が下城してきて、一行は屋敷への帰途についた。

丸めた頭に太い眉毛と大きな目の善祥坊は、三十半ばのはたらき盛りである。もと比叡山延暦寺《ひえいざんえんりやくじ》の山法師《やまほうし》で、山を下りたのち故郷の宮部村へもどり、宮部神社の社僧《しやそう》で、かつ小谷城の浅井家に仕える土豪《どごう》である養父の家を継いだ。浅井家中の土豪の中でもなかなかの切れ者とされていて、金貸しや商売を手がけて財をなし、家来をふやして勢力を強めていた。

久兵衛はあいかわらず俸禄もなく、台所で飯を食わせてもらっているだけだが、十分に食えたせいか背丈が伸びた上、連日の稽古で肉がつき、肩が盛りあがって胸板も厚くなっていた。容貌も変わり、百姓をしていたときより頬がそげて鋭い顔立ちになっている。

つらいお屋敷奉公を一年間乗り切って、出入りの激しい小者の中では出世し、主人の善祥坊が外出するときには槍をもって扈従《こじゆう》するようになっていた。

出世の理由は、年貢の取り立てがうまいと認められたからだった。

久兵衛が取り立てにゆくと、必ずなにかしらのものを持って帰ってくるのだ。それも末松が行くと喧嘩沙汰になるところを、相手先の百姓を怒らせず、自分もにこにこしながら帰ってくる。よほど言葉巧みに相手を説得し、納得させ、隠していたものを出させているのだろうと見られていた。

久兵衛は、格別なことはしていない。

末松のように頭ごなしに年貢を出せと命じるのでなく、相手の身になって考え、なるべく無理のないようにと配慮しながら、少し知恵を絞っただけだった。

米を隠していると見た百姓には、未納をつづけるとどんな恐い目に遭うかを諄々《じゅんじゅん》と説いた上で、市場へ売りに行くのを手伝ってやったし、隠し米もない者には屋敷に出入りの商人と相談し、行商の荷運びの仕事や倅《せがれ》の奉公先を世話してやり、食い扶持《ぶち》の心配をなくしてから未納分を納めさせた。

自分が取り立てられる側だったころ、こうしてほしいと思っていたことをしているだけなのだが、それで十分に成果が上がっていた。

はたらきが認められて、外出のために新しい木綿の小袖と袴も仕立ててもらった。

麻とちがって木綿は自分では織れないから、市場で買わねばならない。高価で、並の百姓にはまず買えない。久兵衛は木綿を着たのは初めてだったが、その柔らかさと暖かさにおどろいたものだ。オバにもらった麻の袴から、木綿の袴に出世したともいえる。これだけでも、もう百姓にはもどれないと思っている。もっとも上には上があり、善祥坊らはさらに高価な絹の衣服を着ているのだが。

「久兵衛はいくつになった」

馬上の善祥坊が問いかけてきた。遠慮ない声に支配する者の傲岸《ごうがん》な自信が潜んでいる。

「十七にあいなりまする」

久兵衛は答えた。

「十七でその面つきか。とうに二十歳《はたち》はすぎておると思うておったが」

ははは、と供の者たちが笑った。思慮深そうな目をしているさかい、あんたは年かさに見られる、と母が言っていたのを、久兵衛は思い出していた。

「十七でも槍の腕前は上がり申した」

久兵衛は不服顔で、甘えるように訴える。

あるじだからとて、善祥坊を好ましく思っているわけではない。むしろ自分の苦労の多くはこの男が作っていると、憎しみを抱いている。だが憎くても力のある者には取り入っておいたほうがいい。この一年間で力のある者に取り入る術《すべ》も憶《おぼ》えた。

「いまなら末松どのでもいい勝負になり申す」

夜更けの槍稽古を一年間つづけた結果、槍を繰り出す手の動きは正確になり、足さばきは迅速になった。枝にぶら下げた的を六つにふやしたが、走り回っても正確に突けるようになっている。いまでは小者たちの中で一番の腕になり、中間たちと稽古をしてもまず負けない。それを知ってか、久兵衛に手出しをする者は減っていた。

末松も、稽古でなかなか久兵衛と対戦しないようになっている。たまに立ち合うと、間合いを大きくとっての突き合いでは久兵衛に分があり、間合いを潰して組み討ちになると、末松が勝っていた。

「末松か。あれもまあ、使うほうやな」

というのは、善祥坊の一の家来、友田左近《ともださこん》である。大柄でがっしりした上体をもつ左近は、強い。一度、中間小者たちの稽古に出てきて、末松と槍を合わせたことがある。そのとき末松は、またたく間に左近に槍をたたき落とされて腹を突かれ、地面にうずくまってしまった。

中間小者のあいだでは抜群に強い末松も、侍たちにかかると手もなくひねられるのだ。それほど侍たちは強い。戦場で生き死にの境をくぐり抜けてきただけのことはあると、久兵衛は感心して見ていたものだ。

「どれ、久しぶりに腕試しをさせてみるか。明日にでも手配せよ」

善祥坊は左近に命じた。家来たちの腕前を見ようというのだ。

「相撲と槍の試合でよろしゅうござるな」

友田左近の問いに、善祥坊はうなずいた。

腕試しなど、また余計なことをと内心うんざりした久兵衛だったが、善祥坊のひと言を聞いてはっとした。

「近ごろいくさがないでの、これがいくさの代わりよ。よき腕前を示した者には褒美《ほうび》をとらすと伝えよ」

七

翌朝、神社の境内に善祥坊の家来衆があつまった。

内訳は、小者が七人、中間が四人、侍衆が五人。

中間小者たちは屋敷内で暮らしているが、侍衆はそれぞれ自分の家と田畑をもち、ふだんは百姓仕事をして暮らしている。

宮部村や三川村など、二千石あまりの領地を支配する善祥坊には、このほかにいざ合戦となれば村の衆の中から侍分の者七、八名が、それぞれ足軽二、三名をひきつれて配下にはいるので、総勢五十人ほどの一団となる。

どこから話が伝わったのか村の衆が見物にきて、神社の境内は多くの人でにぎわった。

力試しは、まず小者たちの相撲からはじまった。

久兵衛は、相撲の場を囲む人の輪の中に、腕組みをしてすわっていた。自分の番を待つあいだに何気なく見物人のほうに目をやると、おふくが弁天丸を抱いて立っているのが目にはいった。

——健気《けなげ》にやっとるようやな。

小者には休みなどないので、この一年で久兵衛が家にもどったのは、夏の盛りに父の葬儀に出た二日間だけだった。

父は三度目の中気の発作で死んだ。知らせをうけて駆けつけたときには、もう顔に白い布がかけられていた。

葬儀が終わってからは、おふくの顔も見ていない。来ているのを見て、内心でほっとしていた。やはりおふくは愛《いと》しい。顔を見ていると、もとの暮らしにもどりたい、という思いが湧き上がってくる。

しかし小者の身では、勝手に屋敷をはなれるわけにはいかない。

まず中間にあがり、ついで侍衆となって、はじめて家に帰ることができるが、よほど手柄を立てるか、力をみとめられないと中間にも上がれない。三十近いのに小者のまま、という者もいるのだ。

そこまで考えたとき、久兵衛の番がきた。

「よしっ」

手につばをして立ち上がると、小袖を脱ぎ、まわしひとつになった。そして人の輪の真ん中に出て四股《しこ》を踏んだ。

最初の相手は久兵衛よりひとつ年上の男だった。小柄な男なので、四つに組むと難なくひねり倒した。そして膝で男の腹を押さえ込み、短刀でとどめを刺す仕草をした。

まずは一勝だ。

そのあとはつぎつぎにかかってくる小者五人を、みな投げ飛ばして地面に押さえつけた。

相撲はもとから強かった上に、一年のあいだ鍛えたので、小者の中では一番になっていた。とはいえいつもはそこまで力の差はないのだが、今日は久兵衛の気合いが勝っている。

善祥坊のいう褒美といえば昇進だろう。認められてまずは中間にあがって、そのあと一日も早く侍になり、おふくと暮らしたいという思いが、久兵衛の四肢に力を与えていた。

「よし中間ども、相手をしてやれ」

友田左近の声で、中間のひとりが立ち上がった。総じて中間のほうが小者より年かさで体も大きいが、久兵衛は投げ飛ばしひねり倒し、三人をつぎつぎと倒した。

しかし最後に出てきた末松は難敵だった。ふだんの稽古ではたいてい負けているのだ。

久兵衛は、以前からあたためていた秘策を使った。

立ち合いは呼吸を合わせることになっているが、まだ末松が蹲踞《そんきょ》する前に「えい」と大声をかけて突っかけ、棒立ちの末松を突き飛ばした。これをわざと二度やって末松を怒らせておき、三度目の立ち合いで尋常に立った。

ひとひねりにしてやろうと、末松が勢い込んで突進してくる。

久兵衛は右にひらりと体をかわし、同時に末松の足を蹴飛ばした。目標を失った上に足を払われて、末松は地面に這った。素早くその背中に馬乗りになり、足を胴に絡めて動きを封じながら、短刀を首筋に突きたてる仕草をした。

「どうやあっ」

末松は意表を突かれて呆然としていた。「くそっ」と悪態をついたが、勝負はついている。

「ほう、やるな。では侍衆、かかれ」

左近の指図で、侍衆の中から長身の横沢宇右衛門が立ち上がる。

侍衆はさすがに強かった。四つに組むと、投げようとしても足に根が張ったように動かない。それでも投げると見せて足をかけ、逆にうしろに倒して久兵衛は宇右衛門に勝った。

「なかなかやるな。よし、ではわしが相手をしよう」

そう言って友田左近がまわしひとつになり、久兵衛の前に出てきた。

左近もたくましい体をしている。背丈は久兵衛よりかなり高く、肩幅や腕や足の太さも上回っている。たがいに蹲踞し、にらみ合う。久兵衛は頭から突っかけた。まずは一発、体当たりで吹っ飛ばすつもりだった。

と、頬に強烈な衝撃があり、目の前が白くなった。張り手の一撃を受けたのだ。

ついで顎に一発。舌を嚙み、顎があがった。なにをと思い、前に出て左近のまわしをつかもうとした。だがつぎの瞬間、地面に這っていた。前に出たところを突き落とされたのだ。

とっさに左近の足にしがみつこうとしたが、左近はさっと右に回って足をつかませない。そして脇から腕を差し入れて久兵衛を仰向けに転がし、のしかかって膝頭で胸を押さえた。とどめを刺す仕草をして勝負がついた。

「まだ動きが雑やな」

久兵衛を見下ろす左近は、息も乱していない。そのまま左近がほかの侍衆を倒して勝ち残り、善祥坊から褒美として扇子を贈られた。

つぎは槍試合。これも小者同士からはじまった。

試合となれば、みな必死になってたやすくは負けを認めない。あざやかな一撃が決まれば、決められたほうが仕方なさそうに手を上げて終わるが、突き合いで勝負がつかずに、槍を捨てての組み討ちとなることが多い。相手を組み伏せて、どちらかが腰に差した短い木刀でとどめを刺す仕草をするまで、泥まみれで地面を転げ回ることになる。

久兵衛は、槍でも小者たちには負けない。泥仕合にもつれ込ませずたちまち六人を倒し、中間たちとの試合にのぞんだ。

中間が相手になっても、少々時間はかかったものの勝ちすすんだ。そして最後にひかえる末松との勝負になった。

末松の顔は険《けわ》しい。さきほどの相撲の仇《かたき》をとってやる、という気迫が見える。

「ちょっと待ってくだされ」

と言い、久兵衛は槍を替えた。昨夜、用意しておいたものだ。その槍を見るや、

「待った。ちと待った。おかしいぞ」

末松は声をあげ、見届け役の左近に告げた。

「あの槍、ちと長すぎましょう。測らせてくだされ」

と言って久兵衛に歩み寄り、その槍を自分の槍とくらべた。

「それ、これは長すぎる。一間はあるぞ。いくら踏み込んでもこちらの槍が届かぬわ。これは卑怯《ひきょう》や」

ふたつの槍を合わせてみると、たしかに久兵衛の槍は末松のより人の背丈分ほど長い。

足軽たちが戦場で使う槍は、集団で槍ぶすまを作るために長く、二間から二間半ある。しかし侍が使う槍は自在に振り回せるよう、一間から一間半しかない。体格と好みで長さを変えるのだが、一間半を超えるとあつかいづらくなるのでまず使わない。

久兵衛はかなりの長槍を使おうとしているのだ。末松を倒すためにと、夜のひとり稽古で使い始め、そろそろ昼の稽古でも使おうと思っていた矢先だった。

「なにが卑怯なものか。槍の長さの決まりなど聞いたこともないぞ」

久兵衛は反論する。

「しかし……」

「久兵衛の言うことがもっともや。どれほど長かろうと、使いこなせればそれでよい。それ、文句を言わずにつづけよ」

左近に言われて、末松はむっとした顔で槍をかまえた。

「さあ、来いやあ！」

と末松が気合いを発する。対して久兵衛は無言。末松はいつものように身軽く動く。久兵衛の槍先を払って内へはいろうとしたり、左右に素早く動いて隙を作ろうとする。対して久兵衛は機敏に応じ、末松を近寄せず間合いをたもったままでいる。

向き合ってしばらくすると、末松の顔に焦りが見られるようになった。長い槍にとまどっているらしい。久兵衛は平然と対している。

末松は一度、うしろに下がった。間合いをとろうとしたようだ。久兵衛は付け入るように間合いを詰め、槍先を下げてぴしりと末松の脛を打った。まともに打たれて、末松の顔がゆがむ。おどろきと痛みと、両方を見せる顔つきだった。

「まだまだ！　これしきでは参らへん」

末松は叫び、猛然と突っかけてきた。だが久兵衛は槍先であしらい、前に進めさせない。

また間合いをとって向き合う。末松は槍を向けながら、いつもと違う展開にとまどっているのか、しきりに首をひねっている。

久兵衛は末松の槍を上から叩く。槍先を下げられまいと末松は槍先をあげた。そこへ久兵衛が踏み込み、また脛を打った。末松の大きな体がぐらつく。

「なんの、これしき！　まだまだ」

痛いはずだが、末松はみとめない。

「いまのが大身《おおみ》の槍か長刀《なぎなた》なら、膝から下がなくなっておるわ」

と左近がつぶやく。

ふたりは一度はなれ、また向き合った。末松は威嚇するようなうなり声を発し、久兵衛にじりじりと迫る。

たがいに槍先を叩き合う。末松は槍先をからめて巻き落とそうとする。これをはずして、久兵衛はまた脛をねらった。ところがこれは空振りになった。末松が動きを読み、狙われた足を高く上げたのだ。

空振りになると、柄が長いだけに持ち直しにくい。体勢が崩れたところに、末松が一気に間を詰め、息がかかるほどまでに迫ってきた。得意の組み討ちに持ち込む気だ。

久兵衛は柄の中央部をもち、石突のほうを半回転させた。末松の顔を打つ。手応えがあって、びしりと鋭い音がした。

だが末松は笑っている。飛んできた柄を、顔の寸前で左腕をあげて受け止めていた。

「それ、終わりじゃ」

末松が槍を捨て、太い腕を伸ばしてきた。

久兵衛はその腕をかいくぐり、体を沈めた。同時に槍の柄を下に向けて振り下ろした。手応えと「うっ」といううめき声。末松の脛を痛撃したのだ。膝をつく末松の横を、久兵衛は抜け出し、槍をかまえ直そうとした。

ところが槍が重く、動かない。見れば末松が穂先に近いところをつかんでいた。

末松は綱を引くように槍の柄をたぐり、久兵衛を引き寄せる。足を踏ん張ったが、それでも引っ張られた。末松の顔には鬼の笑みが浮かんでいる。

このままでは末松に腕をつかまれる。そして投げ倒されて組み敷かれてしまう。しかし槍をはなせば、末松は奪った槍でたちまちこちらを突くだろう。どちらにしても負ける。

絶望しかけたとき、はたとひとつの案を思いついた。

周囲に目を走らせると、一間ほど先にそれはあった。

——間に合うか。ええい、ままよ。

引っ張っていた槍を、急に押すように突き放した。うわ、と尻餅をつく末松を目の端に入れながら、素早く動いて地面に落ちていた末松の槍をひろう。すぐに槍先を末松に向けて突っ込んでいった。

手応えがあり、槍がしなった。

同時に胸に衝撃があり、久兵衛はうしろに吹っ飛んだ。あおむけに倒れて青空が見えた。

「相打ちじゃ」

末松の声が聞こえた。互いに相手の槍で同時に突きを入れたのだ。

「もう一番じゃな。少し休ませてくだされ」

末松の声を聞きながら久兵衛は上体を起こした。息が切れている。すでに十人ほどと戦ってきたのだ。さすがに疲れ果てていた。対して末松はこれが初戦だ。もう一番となったらとても勝てない。

——ここまで来たのに勝ち抜けないのか。

頑張ったのに、結局は末松の強さを際立たせただけだった、と思ったときに、

「いや、相打ちではない。久兵衛の勝ちじゃ」

という声が聞こえた。

一段高いところに床几《しょうぎ》をすえて見ていた善祥坊の声だ。

「えっ、いや、どう見ても相打ちでござりましょう」

末松が抗議する。

「なにが相打ちなものか」

善祥坊は言う。

「久兵衛は槍の穂先で突いたが、末松は石突で突いた。実戦なら久兵衛は突き倒されるだけじゃが、末松は串刺しになっておる。ゆえに久兵衛の勝ちじゃ」

おお、と周囲がどよめく。うがあ、とわめいて末松が仰向けに倒れた。そのまましばらく起きあがれないでいる。

久兵衛もすわりこんだままだった。

──勝った……のか？

呆然としていたが、まだつづきがある。

「よし、つぎ！」

左近の声に、侍衆のひとりが立ち上がった。

久兵衛は侍衆の古沢四郎《ふるさわしろう》と立ち合った。

無口だが長刀《なぎなた》の名手で、これまでに七つの首をとっている勇者だった。温厚な性格で、中間小者にも荒い言葉をかけたことがない。久兵衛は親しみを感じていたが、ここで遠慮はしていられない。

だが遠慮しなかったのは四郎も同じだった。立ち合うやいなや槍を叩き落とされ、喉元に槍先を突きつけられて、久兵衛はあっさりと負けた。槍となれば、やはり侍衆は強い。

そのあと四郎は侍衆を倒して勝ち進んだが、最後の一番で左近に負けた。結局、一の家来の左近が最強だったのである。

──ま、まずまずかな。

一年間、懸命に稽古した甲斐《かい》があったと、久兵衛は満足していた。これだけ勝ち抜いたのだから、中間にあげてもらえるかもしれない。期待しつつ善祥坊の言葉を待った。

善祥坊は勝者となった左近に褒美の銀を与えたあと、久兵衛を呼びよせて告げた。

「中間衆をみな倒したのはあっぱれよ。中間衆は悔悟《かいご》せい。小者に負けておっては侍になれぬぞ」

膝をついていた久兵衛は身をすくめた。褒められたのはいいが、あまり目立つと、先達の目が厳しくなる。明日からいじめられるのではと恐れたのだ。

「戦場では侍も小者もない。ただ槍の腕だけが物を言う。槍の上手だけが、手柄を立てられるのじゃ。わしが欲しいのも、槍の上手よ。久兵衛、立て。みなのほうを向け」

善祥坊に言われて、久兵衛は立ちあがり、踵《きびす》を返した。その背に善祥坊の声が響く。

「よって久兵衛を明日より侍分にする。みな、そのつもりでおれ。給分などは追って沙汰する。よいな」

久兵衛はおどろいて、口を開けたまましばらくその場に突っ立っていた。信じられないことに、小者から一足飛びに侍あつかいされることになったのである。侍、田中久兵衛の誕生だ。

「え、あ、あの……」

あまりの意外さに何と言っていいのかわからず、助けをもとめてきょろきょろと周囲を見回していると、見物人の中のおふくが顔をおおって泣いているのが目に入った。

——泣くな。明日から一緒に暮らせるぞ。

そう思いながら、久兵衛も目頭が熱くなってきて、少々決まりの悪い思いをしながら手で顔をおおった。

第二章　おどろきの七十五石

一

「初手柄は、越前《えちぜん》兵の首かや」

久兵衛は家で肴《さかな》の味噌をなめつつ、弟ふたりと酒を酌みかわしていた。

「ちょっと前には思いもよらなかったような話になってきとるな」

と長弟の助次――いまでは名を三郎《さぶろう》右衛《え》門《もん》と変えている――が言う。久兵衛とおなじく人並みの背丈だが、母親に似たのかいくらか髪が縮れて受け口で、よくしゃべる。

「ああ、世の中、わからんものや」

末弟の佐吉も同調する。こちらは久兵衛に似て細面で鼻が高く、背は久兵衛より高い。

数日前に京を発した織田《おだ》の大軍勢が、坂本《さかもと》から琵琶湖《ウミ》の西岸をつたって若狭《わかさ》へ入ったと聞こえていた。そこから進路を東にとって越前にすすむはずだ。

久兵衛らが属する浅井勢もそこに加わる手はずになっている。敵国に入れば、激しい合戦にならないはずはない。

いまは元亀《げんき》元（一五七〇）年四月。

久兵衛は二十三歳になっていた。侍分に引きあげられてから六年目を迎えている。

望みどおりに善祥坊の屋敷を出て、おふくと子供たちが待つ三川村の家に帰った。いまでは善祥坊の屋敷には数日に一度、顔を出す程度になっている。

久兵衛に与えられた給分は、三石だった。つまり、もともともっていた自分の田畑のことである。

それでは侍になろうとする前と何も変わらないようだが、内実は大いにちがう。合戦のときに兵となり、善祥坊にしたがって出陣するかわりに、年貢は免除される。自分で作った米をすべて自分のものにできるのだから、大きな差である。

また弟ふたりも十五の年から宮部屋敷に奉公をはじめた。小者からはじめて、いま助次は侍衆となり、三郎右衛門と名乗っている。佐吉は中間として奉公中だ。

今日は久しぶりに善祥坊配下の数十名がそろって具足《ぐそく》をつけ、槍や弓など得物《えもの》をもって小谷城下の馬場まで行った。そしてこれから始まるいくさに備え、ほかの諸勢とともに陣形を組んだり前進したり、といった調練をした。

昼すぎに宮部屋敷にもどると、出陣の景気づけとして酒が振る舞われたので、家に持ち帰って飲んでいるのだ。

「そやけど、浅井のお家は越前の朝倉《あさくら》家に恩義があって、逆らえんって聞いたけど。本当に越前を攻めるんかな」

佐吉がぼそりと言った。佐吉は中間として奉公しているが、年貢の取り立てのような荒い仕事でなく、帳面づけや書状を書く右筆の見習いをしている。そのせいか世間のうわさにも多く触れていて、兄弟の中では一番の物知りで通っていた。

浅井家は祖父の代から朝倉家と盟約しており、小谷城の一角に朝倉家のための曲輪があるぐらいなのだ。浅井・朝倉の結びつきは深く強いのである。二年前に縁戚になったばかりの織田家に引きずられて、三代前からの盟約を反故《ほご》にするだろうか、と佐吉は言うのだ。

「ま、わからん。おれたちは命じられた場所でいくさをするだけや」

この六年のあいだに、久兵衛たちの住む近江近辺の情勢は大きく変わった。

三年前に、隣国美濃《みの》の斎藤家は尾張《おわり》の織田信長に攻め滅ぼされた。織田信長は尾張と美濃、さらに北伊勢《いせ》を支配する一大勢力にのしあがった。そしてその直後、信長の妹が浅井家の当主、長政《ながまさ》のもとへ輿入《こしい》れしてきた。

輿入れの際は、久兵衛も沿道の警固にかり出され、白い装束で槍をもち、盛大な花嫁行列を見守ったものだ。

またその年の七月には、いま公方《くぼう》さまとして京におわす足利義昭《あしかがよしあき》が、滞在していた越前から小谷城にきた。そして織田家の迎えの者にともなわれて美濃へ向かった。

すぐそこの街道を通っていったので、久兵衛も義昭の乗った輿を見ている。飾りもない粗末な白木の輿で、供の人数も少なく、威厳も何も感じられないさびしい行列だった。

ただ、いま振り返ると、あの行列が大きな意味をもっていたとわかる。

ふた月後、公方さまを擁して上洛《じようらく》する名目を得た織田信長が、尾張と美濃、それに北伊勢の兵をこぞった、五万とも六万ともいわれる大軍勢をひきいて上洛する。

上洛の道筋にあたる南近江の六角氏は、これを阻《はば》もうとしたが、大軍勢にかなうはずがない。ほんの数日で粉砕され、当主の六角承禎《しようてい》・義治《よしはる》父子は甲賀《こうが》の山奥へ遁走《とんそう》した。

上洛した信長は、またたく間に畿内数カ国をしたがえ、足利義昭を将軍に押し上げた。浅井家からも当主の長政が上洛し、新将軍に御礼を言上《ごんじよう》したものである。

「おい、味噌が足りぬぞ。もっともってこい」

「それしかあらへんよ」

おふくの不機嫌そうな声が奥の間から返ってくる。ついでに子供たちがぐずる声もついてきた。

「こんだけか。やれうたてや（うっとうしい）」

久兵衛は声を落とした。ないのはわかっている。年貢がなくなったといっても、いまだ食うだけでかつかつなのだ。

この六年のあいだに弟ふたりが独り立ちし、父も亡くなっているから、侍になる前にくらべて三人分の食い扶持が浮いた勘定になる。しかしその分、子供は大きくなっている。

おふくは毎年のように孕《はら》んで子を産んだが、育たぬ子も多く、いま残っているのは九歳の弁天丸と四歳のいち、一歳のふみという女の子、あわせて三人だ。

しかも、家族以外にもうひとりふえた。

部屋の隅で遠慮がちにちびちびと碗の酒をなめている、痩せて小柄な若者は宮川五助《ごすけ》といって、久兵衛の家来である。

戦場ではたらいて手柄をたてるには、ひとりでは覚束《おぼつか》ない。家来がいて槍脇を固め、雑兵を追い散らしたり、主人が討ちとった者の首を持ち運んだりといったはたらきをしないと、矢弾《やだま》の飛び交《か》う戦場で右往左往するだけで終わってしまう。

という理由で、当時十四歳の五助を扶持することにしたのだ。

久兵衛の最初の家来となった五助は伊勢の者で、行商の荷運び人足として宮部村へきて、屋敷出入りの商人の紹介で久兵衛に引き合わされた。

痩せている上にとろんと垂れた細い目、鼻が低くて耳も小さい。なんとも覇気がなく、目端が利くとも家来にふさわしいとも見えなかったが、本人は乗り気で、

「わしもゆくゆくは侍になりたいのや。是非《ぜひ》とも奉公させてくだされ」

と言う。行商の親方も熱心に薦《すす》める。使えぬ子供を厄介《やっかい》払いするつもりかと疑ったが、久兵衛に選んでいる余裕はなかった。わずか三石の領地しかもたぬ侍の家来になろうという者など、世間知らずの子供しかいなかったのだ。

先を見越して召し抱えたつもりだったが、いまのところは裏目に出ている。この六年のあいだ合戦がほとんどなかったので、五助は戦場で槍をふるう機会はなく、日々、田畑を鍬で打っているしかなかった。

一方で久兵衛は侍となって以来、武技の稽古に熱中している。

朝は二間の稽古槍をふるって、庭に埋め込んだ丸太の立木を五百回打つ。

昼は林の中で、前後左右につるした的を突いて回る。これは三百回。

夕には木刀で立木打ち千回。

これを六年のあいだ、寒かろうが暑かろうが毎日繰り返してきた。宮部屋敷でのつらい奉公の中で、出世するにはうんと稽古して腕前を上げるしかないと悟ったからだ。また近隣の土豪との小競り合いや家中《かちゅう》の腕試しには、何をおいても参加して腕を磨いた。

おかげで二の腕は子供の足より太く、腰回りも大木の幹のようにがっしりとし、戦場で誰にも引けをとらずに渡り合えるだけの自信はついた。

しかしその分、野良仕事は後回しになった。五助にやらせているが、小柄な五助では久兵衛ほど深く耕せないので、どうしても収穫は減る。何とか食いつないできたが、おふくはやりくりに苦心して不機嫌になっている。

「おーい、味噌がないなら塩をもってこい」

久兵衛が奥に声をかけると、おふくが仏頂面《ぶっちょうづら》で出てきて、塩の壺《つぼ》をどんとおいた。

「なんや、これから出陣というときに、そんなおかめ面をして」

「おかめで悪かったね！　さっさと出陣して手柄を立てて、女房子供にひもじい思いをさせないようにしてきな！」

と言うと、足音をたてて引っ込んでいった。

「なんや、あれは」

久兵衛がむっとするのを、弟ふたりがおもしろそうに見ている。

「まったく、旦那が命がけで禄をふやそうというのに、ふてくされやがって。女ってのは先が見えねえもんや」

恋女房も、貧しい暮らしがつづくと角《つの》が生えてくるもののようだ。もっとも、久兵衛もおふくを大切にしているかといえば、とてもそうは言えない。近ごろではやさしい言葉ひとつかけず、酒に酔って手をあげたこともある。お互い様だと思えば腹も立たない。

——それにしても、何とかせんとな。

おふくのことばかりでなく、久兵衛は鬱屈を抱えていた。

念願の侍になったものの、いまだ食うのに精一杯で馬にも乗れない。百姓よりはましだが、これから一生こんな暮らしがつづくと思うと、それはそれで気が滅入《めい》る。

馬に乗るにはもっと所領が必要だが、そもそも領地などそうふえるものではない。周囲の侍を見てみても、先祖伝来の領地を守るので精一杯といったありさまで、大きく領地をふやした者など見たことがない。

侍になるという壁を越えたら、目の前にさらに高い灰色の壁が立ちふさがっていたのである。

ここから抜け出すには合戦で手柄を立てるしかない。一石でも半石でもいい。少しずつでも領地をふやしてゆくのだ。

その機会が、すなわち大きな合戦が、ついにやってきたのである。

久兵衛は壺から塩をひとすくいし、ぺろりと舐《な》めてから酒をあおった。


翌早朝、久兵衛以下四人でうちそろって善祥坊の屋敷に出頭すると、ほかの家来衆と合わせて五十人ほどの一隊となって小谷城下へむかった。

「うう、頭が痛い」

「わしも、気持ち悪い」

「あんまりいい酒やなかったな」

久しぶりの酒は回るのも早く、四人そろって二日酔いになっていたが、それも行軍しているあいだに醒《さ》めていく。

城下には、浅井家にしたがう江北各地の国人領主らの手勢、数千があつまっていた。いよいよ合戦かと、久兵衛は武者ぶるいした。

しかし軍勢はなかなか動かない。昼近くになってもなんの下知もなく、数千人が馬場にとどまったままだ。四月も末のことで、強い日射しに灼かれながら待つ身はつらい。昼下がりになると、さすがにあちこちから不満の声があがりはじめた。

「いやどうも、揉めてるらしいな」

と、どこから聞き込んできたのか、末松が言う。この男も久兵衛から一年遅れて侍に取りたてられていた。

聞くところでは、久兵衛に先を越されて発憤したのか、ますます荒っぽく年貢を取りたてて回ったらしい。そうして実績を作った上で槍の腕にも磨きをかけ、一年後の腕試しで侍衆に勝って、侍になるのを認められたのである。

「なにが揉めておるので?」

久兵衛はたずねた。

「お屋形さまと大殿さまがよ、朝倉を攻めるかどうか、決めかねておるらしい」

「いまさら何を言うとるのや」

兵をあつめておいて、攻めるの攻めないのとは、どういうことかと言いたくなる。

夕刻近くになって、やっと城から人が出てきた。どうやら出陣が決まったようだ。使い番の武者があちこちに散り、行軍の順番を指図する。やがて出立《しゅったつ》の声がかかり、一列縦隊で行軍がはじまった。

「しかし、こんな暮れ方から出立して、夜中も行軍するのか」

と不思議に思っていると、半刻《はんとき》ほど歩いたところで軍勢は止まった。

「ここに陣城《じんじろ》を築く。まずは堀を掘るぞ」

という指図に、みなは首をひねった。

「まだ国境《くにざかい》も越えておらぬに、なぜ陣を敷くのや。守りにまわるのか」

「わが大将は、づしやか(慎重)すぎや」

三郎右衛門と佐吉が言い合ううちに、友田左近がきて言った。

「文句を言わずに堀を掘れ。しっかりした陣城にせんと、首がのうなるぞ」

「ああ? ここで戦うので」

「越前勢が攻めてくるのかや?」

「ちがう」

左近はむずかしい顔で告げた。

「お屋形さまは朝倉どのを助けると決めなさった。そやからいまから敵は織田勢や」

「はあっ」

五助だけでなく、周囲の者たちがみな声をあげた。織田勢と戦うだと！

「いつのまにか敵と味方が入れ替わっとるやないか……」

戸惑い顔の三郎右衛門に頓着《とんちゃく》せず、左近はつづける。

「いいか、われらはここで、退いてくる織田勢を待ち受けて戦うのや。織田勢は強いぞ。しっかりやらんと首が飛ぶわい」

みな言葉を失い、左近を見ているばかりだった。

二

六月の強い日射しが両手にはめた手甲《てっこう》を灼く。

群青色の空には入道雲が大きく盛りあがっており、風はほとんどない。今日も蒸し暑い一日となりそうだ。

紺糸縅《こんいとおどし》の甲冑をまとった久兵衛は、槍を手に姉川の北岸に接する野原に立っていた。

目の前には野原から河原までを埋め尽くす何千という兵がいて、旗指物《はたさしもの》が林立している。そしてここからは見えないが、姉川の流れの向こうには万を超す織田勢が、何段にも備えを立てているはずだ。

「首や首。首をとるぞ」

「わかった。もう何度も言わんでくれ」

佐吉が迷惑そうな顔を向ける。

「首や、首や。手柄を立てねば、帰らんぞ」

久兵衛はなおもぶつぶつ言っている。

「焦らずとも、この人数なら見たこともない大いくさになるわい。首をとる機会はいくらでもありそうや」

末松が甲冑を鳴らしながら歩み寄ってきて言う。背後にひとりたくましい足軽をつれている。末松の禄は四石半で、暮らしぶりも久兵衛より少し余裕がある。

「その前に、首をなくさぬ用心をしたほうがいいぞ」

友田左近は冷静だ。

「敵はわれらの倍以上の兵を抱えておる。油断はできんわい」

敵は織田勢と告げられておどろきの声をあげてから、ふた月がすぎている。あのときは越前へ進出した織田勢を、朝倉家と浅井家で南北からはさみうちにするはずだった。

しかし織田勢は、この罠《わな》を巧妙に逃れた。

まず信長自身が、浅井家が反旗を翻したと聞くや、その場からわずかな供回りだけで京へ落ちのびてしまった。つづいて三万の織田勢も、朝倉勢の追撃をうまくかわして、浅井勢が手薄な湖西《こせい》の道を逃げ切った。朝倉勢に討たれた兵はわずかなものだった。

浅井・朝倉勢はあまりに動きがおそく、信長を討つ絶好の機会を逃してしまったのである。

そののち浅井家は美濃との国境に長比砦《たけくらべ》を築き、織田勢の侵入にそなえた。しかしその長比砦の守将《しゅしょう》が、十日ほど前に織田方に寝返ってしまった。

信長はこの機をとらえて兵を出し、長比砦に入ったのち、大胆にも小谷城の前まで二万の兵をひきいて攻め寄せてきた。一度は目の前の虎御前山《とらごぜ》に陣を敷いたのである。

久兵衛も陣触れをうけて登城し、小谷城の曲輪の中から二万の織田勢を見ていた。不敵にも長蛇の列のまま、街道を山下まできたのだから、浅井勢をなめているとしか思えず、仲間たちと憤慨したものだ。

翌日、織田勢は虎御前山を下りて、きた道をもどりはじめた。深い谷やいくつもの竪堀《たてぼり》、尾根に築かれた多くの曲輪など小谷城の堅い構えを見て、容易なことでは落とせないと判断したのだろう。

当然、浅井勢は追い討ちをかけた。しかし追撃はかわされ、織田勢は姉川を越えて二里半ほど南にある龍《たつ》ケ《が》鼻《はな》という山まで引いて陣を敷いた。そして兵の一部はその南にある浅井方の横山《よこやま》城を取り囲んだ。

数日すると、三河《みかわ》から助勢にかけつけた徳川勢五千が織田勢にくわわり、横山城攻めがはじまった。ほぼ同時に、浅井方に朝倉家の援軍八千が到着した。浅井勢と合わせれば一万三千ほどになる。これでもまだ織田勢の半分ほどだが、浅井・朝倉両家は勝負に出た。横山城を救出しようと、小谷城を下って南東にある大依《おおより》の山へとすすんだのだ。

そして昨夜、暗いうちに山を下りて姉川の北岸、野村という在所に進出、六段の陣を敷いた。朝倉方はその十町ほど西方、三田村におなじように陣をかまえた。

織田勢も姉川の対岸に陣を敷く。いま浅井勢の正面には織田勢二万が、朝倉勢の前には徳川勢五千が立ち塞がっている。川岸のほうからは、鉄砲の音が間断《かんだん》なく聞こえてくる。すでに両軍の先陣はぶつかっているようだ。

久兵衛たちが属する善祥坊の一隊は、浅井本隊に旗本勢として組み込まれていた。六段の陣の最後で、背後に大将の長政がひかえる。

「早うすすめ。これでは手柄を立てられん」

三郎右衛門がわめくと、末松が応じた。

「焦らんでもええ。われらには地の利もある」

たしかに姉川の河原では、何度も小競り合いをした。地形は知り尽くしている。

五助が見ると、久兵衛はあいかわらずぶつぶつ言っている。目が据《す》わって、なにやら近寄りがたい雰囲気をかもし出してもいる。

五助より三つ年上のこのあるじは、気さくで偉ぶらず、あまり無茶な命令もしない。主従というより兄弟のような間柄で、奉公しやすい。だから下男のような暮らしに六年も耐えてきたのだが、それでも稀《まれ》にあるじがおそろしく思える時がある。ひとつのことに集中すると、人柄が変わって他人を寄せつけなくなるのだ。

どうやらいまがその時のようだ。

「旗本衆、前へ！」

号令がかかり、本隊が動き出した。善祥坊の一隊も一団となって前進する。

すでに太陽は高く、暑さも一段ときびしくなっている。汗まみれになって石の河原を通りすぎ、姉川の浅い流れを踏み越えてさらにすすむ。

「おお、お味方が押しておる。先手《さきて》の衆がよほど頑張っておるのやな」

末松がほっとしたように言う。しかし反応する者はいない。みな槍を手に、無言で前へと歩んでいる。これから死地へのぞむというのに、口をきく余裕はないのだ。

そのうちに前進は、駆け足になった。味方が大きく敵方を押し込んでいるようだ。

低い土手をあがると、首のない死体が幾つも転がっていた。乗り手のいない馬が走りまわり、指物や槍、弓も散乱している。風が生臭いのは、血のにおいだろう。

それまで口数の多かった末松が無言になった。

五助も、これほど凄惨な光景は見たことがない。大軍同士が正面からぶつかると、これほど無残なことになるのか。

久兵衛は、まだぶつぶつ言いながら歩みつづけている。手にした槍は二間の長いもので、柄は硬い樫の木でできており、穂先は六寸の両刃《もろは》である。当然、重い。しかし久兵衛はいかにも軽々とあつかっている。

軍勢はなおもすすむ。河原から二町もすすみ、さらに前進する気配だ。

「あれ、織田の馬印《うまじるし》やないか」

物知りの佐吉が声をあげ、前を指さす。その四、五町先には、金色の大きな唐傘《からかさ》が陽光をはね返していた。

「馬印なら、あそこに織田の大将がおわすのや。もうすぐやないか」

味方の先陣は、織田勢を突き崩しつづけているようだ。

「でも、これじゃあ手柄は立てられんで」

味方は勝っているようだが、こちらの周囲は味方ばかりで、いまだ敵兵を見ていない。

「お味方が勝つなら、それでもいいか……」

佐吉がそう言ったとき、左横手が騒がしくなった。振り向くと、見慣れぬ旗印の軍勢が突っ込んでくるところだった。その先頭の者が赤い炎を放った。同時に白煙があがり、横面をはたくような鉄砲の音がつづけざまに聞こえた。味方の兵が悲鳴をあげ、数人倒れた。

「敵勢、横入《よこい》り！」

「遊軍、弓手《ゆんで》に向かえ！」

指図する声と悲鳴、鉄砲の音、矢声《やごえ》、怒声が交錯する。前進し、長く伸びた浅井勢の側面に、織田勢の一隊が突っ込んできたのだ。

善祥坊の一隊も、足を止めた。

「て、敵や。襲ってきた」

三郎右衛門の声がうわずっている。

末松が、ひゃあと声をあげた。どうやら流れ弾が耳の近くをかすめたらしい。大きな体を折り曲げ、その場にしゃがみ込んでしまった。槍をほうり出し、ぶるぶると震えている。そのとき、

「ついてこい。おれの脇を固めよ」

久兵衛がよくとおる声で言った。五助が見ると、久兵衛は槍をもったまま、左手の敵勢に向かってすでに走り出している。

「兄者、待ってくれ！」

三郎右衛門も駆けだした。

「急げ。首や、首。手柄が向こうからきたぞ」

もちろん五助も走った。後方では末松がへたり込んでいる。

五助も手には一間の槍。胴丸はつけているが脛当も手甲もなく、頭には鉢巻きを締めただけの軽装である。それでも手甲脛当はおろか、兜までつけた久兵衛の速さにかなわない。追いつくどころか、差は開く一方だ。

敵勢の先頭からまた赤い炎と白煙が噴き出した。轟音《ごうおん》と衝撃が正面から襲ってくる。思わずよろけるほどの威力だ。矢も、不気味な音をたてて飛んでくる。雄叫《おたけ》び、怒声、悲鳴がそこらじゅうから聞こえてくる。だまっていると何かに圧倒されそうだった。

五助は悲鳴のような声をあげ、久兵衛の背中を見て夢中で駆けた。

敵勢から鉄砲衆と弓衆がひっこみ、長槍をもつ足軽衆がでてきた。

ここで久兵衛は立ち止まった。槍を脇に抱えて左右に首を回している。ようやく五助が追いつき、息を整えていると、三郎右衛門と佐吉も追いついてきた。

「そうれ、あそこに穴がある。ゆくぞ！」

久兵衛はまた駆けだした。その先には長槍をもった足軽衆がいないため、槍ぶすまを避けられる。

久兵衛のあとを五助ら数名が追ってゆく。

「うはは、首や、首！　ほおーっ」

久兵衛が叫ぶ。なぜかその声は楽しげだ。

敵も前進してくる。久兵衛は槍を腰のあたりに構えたまま、一瞬のためらいも見せず敵の将士《しようし》の中へ突っ込んでいった。

五助もついてゆく。恐いと思う暇もない。

久兵衛が槍を突き出すと、敵兵が後方へ飛びのく。槍を左右に振りまわし、数人の敵をおびえさせ、後退させた。そこへ五助と佐吉が追いつき、脇を固める。

久兵衛がさらに踏み込むと、敵方からも兜をかぶった大柄な武者がひとり出てきて、わめきながら槍を向けた。はっきり聞き取れなかったが、「金四郎《きんしろう》」というところだけは聞こえた。名乗りをあげたらしい。久兵衛も、

「浅井備前守《びぜんのかみ》が臣《しん》、宮部善祥坊の家人、田中久兵衛！」

と名乗りをあげ、ほとんど間をおかずに槍を突きだした。二合、三合と槍が打ち合わされる。

毎朝の立木打ちで鍛えているだけに、久兵衛の動きは速く、二間柄の重い槍を軽々と打ち振る。だ

が金四郎と名乗る武者もかなりの使い手らしく、久兵衛の槍を上から押さえ込み、接近しようとする。大柄な体を生かして組み討ちを挑むつもりだ。

久兵衛は、押さえつけてくる金四郎の槍を擦り上げるように払いのけると、上げた槍を金四郎の頭頂めがけて打ちつけた。

兜が鈍い音を立てる。

衝撃でめまいを起こしたのか、金四郎は一瞬、動きを止めた。

久兵衛はすぐに槍を引き、喉を突く。これははずれた。金四郎は槍を掲げて防ぎつつ一歩退く。久兵衛は踏み込み、がら空きとなった膝を狙った。槍の穂先が脛当と草摺《くさずり》のあいだに入る。金四郎の顔がゆがみ、後方によろけた。

久兵衛はさらに踏み込むと、気合いとともに金四郎の胴の真ん中を突いた。穂先が腹巻を食い破り、中へ吸い込まれてゆく。金四郎はうなり声をあげて槍をとりおとし、そのままあおむけに倒れた。

「やった！」

と五助は叫んだが、それからが大変だった。金四郎の家来たちが、あるじを助けようといっせいに久兵衛に打ちかかってきたのだ。

負けじと五助と佐吉も家来たちに立ち向かう。久兵衛も長い槍を振りまわし、敵の家来どもを追い散らす。

「五助、首をとれ！」

久兵衛に言われて、五助は脇差《わきざし》をにぎり、倒れている金四郎に馬乗りになって、白刃をそののど仏の下にあてた。金四郎の体がぶるっと震え、五助は体の上からふるい落とされそうになった。それでも脇差に力を入れる。と、温かいものが顔にかかり、目の前が真っ赤になった。

「早くしろ。敵がふえているぞ」

「前の方がさわがしい。早く！」

久兵衛と佐吉が急《せ》かすが、初めてのことだけにうまくできない。夢中で脇差を使い、やっと首を切り落とした。首袋《くびぶくろ》に入れると、

「ひけ！　ここに長居は無用」

と久兵衛が槍をかついでさっさと走り去ってゆく。その走りっぷりは、突進していった先ほどよりもよほど速い。

佐吉と三郎右衛門も走り出したので、五助も走った。腰につけた首袋がゆれてとても走りにくいが、おいていかれまいと夢中である。

久兵衛の嗅覚は確かだった。浅井勢は、横合いから攻め込んできた織田勢に突き崩されていった。織田の陣深くまで攻め込んだのに、押し返されて逆に川岸まで追い詰められた。

久兵衛たちも、味方とともに川岸まで後退する。浅井勢より先に、朝倉勢も徳川勢に押し返され、川を越えて引いていた。

「首袋をはなすな！」

久兵衛にどやされ、重い首袋をぶら下げたまま五助は必死で駆けた。鉄砲弾と矢に倒れる味方が続出するが、助けている余裕はない。

「ひけ。川の向こうまでひけ！」

善祥坊の下知に、拒む者もいない。全軍がわらわらと後退して姉川をわたった。渡りきると川を前にして弓鉄砲と槍足軽を先に立て、追ってくる織田勢を迎え撃つ。

しかし、防ぎきれない。矢弾をいくら浴びせても、織田勢は前進してくる。

浅井勢はじわじわと後退を余儀なくされる。昼前には、最初に陣を敷いた野村までしりぞいていた。野村では集落の家屋敷を盾にし、弓と鉄砲で織田勢の前進をはばんだが、織田勢は執拗《しつよう》に迫ってくる。火矢が射込まれて家が燃え出すと、ここも支えきれなくなった。

浅井勢は大崩れにくずれ、兵たちはあとも見ずに逃げ出した。

「城へ。小谷城にはいれ！」

指図の声に、息を切らして街道を駆けた。腰でゆれる首袋が重くて邪魔だが、久兵衛が見張っているので捨てるわけにもいかない。

全軍が小谷山にあがり、城に籠もると、さすがに織田勢も攻めかけられぬようだった。にらみ合っているうちに夕暮れとなった。暗くなっては不利とみたか、織田勢が退却してゆく。山上からそれを見た五助は、

「助かった！」

と叫んでへたり込んでしまった。

合戦の翌日、小谷城下で首実検《くびじっけん》が行われた。

浅井勢は当主一族の浅井雅楽助《うたのすけ》ら多くの将を討ちとられ、兵も千人以上失った。対して討ちとった首はほんの数十。

惨敗である。

織田の大軍は近江から撤退したが、その前に横山城を落とし、軍勢を入れ置いていった。小谷城から三里と離れていないところに、織田勢の拠点ができたのである。浅井家にとっては危険である上に屈辱的だが、姉川で多くの将兵を失った浅井勢には、これを攻め落とす力はもはや残っていない。

にもかかわらず、いや、だからこそ首実検は作法通りに行われた。負けたとはいえ、手柄を立てた者をみとめて顕彰しないのでは、つぎの合戦から、命を張って手柄を立てようとする者がいなくなってしまうからだ。

久兵衛が討ちとった金四郎の首を善祥坊が持参し、総大将の浅井長政の実検をうけた。善祥坊の配下で敵の首をとった者は、久兵衛だけである。それも兜首《かぶとくび》ということで、善祥坊は長政から感状《かんじょう》をもらった。

「ようやったな。いずれ褒美をとらす」

と首実検からもどってきた善祥坊に言われ、久兵衛は面目をほどこしたのだった。

「さあ、扶持がふえるぞ」

と久兵衛は家にもどって、おふくらと祝杯をあげたものだった。六年のあいだ目の前に立ち塞がっていた灰色の高い壁が、少しだけ崩れたかに思えた。

しかし褒賞はなかなか下りてこない。

そのうちに夏がすぎ、秋が深まってゆく。久兵衛はいらいらしたが、おふくは、

「殿さまも、困っておられるやろうしねえ」

とのんびりかまえている。姉川では負けいくさだったので、善祥坊の領地がふえたわけではない。久兵衛に褒美を与えようにも、もとになるものがないから大変だ、という。

「禄がふえずとも、こうして一家で暮らしていられれば幸せ」

おふくに言われると、久兵衛もそうかなと思う。またこうした欲のなさとあっさりした性格が、おふくのいいところなのである。

稲刈りがひと区切りつき、ほっとしているところに、善祥坊から呼び出しがあった。期待に胸をふ

くらませて出頭すると、

「そなたに領地を与える。知行していいぞ」

と善祥坊から言い渡された。与えられた領地は四石半。久兵衛は合わせて七石半の領主となった。ふえた四石半の分からは年貢を納めさせることができる。

「まことにありがたき仕合わせ。これ以上の喜びはござりませぬ。今後も、いま以上に忠節を尽くしまする」

と久兵衛は満面の笑みでこれを受けたが、その領地を耕作する百姓の名を聞いておどろいた。末松だった。

一度は侍身分になったものの、姉川で鉄砲弾が顔をかすめて以来、どこから飛んでくるかわからぬ鉄砲弾が恐くてたまらなくなったという。また多くの者が討死した姉川での凄惨な戦いを見て、とても侍などやっていられないと思い、百姓にもどる決心をしたのだという。

百姓となった以上は、侍の支配をうけて年貢を納めねばならない。その支配元が、ちょうど手柄をたてた久兵衛になったのだ。

宮部屋敷で顔を合わせたとき、末松は魂が抜けたような顔をしていた。だが領主となった久兵衛に文句を言うわけにもゆかず、だまって大きな体を折り、頭を下げただけだった。

久兵衛も何も言わなかった。頭の中では、数年前に見たカワウソとナマズのことを思い出し、自分はカワウソになったのだろうかと考えていた。

三

久兵衛は、土間で槍の穂先を研《と》いでいる。

しばらく使わなかったので、わずかだが錆《さび》が浮いていた。それを砥石《といし》で入念に落としてゆくと、銀《ぎん》灰色《かいしょく》の刃に光がよみがえってくる。

かたわらでは、五助も刀を研いでいる。ときどき指に息を吹きかけているのは、昨夜からぐんと冷え込んでいるからだ。

七石半に禄がふえてから一年が過ぎている。

晩秋となり、伊吹の山頂は白くなっていた。里に雪がちらつくのも、もう間もなくだろう。

心ゆくまで研いだ六寸の両刃の穂先を二間の柄にはめ、目釘《めくぎ》を込めた。すわったまま壁に向かってその槍を二、三度しごいた。

「これでよい。おい、湯漬けを」

はい、と声がして、おふくが膳をもってくる。鉄瓶から碗《わん》に湯をそそぐ。いつも騒がしい子供たちは、異様な気配におどろいたのか、ものも言わない。

塩漬けの菜とともに、久兵衛は麦飯をかきこむ。三杯平らげたあと、

「されば腹巻を」

と言うと、五助がすり切れた紺糸縅の腹巻をもってきた。かび臭いにおいのするそれを、久兵衛は黙々とつける。頭には揉烏帽子をつけ鉢巻きをしめた。

日は落ち、あたりは暗くなっている。蔀戸《しとみど》も閉じられ、囲炉裏《いろり》の火ばかりが家の中を照らしていた。

「もう誰も歩いておりませぬ」

と、外でようすをうかがってきた五助が言う。久兵衛は帯に大小をさして槍を手にする。五助も自分の腹巻をつけた。

「よし、では、まいる」

「お気をつけて！」

おふくが言うと、子供たちと声がそろった。

空には白い半月がある。足音を殺して集落を出ると、宮部村へと向かう。野犬の遠吠えを聞きながら歩くうちに目もなれてきた。自分が闇に跋扈《ばっこ》する魑魅魍魎《ちみもうりょう》のひとつになった気がする。

宮部神社に着いた。鳥居の前に立つと、先に出張っていた三郎右衛門がそっと寄ってきて告げた。

「まだ酒宴の最中じゃ。佐吉が見張っとる」

「わかった。されば手はず通りにせえ」

三郎右衛門はうなずき、闇に消えた。久兵衛は五助をつれて、神社から一町ばかりはなれた竹薮《たけやぶ》にひそんだ。槍の鞘をはずし、じっとうずくまる。

「お味方を討つなんて、いやな役目やなあ」

「だまれ」

禄がふえたといっても、七石半では馬にも乗れない。功名をあげて禄をふやさないと、いずれ行き詰まる。いやであれ何であれ、やらねばならない。

小半刻ほどもそうしていると、神社のほうから話し声と足音が聞こえてきた。ちいさな火がゆれながら近づいてくる。火のついた粗朶《そだ》で道を照らしているのだ。

浅井方が惨敗した姉川合戦のあと、織田勢が奪った横山城には木下藤吉郎《きのしたとうきちろう》という武将が入り、小谷城と対峙をつづけていた。

浅井家は、喉元に刃を突きつけられた格好だった。

昨年はまだ、浅井・朝倉勢三万が比叡山にのぼって織田勢とにらみ合うなど、互角の戦いを繰り広ない情勢だった。甲州《こうしゅう》の武田信玄《たけだしんげん》や一向宗《いっこうしゅう》などと織田包囲網をつくり、浅井・朝倉勢にとって決して悪くない情勢だった。

しかし時がたつにつれて包囲網にほころびが見えてくる。

元亀二年に入り、二月には近江の佐和山《さわやま》城にいた磯野員昌《いそのかずまさ》が、浅井家を裏切って織田勢についてしまった。浅井家にとっては大きな痛手となり、逆に織田勢は、本拠の岐阜と京との行き来が楽にできるようになった。

九月には比叡山延暦寺が織田勢に焼き討ちされ、全山が焼亡。西近江の反織田の拠点がなくなった。

そのころから善祥坊の家中はざわめきはじめた。

「浅井家はもはやあてにならぬ。磯野どののように織田につくべきじゃ」

と言い出す者が出始めたのだ。

といっても侍分の中でもっとも下っ端の久兵衛は、そんな動きもあると、かすかにうわさを聞くだけだった。

久兵衛が友田左近から呼び出されたのは、昨日のことだ。友田の屋敷へ出向くと、広間で人払いしたのち、

「これは主命《しゅめい》じゃ。古沢四郎を討て」

と左近に告げられた。その上で教えられたのは、善祥坊が織田家への寝返りを決めた、というおどろくべき事実である。

横山城の木下藤吉郎から、しきりに誘いが来ているというのだ。いま織田方につけば、かなりの恩賞がもらえるらしい。

決断をする前に善祥坊から左近と古沢四郎、山本源内《やまもとげんない》の重臣三人に相談があったが、古沢四郎だけ

反対したという。浅井家への恩義を捨てるのは侍の恥、というのだ。

「四郎は堅物《かたぶつ》ゆえ、このまま捨てておいては浅井家に注進に走り、われらが討伐をうけるやもしれぬ」

だからその前に始末する、と言う。

「そなたにとっては武勇の見せ所よ。もちろん褒美も出る。悪い話ではあるまい」

恩義を重く見る四郎は人柄もよく、中間小者に慕われ、また長刀の名手でもあった。さしずめ侍の鑑《かがみ》といったところだが、いまは乱世である。まっすぐな心の持ち主は生き抜いていけないようだ。

久兵衛自身はといえば、もともと百姓だっただけに、浅井家に恩義などまったく感じていない。浅井家を裏切って織田につくのに抵抗はなかった。

「案ずるな。段取りはわしがする」

四郎を宮部屋敷の酒宴にさそって酒を飲ませるから、帰り道で襲え、と左近は言う。

お膳立てはするが、汚れ役は百姓上がりの手下にやらせるのかと一瞬、勘ぐったが、それでも悪い気はしなかった。出世できるのなら何でもやるつもりだったからだ。


近づいてくるのは、どうやら三人、いや四人のようだ。

古沢四郎はどこだ、と久兵衛は目をこらした。できれば最初に手練《てだ》れの四郎をやってしまいたい。

だが闇の中では誰が誰だかわからない。

「わしは先頭の男をやる。そなたは先頭から二番目の男を斬れ」

小声で命じると、五助は「へっ」と応じた。

小さな火はそこまで近づいてきた。久兵衛は静かに槍先をあげる。と、火が止まった。

「誰じゃ、そこにひそんでおるのは！」

鋭い声が闇を切り裂く。

「織田の討手《うつて》か。出てこい」

古沢四郎の一行はみな刀を抜きつれた。槍の穂先が光ったか、と久兵衛は悔いたが、もう取り返しがつかない。やむを得ずのっそりと藪から出た。四人がいっせいに後ずさる。

「織田の手の者か！」

その声は古沢四郎。先頭から三人目だった。

「いずれそうなるが、いまはまだ……」

そう言いながら駆け出し、あっという間に距離を詰めると槍を突き出した。胸を貫かれた先頭の者が「ぐふっ」と喉声を出して倒れた。素早く槍を抜くと、二人目にかまわず古沢四郎に向かう。

「その声は久兵衛か。おのれ、裏切ったか！」

声にかまわず槍を突き出す。四郎は刀で払う。周囲では五助と、駆けつけてきた三郎右衛門、佐吉が四郎の供のふたりと斬り合っている。

「ええい、卑怯者め！　付き合ってはおれん」

後ろに飛びすさっておいて、四郎はそんな声を投げつけると、いきなり背後に向けて走り出した。

「あ、待て！」

久兵衛も追ったが、鎧と槍が重くて走りづらく、追いつけない。四郎の姿は早くも闇の中へ消えてしまった。

——いかん、仕損じた！

焦ってさらに走ると、いくらも行かぬうちに前方で叫び声と足音が入り乱れた。直後、明かりがともった。松明《たいまつ》の火だ。

「久兵衛か。甘いぞ」

という声は、友田左近だ。

「こちらに逃げてきたからよかったが、藪の中に走り込まれたら、そのまま見失ったかもしれん」

左近の足許には、四郎が倒れている。まだぴくぴくと動いているが、立ち上がる気配はない。肩から胸まで一刀で斬り下げられたらしい。血の臭いがすさまじい。

はあはあと白い息を吐いている久兵衛は、返事もできない。

「残りも片付いたか」

と左近が言う。振り返ると、竹藪のほうも静かになっている。

「首はとらずともよい。骸《むくろ》は竹藪にほうり込んでおけ。あとは古沢の屋敷じゃ。いますぐ攻めかけるぞ」

久兵衛たちは左近にしたがい、宮部村の北外れにある古沢四郎の屋敷へと向かう。

半刻後、屋敷は左近と久兵衛の手の者によって火をかけられ、黒煙をあげて燃えあがった。抵抗する家人たちはみな殺しにされた。

「悪く思うなや。主命やでのう」

久兵衛はそう言って、まだ燃えさかっている屋敷に手を合わせた。同時にこれで一人前の侍あつかいされるか、馬に乗れるようになるか、と考えていた。


善祥坊は織田家の配下となった。

ただしまだ表向きは浅井家に従っている。領地の周囲は浅井家家中の者ばかりなので、いま織田方についたと明らかにすると、たちまちその身が危うくなるからだ。

そして汚れ役を引き受けた久兵衛には、褒美が与えられた。しかし褒美は期待していた所領ではなく、奇妙な仕事だった。

「そなた、このお方の守《も》り役をいたせ」

と善祥坊から命じられて紹介されたのは、四歳の男の子と乳母夫婦《めのと》、それに下男下女の一行五名である。

「万丸《よろずまる》さまと申す。大切な預かり人じゃ。粗相《そそう》のないようにな」

寝返った善祥坊を見捨てない証《あかし》にと、横山城の木下藤吉郎が自分の甥《おい》を送ってきたのだ。表向きは善祥坊の養子になるのだが、つまりは藤吉郎からの人質である。

「そなたにも似合いの年頃の子がおるじゃろ。ちょうどよいと思うてな、推挙しておいた」

これが古沢四郎を討った褒美よ、と左近は笑って押しつけてくる。

「ずいぶんと風変わりな褒美にござりますな」

と久兵衛は皮肉を返した。話がちがうではないかと思ったが、考えてみれば下知を果たせば所領を与えるとは、誰も言っていない。

それより、ちょっと考えただけで、これが大変な役だとわかる。養子とはいえ実質は人質なのだから、きちんと守って当然、少しでもしくじれば咎めをうける役目でもある。

——なるほど、古株の侍たちは誰もやりたがらなかったのやな。

だから若手の久兵衛に押しつけられてきたのだろう、と合点した。

「しかと役を果たせば、悪いようにはならぬわ。受けてくれるな」

左近は、やって当然という顔だ。文句を言いたかったが、ここで腹を立てていては出世はできないと思い、気持ちを切り替えた。

「ありがたき仕合わせ。お受けいたしまする」

と左近に頭を下げた。そして左近の横で怯えた目をしている四歳の子とその供の者たちににっこりと笑いかけ、

「田中久兵衛と申しまする。よろしゅう願い上げまするわ」

と愛想をふりまいた。

四

久兵衛は、槍の石突を地面に突きたてて仁王立ちしたまま、多くの人々が立ちはたらくようすを眺めていた。

古沢四郎を討ってから季節はほぼひとまわりし、暦の上では秋になっている。とはいえまだ日射しは強く、立っているだけで汗が噴き出てくる。

目の前で行われている普請《ふしん》は、異様なものだった。田圃であれ荒れ地であれ、委細かまわずに三間の幅に縄をはり、石を入れてゆく。そして丸太を持ち上げては落として突き固め、上に土を盛る。道の東側には堀を掘り、その土を掻《か》きあげて高さ一丈にもなる土塁を築く。そんな道と土塁が、江北の野をまっすぐに突き抜けようとしていた。

「たいしたものやのお」

久兵衛は、となりに立つ五助に話しかけた。

「いくさとは弓矢と槍の沙汰《さた》とばかり思うておったが、織田のやり方はちがうようじゃな。まずは普請からはじめるのか」

「それも銭と米、惜しみながらやし」

五助は言う。

「朝から晩まではたらいて米五合や。安すぎてあんまりありがたくないけど、いくさの最中は野良仕事もできへんから、このへんの百姓はみな仕方なくはたらいておるようで」

「一日に千人で米五石、三十日で百五十石。それで小谷城を干し上げられるのなら、安いものやな」

「でも、百五十石って、禄にしたらたいしたものや。うちの禄の二十倍やで」

「それを言うな。悲しゅうなるわ」

「こんな仕事じゃ、手柄を立てられへんし」

「ああ、もっと禄がほしいのう」

久兵衛は北の方に目をやった。光があふれる青空と白い入道雲の下に、緑の衣を着た小谷山と虎御前山がならんでいる。

小谷山には昔から浅井家の本城があるが、その向かいにある虎御前山にはいま、多くの幟旗《のぼりばた》がひるがえっていた。

織田の大軍が、陣城《じんじろ》を築いて居すわっているのだ。

いま造られている道と土塁は、この宮部村から虎御前山へとまっすぐに向かっている。小谷城攻めのための軍用道であり、また浅井領を分断する土塁でもあった。

善祥坊が織田方へ寝返ってからこれまで、ずいぶんとさまざまな動きがあって、善祥坊と配下の者は緊張を強いられつづけてきた。

まず冬の最中、善祥坊が自分の屋敷の南方にある国友城に、手勢をひきいて攻めかけた。

織田方の横山城と宮部屋敷のあいだにある国友城は、浅井方に属していた。善祥坊にとっては後方を脅かされる形となり、ひどく邪魔な存在だったのである。

国友城を守る野村肥後守は、善祥坊の手勢を見て城を打って出て、姉川の河原で乱戦となった。久兵衛は首をひとつとったが、善祥坊は鉄砲で足を撃たれ、落馬してしまった。友田左近が助けに駆けつけなければ、善祥坊は敵兵に首を掻かれるところだった。

善祥坊にはさんざんな結末だったが、その国友城も木下藤吉郎に調略され、いまでは織田方に寝返っている。

三月になると、信長が大軍をひきいてやってきて、城を出て戦えと小谷城に籠もる浅井勢を挑発した。しかし単独で戦ってもかなわないとわかっていたので、浅井勢はのらなかった。

織田勢はそののち湖西へ向かい、土豪の小城を落としてその地を支配下におくと、一度上洛してから岐阜へともどった。そして七月に再度、大軍勢をひきいて江北に姿を見せる。

小谷城の目の前にある虎御前山に軍勢を陣どらせ、小谷城に攻めかけて数十人を討ちとると、さらに西にある山本山《やまもとやま》の城へも攻めかけて、ここでも足軽数十人を討った。また余呉《よご》、木之本《きのもと》へも兵を出し、寺院を焼き払った。ウミに船を出し、海津《かいづ》、塩津《しおづ》といった湊町《みなとまち》にも放火狼藉《ろうぜき》をしてまわる。

これでも浅井勢が出てこないのを見ると、織田勢は小谷山のすぐ目の前にある虎御前の山にのぼり、砦を築きはじめた。

前後して朝倉の軍勢が越前から到着したが、織田の大軍を見て意気阻喪したか、到着するなり小谷城の一角に籠もってしまった。それどころか朝倉勢の重臣、前波九郎兵衛《まえばくろうひょうえ》という者をはじめ、名のある武者数人が織田勢に降参してしまうありさまだった。

ほどなく虎御前の砦ができあがると、信長は宮部屋敷を、横山城と虎御前砦とを結ぶつなぎの城とするよう命じた。

信長の肝いりで、宮部屋敷は濠を深く土塁を高くし、堅い城に生まれ変わった。

さらに信長は、虎御前砦とのあいだに武者出入りのために道を造るよう命じた。ただの道ではない。浅井勢に邪魔されぬよう、道の側面に堀と土塁を築け、というのだ。

それが目の前で普請されている道である。

まだ半ばにしか達していないが、もう十日もすれば、半里にもおよぶ長い土塁と堀のついた道が完成するだろう。

久兵衛はいま、浅井勢が攻めてくるのに備えて見張りをしている。

「いや、織田の殿さまはやり手や。これで浅井勢は一段と追い詰められたってわけや」

五助は得々としゃべっているが、久兵衛は聞いていなかった。その目は道普請の一番先頭にいる男たちを見ていた。

じょれんや畚《もっこ》で土や石を運び、丸太や木槌で地面を叩き固めている百姓たちとべつに、平たい木の箱に水をさしたり、縄を張る位置を指図する男たちがいる。興味を覚えた久兵衛は、つかつかと歩みよってたずねた。

「もうし、それは何をしておるのじゃ。教えてくだされ」

「これは水盤《すいばん》と申す。地面がどちらに傾いておるか、調べておるのよ」

話しかけられた男は気軽に教えてくれた。道普請といっても、ただ三間幅に地面をならせばいい、というものではないらしい。

「下に石を敷くのは、多くの者が通ってもへこまぬように、また雨が降っても泥田のようにならぬよう備えておるのじゃ。水はけを考えぬと道もうまく造れぬ」

小柄なその男はおしゃべり好きらしく、いろいろと道普請のやり方を教えてくれた。

「なるほどなるほど。理にかなうておるな」

と久兵衛は感心して聞いている。

「そなたも侍なら、普請のやり方は知っておいたほうがよかろう。城普請も道普請も、侍の心得のひとつじゃ」

「教えてもらえるのなら、すぐにでも習いたいものやが」

退屈な見張りよりよほどおもしろい。なおもさまざまなことを教えてもらっていると、

「久兵衛、ここにおったか」

と声がかかった。善祥坊である。

「油を売っておるな。ま、仕方がない。浅井が攻めてくる気配などあらへんでな」

「いや、道普請を教えてもらって……」

と言い訳をする久兵衛を見ずに、善祥坊はうしろに向かって言った。

「こちらが守り役の田中久兵衛にござる」

そこには小柄で色黒な男が立っていた。

久兵衛はその特異な姿に目を奪われた。

小柄なだけでなく、足が短くて手が長い。やや背をかがめ、両手をだらりと下げて立つ姿は、どことなく猿を思わせる。体つきは貧相だが、顔を見ると、目が大きくて異様に強い光をたたえている。鼻も高く大きく、肌つやもよい。傍《はた》から見ても生気が感じられた。

「こら、御礼を申し上げんか。木下さまじゃ」

善祥坊に言われて、この小男が織田家の武将で、横山城から善祥坊に調略をしかけた木下藤吉郎だと知った。織田家の中でも出世頭だとも聞くが、それがこんな風采のあがらぬ小男とは意外だった。

「田中久兵衛にございまする。以後、お見知りおき願い上げまする」

と頭を下げると、色黒の小男は大きな目で久兵衛をしげしげと見つめて、

「こりゃあええ武者ぶりじゃの。手柄もずいぶんと立てたか」

と、大きくよく響く声でたずねてきた。

「これまでに四つ、首をとってござる」

と久兵衛が答えると、

「ほう、やはりな。ええ面構えをしとる。万丸の守り役にはうってつけじゃて。あれも、いずれは立派な武者にせんといかんでの」

と言って笑顔を見せる。

久兵衛はいくらかあわてた。守り役といっても万丸は宮部屋敷にいるので、数日に一度顔を出しては鬼ごっこの相手をしたり、近所の小川で魚取りにつきあったりしているだけである。立派な武者にするには道は遥《はる》かというしかない。

「で、我御料《わごりよ》の家禄はいかほどかな」

初対面でなんともぶしつけな問いだと思ったが、答えないわけにはいかない。

「禄でござるか。七石半にござる」

と答えたところ、藤吉郎の表情が一変した。

「なにい、七石半じゃと！」

藤吉郎の声は大きい。なにか無礼なことを言ったかと、久兵衛はあわてた。

しかしそうではなかった。藤吉郎は善祥坊に向き直り、

「のう、万丸の面倒を頼むにしては、ちと少なすぎやせんか。守り役が七石半では、藤吉郎は物惜しみをするのかと、世間に顔向けができせんがや」

と文句を言い出した。善祥坊は目を丸くしている。久兵衛もおどろいた。そんな理由で他人の禄に文句をつける人間がいるとは、思ってもみなかった。

「いやあ、この者はまださほど長く奉公しておらぬゆえ、どうしても……」

「ならば、わしが出したる。ああいや、わしが上様にかけおうて進ぜるで、ずんとふやしてやってちょうでえ」

久兵衛は今度はのけぞった。なんと出会った途端に禄を増やしてやると言い出すとは、この男は神か仏か大黒さまか、それとも口先だけの大ぼら吹きか。

「ふやすとは、いかほど」

善祥坊もとまどって問い返している。思ってもみなかった成り行きだが、考えてみれば守り役は仕事なのだから、禄が増えても不思議はない。おどろきから醒めた久兵衛は、これはいい具合になってきたと思った。どれだけ増やしてくれるのか。半石か一石か。所詮は子供のお守りだから、まさか三石はなかろうが、二石はあるのではないか。

二石の所領といえば美田二反だ。そこから米二俵の年貢がとれる。いまの田中家には貴重な収入増である。

なんとか二石、せめて一石と久兵衛が心の中で叫ぶうちに、藤吉郎はとんでもないことを言い出した。

「万丸の守り役なら、まず五十石は下るまいて。百石、と言いたいところやが、七石半からいきなり百石は行き過ぎかの」

え、百石？　いま百石と言ったのか？

まさか、と久兵衛が自分の耳を疑っているうちに、藤吉郎はのたもうた。

「では十層倍にして七十五石でどうじゃ」

七十五石！

いきなり家禄が十倍になるのか！

信じられない。いや、そんな話が認められるはずがない。善祥坊の顔をうかがった。十倍はあり得ないだろう。欲張ったことは言わないから、せめて二、三石増やしてくれれば……。

善祥坊はしばらく考えていたが、なんと、こっくりとうなずいたではないか。

「はあ、それではさように」

あっさりと認めたのである。自分の所領が減るわけではないから、反対する理由もないのだろう。

久兵衛は呆《あき》れてしまった。あの貧相な子供の世話をするだけで七十五石とは！

――そんな出世の仕方があるんかい……。

一石、二石をふやそうと命がけでいくさに出たいままでの努力は、一体何だったのか。

喜びよりおどろきが何倍も大きくて、久兵衛は疑心暗鬼になった。本当に増やしてくれるのか。ただ調子のいいことを言っているだけではないのか。この男を信じていいのか。

「頼りにしとるでよ、万丸の面倒を見たってちょうでえ」

藤吉郎が笑顔を見せて言う。何も格別なことはしていない、という顔だ。

その冷静さに気づいたとき、すべてがすとんと腑《ふ》に落ちた。

ちがうのだ。

新しい主家である織田家は、以前の主家、浅井家とはちがうのだ。

浅井家の配下にいたら、こんな禄の増え方は絶対にあり得ない。しかし織田家では普通のことなのだろう。門地《もんち》や家柄にとらわれず、はたらきのある者にすかさず禄を与えるようになっていると見える。

織田家が急に勢力を大きくできたわけが見えた気がした。

そして久兵衛が守り役を面倒くさがったときに、友田左近が「悪いようにはならぬ」と言っていた意味もようやくわかった。いま日の出の勢いの藤吉郎に、ひいては織田家に近づけば、いいことがあると言いたかったのだ。

とはいえ左近とて、いきなり久兵衛が十倍に加増されるとは思っていなかっただろうが。

「は、もったいないお言葉。それがし、命に替えても万丸どのをお守りいたしまする」

納得した久兵衛は、深く頭を下げた。

「おう、その意気込みでやってちょうでぇ」

藤吉郎は笑顔で久兵衛の肩をたたく。久兵衛ももちろん、これまで誰にも見せたことのないほどのとっておきの笑みを返した。なにしろ目の前の小男は神、それも福の神だと判明したのである。福のおこぼれを頂戴《ちょうだい》するために、これからも近くにいたい。

笑顔を惜しむ理由はひとつもなかった。

五

ふた月後の元亀三年十一月三日。

宮部屋敷の中は修羅場となっていた。

屋敷のあちこちに手傷を負った者がころがり、うめいている。そのあいだを弓や鉄砲をもった者が走り回り、怒声も聞こえる。

浅井・朝倉勢が小谷城から打って出て、織田勢が虎御前山まで長々と築いた土塁を乗り越え、宮部屋敷に攻めかかってきたのだ。

五歳の万丸は、屋敷の中央にある御殿の奥、四畳半ほどの板の間にいて、不安げにきょろきょろと目を動かしている。

無理もない。鉄砲の音だけでなく、雄叫びの声や矢声、悲鳴、それに怒鳴るように戦況を告げる声が四方から聞こえてくるのだ。

「ここにおれば、おそれることは何もあらへんで。気をはったともちなされ」

甲冑姿の久兵衛が吠えると、万丸はおののいた顔で口をあけ、久兵衛を見た。その視線をうけとめながら、

「いまに藤吉郎どのが後巻《うしろまき》にござろう。それまでの辛抱や」

そう言い残して、久兵衛は御殿の外へと飛び出した。

「敵勢の動きは？」

持ち場である辰巳《たつみ》の隅櫓《すみやぐら》に登ると、五助から槍をうけとりつつたずねる。

「いまのところ静かやけど、うしろのほうでなにやら仕度《したく》をしておるような」

「仕度やと？」

櫓から見下ろすと、たしかに敵勢の後方で武者ばかりでなく小者中間があつまり、なにかしている。

「気色悪いな。何やろ」

久兵衛はつぶやき、腕組みをした。

虎御前山の砦にはまだ織田勢がいるものの、主力の軍勢は信長とともに岐阜に去っていた。その隙に、浅井・朝倉勢は押さえの軍勢を虎御前山の前におき、のこりの軍勢を宮部屋敷へ向けてきたのだ。

宮部屋敷は方一町《ほういっちょう》の敷地に濠一重、土塁一重のちいさな要害である。守る兵も三百ほどにすぎない。そこに数千の敵兵が攻め寄せてきた。周囲は幾重にもかこまれ、おびただしい矢弾が撃ち込まれてきている。

それでも水濠《みずぼり》を広く深くした上に土塁をかさ上げし、門前に馬出しをもうけて防備を強固にしてあったおかげで、なんとか敵勢の侵入をはばんでいた。

「あれ、濠の埋め草を拵《こしら》えておるのでは?」

と言うのは物知りの佐吉だ。

「そんな話を聞いたことがあるわ。城を攻めるのに、まず濠を埋めてから土塁にとりつくのやって。稲藁やら材木やら、組み合わせて濠に投げ込むらしいで」

「濠を埋められたら、かなわんな」

三郎右衛門が心配そうな顔をする。その後ろには、顔にまだあどけなさが残る少年がひとり立っている。宮川嘉七郎《かしちろう》といって、新しく召し抱えた者だ。姓が示すとおり、五助が引っ張ってきた親族である。

五助とちがって鼻筋が通り、細面でととのった顔立ちをしている。まだ体も細いが、槍の手ほどきをすると飲み込みが早い。また算用や読み書きもできるので、これは使えそうだと期待していた。

家禄が七十五石になると思って家人をふやしたのだが、実際はいまだ加増されておらず、七石半のままである。家中の侍たちが、いくら何でもいきなり十層倍にするのは論外だと、善祥坊にむかって口を極めて反対したからだ。先輩たちのやっかみである。

藤吉郎に命じられたことでもあり、善祥坊は加増を取り消してはいない。ただ、しばし待てと言われている。いつまで待てばよいのかと問うと、

「そうじゃの、いま一度、目立つ手柄を立ててからじゃの」

さすれば家中の者も納得する、などと言う。だから久兵衛は、是が非でも手柄を立てねばならなくなっている。

「兄者、どうする？」

三郎右衛門に問われて、久兵衛は怒鳴るように答えた。

「そんなん、蹴散らすしかあるまい」

「打って出るのか。あの敵勢の中にか」

「三千はおるで。お味方の十倍や」

おどろいた弟たちは口々に言うが、

「仕度しておけ。殿に進言してくる」

と命じておいて、久兵衛はさっさと御殿へとって返した。

半刻ののち、門外の馬出しに百の兵があつまった。友田左近が率いて敵勢の中へ突っ込み、埋め草に火をかけてもどってくる算段になっていた。久兵衛の進言が容《い》れられたのだ。

出入り口の先頭にいるのは、久兵衛である。

すでに目の色は変わっている。鼻息も荒く、二間柄の槍を手にして小刻みに体を動かし、「首じゃ、首じゃ」とつぶやいていた。

五助や嘉七郎らは、そんな久兵衛を不安げに見ている。

「兄者、手柄はいいが、無茶はせんでくれ」

「兄者はいくさになると人が変わるで」

佐吉と三郎右衛門が言うが、久兵衛は返事もしない。

「ようし、出るぞ。みなの者、仕度はよいな」

左近の声に、おう、と兵たちが返す。

「出陣！」という声で、出入り口におかれてあった盾がとりのぞかれる。

「ほっ、ほおーっ」

奇声とともに一番に飛び出したのは、久兵衛だった。二間柄の槍をかかえ、敵陣へまっしぐらに駆けてゆく。そのあとを五助や三郎右衛門らが追いかける。気づいた敵陣から矢が飛び、鉄砲の音も響いてくる。

久兵衛は飛んでくる矢弾をものともせず、何やらわめきながらひとりで敵陣に突っ込んでいった。

六

「いてて、いてて、いてえ」

久兵衛は悲鳴をあげる。

「なにを大げさに。こんなのかすり傷やがな」

筵《むしろ》の上に寝そべった久兵衛の右肩に油薬をつけている五助は、むっとした顔をする。そういう五助の腕と頬にも傷があり、油薬《あぶらぐすり》が塗ってある。

「かすり傷でも、痛《いて》えものはいてえ」

「でも、こんなので済んで、ほんとに旦那は運が強い」

「まったく。わしらをおいて、ひとりで先走るんやから」

三郎右衛門も、あきれたように言う。

「敵の中に埋もれて、後ろ姿も見えなくなったときにゃ、もう駄目やと思ったで」

「先駆けせにゃ、首はとれんぞ」

「兄者のように何も考えずに突っ込んでたら、とる前に自分のをなくすって」

「わぬしらが遅いんで、とれる首もとれなかったんや。あ、いてて」

顔をしかめる久兵衛に五助は知らぬ顔をして、右股の切り傷に油薬をすり込んだ。宮部屋敷の御殿の庭は、おなじように傷の手当をしている武者たちであふれ、うめき声や話し声で騒然としている。

左近がひきいる百名の宮部勢は、馬出しから出陣して敵勢に突っ込んだものの、あまりに深入りしたため、埋め草を焼くどころか敵勢の中に取り込まれてしまい、あわや全滅の危機におちいった。あわてた善祥坊は、みずから手勢をひきいて出陣し、左近らを助けようとした。その勢いに敵勢もいったんは退いたものの、やはり人数が少なすぎた。すぐに退路をふさがれ、善祥坊の手勢も左近とともに敵勢に囲まれてしまった。

善祥坊勢は、敵勢の中で小半刻も奮闘していただろうか。矢弾を浴びせられ四方から攻められて、もう全滅するしかないと思われた。

そのとき敵勢の一角がくずれた。

騒々しく鉄砲をはなち、敵勢を押しのけてやってきたのは、木下藤吉郎がひきいる織田勢だった。虎御前山の砦から、敵の押さえの軍勢を振りきり、宮部城を助けに駆けつけてくれたのだ。

鉄砲の数でまさる織田勢は宮部勢のまわりから敵勢を追い散らし、昼すぎには小谷城まで押しもどした。いま織田勢は、敵勢に打ち壊された土塁を築きなおしている。

宮部勢の多くは手傷を負い、討死も十数人出た。久兵衛は右肩に矢をうけ、右股を槍で突かれた。しかしどちらも浅傷《あさで》で、すでに血は止まっている。

真っ先に敵の中に突っ込んでそれだけで済んだのは、宮部神社にまつられている八幡《はちまん》さまのご加護があったからだ、と五助は言う。

「なあに、真っ先を駆ける者のほうが、うしろでうろうろする者よりかえって手傷は少ないものだと、昔から言われとるでな」

と久兵衛は言い返したものだ。

五助も三郎右衛門も佐吉も、それぞれ手傷を負っていて、あちこちに油薬をべたべたと塗ったり、もんだ薬草を当てて布を巻きつけたりしている。それでも不思議と浅傷ばかりなのは、やはり八幡さまのご加護なのか、それとも久兵衛のおかげなのか。

「こりゃあ、守り役どのじゃあにゃあきゃあ」

寝転がってなおも痛みにうめいていると、頭上からそんな声が降ってきた。

「おお、手傷を負うたか。みなの衆も大変じゃったの。大事にしたってちょー」

上から久兵衛をのぞき込んでいる小柄な男は、木下藤吉郎だった。横に善祥坊が立っている。大将の陣中見舞いのようだ。

「これは、無礼をつかまつってござる」

久兵衛はあわてて立ち上がろうとしたが、途端に傷がひきつれて痛さに顔をしかめた。

「ああ、そのままそのまま。ただようすを見に来ただけだわ。堅苦しい挨拶《あいさつ》はいらんて」

色黒の顔にやさしげな笑みを浮かべると、丈夫そうな白い歯が目立った。

「こなたも苦しいが、小谷城のほうはもっと苦しいでの、いまは辛抱が肝心だて。そのうち上様がござって、浅井も朝倉も一気に攻め滅ぼしてしまいなさる。それまで堅固に城を支えとってちょーでえ」

大きな目を細めてそう言うと、後ろ手をしてひょうひょうと歩き去っていった。そして別の侍に声をかけている。

不思議な男だな、と久兵衛は思う。小柄なのに貫禄はある。といって近寄りがたいわけではなく、ちょっと話をしてみたいと思うような親しみを感じさせる。そして実際、話はおもしろい。しかもいくさになると強い。今回も、藤吉郎のおかげで命拾いしたようなものだ。機を見る目と胆力のない武将だったら、あの場に間に合わなかっただろう。

「あのお方」

と藤吉郎を見ながら、五助がささやく。

「もとは織田の上様の草履《ぞうり》取りだったそうな」

「おお、そうらしいの」

それはよく聞く話である。

「生まれは尾張中村《なかむら》の小百姓のせがれで、草履取りになる前は駿河《するが》で侍の下人をしたり、野伏《のふせ》りをしていたとか。物乞いをしていた、という者もおりまする。織田家に奉公してからも、あの体つきやし、首をとったという話は聞かへん。それでも大将にならはった」

五助は気持ちよさそうにつづける。

「それやで、励みになりましょう。わしらだって気張って手柄をたてりゃ、いずれは城持ちになれる、千人の大将になれるって。わし、そう思ってはたらいてますのや」

「いずれ城持ちか。ええ響きやのう」

久兵衛もうなずいていた。

「わしも木下さまにあやかって、城持ちを目指すかな」

「おう、そうなされませ」

五助も言う。

思い返せば十六歳で侍になろうと決心したときは、ただ苦境を抜け出したい一心で、そこまでの出世は考えていなかった。そもそも浅井家中では城持ち侍はみな代々武家の家柄で、百姓から立身出世した者などひとりもいなかったからだ。蓮華会《れんげえ》の頭人《とうにん》になれとオバに言われたのを冗談だと思っていたのは、そんな事情もある。

だが織田家には藤吉郎のような者もいる。氏素性もないのに、城持ちになっているではないか。

侍になったのはいいが、田中家の暮らしは決して楽になってはいない。家来を養わねばならないし、槍や刀など得物と具足も買わねばならないからだ。

しかし城持ちになれば、間違っても飢えることはない。あたたかくきれいな服を着て、家来衆を顎で使える。夢のような身分だ。

「こりゃ夢やが、かなわぬ夢やあらへんで。いつかは城持ち大名になったる」

言葉にして口に出してみると、少し前に苦しめられた灰色の壁は見事に消えて、目の前に広く開けた道ができたように思えた。

七

幾筋もの黒煙が、小谷山の尾根筋から天にむかって噴きあげている。

「みな、いるか」

久兵衛は小谷山の尾根道脇の木陰で、配下の者たちを見まわしていた。

弟ふたりと五助、嘉七郎。四人とも汗まみれで草むらにすわり込んでいる。具足は泥と煤《すす》で汚れてあちこちの縅糸《おどしいと》も切れ、顔色も悪い。みな疲労の色は隠せないが、深刻な手傷は負っていない。

「首はもっているな」

「へえ、ここに」

嘉七郎が腰につけた首袋をぽんとたたく。

「わしも、ここに」

五助も腰の袋を示す。

「ふたつか。たったふたつか」

久兵衛は渋い顔で顎をなでる。

宮部城攻めからほぼ二年が過ぎた天正元《てんしよう》（一五七三）年八月二十九日の早朝。久兵衛たちは浅井家の本拠、小谷城に攻め込んでいた。

尾根筋の高い方から山王丸《さんのうまる》、小丸《こまる》、京極丸《きようごくまる》、と南北数町にわたって曲輪が連なっているのが、小谷城である。尾根の東西はどちらも傾斜の急な断崖である上に、竪堀《たてぼり》が幾筋も切られているという、難攻不落の要害だった。

しかし、堅城はえてして内側から崩れる。

最初の裏切り者は、浅井家の重臣で小谷城の西一里ほどの湖岸にある山本山城主、阿閉淡路守《あつじあわじのかみ》だった。

八月八日、阿閉が織田勢に内応する意を明らかにしたと伝わったその夜のうちに、信長は岐阜から出陣。翌日にはまず虎御前山の南西にある目障りな月ケ瀬《つきがせ》の城を落とし、ついで小谷城の北に布陣した。

ちょうど越前からきた朝倉勢が小谷城に近づきつつあったので、浅井・朝倉両家の連繋を断とうとしたのである。

朝倉勢は、以前から小谷山の北方、大嶽《おおずく》という高所に陣城を築き、数百の兵を入れ置いていた。信長は浅見対馬守《あさみつしまのかみ》という裏切り者の手引きでその陣城を攻め落とし、さらに小谷城の西にある丁野山《ようのさん》の陣をも攻略する。

越前から出てきた朝倉勢は、伊香《いか》郡の田上山《たがみ》に本陣をおいていたが、大嶽が落ちて小谷城が孤立したと知り、本国の越前へ退却にかかった。

信長はこの隙を見逃さなかった。

闇に紛れてひそかに陣から引きあげようとしていた朝倉勢に、みずから先頭に立って夜襲をかけた。逃げ腰になっていた朝倉勢は、ひと支えもできずに崩れたち、兵たちはてんでに越前へ逃げ帰ろうとする。

信長は全軍に追い討ちを命じ、敦賀《つるが》まで十一里のあいだ追いかけて、三千あまりの首をとった。さらに敗走する朝倉勢を追って木《き》ノ芽《め》峠を越えた織田勢は、そのまま越前に乱入すると、朝倉勢を本拠地の一乗谷《いちじようだに》まで追い詰め、とうとう大将の朝倉義景《よしかげ》を討ちとってしまった。

ここまで、信長の出陣から半月ほどしかたっていない。

府中龍門《ふちゆうりゆうもん》村にて朝倉義景の首を実検したあと、獄門にかけるため京へ送っておいて、織田勢は江北の地にもどってきた。

ふたたび大軍で小谷城を囲む。

久兵衛も、善祥坊とともに木下藤吉郎の軍勢に加わって一乗谷まで攻め込み、三つの首をあげてまた小谷城の前にもどってきた。そして一昨日の夜、藤吉郎の軍勢の一員として、小谷城曲輪群の真ん中にある京極丸に夜討ちをかけた。闇を利用して曲輪の下までひそかに這い寄り、突然湧き上がるように猛攻をしかけたのである。

京極丸の守兵たちはたまらず降参し、曲輪は夜明け前に陥落。これで小谷城は南北に分断された。

二十八日の朝になると、織田勢はまず長政の父、久政《ひさまさ》が籠もる北側の小丸へ攻めかけた。こちらも中心となったのは藤吉郎勢で、半日もかからずに攻め落として久政の首を得た。

それから長政の籠もる本丸攻めにかかったのだが、すぐには落とせず、まだ本丸には、三盛《みつも》り亀甲《きつこう》に花角《はなかく》の紋を染め抜いた浅井家の旗がひるがえっている。

とはいえ、いまやほとんどの曲輪が黒煙を吐くか、すでに焼け落ちて黒い残骸をさらしている。小谷城の中で抵抗をつづけているのは本丸だけだ。

「首ふたつでは足りん。もうひとつふたつとったる！」

久兵衛は吠える。ふつうの合戦なら首をふたつもとれば大手柄だが、今日はお味方の大勝だから、ふたつでは目立たない。もっととらなくては。

宮部屋敷の戦いで奮戦したのを認められ、やっと七十五石に加増してもらったが、それでもまだ暮らしは楽にならなかった。

なにより新たに買い入れた馬を養うのが大変だ。馬には草ばかり食わせておけばいいわけではなく、麦や豆も食わせないと、痩せてしまって走らなくなる。それも一日に三升も四升も食うのだ。人間を数人養っているようなものである。もっと出世して禄をふやさないと、馬に食いつぶされてしまう。

張り切る久兵衛の言葉に、みな顔をしかめる。一昨日の夜襲からここまでろくに眠りもせず、飯も満足に食わずに戦ってきたのだ。目は冴《さ》えているものの、体は疲れ果てている。

「ええい、こんなところで眠そうな顔をするな。さあ、寄せ手にくわわるぞ」

久兵衛も疲れていたが、まだ手足は動く。二間柄の槍をかかえ、味方の兵が何重にも取り巻いている本丸へと向かった。弟たちがしぶしぶという感じでつづく。

「また曲輪攻めかあ」

五助が不満そうにもらす。

「壁を登るの、疲れた」

「文句を言うな。ならば今度は門を破ったれ。それならば登らずにすむで」

「門なんて、正面から攻めたら命がいくつあっても足りまへんがな」

そんなことを言いつつ本丸に近づく。しかし尾根道には、群がっている味方の兵の背中しか見えない。

「出遅れたわ。これでは敵の顔すら拝めぬぞ」

味方を押しのけて曲輪へ近づくしかないが、それも難儀なことだ。

どこから攻めるかと久兵衛が迷っていると、本丸の門のあたりでなにやら騒ぎが起きはじめた。見ていると、頑丈な木戸が開いてゆくではないか。

ついにお味方が門を破ったかと思ったが、そうではなかった。開いた門から、鉄砲が外に向けて乱射された。

山上の空気が震撼《しんかん》する。悲鳴をあげたのは、門前に密集していたお味方の将兵だった。ばたばたと倒れる味方の兵を踏み越えて、敵兵が喊声とともに飛び出してきた。意匠を凝《こ》らした自分指物を背負い、色鮮やかな甲冑に身を包んだ敵兵の群れは、奔流のように尾根道を走り、味方の兵に襲いかかる。その勢いに押されて、門前にあつまっていた味方の兵がわっと退いた。

「討死覚悟で出てきたか」

「あぶねえ。こりゃ当たらぬが吉やで」

三郎右衛門らは物憂《ものう》そうに言うが、久兵衛は逆に暗かった表情を一変させていた。

「こりゃ思わぬ拾い物や。首の方から出てきてくれたぞ。さあ、朝飯前にもうひと仕事、片付けようで」

目を輝かせて弟たちをうながす。

「兄者はあれ、こわくないのか。すごい勢いやで」

佐吉が不思議そうにたずねる。

「前々から思っておったけど、兄者は恐れを知らんな。ふつうやないで。まるで生まれながらの武者のようや。平家物語なら能登守《のとのかみ》、太平記《たいへいき》なら尊氏《たかうじ》公ってところかな」

「なにがこわいものか。あれしきを恐れて侍がつとまるか」

実際、久兵衛は初陣のときは別として、いくさの場で恐怖を感じたことがなかった。人々が敵兵を前にしておそれ怖《お》じ気《け》づくのが、不思議でたまらないほどだった。しかし話している暇はない。久兵衛は槍をかまえると、

「そうりゃあああ！」

と叫びながら、敵兵の奔流に向かって駆けだしていった。

浅井勢の突出に、一度は算を乱した織田勢だったが、勝負はそこまでだった。

長政と将兵が打って出た隙に、織田勢が本丸に攻め込んで占拠してしまったのだ。

火をかけられ、炎と黒煙を噴きあげる本丸を見て、長政はもはやこれまでと思ったか、曲輪の脇にある家臣宅にはいって自刃した。

江北を支配していた浅井家はここに滅び、近江国が織田家のものとなったのである。

あくる日、信長の本陣で首実検と恩賞の申し渡しがあった。

ここで、浅井家の領地であった浅井、伊香、坂田《さかた》の江北三郡あわせて十二万石が木下藤吉郎に与えられた。この破格の恩賞に、織田家中はざわついた。

浅井家討滅にもっとも手柄があったのは藤吉郎だから当然といえば当然だが、もとは信長の草履取りだった身である。それが近江半国の大名になるのは、異数《いすう》の出世といえる。面白く思わない者も多かっただろう。

そののち藤吉郎は姓を「木下」から「羽柴《はしば》」とあらためた。織田家の重臣である丹羽《にわ》と柴田《しばた》の両者から、一字ずつもらったのだという。家中には出世をねたむ輩《やから》もいるから、頭を低くしてやりすごそうとしたのだろう。

久兵衛は、都合七つの首をとったはたらきが認められて、三百石に加増されることになった。十六歳で小者から奉公をはじめて十年。二十六歳で三百石の身となったのである。

なお善祥坊は三千石、友田左近は五百石に、それぞれ加増となった。結果、善祥坊の組下《くみした》では久兵衛が二番手の大身《たいしん》となる。

同時に、久兵衛は善祥坊の家臣をはなれ、羽柴藤吉郎の家臣となった。十二万石の大身となった藤吉郎が、見どころのある武者たちを自分の許にかき集めたのである。といっても当面は藤吉郎からの寄騎《よりき》として、いままでどおり善祥坊の組下ではたらくことになっている。

また万丸が善祥坊の養子を解かれて藤吉郎の許にもどったので、守り役からも解放された。善祥坊がはっきりと藤吉郎の麾下《きか》に入った以上、人質の意味がなくなったからだ。

守り役といっても、いっしょに遊んでやった憶えしかない。七十五石の仕事としては申し訳ないくらいだが、まずまず仲はよかったし、万丸に楽しい思いはさせてやったと思う。

別れの挨拶として万丸に「これからも達者でおりなされ」と声をかけると、わかったのかわからないのか、ぽかんとした顔をしていたのが妙に記憶に残った。

将来、この子供に人生を左右されることになろうとは、このときの久兵衛にはまったく想像もできなかった。

第三章　千五百石の焦り

一

「なるほど、そうやって積むのか」

おだやかな波音を聞きながら、久兵衛は石工《いしく》の頭《かしら》と話をしていた。

「とにかく地面の下の養生《ようじよう》が肝心で。ここの手を抜くと、ちょっとした地震《ない》で石垣が崩れてしまいまする」

石工の頭は間竿《けんざお》を手にして、手下が掘っている穴をじっと見ている。そこに基礎となる根石《ねいし》を入れるという。

浅井家滅亡から一年がすぎた天正二年九月。久兵衛は今浜《いまはま》の湖岸近くで、石垣普請の監督をしていた。

五助や佐吉など久兵衛の配下の者も、賦役《ふえき》に駆り出された百姓たちを督励しながら、いっしょに石運びや穴掘りをしている。

秀吉は山上にある小谷城が気に入らなかったようで、湖岸に接して湊のある今浜に新しく城を築きつつあった。

築城は、この正月からはじまっていた。久兵衛は以前、信長が宮部屋敷から虎御前山まで築いた土塁の普請を手伝ったので、絵図面の見方は習い覚えていた。そこで今回の築城にあたって、監督役を買って出たのだ。

もちろん、わからないことが多いが、そこはよく知っている者に頭を下げて教えてもらっている。いまは石垣積みという新しい技術に触れて、監督しつつ知識を仕入れているところだった。

久兵衛たちはこの数年、織田勢の先陣として浅井家との境目にあり、つねに敵勢と対峙し、小競り合いや合戦をしてきた。しかし浅井家が滅んだいまは、しばしの休息を与えられている。

合戦がないので首をあげて出世する機会がないのは残念だが、それならそれで、先に備えてさまざまなことを学ぼうと、久兵衛は思っていた。

頭と話していると、侍がひとり寄ってきた。となりの持ち場を指揮している山内伊右衛門《やまのうちいえもん》という男だ。

「まだ掘るのか。水が出てきてかなわんぞ」

ちょっと息が漏れるような声で言う。背丈は人並みながら、樽《たる》のように分厚い上体の上に丸顔がのっている。一見、あまり強そうに見えないが、頬の大きな傷が歴戦の強者《つわもの》であると語っている。昨年の朝倉家との合戦で、敵将と渡り合って顔に矢をうけたが、それをものともせず、頬に矢を突きたてたまま敵に向かい、槍で倒したという。

禄は四百石。年齢も久兵衛と近い。会えば挨拶をかわす仲だが、出世を争う相手でもある。応対に気は抜けない。

「しかし掘らねば根石が入れられぬ。掘るしかあるまい」

「なにか工夫はないのか。やたら掘るだけでは能がなかろう」

見れば山内伊右衛門の持ち場は、さほど水が出ていない。このまま石垣をつなげると自分の持ち場に水が入るから、なんとかせよと文句を言ってきたのだ。

他人の持ち場に口を出すなと言いたいが、それでは角が立つ。なんとか説き伏せるしかない。

「水が出ようと石が浮くわけでなし、なにも差し支えはなかろう。要は頑丈な石垣になっておればよいのや」

「浮かぬが面倒がふえる。石垣をつなげる前には水を始末しておいてもらおうか」

「それはお互いさまやろ」

「なんやと。わが持ち場はこんなに水は出ておらんわ」

だんだんと口調が険しくなってくる。これはまずいなと思っていると、

「水はやむを得まいて。くみ出すしかなかろう。ま、手間ではあるがのう」

ともうひとり寄ってきた。堀尾茂助《ほりおもすけ》という男で、こちらは面長で背が高い。ふたりよりいくつか年上のはずだ。尾張の出で、伊右衛門の山内家とは織田家の奉行仲間として父の代から付き合いがあるという。「仏の茂助」で通っており、温和で話し声もやさしく、誰彼となく面倒を見るので、同僚や下僚から慕われている。どうやらふたりが声高に話し合っているのを聞きつけ、仲裁に駆けつけてくれたらしい。

藤吉郎のまわりには、こうした若くて禄が数百石という侍が多い。いずれも血気盛んで、なんとか出世して城持ち、あわよくば国持ち大名になろうという野心の持ち主ばかりだ。

「もちろんくみ出しましょう。でなければきちんと積めているかもわかりませぬからな」

と石工の頭が引き取ってくれて、話し合いはけりがついた。

「ま、これからの城は、みな石垣を積むことになりましょうな」

頭の言葉に、久兵衛はうなずく。

「新しい形の城ゆえ、手間もかかるわな」

少し前まで城といえば山の上にあるか、平地ならば濠を掘って土を掻き揚げて土塁を築き回し、その上に櫓を建て、敷地の中に屋敷を配したものだった。

しかしいま織田家の武将たちが好んで築くのは、石垣の土台の上に高々と建つ天守を中心にした城だ。高々とした天守は遠くからでも目立ち、大名の威光を領地の者たちに知らしめる役目を果たす。

この今浜の城は、本丸はちょっとした岬のようにウミに突き出たところにおき、陸地側には家臣屋敷を配した上で、堀割で本丸と陸地を切り離すなど、ウミを濠代わりにしていて守りも堅い。軍事面の要所を押さえた上に領主の威光を知らしめ、水運という商売の要をもおろそかにしていない。まことに考え抜かれた造りである。

「いい城になりそうやな」

いかに素早く堅い城を築くか。いまの久兵衛には要らぬ知識だが、いずれ役に立つときがくるはずだ。

「とにかく羽柴さまも織田の上様も、新しいものが好きやな」

だから強いのだろうと思う。浅井家は、なにごとも変えるのを好まなかったから、おくれをとって滅びたのだ。

昼前にひと休みとなった。

「さあさ、みんな来てちょーでー」

と普請場の前で呼びかけるのは藤吉郎の妻、ねねである。

いくつかの笊《ざる》に握り飯が山盛りになっている。それに熱く香り高い茶が、城の下女たちの給仕で侍衆や百姓らにふるまわれる。

「やれ、生き返る心地がするわい」

とはたらく者たちの評判はいい。久兵衛も家中の者たちと馳走《ちそう》になった。

「奥方も、ようはたらくな」

と三郎右衛門が言う。藤吉郎とは対照的に大柄で肉付きのいいねねは、顔立ちもととのっていて美女といえよう。明るい顔でみなに握り飯をすすめている。

——侍の妻は、こうやないと。

ついついおふくと比べてしまう。

昼の八つになると、その日の作業は終わりだ。久兵衛の一行は三川村の屋敷まで半刻ほどかけて帰る。

「お帰りなされませ。さあさ、飯にしなされ。まずは手足をすすいで」

屋敷に着くと、おふくがにこやかに出迎えてくれた。子供たちも、声をそろえて父の帰りを迎える。

井戸端で手足をすすぐと、もう夕暮れが迫っている。母屋の北側に新しく建て増しした台所にはいり、久兵衛は上座にすわった。

この家も敷地を広げて建て増しを繰り返し、周囲には堀まがいの溝も掘った。いまではどうにか侍屋敷らしくなっている。

弟たちは別棟にひきとったが、老母と妻子、それに家来衆や中間小者たち十名あまりが、台所にそれぞれの膳を据えて居並んでいる。

「よし、飯とせい」

久兵衛の号令でみな箸を持って一礼し、食べはじめた。

上座にすわって大勢がにぎやかに食事をする光景をながめていると、自分の家が豊かに大きくなっていると感じられて、満ち足りた心持ちになるものだ。

そして三百石取りの身となって、夕餉の品数がふえた。麦飯に味噌汁、平皿に芋の煮染め。それに塩漬けの菜。百姓をしていたときのように腹を減らしても食う物がなく、身も世もなくもだえ苦しむことは、もうない。それだけでも侍になってよかったと思う。

夕餉のあと、三郎右衛門と佐吉が母屋にきた。

みなで奥の一間にあつまると、坊主頭ながら小袖に袴をつけた男がやってきた。

小谷の城下に住む侍たちや今浜の商家を相手にしている、地元の連歌師《れんがし》である。

侍同士の付き合いで、連歌会を興行することがある。連歌は数名であつまって五七五と七七の句を交互に詠み合う遊びだが、源氏物語《げんじものがたり》や古今集《こきんしゅう》、伊勢物語《いせものがたり》などの内容をもとに句を詠むので、古典を知らないと句作ができず、仲間に加われない。すると家中での居心地が悪くなり、ひいては出世にまで差しつかえる。

善祥坊はもと比叡山の僧侶だっただけに、漢籍をはじめとして文事に明るい。家中の雰囲気も自然と文事を好むようになっていて、仲間内で連歌会を催すこともある。しかし久兵衛は歌も詠めず古典も知らないので、そうした催しに呼ばれないでいる。

これではいかんと、一念発起して学びはじめたのだった。

三百石取りになったといってもまだ一騎駆けの武者にすぎない。しかしいずれ足軽たちをひきいる物頭《ものがしら》になり、ついで武者をひきいる組頭《くみがしら》、そして奉行をつとめる老臣《ろうしん》、さらには城を預かる城代《じょうだい》、果ては自分の城を持つ大名と、どんどん出世の階段をのぼってゆきたいと思う。

だが出世するためには、槍の腕前だけでは足りないのである。

築城の方法のほかにも読み書きに算用、他家と付き合うときの作法など、さまざまな知識や技量を身につけていかねばならない。

読み書きは子供のころに父からひととおり教えてもらったが、かなはともかく漢字は苦手だった。そこで近くの寺の和尚について「庭訓往来《ていきんおうらい》」を習った。またそろばんの使い方と算用状（決算書）の書き方も教えてもらった。

じっとすわって机に向かい、筆を使ったりそろばんを弾《はじ》くのは、立木打ちとはまたちがった辛さがある。

しかし繰り返し修練して腕前を上げることこそ出世の早道だとわかっているから、我慢して毎日、勉学に励んだ。そのため朝夕の立木打ちもできなくなったが、一年ほどで「庭訓往来」を仕上げた。もう書状の読み書きも苦にならない。

山内伊右衛門や堀尾茂助らと話していると「孫子《そんし》」にこうあったとか「三略《さんりやく》」はこうだとか軍書の話になったり、太平記や平家物語《へいけものがたり》に描かれる合戦が話に出たりする。ふたりとも一時落ちぶれて浪人したことがあるものの、歴《れつき》とした侍、それも名門の出なのである。そうした知識は周囲から自然と得られるもののようだ。

百姓の出である久兵衛はだまっているしかないが、聞いた話は残らず憶え、わからないところは、くやしいが辞を低くして教えてもらうようつとめてきた。それくらいしないと、山内らとの差は埋められないと思っている。

連歌師は上座にすわると、

「では、夕顔《ゆうがお》の段《だん》、つづけまする」

と断って、源氏物語の講釈を語り出した。

連歌師は句作を指導するだけでなく、源氏物語や伊勢物語などの古典の知識も授けてくれる。久兵衛は弟たちと講釈を聞いた。

十三歳になった弁天丸も、部屋の隅で聞いている。すでに大人ほどの背丈になっていた。読み書きと算用もひととおり学んでいるので、これからはいっしょに学ばせるつもりだ。

それにしても、光源氏《ひかるげんじ》というのはずいぶんと色好みな男だと思う。いったい何人の妻をもっているのか……。

そんなことを思っているうちに、連歌師の声が遠くなっていった。

半刻ほど夕顔の段を語って、連歌師は夜道を帰っていった。

久兵衛は大半を寝ていたらしく、夕顔の段がどういう話なのか、ほとんど憶えていない。

「源氏物語も歌も、面白いと思えんなあ」

久兵衛がぼやくと、佐吉が噴き出した。

「一番前にすわっておいて、遠慮なしに舟をこぐもんで、お師匠はん、困った顔してたで。兄者はいくさの他には面白いと思えるものがないのやろ。源氏などやめて、つぎは太平記でも聞いたらどうや。いくさの手立てやはかりごとばかり出てくるそうやで」

これでは連歌会に出るのは、当分先のことになるだろう。

ようやく一日が終わった。心地よい疲れとともに、久兵衛は寝間にひきとる。

「引っ越し仕度は、すすんでいるか」

寝間に入ってきたおふくにたずねた。

「まだ、あんまり……」

「早くしろ。屋敷ができたら、すぐに越すぞ」

今浜では、城の普請に少し遅れて家臣の屋敷も建てはじめている。久兵衛の屋敷も、造作をはじめていた。

「ほんとに引っ越すの？　ここじゃ駄目なの」

「ここでは奉公に不便や。いずれ家来衆は、みな今浜に住むようになるのや」

「でも、ここもずいぶん広くしたし、みなも住み慣れてるし」

おふくとの会話はかみ合わない。住み慣れた三川村から出たくないらしい。

「少しは侍のお方《かた》さまらしくせえ。もう草刈りや水くみは下女にまかせて、家で算用の帳面をつけたり、家人に掃除の指図をしたりして、広く家の中を見るのや」

「そんなこと言われても、うちは算用なんてできへんし」

「できなかったら、教えてもらえ」

おふくの返事はない。不満そうに頬をふくらませている。

久兵衛もあきらめて口を閉じた。やはり侍の妻としては物足りない。藤吉郎の妻、ねねとはずいぶんちがう。

——時々の立場に応じて変わっていかんと、ここから上には昇れへんぞ。

大名にまで出世するにはどうしたらいいのか、いまだ手探りで迷いつつ進んでいる最中なのに、おふくは理解しようともしない。出世してゆく夫と歩調を合わせて人生を歩んで行こうとは、考えていないらしい。

久兵衛は夜具の中で物思いに沈んだ。

二

長浜《ながはま》——藤吉郎秀吉が今浜を改称した——築城から五年がすぎた天正六年の夏。
久兵衛は山陰の但馬《たじま》にいた。いま峠越えの道を養父《やぶ》郡の山間《やまあい》の村へむかっている。

家人と弁天丸改め小十郎《こじゅうろう》のほかに、善祥坊から付けられた兵三十人ほどと鉄砲放ち三人をひきいていた。

「そなたは搦手《からめて》にまわれ」

村の手前で行軍を止め、三郎右衛門に命じた。善祥坊から預けられた足軽ら七名と鉄砲放ちひとりをつける。

「ここから右へ行け。山道を抜けて、藪をくぐれば搦手に出るそうじゃ。着いたら、合図があるまで姿を隠しておけ。いいな、急げ」

「こころえた」

合図は、二発の銃声である。三郎右衛門は配下の者をひきいて、小走りに山道を去っていった。


久兵衛に中国出陣の話があったのは、半年前の冬のことだ。出陣の前におふくに説き聞かせた。

「羽柴さまが上様から特に名指しで、中国表《おもて》を平らげるよう、命じられたのや。名誉なことやで。仕事が大きけりゃ、手柄も大きゅうなるってもんや」

藤吉郎は三年ほど前に筑前守《ちくぜんのかみ》の官名を朝廷から下され、いまでは羽柴筑前守秀吉と名乗っていた。

中国表を支配する毛利《もうり》勢は、十カ国を領している。これまでに織田勢が戦った中では一番の強敵である。その強敵を討つ武将に、秀吉が選ばれたのだ。秀吉配下の久兵衛も当然、出陣することになる。

「長浜でも遠いのに、もっと遠くへ行くの」

おふくは垂れ気味の大きな目を一瞬瞠《みは》り、それから悲しそうに久兵衛を見た。

「播磨《はりま》や但馬って、言われてもわからへん。京より遠いって、どんなところなの」

「なあに、せいぜい三、四日も歩けば着くところや。心配せんでもええ」

少々鬱陶しく思いながら、久兵衛はおふくにやさしく語りかけた。

いま久兵衛は、もとからある三川村の家と別に長浜に屋敷をもっている。ふだんは長浜にいて城に出仕することが多いので、おふくにも長浜に来るように言っているのだが、なんだかんだと理由をつけては三川にいたがる。どうやら長浜だとまわりは侍の家ばかりなので、近所づきあいが苦痛らしい。

「畑の面倒もみなあかんし」

というのだが、畑の面倒よりこちらの面倒をみてくれ、と言いたくなる。長屋住まいの家来衆に飯を食わせるにも、やはり台所の女衆をまとめる女主人が必要なのだ。

三川村では稲の刈り入れから籾干しまで終わり、俵を編んで米を詰める作業がはじまっている。若い衆が出陣して村から出払っても、ひとまず差し障りはない。

「毛利勢をすべて討ち平らげたら、羽柴さまは二、三カ国の主になられるやろ。そうしたらわしの禄も、まず千石は下らんやろな」

織田勢が順調に勝ちつづけ、その上で自身が手柄を立てれば、の話だが、挙げた首の数次第では、いま三百石の禄が一気に三倍、四倍になってもおかしくはない。それほどの機会がやっとめぐってきたのだ。

いまはまだ西国にも東国にも織田家の息のかからぬ大大名がいるが、いずれはみななぎ倒して天下を統一し、本当の天下人《てんかびと》になるだろう。それにはさて、いまから十年もかかるだろうか。

天下が統一されてしまえば合戦はなくなり、首を挙げて出世することもできなくなる。それまでに城をもつ大名まで出世したい。

なのに天正元年に三百石の禄をもらう身になってから、禄はまったくふえていない。大将の秀吉があまり合戦に出なかったので、こちらも手柄を立てられなかったのだ。

もう三十路《みそじ》だ。ぐずぐずしてはいられない。

「でも、長くかかるんでしょ」

「さあて、そこはわからんが、まず三月《みつき》や四月《よつき》は帰れぬと考えたほうがよかろうな」

「そんなに長いの！」

おふくは声をあげ、ついで下を向いた。

「さみしい……」

「ま、羽柴さまは知恵が回るでの、早々に片付けてしまうかもしれんが」

「そうやといいけど」

上を向いた目が赤くなっている。

——ま、かわいいといえばかわいいが。

頼りないといえば頼りない。留守の家を預けるのが心配になるほどだ。

「それとな、小十郎を連れてゆくぞ。あれももう、初陣《ういじん》をさせんとな」

長男の小十郎は昨年、元服させた。久兵衛に似て筋骨たくましい若者に育ち、七つすぎから教えた馬と弓はなかなかの腕前になっていた。近ごろでは久兵衛とおなじやり方で槍の腕を磨いている。初陣は望むところだろう。

「やっぱり侍にするの？」

「そりゃそうや。他にどうするのや」

おふくはだまってしまった。

——どうもいかんな。

考え方がいろいろとちがっていて、やりにくい。おふくは根っから百姓の娘なのだ。

一方で弟たちと家来衆は、やっと手柄をたてる機会がきたと張り切っていた。

「久兵衛旦那が出世してくれなきゃあ、わしらの暮らしもよくならんでの」

と五助は言う。

この男ももう二十五歳を過ぎたのに、いまだに屋敷内の長屋に住み、嫁もいない。合戦がなければ田仕事に駆り出されるし、普請の手伝いにゆけば畚をかつがされる。侍になったはずなのに、暮らしは百姓とおなじで、いい目は見ていないと嘆いていた。おなじ境遇の嘉七郎も、何度もうなずく。

「わしらも早く馬乗りになりたい。兄者、必ず手柄をたてようで」

と三郎右衛門と佐吉の弟ふたりも鼻息が荒い。三百石取りとなったいまも、田中家では久兵衛しか馬に乗れないのである。

まだ紫色がのこる早朝の空を見上げながら、久兵衛らはかじかむ手に息を吹きかけ、霜を踏んで三川村を出た。

総勢一万の秀吉勢は、まず播磨の姫路《ひめじ》城にはいった。そこで小寺官兵衛《こでらかんべえ》という者の案内で播磨中の国人を調略し、兵を使わずにたちまち播磨一国を手に入れた。

つぎは但馬の攻略にかかる。播磨から三千ほどの軍勢をひきいて真弓峠を越えた羽柴小一郎《こいちろう》——秀吉の異父弟——は、まずは生野《いくの》銀山《ぎんざん》を接収。そののち朝来《あさご》郡の岩洲《いわす》、竹田《たけだ》の両城を落とし、つづいて養父郡も平定した。二郡を平定するのに二十日もかからないという早業だった。

竹田城にはいった羽柴小一郎は、諸将を各地の城に入れて在地の支配にかかる。

秀吉の中国経略は粛々とすすむかと見えたが、年が明けると波乱がおきた。

播磨の別所《べっしょ》氏が織田家に逆らい、毛利方について三木《みき》城に立てこもってしまったのだ。

足許の叛乱《はんらん》に秀吉はあわてたが、兵力では依然として優勢だったので、腰を落ち着けて支城《しじょう》をひとつずつ落とし、三木城を裸にする作戦をとった。このため羽柴小一郎も播磨へ呼びもどされた。かわって但馬をあずかったのが、善祥坊である。いまは宿南《しゅくなみ》の城にいて、養父郡内を静謐《せいひつ》に保つべく、各地に目を光らせている。

そんな善祥坊から、久兵衛はこの村の土豪を討伐するよう命じられた。土豪が毛利勢に味方しているのが発覚したのである。

久兵衛は喜んで応じた。これは物頭へ登用するための試《ため》しだとにらんでいた。ここでうまくやれば、今後は物頭として扱われるだろう。

「この人数で、大丈夫でしょうかの」

三郎右衛門たちが去ったのち、嘉七郎がたずねる。

「館を攻めるなら、少なくとも百は要るでしょうに」

と五助も不安そうに言う。

「友田どのの話では、館といっても堀も土塁もなく、溝と板塀だけやそうな。恐れるほど堅固な構えやない。家人もまず十人から十五人というぞ。それならこの人数で不足はあるまい」

久兵衛が説明すると、五助たちも納得したようだ。

前後を用心しつつ山道をすすむ。峠を越えて下り坂になり、木立《こだち》が切れたその先に、館が見えた。

途端に、

「なんじゃ、ありゃあ！」

久兵衛は声をあげた。

山間の盆地の中心に、丘というには小さい盛り上がった地形がある。高さは四、五間とさほどではないが、こちらから見て正面と右側は岩が剝き出しで垂直の崖になっており、とても登れそうにない。反対側もおそらくおなじだろう。左側だけがなだらかな坂になっている。館はその上にある。塀に囲まれた敷地に大きな屋根の母屋、蔵や台所、それに家人たちの住まいらしい長屋が建っている。たしかに堀も土塁もなく、板塀に囲まれているだけだが、三方が切り立った崖とは聞いていなかった。

そして唯一、登れそうななだらかな坂の先には深い堀切が走っており、その上に板橋が渡されていた。板橋の先端には綱がついていて、屋敷の櫓門の柱につながっている。板橋を引きあげれば、そのまま屋敷の門扉になるのだろう。周囲には大小の家が十数軒、かたまって建っている。家人の住処《すみか》だ。攻め寄せようとすれば、家ひとつひとつが砦となる。

小さいが、まことに堅い要害だ。

「正面からかかるしかないか」

久兵衛が言うと、佐吉が即座に答えた。

「大手から攻めても、あの家々が邪魔になるし、坂を登り切る前に板橋を引きあげられたら、もう手がつけられへん。こりゃ三百の兵でも無理やで」

「ふうむ」

指摘のとおりだった。久兵衛も腕組みをして考え込んでしまった。

「板橋を引かれる前に攻め込むしかないな」

「そりゃ無理や。あの坂を登るうちに見つかって、すぐに引きあげられてしまうわ」

「走っても、間に合わぬか」

「いやあ、とても」

坂の下から板橋まで、三町以上の距離がある。大勢で駆け上がればすぐに見つかって、門扉を閉ざされてしまうだろう。

見上げれば、陽《ひ》は西にかたむいている。夕方になれば門は閉まり、もう攻める手立てがなくなる。搦手から攻めるはずの三郎右衛門たちを呼びもどすかと考えたが、そんなことをしているうちに日が暮れてしまう。

「痛手を負わぬうちに退いたほうがええで」

「こりゃ、だまされたのや。とてもあかん」

五助と佐吉がこもごもに言う。久兵衛はじっと館を見ていた。

ここは退いて他日を期すのが無難だろう。しかしそれでは善祥坊に見限られてしまう。大名になる道は遠ざかる。

ふと、館のようすを教えてくれた友田左近の顔が浮かんだ。

嵌《は》められたのか。

それはどうかわからないが、百姓が急に出世したので、周囲によく思われていないのは確かだろうと思う。

怒りが湧きあがるが、いまは目の前の仕事に集中すべきだと思い直し、また館を見た。

いい手はないのか。

何かあるはずだ……。

久兵衛は目を細めて館までの道と味方を見比べていたが、やがて二度、三度とうなずき、そして宣言した。

「よし、いまから攻めるぞ」

ええっ、と五助がおどろきの声をあげた。

「まさか。正面からかかっても、板橋を引きあげられて、門の前でうろうろするだけで終わりや」

「いや、そうはさせへん。引きあげられる前に門内に入り込む」

「無理や。馬ならともかく、わしらはとても」

五助がいやがるように首をふる。味方で馬に乗るのは、久兵衛だけだ。

「泣き言は聞きとうないわ。わしのあとからついてこい！」

久兵衛は馬に乗り、二十名の兵をひきいて峠を下りた。館から見られぬよう、木立や林を利用して身を隠しながら、館へいたる坂道へと近づいた。

林の中からようすをうかがうと、まだこちらには気づいていないらしく、板橋を引きあげる気配はない。

林から坂の下まで一町。坂の下から板橋まで三町。

「ここから駆けるぞ。板橋を引きあげられる前に中へ躍り込む。みな、死ぬ気で駆けよ。鉄砲衆は、火縄を消さぬよう気をつけて走れ」

そう命じると久兵衛は、邪魔になる、と二間柄の槍を五助にあずけ、腰の刀を抜いた。そして小十郎に命じた。

「そなたはここに残れ。ちとむずかしい取り合いになる」

攻めるには厳しい場面である。自分と息子のふたりとも討死しては家が絶える、と思って命じたのだ。

しかし小十郎は首をふった。

「いや、先駆けいたしまする。臆病風に吹かれて残ったと思われては、これから世間を渡ってゆけませぬ」

言われてみれば、そのとおりだ。

「わかった。勝手にせい」

と怒った素振りをしたが、内心ではうれしかった。小十郎はしっかりと成長しているようだ。

「それ、かかれ!」

馬腹《ばふく》を蹴って、久兵衛は林から飛び出した。ぐいぐいと馬の首を押し、駆けさせる。たちまち兵たちを引き離して坂道にかかった。

「遅いぞ!」

うしろに向かって叫ぶが、具足をつけて槍をもつ兵たちは、そう速くは走れない。先頭を走るのは小十郎だが、すでに半町の差がついている。

坂道を登るうちに馬の息もあがってきた。苦しそうに首をふり、脚も鈍ってきた。

「あとひと息や!」

馬の腹を蹴り、首を押す。板橋へはまだ半町はある。

そのとき、館でも異常に気がついたらしく、あわただしく叫び交わす声とともに人影が動き、板橋があがりはじめた。三寸、五寸と先端が地面から離れてゆく。

見る間に一尺ほども上がった。

久兵衛が板橋の前に来たときには、先端は地面から二尺もの高さになっていた。

馬は三尺ほどの柵でも平気で飛び越えるが、甲冑をつけた久兵衛を乗せて全力で走った馬は苦しそうだ。

案の定、馬は板橋の寸前でたじろいだ。動く板橋が不気味に見えたのだろう。そのあいだにも板橋はあがってゆく。

このままでは閉まってしまう。

――えい、こうなったら……。

久兵衛は馬の尻を刀の峰で思い切り叩いた。

「そりゃあ、跳べ！」

馬は跳ばなかった。

かわりにいななきながら前肢《まえあし》を大きくあげ、ついで後ろ肢を高く蹴りあげた。

「うわっ」

久兵衛の体が宙に浮いた。

馬の首を飛び越えて一回転し、ちょうど上がりかけていた板橋の上に背から落ちた格好になった。

久兵衛の重みに耐えかねたのか、板橋がどすんと下がった。

「いてて。おお、ま、間に合ったか」

顔をしかめて立ち上がると、久兵衛はただひとりで門の中に躍り込んだ。

まずは板橋を引きあげる轆轤《ろくろ》を回していた男を斬った。さらに門のまわりにいた兵に斬りつける。

騒ぎを聞きつけた館の者たちが、槍をもって駆けつけてきた。

「ええい、来るな、寄るな、散れ！」

と叫んでも、館の者たちはただひとりの敵、久兵衛に殺到する。久兵衛は自慢の膂力で刀を振りまわし、突き出される槍を左右に避けて敵に立ち向かう。

胴と頭は突かれぬよう必死に守ったが、肩と股に痛みが走った。

――やつらは、まだか。

刀を振りまわしつつうしろへ下がっていたが、何かにつまずいて久兵衛は尻餅をついた。それを見た館の者たちが、わっと襲いかかってくる。

もうだめだ、と思ったとき、斬りかかろうとしていた館の者が横に吹っ飛んだ。同時に鉄砲の轟音が二度つづけざまに響き、門の方で喊声があがった。

館の者たちが浮き足だつのがわかった。

見れば小十郎を先頭に、五助ら家来衆が突っ込んでくるところだった。館の者たちがいっせいに退いてゆく。

「殿、槍じゃ！」

五助が二間柄の槍を投げてよこす。受けとった久兵衛は、立ち上がってまずは四股を踏んだ。痛みはあるが、まだ動ける。

門内では乱戦がはじまっている。

「ええい、かかれかかれ。押せ、押せえ！」

そう叫びながら、久兵衛は二間柄の槍を手に乱戦に飛び込んだ。

久兵衛たちの勢いに押された館の者たちは、屋内に立て籠もって防ごうとする。これは厄介だった。戸口からいきなり槍を突き出してくるので、なかなか踏み込めない。姿が見えない敵には鉄砲も役に立たない。

手間どっているうちに、奥の方から鉄砲の音がした。煙もあがった。なにやら声もして、斬り合いもはじまっているようだ。

裏切りが出たか、それとも失火かと疑っているうちに、黒い煙はすぐに真っ赤な炎となり、大きな母屋が火に包まれた。

「兄者、無事か」

母屋の裏手から、三郎右衛門らが出てきた。

「おお、わぬしらも無事か」

裏手の崖に道がついていて、搦手口になっているという。鉄砲の音を聞いた三郎右衛門は合図と思ってそこを登り、搦手門を乗り越えて攻め込んだのだ。

母屋が燃えあがったのを見て、館の者たちが逃げ散りはじめた。

「追え。追って首をとれ！　逃すなよ」

久兵衛の声に、小十郎や五助たちが走った。

――ふむ、なかなかやるわ。

小十郎の背中を目で追いながら、久兵衛は満足していた。あれなら武者としてやっていけるだろうと思う。

三

当初はめざましい進み方を見せた秀吉の中国攻めは、天正六年半ばから思うように進まなくなってきた。

三木城は、秀吉勢が囲んだもののなかなか落ちない。そのうちに摂津《せっつ》の大名、荒木村重《あらきむらしげ》も反旗をひるがえし、有岡《ありおか》城にこもってしまった。

二人目の裏切り者を出すという失態をおかした秀吉は信長から叱責をうけ、その始末に飛び回っている。

そんな中で久兵衛は、宿南城に腰を据えた善祥坊の下で、但馬や因幡《いなば》の毛利方の国人や一揆勢の叛乱にそなえていた。

ここまでに一揆退治やちいさな合戦に出て、都合十二の首を挙げていた。かなりはたらいた、という自負はある。物頭としての役目も果たし、出陣の際には常に何十人かの足軽衆をつけられるようになっていた。

それにしても、三月か四月で帰ってくるという近江での見込みは甘すぎたようだ。いまや出陣から一年あまりになる。

「中国表《おもて》の国々を、みなねじ伏せようという大いくさや。そりゃ何年もかかるわな」

と三郎右衛門らと話して納得していた。

冬も深まり、正月をこの城で迎える仕度をすすめていたとき、善祥坊から呼び出しがあった。本丸の母屋に出向くと、

「まあ、ゆるりとせい。今日は別段、むずかしい話ではない」

と坊主頭の善祥坊は、太い眉を下げて言う。丸い目がくりくりと動いている。気味が悪いほど愛想がいい。

「そなた、妻がいたな」

「はあ」

何の話かと、久兵衛は内心で身がまえる。

「どこの娘だったかな」

「いや、村の百姓の娘でござる」

おふくの出自については、特に言うこともない。なにしろあの当時は、久兵衛も百姓だったのだから、百姓の娘を娶《めと》るのは当然のことだ。

「どこの家と縁組みをしている、というわけでもないのやな」

家とは、しかるべき由緒をもつ侍の血筋、という意味だろう。

「ええ、まあ」

「たしかそなたの母者《ははじゃ》は、国友の家の者じゃったな」

「はあ、さようで」

父は貧しくとも地侍だったから、近くの国友氏から嫁を得たのである。

「ならば、よかろう」

善祥坊は、納得したというように顎を引き、つづけて意外なことを言った。

「そなた、国友の娘を娶らぬか」

えっ、と久兵衛は声を出した。

「国友は古くからの家じゃ。領地も近いし、縁つづきでもあろう。悪くない話と思うが」

侍として立ってゆくなら、よき親族も必要となる、この際、国友の家と結びつきを強くしておくのは、決して損にはなるまい、と善祥坊は説く。

「しかし……、すでに妻がおりますれば」

久兵衛は困惑してしまった。善祥坊は平然と言う。

「百姓の娘なら、そのまま側室に下せばよい。正室を娶る前に側女《そばめ》がいるなど、いくらもあることじゃ。なんなら離縁してもよかろう。障《さわ》りはあるまいて」

離縁したければ、夫が妻に出ていけと言えば終わりである。妻は嫁入り道具とともに出ていかねばならない。

おふくの実家は百姓のままだから、いくらかの涙金《なみだきん》(手切れ金)をわたせば文句は言ってこないだろうが、実際にはそんな寝覚めの悪いことはできない。いくらおふくに不満があるといっても、子をなした仲だし、おふくが不義をはたらいたわけでもないのだ。

——国友とつながりを得たいのは、そちらだろうに。

やはり百姓の出だと軽く見られているのだ。口には出さないが、胸に善祥坊への反感が生まれる。

国友家の旧領である国友村は、故郷の三川村から見ると姉川の対岸にある。昔から鍛冶を業《ぎょう》とする者が多かったが、いつしかその鍛冶が鉄砲も張りたてるようになり、いまでは村をあげて鉄砲造りにいそしんでいる。

善祥坊の領地のすぐ近くだが、鉄砲を産むゆえか秀吉が直轄領にしており、善祥坊は手が出せない。善祥坊とて鉄砲はほしいので、国友村に手がかりを得たいという気持ちがあるのだろう。久兵衛を手駒として国友の者に世話を焼き、恩を売ろうとしているにちがいない。

「国友の娘はな、年は十六、見目《みめ》よき娘に育っておるというぞ」

善祥坊はなおも押してくる。

「国友家といっても幾人もおりまする。父御《ちちご》はなんというお方でしょうかの」

「国友与左衛門《よざえもん》じゃ」

「ああ、それならわが叔父にあたりまする」

母の弟である。

「ほう、すると娘は従妹《いとこ》となるのか。そなた、存じておるか」

久兵衛はうなずいた。

「娘がいるのは知っておりました。ただ、近ごろはあまり行き来もないので……」

「ならば、わしが仲立ちになるのも意味があるというものじゃ。どうかな、考えてみぬか」

「先方は、なんと」

「これから話すが、否やはあるまい」

なるほど。善祥坊が言うのでは、国友家も断れまい。そして組下の久兵衛は、なおのこと断れない。

「そろそろそなたも暇をとる番じゃろう。一度、里へもどって話を聞いてみぬか」

同僚たちは交替で近江の自領へ帰り、英気を養ってはまたこちらにもどってきているが、まだ久兵衛は一度も近江へ帰っていない。

「はあ……」

親切そうに言っているが、実質上、これは命令である。ちらりと頭の中に息子、小十郎の顔がうかんだ。母のおふくを側室に下すと、何と思うだろうか。しかし親のことを子供が口出しすべきではないし、またおふくを離縁するわけでもない。だまっているだろう。小十郎は分別のある子だ。

ともあれ物頭からさらに出世したいのなら、気分が悪くともここは逆らわず、笑顔で受けるべきだ。おふくには納得してもらうしかない。

「ありがたき仕合わせ、さように心得て、家中に話をしてみまする」

と久兵衛はにこやかに一礼し、善祥坊の許を辞した。

明けて天正七年の正月に三川村へもどってみると、すでに母と叔父とのあいだで話はすすんでいた。

「あの子はどうかとは思ったけど、侍にふさわしい家から嫁をもらえるなら、そなたのためにもなろうしねえ」

と、母もいくらか戸惑い気味だった。どうしたのかと問うと、自分の姪《めい》といえど、あの子は気心が知れないという。

「気心が知れないとは？」

いくらか気になって問うてみると、

「無口な子でねえ、何を考えているのかわからへん」

と言う。それでも実家とのあいだの話であり、拒むつもりはないようだ。

こうなると、動きを知らないのは、おふくだけである。

「よくぞご無事で。留守のあいだじゅう心配で心配で、それはもう」

と長浜の屋敷で涙ぐんで迎えてくれたおふくに、しばらくは話を切り出せなかった。しかし、いずれはわかることだ。

「ちと、話がある。まず聞いてくれ」

夕餉のあとで、国友から正室をもらうことになったと告げると、おふくは意味がわからぬらしく、きょとんとした。そしてそなたは側室になるのだと言うと、はじめて理解したようで、あっと声を出した。

「悪く思うな。これも殿から命じられたことや。出世のためには逆らえぬ。それに妻がふえれば子供もふえる。家が栄えるためには、子供が多いに越したことはないでな」

実際、いま田中家の跡取りとなる息子は小十郎ひとりで、やや心許《こころもと》ない。だから男児をふやす必要がある。新しく若い妻を娶る理由としては、それだけでも十分かもしれない。

「しかし案ずるな。そなたを離縁するわけではない。これまでどおりにしていてええぞ」

おふくは顔をこわばらせ、身動きを止めた。

「なんならずっと三川村にいてもええぞ。わしはしばしば帰ってくるからな」

おふくの返事はない。うつむいて、石に化したようだ。もてあました久兵衛は、そのまま座をはなれた。

その夜、閨《ねや》でおふくを抱いたが、まったく反応がなかった。おふくはただ横になり、されるがままになっていた。

「ええい、はっきりせい。離縁がのぞみなら、そうしてやるぞ」

つい、そんな言葉を吐いてしまった。それでもおふくは動かない。

やっと口をきいたのは、翌朝だった。

「あたしが側室になったら、小十郎はどうなるのやろ」

と、表情を消したままぽつりと言うのだ。

「あれは変わらぬ。嫡男で跡取りや。これからもそのつもりでいる」

と答えると、ほっとしたように息をついた。そして、

「これからは側室としてお仕えいたしまする」

と頭を下げた。昨夜、懸命に考えて自分を納得させたのだろう。

「おお、わかってくれたか。よかったわ」

久兵衛は安堵した。おふくは暗い顔のまま下がっていった。


国友家の娘とは、正月明けに長浜の屋敷に親戚衆を呼んで、盃《さかずき》ごとだけの婚儀をした。久兵衛は暇が明ければ但馬にもどらねばならないので、その前にと急いだのである。

娘は「静香《しずか》」という名だった。十七歳と、久兵衛よりひとまわり以上若い上に、うわさどおりの美人である。細面で色白、切れ長でやや吊り上がった目、薄い唇と、顔の作りはおふくとまったくちがう。体つきもほっそりとしており、腕などはおふくの半分ほどの細さに見えた。

国友与左衛門も、小禄《しょうろく》の侍である。それでも供として色黒で吊り目の侍女がひとりついてきた。これから静香を支えて、久兵衛の屋敷で暮らすことになる。

祝言ののち、閨でふたりきりになると、

「末永《すえなが》う、よろしく願い上げまする」

と静香は頭を下げた。案外と低い声だった。

「こちらこそ、頼むぞ。家の中を調えてくれ」

ここを侍の家らしくしてくれ、と言ったつもりだったが、わかったのかわからないのか、静香は表情を動かさないまま、うなずいただけだった。

「強い子を産んでくれよ」

と言いつつ、その体を抱いた。

肌はなめらかだったが、どこか冷たい。あちこち触られるのをいやがった。恥ずかしがる、というのではなく、本当に困っているようにふるまうのだ。敏感な体で、強い愛撫《あいぶ》に痛みを感じるらしい。

そうした女は、久兵衛もはじめてである。

華奢《きやしや》な体を抱きながら、久兵衛は「気心が知れない」という母の言葉を思い出し、先行きに漠然とした不安を抱いたが、妻の人となりなど、国持ち大名への出世の前では些事《さじ》というしかない。これで組頭への道が開けるなら安いものだと、自分に言い聞かせた。

静香と長浜の屋敷で三日ほど過ごしただけで、久兵衛はまた但馬にもどった。

但馬ではこれまでどおり宿南城に陣をすえて、善祥坊の指揮のもと、毛利方についている地侍の討伐をおこなうことになっていた。

養父郡や朝来郡など、但馬の南側は羽柴勢が制したが、北半分はまだ毛利方の息のかかった国人たちの手にある。秀吉は三木城や有岡城を攻めるために人数を使っているので、但馬に兵をまわす余裕がなく、北半分への侵攻を止めていたのである。

その年は、荒木村重のこもった有岡城が落ち、別所長治の三木城も兵糧攻めがきいて落城寸前になるなど、中国表の混乱もようやく収束するかと思える情勢になってきた。

明けて天正八年、正月すぎに三木城が陥落。城主の別所長治は腹を切り、飢えた城兵たちが城からよろよろと出てきた。

ひと区切りついてほっとしたのだろう。秀吉は長浜へ帰り、三月まで滞在していた。

その間、家来たちも交替で自宅へ帰ることを許されたので、久兵衛も二月の終わりに暇をもらい、弟や家来衆とともに長浜の屋敷に帰った。

「お帰りなされませ」

と静香は丁寧に一礼して迎えてくれたが、さほどうれしそうではない。笑顔がなく、終始緊張しているようだ。

——まだ三日しかいっしょに暮らしていないのだから……。

無理もないかと思う。しかし、それだけでもなさそうだ。屋敷の中でも静香は無言ですわっているだけで、かわりに色黒の侍女がよく動く。久兵衛の着替えを手伝い、夕方には膳も運んでくる。

「留守中、つつがなかったか」

とたずねても、静香は返事をせず、うしろにひかえた侍女が、

「息災にて、めでたきことにござりまする」

と答える。なにやら他人の家にいるような、異様な感じだ。

その夜、久しぶりに静香を抱いたが、失望が広がるばかりだった。静香は、久兵衛の愛撫にただ懸命に耐えている、という感触を伝えてくるばかりだった。木の人形を抱いているとまでは言わないが、興ざめすることおびただしい。

こんな女もいるのかとげっそりしつつ、二日ほどいっしょに過ごした。そして三日目に三川村へ帰った。おふくと過ごすことにしたのだ。

「お帰りなされませ」

と、静香のことはもう吹っ切れたのか、おふくは目尻を下げ、笑顔で迎えてくれた。

「やれやれ、ほっとするわい」

それは本音だった。生まれ育った三川の家で、古女房と差し向かいになったのである。慣れ親しんだ寝藁《ねわら》にもぐり込んだようなやすらぎを感じる。

「小十郎も、つつがのうやっとるやろか」

おふくがたずねた。

「ああ、わしの代わりをしておる」

今回、家人全員を帰すわけにはいかなかったので、半数は宿南の城に残してきた。小十郎もそのひとりで、自分のかわりに家人をまとめている、と久兵衛は説明した。

「まあまあ、ちゃんとお役目を果たすようになって」

「ああ、あやつはなかなか切れ者よ。十分に役に立つ。親としても鼻が高いぞ」

そう話すと、おふくは目を潤ませた。

「娘たちも元気そうやな」

「ええ、やんちゃで困るほどで」

ふたりの娘は、十四歳と十一歳になる。ふたりとも茜色《あかねいろ》の小袖に浅黄《あさぎ》の帯というおしゃまななりをして久兵衛の前にあらわれ、手をついて挨拶をしてくれた。そろそろ嫁入り先を考えねばならないようだ。めでたい話だが、また手間と銭のかかることでもある。

「あいかわらず、畑仕事か」

おふくの手の甲は、黒く日焼けしている。

「ええ。長浜へ行くこともないので、毎日、畑に出てるの」

長浜の屋敷には静香がいるので、おふくは出向くこともないのだろう。案外、これで釣り合いがとれているようだ。

——心配することもなかったか。

嫁取りの一件は、久兵衛の家中にちいさな波紋を起こしただけで、何となくおさまった形だった。

だが、どうもしっくりこない。これで家中がおさまっていると言えるのか。いまは妻ふたりが三川と長浜に住み分けているからいいが、ずっとこのままで居られるだろうか。

のんびりと休暇をすごしながらも、中途半端な居心地の悪さを感じ、先行きに不安を感じていた。

四

久兵衛たちが宿南城にもどった天正八年四月、秀吉も姫路城へ帰ってきた。

そこから羽柴勢は各地で攻勢に出た。播磨では一向《いっこう》一揆の本拠である英賀本徳寺《あがほんとくじ》を攻め落とし、但馬では気多《けた》郡、美含《みくみ》郡へ攻め込む。

久兵衛は善祥坊のもとで、気多郡へと攻め入る軍勢の中にいた。

但馬国の北半分は、まだ秀吉の威に服していない。三木城という呪縛がとけた羽柴勢にとって、そのままにしておくことはできなかった。

情勢を察知した気多、美含の国人たちは、水生山《みずのおさん》の城に結集し、垣屋播磨守《かきやはりまのかみ》を大将として羽柴勢を待ちうけている。

水生城は、小高い山の上にあり、遠くから望むと、尾根筋にそって三つの曲輪が確かめられる。曲輪のあいだには深い堀切があり、また大手となる南側には八代川《やしろ》が天然の濠として流れていて、攻めにくい城と見える。

総勢を指揮する羽柴小一郎は、軍勢を二手にわけた。主力は浅野、仙石《せんごく》勢を主として城の大手から、もう一手は善祥坊を大将として、搦手から攻めたてようというのだ。

久兵衛たち善祥坊の軍勢は、八代川を渡って城の北方をめざした。

「さあて、またひと踏ん張りするか」

「殿さまも奥方さまがふたりになって、手柄を立てずにはおれまいて」

家人たちは、そんなことを言っては行軍してゆく。たしかに三百石で側室をもつのは苦しい。また手柄を立てねばならぬ理由がふえてしまった。

家人のあとから小十郎が、むっつりとして歩む。もともと口数の少ない男だったが、このところさらに無口になったようだ。

——やはりおふくを側室にしたのを気にしているのか。

庶子に落ちたと不満なのだろうか。嫡男のあつかいは変えないと言ってあるのだが。

気にはなるが、面と向かって問いただすこともできない。しばらくはほうっておくしかない。

善祥坊勢は、まず少しはなれた山中に陣を敷き、攻城の用意をしつつ城のようすをうかがう。

陣中は不便だし緊張を強いられもするが、久兵衛はさほど苦にしていなかった。むしろ陣中こそ自分の居場所だとも感じていた。

もはや歌や連歌の稽古はやめている。歌の名所を憶えるよりも、槍の稽古や軍勢の陣形を憶えるほうが面白いし、また実際の役に立つ。連歌ができなくて出世できないのならそれは仕方がないが、いまのところはまだ槍ばたらきだけで十分だと見切ってもいた。

数日後、慌ただしい声が陣中にひびいた。

「すぐに出よ。敵勢は目前じゃ！」

城兵が山を下りてこちらに向かってくるという。どうやら城方は、搦手をうけもつ善祥坊のほうが人数が少ないとみて、先手を打って攻め潰すつもりのようだ。

「敵勢は千五百。油断めさるな！」

斥候《せっこう》の声に軍勢がざわつく。こちらは攻城《こうじょう》の主力でないだけに、人数は千もない。優勢な敵を前にして緊張が走る。

「味方の人数が少ない戦いは、久しぶりやな。鉄砲はこちらが多いやろうが、攻められてこらえ切れるかな」

心配そうな佐吉の言葉に、久兵衛は応えた。

「なあに、土豪の寄せあつめで大将もおらぬ烏合《うごう》の衆よ。恐れることはない。一気に蹴散らしてくれるわ」

「いつもながら兄者の威勢のいいことよ」

三郎右衛門が冷やかすが、久兵衛はもう聞いていない。目が吊り上がっている。

久兵衛は、甲冑の上に白い紙子《かみこ》の羽織をきている。

ほかの馬乗り侍は背に派手な母衣《ほろ》をつけて目立つよう工夫しているが、それでは動きにくい。白い紙子は乱戦の中でも目立つので、母衣のかわりに愛用していた。

陣を出た軍勢は、水生城下の野原へとすすむ。敵勢はすでに陣を張って待っていた。横に広い陣形は、鶴翼《かくよく》か。人数の多さを利してこちらを包み込むつもりだろう。

お味方は善祥坊の手勢と、秀吉からつけられた寄騎勢から成っている。三段の魚鱗《ぎょりん》にかまえた。先陣と二段目が寄騎の兵、後陣が善祥坊の手勢である。つぎつぎに兵を投入して、敵の正面を打ち破ろうというのだ。

槍をかかえて馬に乗った久兵衛は、家人と善祥坊からつけられた足軽たちをひきいて静かに馬を歩ませ、味方の前方へとすすむ。

寄騎の者たちが先陣を切る習わしだが、久兵衛はその中に割り込んでいった。

「兄者、それは……」

三郎右衛門はためらうが、久兵衛は遠慮なく馬をすすめ、全軍の先頭に立った。口の中でなにかぶつぶつ言っている。家人たちはいつものことと思い、久兵衛の左右をかためて開戦の合図を待った。

すでに敵味方の距離は一町まで詰まっている。鉄砲足軽が進み出てきた。数十名が久兵衛たちの前に膝をついてかまえると、鉄砲頭の「放て」の声で轟然《ごうぜん》と発砲した。

赤光が走り、白煙がたちのぼる。さっと鉄砲足軽がひくと、ついで弓足軽が出てきて、幾十という矢を敵勢にそそいだ。

敵の先陣で倒れる者が続出し、旗色《はたいろ》が乱れた。「かかれ、かかれ」という下知の声と、重い押し太鼓の音が野原に響き渡った。

「それ、ゆくぞ！　小十郎、そなたはしんがりをつとめよ」

叫ぶと同時に、久兵衛は先頭を切って敵勢へと突っ込んでいった。家人たちがあわててあとを追う。

敵陣からも鉄砲の白い煙があがるが、幸いにもその数は少ない。久兵衛が突き進むと、敵兵はざっと後退していった。よき敵はいないかと見渡すが、目星がつかないうちに、矢が兜の横をかすめて飛び去った。

「おのれ、どこからや！」

久兵衛は、矢が飛んできた方向を見た。左手の方角だ。

弓を引いているのは、赤糸縅の鎧をまとった武者だった。数人の家人が、武者の周囲をかためている。

おお、と久兵衛はうれしそうに白い歯を見せた。よき敵ござんなれ。

「あの首をとるぞ！」

言い終わらぬうちに、鎧の左脇腹を矢が縫った。脇腹は鎧の中でも弱いところだ。はっとしたが、当たった角度が浅く、矢は久兵衛の体をかすめて反対側へ突き抜けていた。

「兄者、大事ないか！」

佐吉が呼びかけるのに応えず、久兵衛は馬腹を蹴った。矢を放った武者に向かい、馬を走らせる。武者はさらに矢をつがえる。その矢先に体をさらしつつ、久兵衛は馬とともに突っ込んでゆく。

彼我《ひが》の距離が十間ほどに詰まったとき、武者の矢声が聞こえた。直後、久兵衛は右胸に衝撃をおぼえた。

「う……」

鎧の胸板を貫いて、鏃《やじり》が胸の肉に食い入っている。一瞬、強烈な痛みが走って体がしびれた。同時に武者が弓を捨て、槍を手にするのが見えた。

馬はそのあいだも久兵衛を乗せて進む。家人たちがそのあとを必死に追いかけてくる。

「むんっ」

左手で強引に矢を引き抜いた。頭がしびれるような激痛が走った。血が噴き出し、腹をつたって流れ落ちるのがわかる。右腕を使うと傷が痛む。そのあいだも馬は敵に近づいてゆく。

武者が槍を手に走り寄ってくる。馬上の久兵衛は左腕を頼りに槍をとり直す。

気合いとともに、双方の槍が交錯した。

久兵衛の二間柄の槍先が武者の喉を貫くかと思えたが、寸前に武者の槍で払われた。

そのまま駆け抜けた馬を、久兵衛は手綱《たづな》を引いて止め、馬首《ばしゅ》をめぐらしてふたたび武者へと向かう。

そのころには家人たちも追いついてきて、武者の家人たちと槍を合わせている。

久兵衛は馬上から武者に槍を突き出す。武者の槍はふつうの一間槍で、久兵衛まで槍先が届かない。しかし幾度突いても、武者は久兵衛の突きを見事にふせぐ。久兵衛も右胸の傷が痛んで、思うように槍をふるえない。

そのうちに武者は久兵衛の槍先をかいくぐって近づき、馬の腹をひと刺しした。

馬が竿立ちになり、久兵衛はふるい落とされた。あやうく足から着地したが、尻餅をついてしまった。武者が駆け寄って、突きかかってくる。久兵衛はまだ立ち上がれない。武者の槍が迫った。

「殿、あぶない！」

見ていた五助が叫ぶ。父上、と叫ぶのは小十郎か。

刹那、武者は前進を止めた。それればかりか久兵衛から一、二歩飛びのいた。

この隙に久兵衛は立ち上がった。槍をかまえて武者とにらみ合う。何が起きたのかと、五助はぽかんとして見ている。

やがて敵方が下がりだした。善祥坊勢に押され、陣形が崩れはじめているのだ。

武者もじわじわと久兵衛との間合いをひろげてゆく。敵方が崩れて後退をはじめると、武者は槍を引き、

「今日はこれまでじゃ。また会おうぞ」

と高らかに宣して後退していった。

久兵衛は大きく息をついた。三郎右衛門や小十郎らが駆け寄ってくる。安心すると同時に右胸がひどく痛んだ。

「殿、よくぞご無事で。あの武者、不思議に殿を恐れましたな」

五助が言う。久兵衛は吐き捨てた。

「なにを言う。首をひとつ損したわい」

尻餅をついた久兵衛に武者が襲いかかろうとした時、久兵衛は逃げずに相打ち覚悟で槍を突き出そうとした。その気配を察した武者が用心し、飛びのいたのだ。

「それより血止めをせえ!」

と五助に命じた。小十郎は心配そうな顔をしている。

幸い、矢は急所をはずれていた。五助の稚拙な血止めの手当でも、半月も養生すれば肉が盛りあがり、傷口がふさがるだろう。

水生城はその日のうちに落ちた。搦手で久兵衛たちと戦っているうちに、大手から浅野、仙石勢に攻め込まれたのだ。

大将格の垣屋播磨守は降参したが、その戦いぶりを評価され、秀吉の家来になることで命を安堵された。

これで羽柴勢は、北但馬をも制したのである。

だが戦いはまだ終わらない。羽柴勢は、つづいて但馬の西の因幡へと馬をすすめた。

五

東の空が白みはじめた。

「静かにゆけ」

と久兵衛は家人たちに命じ、善祥坊がひきいる兵とともに自陣を発した。

七月半ばといっても早朝なので肌寒いほどだ。だが緊張のせいか、背にうっすらと汗をかいている。

「滅多にない機会や。何としても首をとれよ」

配下の者たちに、くどいほど命じている。

明るくなるにつれ、前方の久松山《きゅうしょうざん》と雁金山《かりがね》の山容《さんよう》が、しだいにはっきりしてくる。どちらの山も濃い緑におおわれ、その姿は四方とも険阻で、登りにくそうだ。

頂上にはいくつかの曲輪があり、中腹にも曲輪や竪堀《たてぼり》が見えた。山麓の要所にも柵や堀をめぐらし、堅固な櫓が築かれている。久松《きゅうしょう》城、もしくは鳥取《とっとり》城とよばれる因幡国随一の要害である。これまでたびたび戦火をくぐってきたが、力攻めで落ちたことは一度もないという。

羽柴勢が水生城を落とし、但馬国を制してから一年。

因幡へ侵攻した羽柴勢は、まず鹿野《しかの》の城を落とした。目の前の鳥取城も、城主を籠絡して一度は手に入れたものの、家臣たちの反発にあって城主が追い出され、いまでは毛利勢のものとなっている。

この鳥取城さえ落とせば、因幡国の残りの端城《はじろ》は落とさずとも、国人衆はこちらになびくと秀吉は見ていた。

そこで天正九年六月、秀吉は二万余の大軍をもよおし、播磨の姫路城を出立。戸倉《とくら》の峠を越えて因幡の八東郡《はっとう》へはいり、私部《きさいち》をへてこの地へやってきた。

久兵衛ら羽柴小一郎秀長《ひでなが》麾下の軍勢は、但馬から船を仕立てて東吹上浜へ進出、秀吉の軍勢に合流した。

——この鳥取城攻めで大きな手柄を立てれば、恩賞もぐんとふえるにちがいない。

と久兵衛は見ていた。

四年前に中国路へ出陣以来、一度も恩賞の沙汰はない。久兵衛だけでなく、善祥坊配下の者はだれひとりとして領地をふやしていない。遅々としてすすまぬ中国攻略戦に信長公の覚えがめでたくなく、秀吉自身も恩賞どころではなかったらしいのである。

しかし播磨一国の攻略に、近ごろやっと目途がついた。その上で鳥取城を攻めとって因幡まで押さえれば、恩賞を下さない理由はなくなる。

少し前に長浜から、静香が男の子を産んだという知らせが届いていた。次男の誕生である。ますます領地が必要になっている。

一方で長男の小十郎はもう久兵衛の手元にはいない。少し前に秀吉の養子、秀勝《ひでかつ》の小姓《こしょう》になっていた。秀勝は織田信長の四男である。自分の跡取りにと、秀吉がもらいうけたのだ。

他家に奉公するのは小十郎にとってもいい経験になるはずだと思い、声がかかったのを機に、思い切って送り出したのである。

目の前の鳥取城は守りが堅い上に、毛利勢の後詰めがあると見なければならない。

秀吉は、三木城とおなじように、糧道《りょうどう》を断って城内の兵を干し殺しにする策をたてていた。

出陣の前に若狭《わかさ》から船を出して、鳥取の町で米、麦など五穀を高値で買い付けさせ、城下から五穀を吸い上げた。さらに城下の町民や百姓たちを城内に追い込むように仕掛けた。もちろん、城の兵糧を早く食い尽くさせるための策である。

兵を使わずに敵城を兵糧不足に追い込んだ秀吉は、鳥取城の近くまで軍勢をすすめると、東方半里ほどの高山に本陣をおいた。

二万余の手勢を城の周囲にくばり、夜になると四方から弓、鉄砲、火矢を城に浴びせ、鬨《とき》の声で城中の敵勢を脅しあげる。そして十日ばかりの急普請で城の西側にも付け城《じろ》を築いた。

今回の下知は、そうした準備のあとで出ている。

城攻めだが、一気に落城を目指しての総攻めではない。

鳥取城は久松山の本城のほかに、尾根つづきになっている北の雁金山と、少しはなれた丸山《まるやま》に出城《でじろ》がある。三つの城が、連係を保ちながら守りを固めているのだ。

また北の端にある丸山からは、麓を流れる袋川《ふくろがわ》と千代川《せんだいがわ》を通って海とも行き来できるので、毛利方が船で兵糧や援軍を送ってくることも考えられる。

そこで秀吉は、雁金山と久松山のあいだを遮断し、久松山の本城を孤立させようともくろんだ。

久松山と雁金山のあいだには道祖神屼《さいのたわ》という、尾根の中で一段低くなった鞍部《あんぶ》がある。

「あそこなら攻め上りやすいじゃろ。攻めとって応急に曲輪を作り、ふたつの城の行き来をできなくせよ」

という命令である。

東から宮部善祥坊と、味方になったばかりの垣屋播磨守。西からは杉原家次《すぎはらいえつぐ》、加藤光泰《かとうみつやす》らが攻め登ることになった。

「よっしゃ、出番や。はるばる来た甲斐があったというものや」

久兵衛はよろこんで出陣してきた。

しかし、よく考えてみると、これはかなり危ない戦いだった。いくら鞍部で低く登りやすいといえど、城方も弱点とわかっていて、守りを固めているはずだ。そこへまともに攻め上がろうというのだから、寄せ手がたっぷりと矢弾を浴びるのは必定《ひつじょう》である。かなり犠牲が出ると思わねばならない。

久兵衛たちは、道祖神社への入り口まできた。ひとすじの細い道が峠へとつづら折りに這い登っているが、もちろん先のほうで封鎖されているにちがいない。

「この道は無理や。混み合うこと、必定や」

多くの味方が詰めかけている。みな道をひとすじに攻め登ろうとしているようだ。

「さあ、一番乗りこそ手柄ぞ」

と友田左近は配下の尻をたたいており、采《さい》をふる善祥坊もいつもより気負っている。

久兵衛は左右を見まわした。道の脇は木々が生い茂り、深い藪となっていて登りにくそうだ。おそらく上の方には柵もあるだろうし、なにか仕掛けもあるかもしれない。だが真っ正直に道を登ってゆくよりはましだろう。

「槍はおいてゆけ。盾と弓、鉄砲だけもて。身軽にならんと、駆け上がれんぞ」

配下の者たちに命じ、久兵衛は刀を抜いた。

「そおれ、かかれ、かかれ!」

善祥坊の大音声《だいおんじょう》とともに、攻め太鼓が鳴った。兵たちがいっせいに鬨の声をあげ、峠道に向けて走り出した。

久兵衛は多くの兵たちとは別に、峠道からややはなれた藪に突っ込んでいった。三郎右衛門ら家人たちがつづく。手にした刀で藪を切り開きながら、斜面をのぼってゆく。峠道のほうでは、さかんに鉄砲の音や矢声が聞こえる。対して藪の中は静かだ。

山麓からしばらく登ると藪は尽きて、シイやカシの高木《こうぼく》が生える一帯に出た。ここは登りやすい。久兵衛は足をはやめた。上方に竹矢来《たけやらい》が結ってある。見張りはいないようだ。敵兵はみな峠道の方へ行っているのだろう。

「あんなもの、押し倒せ」

まず五助に忍び寄らせ、竹を結わえてある縄を切らせた。そして数人で体当たりを繰り返すと、竹矢来は倒れ、通り抜けられるようになった。

さらに登ってゆくと、突然、上の方で鉄砲の音がして久兵衛の横にいた足軽が倒れた。みながわめきながら、盾や竹束《たけたば》の陰にかくれる。

「ええい、不甲斐ないぞ。矢弾がこわくて手柄が立てられるか!」

久兵衛は家人たちを叱咤《しった》し、先頭に立って登ってゆく。

今度はこちらの近くで鉄砲が爆《は》ぜた。ほとんど同時に、十間ほど上で悲鳴と何かが倒れる音がした。見れば、嘉七郎が白煙の中で鉄砲を下ろしたところだった。久兵衛と目が合うと、緊張した顔のままで言った。

「鉄砲放ちを倒し申した。これで静かになりましょう」

「ようやった! ええはたらきや」

五助とちがい嘉七郎は見どころがあると思う。

久兵衛は前進をつづける。さらに登ってゆくと、堀と土塁にぶつかった。土塁の上には太い丸太を組み合わせた柵まである。

「これが城と城をつなぐ通路や。こいつを分捕れ!」

久兵衛が命じた途端、土塁の上から「敵じゃ、敵じゃ」と切迫した声がして、矢が飛んできた。こちらも矢を射返す。嘉七郎は鉄砲で城兵を狙う。

久兵衛は、盾のうしろで矢を避けながら頃合いを見ている。嘉七郎の鉄砲が吠え、土塁の上からの矢が途絶えた瞬間、

「ゆくぞ！」

と叫んで堀に飛び込んだ。急ごしらえなのか、さほどの深さではない。斜面から突き出ている木の根や石をつかんで登ってゆく。堀からはいあがり土塁もよじ登って、柵際までたどり着いた。振り返ると、三郎右衛門や五助らが足軽たちとともについてきていた。佐吉と嘉七郎は堀の後方で弓と鉄砲を手に、柵内の城兵を狙い撃ちして久兵衛らを援護している。

「おっ」

久兵衛は思わず声をあげた。佐吉らのうしろから、味方の兵が続々とあらわれたからだ。これはぐずぐずしていられない。

「早く来い！」

三郎右衛門らを急かし、柵を乗り越えようとした。柵は丸太を組み合わせたもので、高さは一間ほど。手につばをして飛びつき、隙間に足をかけてよじ登り、頂点に達した。すると城兵が槍をもって駆けつけてくるのが目にはいった。

「くるな！」

叫びつつ、柵の内側へ飛び降りた。すぐに刀を抜くはずが、着地の際によろけた。

城兵が槍を突き出す。胸に伸びた槍先をすんでのところで避けると、槍の柄を脇に抱え込んだ。大力の久兵衛に槍をつかまれて、城兵は動けない。

「殿、踏ん張りなされ！」

そこへ柵を乗り越えた三郎右衛門らが、叫び声をあげながらばらばらと内側に降りたってくる。五助は柵の天辺《てっぺん》に足を引っかけたのか、一回転して背中から落ち、「ぐえっ」と声をあげた。これを聞いた城兵は、槍をほうり出して逃げていった。

「ご無事で」

「遅いぞ！」

怒鳴っているうちに、佐吉や嘉七郎らも柵を越え、家人がそろった。

「よし、峠に向かえ」

拾いあげた槍を手に、久兵衛は尾根道を低い方へと向かう。三郎右衛門らがついてくる。

尾根道と峠道が交わるところに、櫓と門がしつらえてあった。多くの城兵があつまっており、峠道を登ってくる羽柴勢に矢弾を浴びせている。

久兵衛たちは、横合いから喊声をあげて城兵に襲いかかった。佐吉が弓足軽三人を指図し、矢の雨を降らせる。嘉七郎は丁寧に鉄砲の狙いを定め、一人ずつ的確に城兵を倒してゆく。城兵たちの混乱が見えるようだった。鉄砲と弓を久兵衛たちに向ける者もいたが、多くは櫓から逃げ出しはじめた。

「端《は》武者は追うな。よき首だけを狙え！」

久兵衛は叫ぶ。攻めに勢いをつけるための言葉である。実際は少人数なので、そんな余裕はない。

久兵衛は槍を手に、櫓のほうへ突っ込んでゆく。逃げ腰になっている城兵の脇腹を串刺しにした。苦悶《くもん》の声をあげて倒れる兵から槍を抜くと、五助に命じた。

「首をとれ。鉄砲で倒した者の首も忘れるな」

あたりに倒れている城兵を指さし、家人たちに命じた。

——これで五つ六つはとれたか。

首の数に満足していると、いつの間にか周囲が静かになっているのに気づいた。おやと思って振り返ると、櫓の上にそれまでなかった旗がひるがえっている。だれの旗なのか気づいてあっと思ったとき、

「おお、久兵衛、遅かったな」

という声が櫓から降ってきた。

「よく登ってきた。感心感心。さあ、今度はここを守らねばならんぞ。まだ油断するな」

声の主は友田左近である。久兵衛が横から攻めて櫓の兵が逃げ出したので、正面から攻め登ってきた左近が一番乗りできたのだ。

「くそっ、首をとっていたばかりに遅れたか」

歯がみしたが、追いつかない。

「さあ、盾や竹束をもってこい。いまに城方が逆襲してくるぞ」

という左近の声に返事もせず、久兵衛は槍を地面に叩きつけた。

六

道祖神山を攻めとって久松山の本城を孤立させると、秀吉は城全体をぐるりと大きく取り囲むように塀や堀、柵を築いた。

そして二十間ごとに矢倉をもうけて見張りをおき、城の前を流れる千代川には乱杭《らんぐい》をうち縄を張って、どこからも出入りできぬように厳重に封鎖してしまった。

その後は、じっと城をにらんで動かない。

たまらないのは、まんまと策にはまった鳥取城内の兵と百姓たちだ。ひと月ほどで城内の兵糧を食

い尽くし、野草や馬を食べるまで追い込まれてしまった。

こうなってはもう籠城は無理だ。城主、吉川経家《きっかわつねいえ》が城兵の助命を条件に切腹し、開城したのは天正九年の十月二十五日である。秀吉の出陣から四月《よつき》ほどしかたっていない。

落としたばかりの鳥取城を、秀吉は宮部善祥坊に与えた。道祖神屾を攻めとったはたらきが評価されたのだ。

与えられた領地は五万石である。中国へ出陣する前、善祥坊の近江での領地は三千石だったから、一躍十数倍の領主になったのだ。

久兵衛も、鳥取城内の広間に呼び出されて加増を言い渡された。理由のひとつが、但馬の水生城での活躍だった。

「水生城でそなたが戦った相手は大坂新右衛門《おおさかしんえもん》と申してな、但馬では知られた剛《ごう》の者だそうじゃ」

善祥坊は、降参して味方となった垣屋播磨守と一夜、酒を酌みかわし、戦いのようすを詳しく聞いたという。白い紙子をはおった武者が奮戦したというので、久兵衛のことだとわかったのだ。

「さようで。道理で手強い相手でござった」

久兵衛も納得した。

「これからも精を出してはたらいてくれ。頼んだぞ」

善祥坊に上機嫌でそう言われ、久兵衛も満足して下城した。

「殿、いかがでござった」

鳥取城下に与えられた屋敷に帰ると、五助が満面の笑みで寄ってきた。

「さぞ、たんとご加増になったことでしょうな。ああ、これまで辛抱してお仕えしてきた甲斐があったというものじゃ」

「みなを、呼び集めよ。すぐにな」

久兵衛はむすっとした顔で命じた。

「おお、みなの前で披露なさるか。それもよいが、一の家来のそれがしに、そっと教えてくだされ」

「いいから、呼び集めよ」

手で追い払う仕草をすると、五助は不服そうな顔で下がっていった。

屋敷の広間にあつまった家人たちに、久兵衛は言った。

「みなに頼みがある。これからすぐに、新しい奉公人を探してきてくれ。見どころのある者なら近江の者でも因幡の者でもかまわぬ。ただし身元の確かな者を頼むぞ」

みな、きょとんとした顔をしている。

「……ってことは、つまり……」

佐吉が首をかしげつつたずねる。久兵衛はうなずいた。

「さよう。わが家禄がふえたによって、手勢もふやさねばならぬ」

「いくらに増えたんで！」

威勢のいい声が飛んできた。久兵衛はにやりと笑い、

「千五百石よ！」

と勢いよく告げた。

おお、とどよめきが起きる。

「五層倍じゃ」

「いかい増え方じゃ」

とあきれたような声がもれる中、久兵衛は重ねて告げた。

「それゆえ、手勢も五倍にせねばならん。馬乗り侍が五、六騎は要るな。鉄砲も五、六丁はほしい。槍十本、弓十張り、旗持ち十。少なくともそれくらいはそろえねばならぬ」

家人たちの顔が、おどろきから喜びに変わってゆく。自分も馬乗りになれる、鉄砲をもてる、と算段しているのだろう。

「それゆえ、みな、いまからでも声をかけに行ってくれ」

「わ、われらは、どうなるんで」

「心配するな。ちゃんと考えてある。だれが馬に乗るかは、まあ、楽しみに待っておれ。それとな、家人をふやすのに労を尽くせば、それも手柄と見なすからな」

よし、知り合いに声をかけてくる、おれは在所に文《ふみ》を出す、と言いながら、みなどやどやと広間から出て行った。

その姿を見ながら、久兵衛はふう、と息をつき、それからひとりごちた。

「人間、運次第やのう」

侍を志してから二十年足らずで千五百石取りになるとは、できすぎだと思う。

世間の並の人より頑張ってはたらいた自負はあるが、自分の力だけで達成できたのではないことは、十分にわかっている。旭日《きよくじつ》の勢いで勢力をのばす織田家の、その中でも出世頭の秀吉に仕えたからこそ、ここまで昇ってこられたのだ。

そもそも近江でももう少し北に住んでいたら、善祥坊に仕えもせず、したがって秀吉の配下になることもなかっただろう。浅井家の誰かに仕えて、いまごろ領地はおろか、命さえ失っていたかもしれない。

そう思うと綱渡りをしているようで肝が冷えるが、ここで綱から落ちるわけにはいかない。

――この運を手放さぬようにせんとな。

さしあたっては、秀吉の配下を離れぬことだ。秀吉についていきさえすれば、秀吉からこぼれ落ちた運がこちらまで回ってくる。

秀吉の、お世辞にも美丈夫《びじょうふ》といえぬ容姿を、目の前に思い浮かべた。

数日後、また善祥坊から召し出しがあった。家中がてんやわんやで人あつめに奔走している最中である。

久兵衛は、磯野伯耆守《いそのほうきのかみ》という浅井旧臣を召し抱えようとしていた。四十前のはたらき盛りで家柄がよく、武将として戦場ばたらきはもちろん、算用にも長《た》けて内治《ないち》もまかせられる、得がたい男である。高《たか》百石で話がつきそうになっていた。千五百石取りになったので、そうした高値のつく名の通った浪人にも手が出せるようになっている。

「またお召しとは、何の話かや」

加増の話を聞いたばかりなのに、さらに何かあるのかといぶかりつつ登城すると、広間に招かれた。ここで話をするのならば、何か正式に言い渡されるのである。

上座に出てきた善祥坊は、

「今日の話は、そなたにとってよい話じゃ。わしにとってはよくないがの」

と切り出した。それではわからない。久兵衛が待っていると、善祥坊はため息とともに告げた。

「そなた、羽柴さまのもとへ帰れ」

「は？」

「羽柴さまがご所望じゃ」

久兵衛はかなり以前に秀吉の直臣《じきしん》になっており、善祥坊には寄騎として付属させられていた形だったので、秀吉の許へもどるのは不思議な話ではないが、それにしても急である。よく聞いてみると、羽柴孫七郎《まごしちろう》の老臣役を、久兵衛にまかせたい、とのことだった。

孫七郎は昔、万丸と名乗っていて、久兵衛が守り役をしていた秀吉の甥っ子である。また昔のように面倒を見ろとの意向らしい。

秀吉のもとへ帰る万丸に、達者でおりなされと声をかけたときの、ぽかんとした顔が目に浮かんだ。

「孫七郎さまも、そろそろ一人前の武将として采を振らねばならん。その助けになるように、とのことじゃ」

秀吉の配下にはいった上で老臣として孫七郎に付きそい、戦い方を教えたり、所領の運営をするのだという。

その言葉に、久兵衛は胸の高鳴りを覚えた。

老臣といえば、家臣としてはもっとも高い地位である。奉行としてさまざまな仕事をこなし、人々を指図する立場だ。物頭から組頭になろうとしていたのに、組頭を飛び越えて、ひと息に老臣になれというのか。

「ま、いまだ孫七郎さまにはさほど家来がおらぬでな、この際、一気に人を増やそうというのやろ。悪い話ではなかろう」

秀吉の出世があまりに速いので、手許の軍勢づくりが追いつかず、人手が不足している。だから配下の出世も速くなる道理だ。

もちろん悪い話ではない。話がうますぎて気味が悪いほどだ。しかも秀吉と善祥坊のあいだで話ができているとなれば、久兵衛は逆らえない。

「謹んでお請けいたしまする」

と言上《ごんじょう》した。

あとで聞こえてきたところでは、当初、秀吉は善祥坊に、

「孫七郎の老臣として、そなたの家臣のうち、友田左近か田中久兵衛か、どちらかをくれ」

と申し入れたのだという。

善祥坊が友田左近を手放すはずがない。結果として久兵衛が秀吉に渡されたのである。

——たしかに悪い話やないが……。

久兵衛は頭をめぐらせる。秀吉の血族の老臣となれば、格としては善祥坊の家老の友田左近より上だろう。その意味では出世だ。

しかしお守りをする羽柴孫七郎は、今年十四歳。秀吉の下でいまは姫路城にいるが、初陣をしたとは聞いていない。老臣役とは聞こえがいいが、子供のお守りという閑職ではないのか。

少なくとも、しばらく戦場からは遠くなりそうだ。出陣して首を獲れないとなれば、出世ものぞめない。やはりうますぎる話には難があるものだ。

屋敷に帰って三郎右衛門たちに話すと、意外な話だとおどろかれた上で、

「羽柴さまに認められたなら悪い話ではないが、今後となると、さてどうかの」

と先行きを心配されてしまった。

いまだ実子のない秀吉には、別に信長の四男の秀勝という養子があり、羽柴家の跡継ぎとなるのが決まっている。孫七郎は成長しても、せいぜい秀勝の家来になるしか道はない。そんな孫七郎の老臣になっても先は明るくない、というのだ。

こちらも、まだ千五百石にふさわしい家人の数はそろっていない。さらにせっかく屋敷を整備したばかりの鳥取から、姫路へ移らねばならない。やることばかり多くなる。

「ま、いろいろあるが、もう決まったことじゃ。きちきちと手を打っていくぞ」

いまから先の心配をしても仕方がない。三郎右衛門らをいましめ、さっさと引っ越しの仕度をするよう命じた。

天正十年二月に入ってから、久兵衛は姫路城に秀吉をたずねた。

その昔は姫山《ひめやま》城といい、小山《こやま》の麓の屋敷と、頂上にぽつんと櫓が立っているだけの貧相な城だった。しかし久しぶりに見ると、石垣の上に三層の天守がそびえていた。おまけに城下の町も広げられ、山陽道も城下を通るように曲げられて、広大な縄張りをもつ城に変わっているではないか。

「羽柴さま、さすがの羽振りやの」

実際、いまや秀吉は織田家で一、二を争う重臣となっている。

秀吉は天守にいて、上機嫌で迎えてくれた。

「よう来た。そなたのはたらきぶりはよう聞いておるでよ。いっつも真っ先駆けて突っ込んでゆくそうな。頼もしく思うておるのだて」

「これは、身に余るお言葉にござります」

久兵衛は身をすくめて頭を下げた。こうした仕草も、いつしか身についてきている。

「孫七郎にも、見習うように常々言うておるのだわ。あれもそろそろ初陣をさせななんが、そなたのような剛の者がそばにおれば、心強いことじゃわ」

ひとしきり久兵衛をほめたあと、秀吉は表情をあらためて切り出した。

「そなたには老臣として孫七郎の面倒を見てもらうが、真の奉公先はこのわしであると思え。孫七郎の身になにかあったら、すぐわしに伝えよ。まずそれだけは言うておく」

おや、と思った。つまり孫七郎を見張れ、ということなのだろうか。

孫七郎には親も親類もいて、それぞれ一家をかまえている。当然、孫七郎のやることに口を挟《はさ》んでくる。親族が自儘《じまま》なことをせぬように見張れ、というのが、まずひとつ目の役目らしい。秀吉はさらに言った。

「善祥坊は裏表のない忠臣じゃが、世の中、さような者ばかりではないでな。これから孫七郎にはむずかしい仕事をしてもらわにゃならん。いろいろ危うい目にも遭うじゃろ。その時にそなたが頼りになると思うておる」

「は。名誉な話にござりまする。何なりとお命じくだされ」

どうやら閑職につくという予想がはずれたようだ。それにしても、むずかしい仕事とは何だろうか。

「ええ返事じゃ。ではな、さっそくじゃが」

と秀吉は身を乗り出した。

「河内《かわち》へ行ってくれ」

「河内……、にござりまするか」

思ってもみなかった地名が出て、久兵衛は聞き返した。秀吉はしっかりとうなずいた。

「さよう。河内じゃ。孫七郎をな、三好咲岩《みよししようがん》の養子にするのだわ」

「三好咲岩どの……。あの三日月で有名な」

久兵衛の答えに秀吉は、わはは、と噴き出した。

「やはり咲岩といえば三日月か。さよう。その咲岩じゃわ」

咲岩は、法名《ほうみよう》である。実名は康長《やすなが》。阿波《あわ》を本拠地とする名門、三好家の一族で、織田信長が京に進出してからしばらくは敵対していたが、数年前に降参した。そのときに三日月と名付けられた名物の茶碗を信長に進呈して許された、という逸話の持ち主だった。

いまは河内半国を治めつつ、阿波奪還をねらっている。そんな男に孫七郎を養子にやるとは、秀吉は三好家とのつながりを強めようとしていることになる。そのねらいは何か。

久兵衛の目にも、およそは透《す》けて見える。

「狙いは四国、でござりまするな」

播磨から因幡まで押さえたことで、中国のほうはほぼ目途がついた、と考えているのだろう。となればつぎは四国だ。

秀吉は曖昧《あいまい》にうなずいただけで、それには直接答えず話をつづけた。

「そなたもそろそろ槍ばたらきだけでのうて、武略を使う将になれ。それができる男じゃと、わしは見ておる。わしの目は確かだて」

「おお、もったいないお言葉にござりまする」

武略を使うとは気持ちのいい言葉だ。大名への道が大きく開けた気がして、返事にも力がはいる。

「うむ。そういうことじゃや。あと、細かいことは三成《みつなり》と相談してくれ」

秀吉の御前《ごぜん》を下がると、さっそく小柄で才槌頭《さいづちあたま》の男が近づいてきた。秀吉側近の石田《いしだ》三成である。

「こたびは大役、ご大儀にござる。それがしよりは孫七郎どのの養子入りの披露目の宴につき、お話しいたしまする」

「それはお心遣い、痛み入る。なにとぞよろしゅう、お引き回しくだされ」

三成は久兵衛よりひと回り年下の若者で、秀吉が長浜に入城してから仕えている。生地が近江の坂《さか》田《た》郡石田村《いしだむら》と、久兵衛の三川村にごく近いので、以前から挨拶し合う仲ではあった。得々と祝儀の宴について話す三成の言葉を聞きながら、三好家の中で自分の役割はどこにあるのかと、久兵衛は考えていた。

ひと月ほどのちに、久兵衛は孫七郎の供をして河内にある三好咲岩の若江《わかえ》城へ移った。

若江城は平地にあるが、大和川《やまとがわ》を外濠となし、支流から水を引いて濠をめぐらした堅固な構えの城である。

咲岩は二月から四国へ出陣してしまっているので、孫七郎は留守番役となった。

そのうちに、信長の三男の神戸《かんべ》信孝《のぶたか》が四国攻めの総大将となり、なおかつ咲岩の養子になる、という話が聞こえてきた。四国を制覇したあかつきには、咲岩に阿波一国が与えられるというのだ。

信孝が咲岩の養子になるのでは、孫七郎は三好家を継げなくなる。秀吉のもくろみははずれたようだ。孫七郎は飼い殺しになるのか、それともいったん秀吉に引き取られ、またどこか養子先があるまで待つのだろうか、などと先の心配をしているうちに夏となった。

秀吉は、相変わらず中国路で奮戦している。備中《びっちゅう》高松《たかまつ》の城を囲み、水攻めにしたとのうわさが流れていた。善祥坊は鳥取にあって、山陰の毛利勢に立ち向かっているようだ。

久兵衛は孫七郎の老臣になったため、禄は千五百石から五千石にまでふえていた。それによって家来衆をふやすというれしい苦労をまた味わったのだが、河内を治める仕事は咲岩の家人がしているし、戦場へ出る予定もないので、いまのところ孫七郎にも久兵衛にも仕事はない。武略も家来衆も使う機会がないのである。

「やはり貧乏くじやったな」

と三郎右衛門は遠慮がない。

「羽柴どのは中国を制してそのうち二、三カ国をもらい、信孝どのは四国の主になる。われらはここで、手柄も立てられずに静かに朽ち果てるのや」

しかし、そんなのんきな日々は長くつづかなかった。

天正十年六月二日の早朝、京の本能寺《ほんのうじ》で火の手があがったのである。

第四章　三万石の別れ

一

「城にこもっている時や、あらへんで！」

若江城本丸の大広間に、久兵衛の声が響きわたる。

「大将から出陣の催促あらば、何をおいても駆けつけるのが武士たるもの。ましてや大将がお困りの時や。様子見など許されるわけもなし。早々に出陣候え！」

しかし大広間に詰める者たちは、冷たい視線を送ってくるばかりだ。

「出陣せぬと言うておるわけやない。まずは物見の者を出して敵がどこにいるか、人数はどれほどかを調べてからにするがよい、と申しておるだけや」

饗庭《あえば》某《なにがし》が、むっとした顔で反駁《はんばく》する。

「敵の人数がわからねば、こなたも幾人出せばよいか、わからぬ」

別のひとりも不平を言う。

「それに大将と申すが、大将とは織田の上様を指すものじゃ。その上様は、本能寺にて討たれ申した。となればあとは誰のお下知を聞くのか、主人に聞くまでは何とも決められぬ」

憎々しげに言うのは、また別の男だ。三人とも三好家の家臣である。

「ええい、かような話をしている暇はなし。早々に出陣を」

多勢に無勢で旗色が悪いとみた久兵衛は、上座にすわる孫七郎をにらんだ。

「お命じくだされ」

留守居役として城をまかされているといっても名目だけの話だが、ここでは名目上でいいので孫七郎の下知が必要だ。

孫七郎は、きょろきょろと左右を見まわすばかりだ。細長く青白い顔に、いくつか赤いにきびが浮いている。十五歳になっているが、十年以上前に出会ったときの、怯えた幼児の面影は見てとれる。

「お命じくだされ」

久兵衛に重ねて言われ、下を向いたのちに、

「ああ……、出陣、せよ」

と細い声を出した。

「聞かれたか。お下知が出たぞ。出陣じゃ！」

しかし、座はしんとしたままだ。応とも否とも返事がない。

「ええい、さればよい。出陣したい者だけ出陣せよ。あとで後悔しても知らぬぞ」

捨て台詞《ぜりふ》を吐いて、その夜のうちに久兵衛は若江城を出た。

孫七郎を中心に、人数は五百。五千石取りになった久兵衛の手勢が百五十。残りは孫七郎と一族の手勢、それにわずかながら三好家の者たち。

明かりを手に、夜道を摂津へと急行する。

六月二日、織田信長が京の本能寺で明智光秀《あけちみつひで》に討たれたとの急報は、その日のうちに若江城に届いていた。だが久兵衛は当初、

「さようなこと、あるものか。おかしな噂《うわさ》が湧くものやな」

と笑って取り合わなかった。

たしかに信長は本能寺に寄宿していたが、光秀は信長が信頼する忠臣である。謀反《むほん》など起こすはずがないと思っていたのだ。

しかしその夜から翌日にかけて、久兵衛はおのれの見通しの甘さを思い知らされる。紅蓮《ぐれん》の炎と天を衝《つ》く黒煙をあげて燃え上がる本能寺を、明智家の水色桔梗《ききょう》の旗が取り巻いていた、軍勢は勝ち鬨をあげてから引き揚げた、という注進が殺到したのだ。

信長だけでなく嫡男の信忠《のぶただ》も討たれたらしい。さらには安土《あづち》城も光秀の手に落ちたと聞こえてきた。主人と嫡男、それに主城を失って、織田家は崩壊したのである。

このとき中国路は羽柴秀吉、関東は滝川一益《たきがわかずます》、北陸は柴田勝家《しばたかついえ》といった具合に、織田勢は天下の各地で戦っていた。

強大な織田家の威光を背に、敵地に乗り込んでいたのだが、信長が消えたのでは各地の織田勢は孤立無援となり、それぞれの敵に討たれてしまうと思われた。

若江城内は大騒ぎになった。が、騒ぐだけで動きは鈍かった。天下の一大事ではあるが、城主の咲岩入道は阿波に出陣中だし、留守居の養子、孫七郎は若輩で頼りにならず、下知する者がいないのだ。

咲岩入道へは急使《きゅうし》を出したが、使者が帰ってくるより前に、阿波の三好家の手勢が総崩れになったというわさが聞こえてくる始末だった。

「騒ぐやねえ。まずは何が起きるか探るのや」

と久兵衛は周囲の者に言い、自身も城から動かなかった。実際のところ、久兵衛もどうしていいのかわからない。乗っていた大船がいきなり難破し、嵐の海にほうり出されたような気分だった。秀吉

からは、

「これからは槍ばたらきだけでなく、武略をつかう将になれ」

と言われて若江城に来たのだが、最初からこんなむずかしい局面に出くわすとは思ってもいなかった。

その秀吉は、強敵の毛利家と備中高松城をはさんで対峙しているはずだった。

信長の横死を知った毛利家が、このときとばかりに全力で秀吉に攻めかけるのは目に見えている。毛利家はもともと十カ国を支配していた大勢力である。全兵力を挙げれば秀吉の手勢など、一気に吹き飛ばされてしまうだろう。その危機を、秀吉が独力でしのげるかと考えると、無理だと思わざるを得ない。

それでもあちこちに人を出してようすを探らせたところ、どの大名に光秀から誘いがきた、誰それは断った、といったうわさが多く流れていた。そこから、世間が必ずしも光秀に与《くみ》していないとの感触は得られた。

「となれば光秀に気遣う必要もなし。城をかためて咲岩さまの帰りを待つ」

と、三好家の者たちとも話し合って決め、はらはらしながら城に籠もっていた。

そこへ秀吉からの使者が飛び込んできたのである。

「なんと、もどって来はったのか！　ほんまか、おい」

使者から話を聞いて、久兵衛は思わず声をあげた。

秀吉が、軍勢をひきいて摂津の尼崎《あまがさき》まできているという。

毛利家とは和睦して引き揚げてきたというが、この混乱時に敵と和睦し、さらにわずか数日で二万の軍勢を長駆移動させるとは、これもまた本能寺の焼き討ちとおなじく信じられぬ出来事だった。

しかし、どうやらうそではないらしい。

しかも使者は、これから信長の弔い合戦をするから、孫七郎も出陣して軍勢に加われ、というのだ。六月十一日のことである。明日までに兵をつれて摂津富田《とんだ》に来いという。

これは重大な意味をもつ合戦である。

信長を討った明智光秀を謀反人として討ち滅ぼせば、力を失った織田家を差し置いて、みずから天下に覇を唱えることもできるだろう。秀吉がそうした立場に立てば、孫七郎は天下人の一族であり、かつ天下人のもっとも近くに位置する武将となる。

久兵衛のように孫七郎に仕える者にとって、悪い話であるはずがない。うまくゆけば禄が一気に何倍にもなるような、まばゆい出世への道が開けるのだ。

しかし三好咲岩が城へもどってくるのを待つつもりの三好家臣たちは、なんのかんのと文句をつけて出陣を渋った。

三好家の家人たちはまず、いまの禄を減らしたくないと考えるのだろう。だから主人の指示を待つといううしろ向きの姿勢を崩せないようだ。

それは無理もないと思う。織田家中にいた者でなければ、禄が一度に何倍にもなるような強烈な出世は経験しておらず、経験していない以上、そんな将来は夢にも描けないはずだ。

とすれば話し合っても無駄である。

久兵衛は三好家を見限って出陣してきた。こんな大きな機会を逃してなるものか、と思っている。

摂津の富田につき、夜明けの薄明の中で宿営地を見晴らすと、広い野原に大軍勢が陣を敷いていた。三万とも四万とも見えるその軍勢の中を、

「これは三好孫七郎さまの手勢じゃ。筑前さまのお呼びによってまかり越した」

と呼ばわりながら兵をかきわけて進んだ。ようやく本陣に達すると、

「おお、よう来た！」

ふたりの顔を見た秀吉は、相変わらずの大声で孫七郎と久兵衛を迎えてくれた。

「急な呼び出しにもかかわらず、きちきちと期日に間に合ったこと、ほめてとらすだわ。孫七郎には、やってもらわんといかんで」

なにを「やってもらう」のかも言わず、秀吉は孫七郎をつれてそそくさと陣幕の中へ消えた。

久兵衛は陣幕の外で待っているしかない。

富田には秀吉の手勢ばかりでなく、池田恒興《つねおき》、中川清秀《きよひで》ら、摂津の大名があつまっていた。秀吉の呼びかけに応じて、これから明智光秀と一戦しようという者たちだ。

「あと少し待てば、丹羽どのと神戸《かんべ》どのも駆けつけるとか」

陣中のうわさを聞いた三郎右衛門が耳打ちする。

この陣中には信長の四男で、秀吉の養子である秀勝もいるだろう。そして信長の三男の神戸《かんべ》信孝《のぶたか》と宿老の丹羽長秀《ながひで》も参陣するとなれば、信長の弔い合戦の名目は十分だ。

「これは勝ちいくさじゃ。真っ先かけて首をとらねば」

三郎右衛門は鼻息が荒い。久兵衛が五千石取りに出世したため、三郎右衛門も馬に乗って十人の家人をひきいるまでになっている。おのれの力を試したいらしい。

だが久兵衛は落ち着いていた。

「先駆けなどしてはならん」

「え？」

「われらは孫七郎さまの周囲をかためる。決して飛び出してはならん」

三郎右衛門はむっとした顔になった。

「それでは手柄は立てられん」

「立てずともよい」

久兵衛は首をふる。

「われらの役目は、もはや槍をふるっての戦場の首稼ぎではないわ。孫七郎さまを守《も》り立て、その上で策をめぐらし、兵を指図して敵を討つのや」

三郎右衛門は、ぽかんと口をあけている。合戦といえば味方が止めるのも聞かずに猪突《ちょとつ》猛進してきた久兵衛が、いきなり何を言い出すのか、という顔だった。

そのとき軍議がひと区切りついたのか、陣幕の中が騒がしくなった。出てくる武将もいれば、入れ替わりにはいってゆく武将もいる。

孫七郎も出てくるかと思って見ていると、秀吉から久兵衛にお呼びがあった。何かと思いつつ久兵衛は陣幕の内へはいった。

秀吉は、陣幕の奥で床几にすわり、孫七郎ともうひとり、五十絡みの男と対していた。

「これは孫七郎の一の老臣でな、田中久兵衛と申す。以後、見知りおいてちょうでえ」

秀吉は男に久兵衛を簡潔に紹介しておいてから、久兵衛に告げた。

「たったいま、孫七郎の嫁がきまった。この池田どのの娘御《むすめご》じゃ。一戦が終わったら婚儀をあげねばならん。さよう心得ておけ」

は、と久兵衛は頭を下げたが、内心おどろいていた。

——なんと、大いくさを前にして婚儀かや。

池田勝三郎恒興は、母が信長の乳母をつとめた、いわゆる乳母子《うばこ》である。信長の近臣中の近臣で、かなりの兵数ももっている。弔い合戦には是非ともいてほしい男だ。

察するに、秀吉は縁組みをして池田家をしっかり味方につけようと考えたのだろう。この混乱した状況の中、よくそんなことを考えつくものだと感心するしかない。

――まるで文殊《もんじゅ》さまがキツネに乗り移ったような悪知恵の深さやないか。これなら毛利もだませるやろな。

自分にはとても真似できない。そんな思いを深くしていると、

「神戸さま、ただいまご到着！」

という声がかかった。

秀吉はものも言わずに立ち上がった。そして陣幕をあけてはいってきた若い男へと、足早に歩みよった。深々と一礼すると、

「こたびは……」

と言ったが、それだけで言葉に詰まった。ひと呼吸おいてまた何か言いはじめたが、涙声になって聞き取れない。しまいには手放しで泣き出した。すると若い神戸信孝も泣き出してしまった。

ふたりが向き合って大声で泣くさまは、陣幕の中の者たちを粛然とさせ、この合戦が信長の弔いのためという意義を、あらためて思い起こさせた。

ひとしきり泣くと、秀吉はけろりとした顔にもどり、

「さあ、明日は大いくさだわ。まず勝ちは見えておるが、油断はならん。みなの者、ふるって戦ってちょうでえ」

と宣して武将たちを解散させた。

翌日、軍勢を京の南郊の山崎《やまさき》まですすめると、夕方から戦いとなった。数にまさる秀吉勢は、光秀の軍勢を押しまくる。山崎での野陣を突き破っただけでなく、その後方にあって光秀が籠もっていた勝竜寺《しょうりゅうじ》城も落とした。

秀吉の圧勝である。

久兵衛は孫七郎とともに秀吉の本陣にあり、最後まで敵前には出なかった。勝利が決まったあと、孫七郎の供をして首のない死体と血の臭いで満ちた戦場を歩き、勝竜寺城へはいっただけだ。

「これでええ。これでつとめを果たしたのや」

ひとつも首を獲れず、不満そうな家人たちを、久兵衛はそう言ってなだめた。

——これからは秀吉が天下を牛耳《ぎゅうじ》る。ほっといても孫七郎は取り立てられてゆくやろ。

一の老臣の久兵衛も、孫七郎についてゆけば自然と出世する。しばらくは忠実に役目を果たしてゆけばよい。田中家の家勢は、帆に追い風をはらんだ船のように順調に伸びてゆくだろう。いままでも運にめぐまれてきたが、信じられないことに、これからはさらに強い運が回ってきそうだ。

「さあ、どこまでゆくか」

少々こわいくらいや。久兵衛は胸の内でそうつぶやいていた。

二

多くの武者がいるにもかかわらず、幔幕《まんまく》を張りめぐらせた本陣の中は、しんとしていた。

畳二枚ほどもある馬印がはためく下に床几をおき、所在なげに膝を揺すっているのは三好孫七郎で、その前に小姓たち十数名が 跪《ひざまず》いている。

少しはなれて矢よけの盾を四枚ならべて机とし、伊勢の峯《みね》城とその周辺を描いた絵図がおいてある。久兵衛はその机の前に立ち、数名の武将たちとともに絵図をにらんでいる。

「この城、隙がないのう」

絵図を見ながら、久兵衛はつぶやいた。

「南北は険しい峰つづき、東西は深田か。よう考えてあるわ」

峯城は小山の上にある、南北五十間、東西三十間ほどのさして大きくない城だが、地形が地形だけにじつに攻めにくい。

「しかも三千人も籠もっておるとか。ひと揉みに揉み潰すわけにもいかんがや」

山内伊右衛門が言いつつ丸顔をかしげる。

「なあに、囲んでおればよい。あの小さな城に三千人もいれば、すぐに兵糧は尽きるわ」

乱暴に言い切るのは、大男の一柳市助《ひとつやなぎいちすけ》だ。

「それはそうじゃが……」

兵糧攻めにすれば勝ちは見えている。秀吉もそういう指示を出していた。しかしその前にうまく攻めて早く落城させれば、目立つ手柄となる。

「なんとかならんかな。ここでひと押しすれば、上様の覚えもめでたくなるぞ」

いまや秀吉は上様と呼ばれる存在である。その秀吉麾下の軍勢数万が、この峯城を攻め落とそうとしていた。

山崎の合戦から八ヶ月がすぎ、年も改まって天正十一年二月になっている。

そのあいだに秀吉は、着実に天下人への階段を昇っていた。

信長と信忠の主人父子を失った織田家は、尾張の清洲《きよす》城で重臣衆が会合し、今後の運営方針を決めた。それによって信忠の遺児、三法師《さんぼうし》を主人とし、三法師が成長するまでは、重臣衆の合議で織田家中を運営することになっていた。とはいえ、秀吉はそんな建前を守るつもりは毛頭ないようだった。

「誰が天下人になるか、各自の腕によって決めようで」

と公言したと、久兵衛の耳にも届いていたほどで、織田家に代わって天下人になる意図を隠しもしない。早くもその年の十二月には信長の三男、信孝を岐阜城に攻めて和を乞わせ、また柴田勝家の養子、勝豊《かつとよ》が籠もる長浜城を攻めて開城させた。

そして年が明けた二月、織田家重臣衆のひとり、滝川一益を攻めるために伊勢へと出陣した。この軍勢は三手に分けられた。それぞれの軍勢の大将は秀吉、小一郎、そして孫七郎である。

十六歳の孫七郎は、二万の軍勢をひきいる大将として伊勢に入ったのだ。動員された将兵たちはみなその若さにおどろき、秀吉の跡取りが決まったようだとうわさし合った。

実子のない秀吉は、これまで信長の四男、秀勝を跡取りに擬《ぎ》してきたが、秀勝はこのところ病がちな上、信長が亡きいま、その息子を尊重する意味はなくなっている。それゆえ近縁の孫七郎こそ跡取りにふさわしいと考えたのだろう。

仕えるあるじが将来、天下人になるかもしれないのだ。すると一の老臣である久兵衛は国持ち大名どころか、天下の宰相《さいしょう》になる理屈である。久兵衛にとっては、思ってもみない成り行きだった。

なお、孫七郎の養親である三好咲岩入道は、阿波から若江城へ逃げ帰ったのち、なにを思ったのか、すべてを捨てて高野山《こうやさん》へ入ってしまった。秀吉の世になって、自分の役どころはもはやないと悟ったのだろうか。

咲岩がほうり出した三好家を継いだので、いまや孫七郎は河内半国の主である。

ここで孫七郎が目覚ましい手柄を立てれば、秀吉の跡取りにふさわしい将器の持ち主と印象づけることができるだろう。

といってもようやく初陣をすませたばかりで十六歳の孫七郎に、二万人の大将がつとまるはずがない。実際の指図は、老臣衆が出す。

老臣衆とは、山内伊右衛門、中村孫平次《なかむらまごへいじ》、一柳市助、堀尾茂助ら、もともと秀吉の馬廻りにいて、若いころから戦場の場数を踏んで数々の勲功を立て、いまや数千石を領する猛者《もさ》たちである。孫七郎が大将として一人前のはたらきをするようにと、秀吉が特に選りすぐって配したのだ。

久兵衛は、孫七郎の一の老臣としてその中心にいた。

「はは、わかるがな、田中どの」

堀尾茂助が、笑みをうかべながら久兵衛の肩をたたく。

「無理をして兵を損ずれば、逆にお叱りをうけるわ。ここはじっと我慢するところじゃて」

一柳市助も、吠えるような声で言う。

「さよう、さよう。いま危ない橋をわたっても、引き合わぬと思うがの」

ここにいる老臣衆は同僚ではあるが、出世の競争相手でもある。褒賞の取り合いをしている仲ともいえる。素直に同調はできない。とはいえ理詰めの話だけに反論はむずかしく、うむ、と久兵衛はだまるしかない。

ちらりと孫七郎を見た。目を伏せている。

「なんとかならんかのう」

と、そこに声が飛んできた。

「ここで手柄を立てたいのだわ。攻められんかなあ」

声の主は、孫七郎の斜め前にすわっている五十絡みの貧相な男だ。三好武蔵守《むさしのかみ》という。孫七郎の実父である。

「あんな小城、二万の兵で我攻《がぜ》めに攻めれば、すぐに潰せよう。明日にでも仕掛けように」

という言葉に、重臣たちは口をつぐんだ。

武蔵守は秀吉の姉、ともの夫である。もともと弥助《やすけ》といい、尾張国は乙の子《おとこ》村で馬丁《ばてい》をしていた男で、秀吉が信長の下で出世してゆく中で秀吉に仕えた。羽柴家中でもっとも古参の家臣なのだが、よほど使えない男なのか、戦場での高名はまったくない。武勇ばかりか義弟の小一郎のような将器はもとより、領地を治める代官としても能がなく、秀吉ももてあましているようだった。

この三好という姓も、本来の三好家主である咲岩入道が出家し、自分の子の孫七郎が三好家を継いだので、名乗るようになったのである。元来は苗字もない土民の出なのだ。

ただ、男の子を三人もうけた。孫七郎は長男である。下のふたりはいずれ秀吉の養子になるとうわさされている。数少ない血族として秀吉の懐に深く食い込んでいるのだが、つまるところ秀吉にわが子を差し出した、というだけで世を渡っている男なのである。

それでも秀吉が信長の下でこき使われているあいだはおとなしくしていたが、秀吉が天下人目前となり、息子がその跡継ぎに擬されてから、にわかに態度が大きくなった。いまも要害を攻める工夫などまるでないのに、ただわが子を天下人の跡取りにしたいという思いだけで兵を動かそうとしている。

「もっともなお説ではござるが、なかなかむつかしゅうござる。攻めるには、上様が納得されるような工夫がなければかないませぬが、それが見つかり申さぬ」

「ないのか。これだけ武功自慢の者たちがいるというのに」

露骨なあてつけに、老臣衆がむっとする。久兵衛は、

「上様にすらできぬ工夫が、われらにあるわけもなし」

と返して武蔵守をだまらせた。

ほかの老臣衆が時々、三好家に立ち寄るだけなのに、久兵衛はずっと孫七郎の許に詰めて、日常的に家政《かせい》をみている。それだけ武蔵守との接触も多くなる。無能なのにやたら口出しをする武蔵守を抑えるのも、一の老臣、久兵衛の役目である。

結局、峯城を囲んで戦線は膠着《こうちゃく》した。

だがそれも、ひと月ほどのことだった。秀吉が伊勢で滝川一益と戦っている間隙を突いて柴田勝家が越前から出陣してきたため、秀吉は伊勢に押さえの兵だけ残して、すぐに近江へと軍を返したのだ。孫七郎と老臣衆もこれにしたがい、一軍をひきいて賤ヶ岳《しずがたけ》の戦いに出た。

秀吉はここで、勝ちを焦って秀吉陣に深入りしてきた佐久間盛政《さくまもりまさ》を逆に攻めて敗走させると、勢いをかって勝家の本拠、越前まで攻め込み、北庄《きたのしょう》城を落として勝家を切腹に追い込んだ。

柴田勝家が滅べば、あとは早かった。伊勢の峯城はふた月ほどで兵糧が尽きて開城。さらに亀山《かめやま》城、長島《ながしま》城も七月までに落ち、滝川一益は降伏、蟄居《ちっきょ》することとなった。

一連の騒ぎは、秀吉の圧勝に終わったのである。

久兵衛は賤ヶ岳において、十三段にかまえた秀吉陣の六段目を受けもった孫七郎の軍勢を指揮して戦ったが、さして目立つ戦果はあげられなかった。大軍の中心部にいては、敵の前に出るだけでもひと苦労である。今回のような勝ちいくさでは、敵の姿を見たときにはもう勝敗がついたあとだった、ということになりがちだ。

なのに北庄から引き揚げるときに、

「なんじゃ、これほど大きないくさで、なんの戦功もあげられんとは。さてさて、田中どのは立派な武将よのう」

と武蔵守に皮肉られてしまった。一瞬、よほど斬りつけてやろうかと思ったが、こんな男と自分の人生を引き替えにするのは割に合わないと思い、踏みとどまった。その上で、

「いやいや、そうそう手柄は立てられませぬ。崩れ立たぬように陣を保つだけでも、立派に役に立ってござる。心配めさるな」

と言い訳しつつ、武蔵守をなだめた。

「それでは兵どものはたらきが不足じゃ。孫七郎がかわいそうじゃ」

武蔵守は無茶を言う。

——仕えにくい。

久兵衛は、内心でため息をついている。

これまで久兵衛が仕えたあるじは、善祥坊にしろ秀吉にしろ聡明《そうめい》で優秀だった。いくらか無茶は言うが、場数を踏んでものごとをよく知っているので指示の大筋は正しく、そのとおりにしていれば大きな間違いはせずにすんだ。

ところが武蔵守の場合、いくさにしろ政道《せいどう》にしろ、まったくわかっていない。

そんな男の言うことをまともに聞いてはいられないが、あるじの実父とあっては無視もできない。

——敵は外だけやのうて、内にもおるのや。

そう思わざるを得ない。

大名の一の老臣は、合戦では全軍を指揮し、平時には年貢あつめや家来の統率をして、お家をうまく切り盛りするのが役目だが、その一方で仕える大名とその一族の悪意や我欲の沼を、うまく泳ぎ渡ってゆかねばならない。神のような手腕が必要な立場なのだと思い知らされた。

しかしこの役を立派にこなさなければ、これ以上の出世はない。国持ち大名への道も塞がれてしま

う。試練と思って耐えるしかない。

「なあに、上様が天下を押さえ込むには、まだまだいくさがつづきましょう。手柄はまた、いずれ」

久兵衛はそう言って武蔵守を煙《けむ》に巻いた。実際、柴田勝家を滅ぼしたあとも、戦乱の火種はまだいくつも残っている。早晩どれかが火を噴くのは明らかだった。

三

勝家の死後、秀吉は賤ヶ岳合戦の論功行賞をおこない、大名衆に新たな領地を分けあたえた。

勝家の所領であった越前と北庄城は丹羽長秀のものとなり、織田信孝の死で空いた美濃は池田勝三郎に、加賀《かが》国の半分は前田利家《まえだとしいえ》にあたえられた。また大和《やまと》には筒井順慶《つついじゆんけい》、和泉《いずみ》に中村孫平次、といった具合に諸将を各地に配置していった。

池田家の居城であった大坂城は秀吉自身のものとした上で、天下人の居城にふさわしい城にすべく改築にかかった。

ひどく大がかりな改築だったが、連日数万の人夫を動員して、数ヶ月で城も城下町も形になったからおどろきである。

そして大坂城のまわりを一族と忠臣でかためるつもりなのか、孫七郎には摂津が与えられた。

久兵衛は一の老臣として、新たに孫七郎の領地となった摂津へはいり、領地受けとりの手つづきをはじめた。大坂城周辺の支城に出むき、その構えと所領の境目をたしかめ、年貢徴収の元となる水《みず》帳《ちよう》をうけとった上で、城番の将と兵を入れる。

煩雑で手間も暇もかかる仕事だが、こうした仕事をきちんとできなければ、大名になどなれない。久兵衛は地道にひとつずつこなしていった。

そうして支城を回っているうちに、騒動が起きた。

「面倒なことになり申した」

ととのった細面を傾けて嘉七郎が言う。

嘉七郎は五助とちがって目端がきき筆も達者なので、右筆がわりに連れてきたのである。

嘉七郎が言うには、久兵衛が引きつれていた軍勢にいた足軽のひとりが、住民の家に押し入ってその女房を犯したらしい。女房に騒がれて人が集まったので、足軽は家を出るに出られず、家籠もりしているという。

注進がきたときには夕刻になっており、久兵衛は夕餉をすませて好きな酒を飲んでいた。

「また馬鹿なことをしでかしおって」

「しかも悪いことに、女房の旦那は池田どのの家人と申す。美濃へ移るのが遅れておったようで。これをほうっておけば、池田どのから文句が出ましょうな」

「なに？　池田どのの？」

盃を口に運ぼうとしていた手が止まった。

「池田家と揉めるのは、いかんぞ」

「はあ」

池田勝三郎はいま、織田家の老臣の地位にあり、しかも清洲会議では秀吉の味方にまわるなど、秀吉を支える有力大名である。

ただ信長の乳母子だっただけに、織田家の息子たちに心情的に近い。もし信長の息子である信雄《のぶかつ》が声をかければ、秀吉を見限って信雄につくことも考えられる。

天下取りで危ない橋を渡っている最中の秀吉は、有力大名のあつかいに気を遣っている。大名が秀吉を見限り、勢力の均衡がくずれると、手にしつつある天下が一瞬にして消えかねないからだ。

そんないま、池田家の機嫌を損ねると、どうなるか。

家来の家族を害されたとあっては、家中の面々の手前、池田家は強い態度に出てくるだろう。犯人の処罰はもちろん、久兵衛の責任も問うてくるにちがいない。それが秀吉の耳に入れば、恐ろしい雷が落ちるに決まっている。出世の道を断たれるどころか、詰め腹を切らされるかもしれない。

思いもかけぬ陥穽《かんせい》が目の前に口をあけているのに気づいて、たちまち酔いが醒めていった。

「だれかやって、斬らせえ」

盃をおいて、久兵衛は命じた。

「はて、腕の立つ者はいまここに来ておらぬので……。それがしが参りましょうか」

「そなたか」

久兵衛は嘉七郎の細い顔と体を眺めた。

筆をとらせてはそつがなく、戦場でも身を捨ててはたらくのだが、鉄砲の腕前はともかく、剣や槍に関してはやや心許ない。

「どんなやつだ」

「八右衛門《やえもん》にござる。熊のような大男で」

「あやつか」

思い出した。足軽の中でも凶暴なやつだ。あの男が相手では嘉七郎には分が悪い。

久兵衛は盃をおいた。もはや酒を飲んでいる場合ではない。

「わしがゆく。案内せい」

刀を手に立ち上がった。

「殿が……。いやそれは、危のうござる」

「いいから連れてゆけ」

とまどう嘉七郎を急かして、久兵衛は薄闇の中を町屋へと向かった。

その家は、前に人が群れていたのですぐにわかった。嘉七郎が声をかけると、松明《たいまつ》をもった者が駆け寄ってきた。

「わが手下がまことに不調法《ぶちようほう》を。すぐに取り鎮めまする」

あわてて言うのは物頭だ。久兵衛が来るとは思っていなかったのだろう。

「女房が捕らわれているのでは、大勢は踏み込めまい。だれか腕の立つ者はいるのか」

「いえ。しかし、それがしともうひとりで十分かと」

久兵衛は、松明が照らし出す面々を見渡した。腕に覚えというほどの者はいない。みな事態を甘く見ている。一歩間違えるとわが田中家の一大事になるとは、だれも考えていないようだ。

「松明をかせ」

久兵衛は松明を手にして、八右衛門が籠もっている家のまわりを検分してまわった。

軽輩《けいはい》の家らしく、生け垣で囲った敷地の中に茅葺《かやぶ》きの曲がり家《や》が建っている。別棟になっているのは、厠《かわや》と物置のようだ。家の中は静まりかえっている。ほのかに明るいのは、囲炉裏の火か。捕らわれた女房が生きているかどうかは、わからない。

罪が露見した八右衛門は、捕まって打ち首になるくらいならと、逃げ出す機会を狙って、夜が更けるのを待っているにちがいない。いま討たねば面倒は増すばかりだ。

「八右衛門が逃げ出さぬよう、まわりを囲め。逃げてきたら、遠慮はいらぬ。斬れ」

物頭にそう命じておいて、久兵衛はたすきを掛けて袖を絞り、刀を抜いた。

「殿が参るので」

物頭がおどろきの声をあげた。

「ほかに誰がいる」

久兵衛は吐き捨てた。戦場で首をとった数で久兵衛にまさる者は、ここにはいない。それればかりではない。孫七郎の一の老臣となってから、戦場では自重してばかりいて、久しく暴れていなかった。体の奥深くに鬱屈するものがある。存分に剣をふるえと、その鬱屈するものが命じていた。

「しっかり見張っておれ。逃がすな」

久兵衛は表門から敷地にはいった。ようすをうかがいつつ庭にまわり、濡れ縁からあがって家の中へ足を踏み入れる。

闇の中、座敷はしんとしていた。

「八右衛門、出てこい！」

そう言った途端、右手でみしりと床が鳴った。同時に頭上から白刃《はくじん》が落ちてきた。


「どれ、面《おもて》を上げよ」

うながされて、久兵衛は目上の者に失礼にならぬ程度に顔をあげる。

建てられたばかりの大坂城の本丸御殿は、木の香も匂い立つようだ。城の普請はまだつづいていて、槌音が朝早くから聞こえてくる。城下町も広がる一方で、天下人の膝元にふさわしい賑《にぎ》わしさになっていた。

御殿の青々とした畳の上で、久兵衛は上座の秀吉に対している。

「ほほう、そなた自身が斬り合ったのかや」

秀吉は、珍しいものを見る目で久兵衛を眺めている。

久兵衛の顔には、鼻の横から上唇にかけて、長大な切り傷ができていた。上唇は右から三分の一のあたりで切り離されているかのように見える。八右衛門の最初の一撃で負った傷である。気配を感じて飛びのいたのだが一瞬、遅れた。

そののち八右衛門を斬り伏せたが、受けた顔の切り口から派手に出血し、一時はめまいがして倒れたほどだった。

「わが手の者が池田どののご家中のお方に迷惑をかけましたるゆえ、これは大事と思い、みずから始末をつけ申した」

池田家に気を遣ってこの命を張ったのだ、と暗に売り込んでいる。

案の定、家の女房は殺されていた。だが久兵衛自身が手傷を負った奮闘が効いたのか、池田家から抗議は来ず、逆に見舞いの品が届いた。大事にならずにすんだのである。それを聞きつけた秀吉が、久兵衛を呼び出したのだった。

「池田も、かっとなると何をするかわからぬ男じゃでな、いま癇癪玉《かんしゃくだま》を破裂させるわけにはいかん。そなたの気の遣いよう、見事じゃわ。ほめてとらすだわ」

「まことにおそれ入り奉る」

「その向こう傷も、大事にとっておくがええがや。ま、これまではちと面がぬるかったが、それで勇ましい面構えになったわ」

秀吉は、ははと笑って会見を終えた。

あとで久兵衛のもとに秀吉から加増の通知が届いた。千石を与える、とある。武技と世故の両方に長けていると認めめられたのだ、と久兵衛は受けとった。

四

「お酒は、傷によようないよ。少しは控えたら」

おふくに言われて、久兵衛は盃を運ぶ手をとめ、おふくをにらんで言い返した。

「うるせえ。酒くらい気分よく飲ませろ」

「お医師《くすし》さまにも言われているでしょうに」

「医師などになにがわかる」

久兵衛はのどを鳴らして盃を干した。

大阪城下の拝領屋敷で、身内ばかりの酒宴を開いていた。居並ぶのは五助、嘉七郎、三郎右衛門、佐吉。それに秀勝の許からもどってきた小十郎。いまやみな馬乗りの身分になっている。

「酒は百薬の長と申しますからな、傷養生にも悪いはずはなし」

と気楽に言うのは五助だ。

「飲めば、ほれ、かように世の中が明るくなる。病や傷も忘れられるってもんで」

という五助の顔はかなり赤くなっている。

「あんまり飲むと……、ほれ、じいちゃんも中気で倒れたでしょうに。あれ、飲み過ぎやよ、きっと。百姓になってからは飲めなかったけど、侍やってたころにずいぶん飲んでたでしょう」

おふくはしつこく言う。相変わらず、久兵衛に対しては遠慮がない。

そういえば三川村にいたころは食うのに必死で、酒などほとんど飲めなかった。それがいまでは、毎晩のように酒宴を開いてはたらふく飲んでいる。翌朝、陽が高くなるまで寝すごすこともしばしばだ。飲みすぎと言われても仕方がないかもしれない。

「えい、もういい。酒がまずくなる」

おふくに下がるよう命じた。おふくは唇を尖《とが》らせて出ていった。

「まったく、つまらぬ女や。役に立たぬのに、文句だけは一人前や」

たしかにこの大坂屋敷では、おふくは浮いていた。やることもなく、終日、台所でぼうっとしている。しかしそれでは困るのだ。

本能寺の変以来、世の中が激変したが、それにともなって、久兵衛の暮らしも大きく変わっている。まず住処《すみか》がくるくると変わった。善祥坊の家来として鳥取城下に屋敷をもうけたと思ったら、すぐに河内の若江城下に移ることになった。そののち秀吉が大坂に大きな城を造ったので、大坂城下にも屋敷を建てた。孫七郎の一の老臣となっても、秀吉の許から孫七郎の世話をするために派遣された付《つけ》家老《がろう》、というのが久兵衛の立場である。秀吉の直臣なのは変わらないから、大坂の屋敷は欠かせない。

そしてどうやら孫七郎も摂津に移ってきそうなので、その城が定まれば、もうひとつ屋敷をもうけることになるだろう。

いまのところ若江城下の屋敷に正室の静香をおき、大坂の屋敷におふくを入れている。おふくは三川村を離れたくないとぐずっていたが、強引に呼び寄せた。やはり女主人がないと、屋敷内の始末がつかないと思ったからだ。

おふくには侍女たちを指図して、屋敷の中を取り仕切るよう頼んだが、おふくは侍女たちをもてあまし、すべて自分でやろうとした。すると侍女や下女たちは自分の仕事をとられるとあわて騒ぎ、屋敷の中は一時、混乱した。結局、おふくは侍女たちからうとまれ、お方さまと祭り上げられて、何の仕事もできずにいる。

つい考えこんでしまう。

――わが田中家を内から支えてくれる、きりっとした妻がほしいものよ。

家というのは妻の内助の功があってこそ栄えるものだと思うが、おふくも静香も気の回る女ではない。

おふくはまだいい。武将の妻としては不足だが、長年の付き合いだから気心は知れている。一方で正妻の静香にはほとほと困ってしまう。何を考えているのかわからないのだ。

このあいだ静香は三男を産んだ。

家に男児をふやすという期待にはよく応えてくれており、そこはありがたいと思っているのだが、いまだに久兵衛と言葉を交わすことは少なく、侍女があいだにはいって意思を伝えている始末だ。唇の傷についても、気づいているはずなのに何も言わない。美人ではあるが一緒にいるとどうも気疲れがする。

久兵衛にしてみれば、妻にしてもらいたいことはいっぱいある。家政を見て子供を育てるだけでなく、家来衆にも声をかけたり、折に触れて下し物などしてほしい。そうすれば、家来衆の忠誠心もまた格別になるだろう。同僚や主人、目上の大名などにも時節ごとに贈り物をし、機嫌をとってもらいたい。それが出世に結びつくのだ。

だがおふくも静香も、そんな気づかいはまったくしていない。

武運に恵まれてここまで出世したものの、女房運はいいとはいえない。もうひとり、はたらきのいい側室をもうけるか……。久兵衛の思いは、そんなところに行き着く。

「おや、殿がなにやら思い悩んでいなさる」

五助の声に、ふと我に返った。

「こら、主人に向かって失礼じゃろうが」

三郎右衛門が五助をたしなめる。

「そりゃ、天下人の跡取りさまに仕えておるのじゃ。悩むこともあろうて」

佐吉がとろんとした目で言う。

「さよう。気苦労が絶えぬ」

久兵衛は、思いを悟られぬように薄笑いを浮かべた。

「そなたらは、気楽でいいのう」

と言うと、途端にみなが騒ぎ出した。

「何をおおせか、われらも体を張って奉公しており申す」

「兄者はわかっておらぬ。われらの苦労は並大抵やねえぞ！」

などなど、各自勝手にわめいている。

久兵衛は苦笑して聞いていたが、中にひとり、平然とした顔で飲んでいる男がいるのに気づいた。

小十郎だ。

——ふむ。落ち着いておるな。

秀勝の小姓として出仕していたが、秀勝が病で屋敷に籠もりがちで、あまり仕事がないため、久兵衛の許にもどってきたのだ。秀勝の下では小姓の仕事はもちろん、近江で検地の仕切りもした。いまや一人前の仕事ができるようになっている。周囲の評判もよい。これなら手足として使えるし、跡をまかせても大丈夫だろう。

小十郎がいればわが家も安泰だと機嫌を直し、久兵衛はまた盃を干した。

五

平穏な世は、しかし長くはつづかなかった。

天正十二年三月、残った火種のひとつ、信長の次男である信雄が、秀吉に対して叛乱の火の手をあげたのだ。

信雄は尾張、伊勢、伊賀の三カ国を支配し、所領だけなら秀吉と遜色ないが、合戦の経験と腕前では比べものにならない。

それでも信雄には徳川家康が味方についたので、あなどれない勢力となった。尾張、伊勢の地で秀吉勢と小競り合いをはじめたばかりか、各地に檄《げき》を飛ばして反秀吉包囲網を作ろうとした。

三月半ば、秀吉は十万の大軍をひきいて大坂城を発した。もちろん孫七郎と久兵衛も、手勢をひきいてしたがった。

めざす敵は、徳川家康である。

「なぜ信雄どののおわす伊勢に向かわず、家康のいる尾張に向かうのでしょうか」

行軍の途中、小十郎に問われた久兵衛は、

「強いほうを先に叩いてしまえ、と上様は考えておられるのやろな。家康は数々の合戦を勝ち抜いてきたいくさ巧者や。その家康さえ叩いてしまえば、信雄は恐れおののいて降参してくる、と見ておられるのや」

と答えた。なるほど、と小十郎はうなずく。

家康は、池田家にも手を伸ばした。織田家の重鎮なので、信雄の味方として引き込もうとしたのである。

もし池田家が信雄・家康方につけば、秀吉にとっては大打撃となる。美濃という重要拠点を失うだけでなく、織田家を支えるという名分もあやしくなるからだ。

しかし池田勝三郎は、家康の誘いを振り切って秀吉側についた。

それを聞いたとき久兵衛は、刀傷を負っても自分で罪人の始末をつけておいてよかった、と胸をなで下ろしたものだ。

「ま、いくら家康がいくさ巧者といえ、いまの上様にかなう者は天下におらぬ。このいくさ、すぐに終わると思うがの」

美濃の領主、池田勝三郎改め勝入斎《しょうにゅうさい》が、すでに美濃と尾張の国境にある犬山《いぬやま》城を奪っていて、尾張の地に足がかりはあった。

家康は尾張の野の真ん中にぽつんとある小山、小牧《こまき》山に陣をとっていた。

徳川勢の構えを見た秀吉は、小牧山を取り巻くように要害をかまえる指示を出す。それを見て徳川側も長々と土塁を築いて守りをかためたから、尾張の野にふたつの長大な陣地ができあがった。

こうなると、秀吉もうかつに手出しができない。

軍勢というのは臆病なもので、まことに統制しにくい。敵が弱いと見れば図に乗ってどこまでも攻め込もうとするし、強いと見ればすぐに退きたがる。大軍になればなるほど、そうした性向が強くなる。

今回も敵陣を攻めて攻め崩せなければ、臆病風に吹かれて退いてしまうだろう。すると今度は敵が攻める番となり、自陣が危うくなってしまう。だから十分な勝算がないかぎり、攻めかけられない。

両軍がにらみ合ったまま数日がすぎ、四月になった。

「いや、それは止めたがようござる」

久兵衛は首をふった。

「とてものこと、うまくゆくとは思えませぬ。ここは自重なされませい」

松明の明かりが、口をへの字に結んで不満そうな孫七郎の顔を照らし出している。

すでに夜は更けている。さきほど孫七郎が突然、徳川勢の奥深くへ攻め込む軍勢の大将になると言い出したので、久兵衛があわてて止めているところだった。

話は、池田勝入斎からきた。

「いま徳川勢はこの尾張の地で陣を張っているが、そのため本拠の三河は手空きになっているはず。ゆえに一手の軍勢をもって三河の地に乱入すれば、徳川勢はあわてて崩れたつであろう。そこを衝いて攻め込めば、お味方の勝利疑いなし」

という手立てを思いつき、秀吉に進言したのだ。秀吉はその場ではうんと言わず、一日考えるとして勝入斎を下がらせたという。

何ごとも早見え即断の秀吉が判断を保留したのだから、つまり無理筋と見ているのだろう。しかし即座に否定しては勝入斎の顔をつぶすことになる。ここで仲間割れは避けたいという思惑から、時をおいて勝入斎が冷静になるのを期待したのではなかろうか。久兵衛はそう見ている。

しかし勝入斎はあきらめず、明日の夜明けにまた秀吉に掛け合うつもりになっているという。その一方で娘婿の孫七郎に話をもちかけ、一緒にやろうと誘ってきた。孫七郎はこれに乗り気になって、大将をやらせてくれと、みずから秀吉に掛け合うと言い出したのだ。

「よろしいか。それは中入《なかい》りと申す手立てや。両軍がにらみ合っておる中で、一軍が敵陣深く入り込むのは、一見、うまい手のように見えまする」

久兵衛は教え諭すように言う。

「しかし、考えてみなされ。中入りしてのち、敵に見つけられたらどうなるか。敵地の中で孤立無援となり、四方から攻められましょう。しくじれば生きて帰るのすらむずかしくなる、恐ろしい手立てにござる」

理を尽くして説いたつもりだが、孫七郎はむっとした顔のままだ。

若武者、いや若い大将は、顔一面に細かいにきびが出ている。切れ長の目と高い鼻をそなえ、体格は十人並みである。秀吉とはまったく似ていない。ただ、おのれを恃《たの》む心は強く、そこばかりは秀吉に似ている。

「それ、去年の賤ヶ岳合戦でも、似たようなことがございましたな」

久兵衛はさらに説く。

「わが手と柴田勢が、要害をつらねてにらみ合っていたところに、佐久間盛政が調子に乗ってわが陣に深入りし、大岩山《おおいわやま》を攻め落とし申した。そこまではよかったものの、結局は上様の軍勢に追われて盛政は敗亡、それをきっかけに柴田勢は大崩れに崩れ、最後は上様に北庄城まで押し詰められ、勝家は腹を切って果ててござる。それを思えば……」

「義父上《ちちうえ》どのは、うまくゆくと申しておる」

孫七郎は言う。

「それは……」

久兵衛は言葉に詰まった。無理だと言えば、池田勝入斎をけなすことになる。するとどんなうわさが流れるかわからない。

「義父上どのは勇者じゃ。それにくらべて久兵衛、そちはずいぶんと弱気よの」

久兵衛は目を剝いた。親の武蔵守ならばともかく、孫七郎が久兵衛をけなすようなことを言うのは、これまでなかった。憮然《ぶぜん》としていると、孫七郎が言葉を継いだ。

「上様からは、そちの武勇を見習えと言われておるが、これまでの采の振りようを見ておると、とても勇者とは思えぬ」

「………」

さては武蔵守から何か吹き込まれたな、と思った。

少し前から、この孫七郎が三好家を離れて秀吉の養子になる、という話が出ているのだ。

養子となれば、秀吉の跡取りの座に大きく近づく。だが養子のうわさがあるのは孫七郎だけではない。孫七郎の弟の小吉《こきち》や、秀吉の妻、ねねの兄の子なども名があがっている。

孫七郎は他の候補者と差をつけるためにも、ここで活躍していいところを見せたいのだろう。

しかも孫七郎は十七歳である。世間の厳しさは知らないが、精力は体中にあふれている。何かと逆らいたくなる年齢、生意気盛りというやつだ。久兵衛自身も十六歳のとき、父に逆らって侍になろうとしたのである。

そう思うと少し余裕が出てきて、久兵衛は答えた。

「勝入斎どのは、勝ちいくさばかり知っていて、負けるみじめさをご存じない。それで勇ましいのでござろうて」

「何を申す！」

突然、孫七郎は大声を出した。

「わしは勝ちを知りたい。義父上どのにしたがうつもりじゃ。以後、義父上どのを悪しざまに言うと許さぬぞ。わかったか！」

孫七郎は目を吊り上げ、久兵衛を怒鳴りつけた。

孫七郎が言い張れば、久兵衛には止められない。やむなく平伏したが、胸の内では若造に何がわかるかと、憤懣《ふんまん》を抑えかねていた。

「不服なようじゃの。よい。こたびはわしが直《じか》に指図する。そなたは控えておればよい」

と孫七郎が言う。ほとんど合戦の経験がないのに、むずかしい中入りの指揮を自分でするというのだ。これには久兵衛もあきれた。

——ふん、知らんぞ。できるものなら、やってみるがいい。

久兵衛は、孫七郎を醒めた目で見はじめていた。

三好家の養子となって若江城に入って以来、孫七郎は武芸の稽古や軍勢指揮の故実を学ぶより、茶の湯や和歌、連歌などの遊びにいそしむ日々を送ってきた。畿内で長らく名家として栄えた三好家の家風に合わせた、ともいえるが、よそ者に家中を支配されたくない三好家臣衆に厄介払いされて、遊ぶよう仕向けられた、というのが実態である。

自分で考えられる頭と野心をもつ者なら、そのあたりはうまく対処して、遊びは付き合い程度で切り上げ、自分の力を磨くことに意をそそいだだろう。しかし孫七郎は喜んで遊興の日々を送ってきた。愚か者とは言わないまでも、決して賢くはない。

久兵衛も諫言《かんげん》はしたが、孫七郎がいやそうな顔をしたのでその後は触れていない。一度痛い目に遭わねばわからないだろうと思っていた。今回がその機会かもしれない。

六

翌々日の夜半、勝入斎の進言どおり犬山城から出陣となった。秀吉が中入りに同意したのだ。ただし、

「敵をあなどるな、よくよく見張りを立て、あわてて攻めるなよ」

と何度もいいましめたという。秀吉も不安を感じているのだろう。

「義父上どのは尾張の者じゃ。このあたりの地形は手にとるようにご存じとのこと。大船に乗ったつもりでまかせておればよい」

孫七郎は、そんなことを言ってのんきに馬にゆられている。名目上、孫七郎が大将となっているが、実際の指揮は勝入斎がとると決まっている。

そのうしろにしたがう久兵衛は、胸騒ぎを覚えていた。

「中入りにしては、ちと大軍すぎましょう。これで敵に見つからぬとは思えませぬな」

最初は池田勢だけだったはずの三河をめざす軍勢は、勝入斎の娘婿である森長可《もりながよし》と孫七郎、それに軍監《ぐんかん》として堀秀政《ほりひでまさ》も加わり、総勢三万に近い大軍となってしまった。

孫七郎は大将として最後尾をゆく。その手勢、一万余。

「ならば備えをしておけばよかろう。見張りをおこたるな」

と孫七郎は言うが、行軍の最中である。備えをしていては遅れてしまう。結局、見張りは形ばかりとなった。

楽田《がくでん》、内久保《うちくぼ》など味方陣の背後をとおって南下、明けて巳刻《みのこく》（午前十時）に篠木郷《しのきごう》に到着。このあたりは敵領の尾張だが、徳川勢に逆らう一揆勢の勢力圏なので、秀吉方にとっては味方の地といえる。まだ敵の目は気にせずにすむ。

勝利の暁には五万石を下賜《かし》する、という秀吉の書状を味方となった一揆勢に渡して喜ばせておいて、三万余の軍勢はここで一日をすごした。

——なぜ急がぬ。

久兵衛はあせった。一揆勢が味方といっても敵地であることは変わりない。時がたてばたつほど徳川勢に知られる恐れが強くなる。

しかし先陣の池田勝入斎は、のんびりしている。昼日中に行軍しては敵の目に立つ、というのだ。出立したのは翌日の夜、亥刻《いのこく》（午後十時）である。

大軍ゆえ、最後尾の孫七郎の手勢の出立は丑刻《うしのこく》（午前二時）すぎになった。闇夜の中を、一万の軍勢が粛々とすすんでゆく。

広い河原に出た。庄内川《しょうない》だという。ゆるく水が流れている。浅瀬を選んでわたり、さらに進んで小川もひとまたぎした。

そのころになって、ほのぼのと夜が明けてきた。すると、前方から銃声がおびただしく聞こえてくるではないか。

「勝入斎どのの先手が、岩崎の砦を攻めておりまする」

物見の者が注進にくる。

「余計なことを」

久兵衛はつぶやいた。ここに大軍がいる、と敵に教えているようなものではないか。

先陣がすすまないので、孫七郎勢も止まってしまった。夜はすっかり明け、初夏の日射しが照りつけてくる。やむをえず小高くなっている台地の林まで軍勢を寄せ、しばし休憩をとることにした。

孫七郎は木陰においた床几に腰を掛け、持参の竹筒から水を飲んでいる。

久兵衛は、林のはずれまで出てあたりを見渡した。

尾張の野は広く平坦だが、ところどころに雑木林があって、見通しはさほどきかない。

——危ないな。

本来なら休憩するときでも、大将を取り巻くように陣形を築いてから休むべきなのだ。しかし孫七郎はそうした下知を発しなかったので、一万余の軍勢は林を中心にして、南北に長くのびた陣形のまま休んでいる。

自分で下知すると言っているのだから、久兵衛もあえて口出しはしない。

先手の動きを待っているうちに、物見の者が走りもどってきた。

「一里ほど西に、軍勢が。気負い立っておるように見えまする」

と注進する。それはつまり敵ということだ。

「ほう、来たか」

これだけ派手にやっていれば、敵に気づかれぬはずがない。

「こちらに攻めかけてくるのは必定。陣配りのお下知を」

「わかった。さらに物見をつづけてくれ」

と物見の者を下がらせておいて、久兵衛自身は孫七郎の前へすすんだ。

「ただいま注進あり、敵勢が見えるとのこと。お下知を願いまする」

うやうやしく申し出た。

「追い払えばよかろう」

孫七郎は面倒そうに言う。そうくるだろうと予想していた久兵衛は、落ち着いて返した。

「それではお下知になりませぬ。陣形をどうなされまするか。誰をどこへ配りましょうか。敵に向かうお人数は」

問われた孫七郎は、ぽかんと口をあけて久兵衛を見返している。久兵衛はその目をとらえて、さらに言った。

「直に指図するとおおせゆえ、お尋ねいたしておりまする。いかがなされまするや」

「いや、そんなものは……」

「お指図なされねば、兵は動きませぬ。敵はそこまで来ておりまするぞ」

少し意地悪な気分になっていた。軍勢の進退を指図するのがどれほどむずかしいか、一度思い知るがいい。そんな気分である。

「殿は上様の名代としてこの軍勢をひきいておられまする。上様に成りかわったおつもりでお指図なされませ」

孫七郎は目を泳がせている。

「い、いや、まことの采配は義父上《ちち》どのがふる約束じゃ。義父上どのにどうするか、たずねたい。使者を出せ」

「それは重大な使いや。誰を出しまするか」

「そんなことまで指示せねばならぬのか」

「何ごとも指図せねば、下の者は動きませぬ」

そうしているうちにも、鉄砲の音や矢声、雄叫びが激しくなった。注進の者が続々とやってくる。敵が行軍の後尾に襲いかかったという。最後尾には小荷駄《こにだ》の行列がついている。守るのは少数の殿軍《でんぐん》だけである。

「さあ、お下知を」

久兵衛は迫る。

「みな、その場に踏みとどまって戦え」

孫七郎が吠えるように命じた。

「それが最初のお下知でござるな。承知つかまつった」

使番《つかいばん》の武者に、殿軍の物頭、岡本彦三郎《おかもとひこさぶろう》へ伝えるよう命じた。

しかし、使番はほどなくもどってきた。

「岡本殿はお討死、すでに殿軍は打ち散らされ、人もまばらになってござる。小荷駄衆も四散してござる」

孫七郎は口と目を大きくあけた。十七歳という年齢相応の幼い顔が青ざめてゆく。

――大将がおどろきを顔に出してはいかんぞ。軍勢に伝われば、みな怖じ気づくわ。

孫七郎のあまりの未熟さに、久兵衛は内心で叫んだ。

「そ、それで、敵は？」

孫七郎が間抜けな問いを発する。

「わが勢を押しておりまする！」

そんなやりとりをしているうちに、鉄砲の音が激しくなってきた。

「久兵衛、どうしたらいい！」

孫七郎が、すがるような目で久兵衛を見る。

「下知せい。わしにかわって下知せい！」

自分の手に負えぬと悟って、指図の杖を放り投げてきた。

「承ってござる」

久兵衛は一礼して孫七郎の前を辞した。すぐに林の端に出て周囲を見まわす。

「とはいえ、さて、これでは……」

久兵衛は首をひねった。

敵勢は、長蛇の列となっていたこちらの兵を左右から挟撃していた。すでに行列の後半は打ち散らされて逃げたのか、煙のように消えている。いま戦っている兵は、百もいない。しかも襲われてやむなく防いでいる、といった形だ。そして林の反対側にいる先陣の兵も、半数ほど逃げたのか、人数が減っていた。

「すでに裏崩れか」

敵を見ていない後方の兵まで、味方の不利に気づいて逃げている。

——しもうた。やりすぎたか。

ひやりとした。戦場にあっては即断即決、その場その場で最適な判断を下さねば、すぐに負けにつながる。孫七郎にお灸《きゅう》を据えたのはいいが、これほど深刻に負けるまで指図しなかったのは、こちらの誤りだった。

合戦慣れした久兵衛にはわかる。ここまで崩れてしまっては、もはや立て直しはできない。一万余の軍勢はもう誰の指図も聞かないだろう。

大崩れだ。大負けだ。

——あかんわ。こうなったら……。

討たれぬよう、身ひとつで逃げるしかない。

久兵衛は孫七郎の許へもどった。

「馬を引け。殿の馬を引け！」

小姓衆に命ずると、馬が引かれてきた。

「殿、馬へ。馬を召されよ」

呆然としている孫七郎を鞍《くら》の上に押し上げると、近習や馬廻り衆たちに命じた。

「よいか、早く川をわたって北へ逃げい。何としても殿をお守りし、味方の陣まで逃げ帰れ。あとのことはかまうな！」

近習たちは大慌てで林を出て、孫七郎を真ん中にして北へと走り去っていった。

――孫七郎を逃がすだけでも大仕事や。

負けは仕方がない。中入りなどという無様《ぶざま》な手立てをとった者が悪い。しかしここで孫七郎を死なせたら、それこそ秀吉に責められて出世どころではなくなる。

「おい、手勢をかきあつめよ」

自分の陣にもどり、三郎右衛門と嘉七郎に命じた。

「孫七郎どのが逃げおおせるまで、敵を引きつける。首などとらずともよい。鉄砲を撃ち、鬨の声をあげて派手に騒げ！」

すでに久兵衛の手勢も逃げはじめている。ふたりとも青い顔をして、兵たちをあつめに走り去っていった。


その後、孫七郎は徳川勢に追われ、馬を失って討たれそうになった。しかし馬廻り衆の木下勘解由《かげゆ》がおのれの馬をゆずり、自分はその場で敵を防いで討死するなど、武者たちが命をなげうって守り通したため、なんとか味方の陣まで逃げ込むことができた。

久兵衛も、防戦しているうちに手勢が敵に追い散らされてしまったため、ただ一騎で走り逃げ、秀吉のいる楽田の砦までもどってきた。その途中、堀秀政の陣に寄って、

「敵が来るぞ。備えをたてよ」

と親切に告げるのを忘れなかった。それがあとであらぬうわさを立てられる原因となるのだが、こ

のときは知る由もない。

たった一騎で味方の陣へ逃げ帰ると、あとから三郎右衛門らがばらばらともどってきた。いずれも兜も鎧も脱ぎ捨て、髪はざんばらで、亡者《もうじゃ》のような格好だった。

生き残りはしたものの、無残な敗戦である。

——これは、まずいな。

久兵衛は懲罰を覚悟した。叱責くらいなら軽い方だ。禄を減らされ、一の老臣を下ろされ、裏方へ回されるだろう。それとも腹を切らされるか……。

しかし秀吉はそれどころではないようだった。陣中も、出陣の仕度で大わらわになっている。久兵衛が楽田の砦に逃げ帰るより少し前の午刻《うまのこく》（正午）に、

「先陣の池田勝入斎さまと、二陣の森武蔵守さまが長久手《ながくて》にて徳川勢に攻められ、軍勢は四散して大将のふたりはともにお討死！」

という注進が入ってきたからだ。

この凶報に秀吉はおどろきの声をあげたが、冷静さは失っていなかった。すぐに表情を引きしめると、

「それ、徳川勢は城を出たぞ。貝を吹け。砦の衆は堅固に守るべし。そのほかの衆はみな打ち立て！」

と出陣を命じた。家康が要害を出て敗軍の兵を追いかけているいまは、大軍をぶつけて一気に勝負をつける絶好の機会と見たのだ。

一番から十六番までの大軍勢が出陣したのち、秀吉みずからも楽田の砦を出た。

一気に南下し、徳川勢をさがしたが、敵勢はすでに小幡《おばた》の城に入りつつある、との注進ばかりがあつまってくる。

家康も秀吉の出方を読んでいる。手堅く勝利を挙げたのち、秀吉が大軍を引きつれて出てくる前に撤収したのだ。

要害に閉じこもられてしまっては、野戦で徳川勢を粉砕する、という秀吉の狙いはかなわない。近くの竜泉寺《りゅうせんじ》という寺に入った秀吉は、歯がみして悔しがり、

「こうなったら、小幡城を攻めて池田の弔い合戦をしてくれるわ」

と言い張った。しかしすでに日も暮れかかっている。城は一日や二日で落ちるものではない。いまは城攻めの時ではないと諸将に止められ、結局は帰陣することになった。

また戦線は膠着した。

「この、どだわけが！」

帰ってきた秀吉は、先に逃げ帰っていた孫七郎と久兵衛を呼び出し、怒鳴りつけた。

「義理の親と義兄弟を殺して、どの面《つら》下げてもどってきたのや。きちきちと見張りを立てて油断すなと、あれほど言ったやろが！」

孫七郎は、返す言葉がない。ただ平伏している。となりにすわる久兵衛も、頭を下げているしかなかった。

――これでわが生涯も終わったな。

秀吉に見放されてはもう出世どころではない。負けいくさの責任を問われて、打ち首にされることもあり得る。阿呆《あほう》なあるじについたばかりに、これまでの強運がみな消えてしまったようだ。腹の底には熱く滾《たぎ》るものがあるが、まずはため息しかでてこない。

やむなく近くの寺に入って、秀吉の指示を待った。

数日して戦線が落ち着いたあと、処分が下った。孫七郎は謹慎。いったん若江の城にもどって沙汰

を待てという。

久兵衛も孫七郎にしたがい、一族をひきつれて尾張の戦場を去った。

七

若江城で謹慎中の孫七郎に秀吉から処分が下ったのは、半年近く過ぎた九月のことだった。

長久手の戦いのあとは、両軍とも要害に籠もってしまい、小競り合いのほかは戦いにならなかった。五月に入ると、秀吉は要害に兵を残したまま大坂へもどった。天下人としては家康・信雄にだけ手をかけているわけにいかなかったのである。ただし、その途中で南美濃の城をふたつ落として、長久手敗戦の屈辱を晴らすのも忘れていない。

八月に秀吉はふたたび尾張へ向かい、楽田の砦に入って家康と向き合った。そして合戦ではなく和平交渉がもたれたが、不調に終わった。家康は、秀吉に頭を下げるのを拒んだのである。

そうした状況だけに、孫七郎の処分も厳しいものになると見られていた。

——さあ切腹か、それとも追放か。

重い処分となれば、久兵衛もただでは済まない。覚悟を決めて処分を言い渡す使者たちを迎えた。

使者のひとりは宮部善祥坊だった。

久兵衛の前主《ぜんしゅ》で孫七郎の義父でもあったこの男は、いま鳥取城主をつとめる一方で、秀吉の側近としても活躍している。

一の老臣として出迎えた久兵衛に善祥坊は、

「元気でやっておるようじゃの」

と笑顔を見せた。還暦も近い前主に対し、久兵衛は苦笑いをうかべた。

「小牧長久手の陣では、とんだ恥をさらしてござる」

負けが目立っただけに、武将たちのあいだで久兵衛の逃げっぷりがうわさとなった。特に敗走の際に堀秀政にひとこと敗戦を伝えたことをあげつらって、

「田中どのは孫七郎どのの一の老臣なのに、堀秀政の陣へ使番がするような伝令をした」

と嘲笑され、やれ堀秀政に叱られただの、恥ずかしそうに逃げていっただのと、尾ひれがついて話が広がっているようなのだ。

久兵衛本人は平気だが、家中の者たちはかなり気にしている。

しかし今日の話は久兵衛のことではない。孫七郎の処分である。

久兵衛は孫七郎とともに話を聞いた。そして秀吉からの書状も読んだのだが、思わず「おう」と声をあげてしまった。

書状では最初に、秀吉の甥だからと傲慢《ごうまん》になってはいけないと叱りつけていた。さらに、甥だからこそ人々に崇《あが》められるように覚悟をもてと諭し、心懸け次第では進退の儀を考え直すぞ、とつづく。

そして長久手の敗戦を「慮外の振る舞いなり」と咎《とが》め、今後行いを改めないのなら手討ちにする、とまで脅している。

しかし最後には、これまで跡継ぎと目されていた養子の秀勝が病がちなのに触れ、そなたを自分の名代にしようと思っている、と書かれていた。実際、秀勝は尾張在陣中に病気となり、陣を去っているのだ。

——やはりまだ、天下人の跡取りに擬《ぎ》されておるようやな。

久兵衛は胸をなでおろした。

もちろん言葉どおりに受けとってよいとは限らない。しかし秀吉にはいまだ実子がいない。すると

孫七郎がもっとも血縁が近く、年齢も跡継ぎに適当な親族となる。それは衆目の一致するところだ。その上、孫七郎はすでに三好家を離れ、羽柴姓を名乗ることを許されている。

書状を読んだ孫七郎は深く頭をたれて、

「お慈悲を深く謝し奉りまする。今後、決して小牧長久手のような落度は繰り返しませぬ」

と神妙に告げ、よしなに取りなしてもらいたいと善祥坊に頼み込んだ。

実際、孫七郎は夜も眠れぬほど落ち込んでいた。初の敗戦、それも義父を死なせた敗戦が、十七歳の少年にとって大きな衝撃だったことは、傍で見ていてもわかった。

失態を厳しく叱った上で、今後の期待をしめした秀吉の書状は、そんな孫七郎を安堵させたようだ。

——人あしらいのうまい上様らしいわい。

と久兵衛は思った。

一方で久兵衛には秀吉側近の石田三成から呼び出しがあった。おそるおそる出頭すると、

「田中どのは奥丹波《たんば》へまいりませい。蔵入地《くらいり》の代官を命じられてござる」

と告げられた。悪くすれば打ち首、と思っていただけに、意外な処分だった。山の奥で田畑を見つつ反省しろ、というのだろうか。

「上様のお怒りはいかがなもので」

と久兵衛は、このひと回り年下の同郷者にへりくだってたずねた。すると三成は破顔して答える。

「なあに、中入りを許したのは上様の誤りじゃ。悔いてはおられども、さほどお怒りではない。心配せぬことよ」

ということは、経歴の傷にはならぬようだ。命どころか出世の望みも捨てずにすむ。ありがたいと思った。ほっとしていると、三成は言った。

「代官職、せいぜい励まれるがよい。上様はよく見ておられるほどに」

励めと？　どういうことか。これは罰ではないのか。

「よく見ておられるとは……」

「なにしろ上様の蔵入地じゃでの、算用状にも裁許状にも、直に目を通される。ひとつの試しと思われるがよい」

ほほうと思った。どうやら武力ではなく、領地を治める力を試されるようだ。

代官は年貢を収納したり、争いごとを裁定して領地を平静に保つのが役目である。それには算用を理解する頭と、民《たみ》百姓を従わせ、家来衆を使いこなす度量が必要となる。久兵衛がそうした力を備えた、広い領地をまかせられる男かどうかを見るつもりだろう。

「光栄でござる」

期待されているのを知って、久兵衛は笑みを見せた。秀吉は、一度の失敗で家来の力を見限るほど無情ではないようだ。と同時に、目の前にいる若い三成が、いつの間にか秀吉側近の筆頭格になっているのを悟った。

——これからは、こやつにも贈り物などせぬとな。

小柄な三成の大きな才槌頭を見つつ、そんなことを思う。

家康との合戦のほうは、十月になっても膠着したままだったが、秀吉としてもいつまでも十万の兵を陣に縛りつけておくわけにはいかない。兵糧米を送るだけでも大仕事になってしまう。

そこで織田信雄の領国、北伊勢を攻めた。家康ほど胆力のない信雄をあわてさせ、講和をもちかけて、まず信雄と和平を結んだ。

すると、もともと信雄を助けるために秀吉と対した家康も、戦う名分を失ってしまった。しぶしぶ和睦して双方兵を引いたのが、十一月のことである。

やっと戦火がおさまったのだ。

その年の暮れまでには、久兵衛も奥丹波での代官役に目途をつけ、若江城にもどっていた。

役目は十分に果たした、という手応えはある。算用が達者な磯野伯耆守を使って年貢の徴収にあたらせ、決められた量は収納した。村同士の水争いもよく訴えを聞き、百姓だったころを思い出して、実地検分までして裁許した。三成に提出した算用状も、問題なく納めてもらえた。まず文句はつかないはずだ、と思っている。

――さあて、あとはまた手柄をたてるばかりやな。

舌なめずりする思いで、久兵衛は機会を待った。

八

敗将となった孫七郎と久兵衛に汚名をそそぐ機会がやってきたのは、翌天正十三年三月のことである。

秀吉は、家康と信雄に味方した紀州《きしゅう》の根来《ねごろ》、雑賀《さいか》衆を討伐するため、総勢十万余の大軍を催した。大将は秀吉自身。そして孫七郎は副将に指名された。もちろん久兵衛も一の老臣として参陣し、先手を受けもった。

今度は孫七郎も久兵衛もしくじらなかった。手はじめに、「紀州第一の堅城」とも評される千石堀《せんごくぼり》城を攻め落とした。久兵衛も、もう「孫七郎を守っていればよい」とのんきにかまえてはいられない。久々に槍をとって兵たちの先頭を駆けた。

千石堀城を落としたあとも、久兵衛の戦いはつづく。先陣を駆けたために根来衆に囲まれて手勢を討ち減らされ、討死を覚悟したこともあった。

紀州攻めのもうひとりの副将、羽柴小一郎秀長が敵の伏兵に襲われたところに久兵衛が助けに入り、敵勢から鉄砲の猛射を浴びて味方多数が倒れる中、久兵衛ひとりが太刀をふりかざして敵に向かいもした。

また地侍衆の本拠地、太田《おおた》城を攻めたときのこと。水攻めによって湖のようになった城の周囲を船で巡回していると、城中から剛力で評判の尼僧《にそう》が小舟をこぎ寄せて乗り込んできて、槍で大暴れしはじめた。久兵衛はこれと槍を合わせ、ついには生け捕りにして、あとで秀吉に賞賛されたりもした。

そうした奮戦によって、紀州征伐はひと月ほどで完了した。

手柄をたてて小牧長久手の敗戦を帳消しにした孫七郎は、ついで四国攻めでも三万の軍勢をひきいる副将をつとめた。こちらは秀吉は出陣せず弟の秀長が大将だったが、やはりふた月足らずで長宗我部《ちようそかべ》家を下し、四国を平均《へいきん》して畿内へ凱旋《がいせん》している。

孫七郎らが四国を攻めているあいだに、秀吉は反旗を翻した越中《えつちゆう》の佐々成政《さつさなりまさ》を下した上に、なんと、関白《かんぱく》に就任してしまった。

武家の棟梁《とうりよう》である征夷大将軍《せいいたいしようぐん》ではなく、公家の最高位といえる関白に就いたのが不思議だったが、秀吉のことである。深いたくらみがあるに違いないと思うしかなかった。

秀吉はすでに九州と関東以東をのぞき、すべての地を勢力下においていたから、実質的には天下人だったが、これで名目の上でも天下に号令を下せる資格を得たことになる。

関白となった翌々月、秀吉は大名衆の国替えを行った。

その一環として、孫七郎は近江へ移るよう命じられた。秀吉の本拠、大坂と京に近い枢要の地に配されたのである。紀州と四国でのはたらきにより秀吉の信頼をとりもどして、孫七郎は一族の中で確固とした立場を築いたのだ。いまや秀吉の下では一に弟の秀長、ついでこの孫七郎という序列になっている。

さらに孫七郎は少将に任官した上で、実名を信吉《のぶよし》から秀次《ひでつぐ》にあらためている。秀吉から一字をもらったのである。「秀」吉の「次」とも読める名だ。やはり秀吉は孫七郎を跡取りに考えている、とにおってくるではないか。

いいぞ、と久兵衛は思う。これでますます天下の宰相の座が近づいてきたようだ。

近江では、孫七郎こと秀次自身に二十万石、そして久兵衛のほか中村孫平次や山内伊右衛門、堀尾茂助ら老臣衆の分として二十三万石、合わせて四十三万石が給された。堂々たる大大名となったのである。

久兵衛は老臣衆の筆頭とされ、禄も加増になった。

新しい家禄は、三万石。

最初に得た三石という禄にくらべれば、実に一万倍になっている。

侍になって出世すると思い立ってから二十余年。久兵衛三十八歳の秋だった。

この出世には久兵衛自身、感慨深いものがあった。十六歳の時、よく決断したものだと思った。あのときに思い切って宮部屋敷に奉公しなければ、いまごろは薄い麻の衣で寒さにふるえつつ稲刈りに追われ、くたびれ果てて不満ばかり抱えていただろう。

家中の者たちも喜んでくれたが、喜んでばかりもいられない。生涯の夢である城持ち大名にはまだ遠い上に、三万石取りともなれば、やるべきことも多い。

「さあ、みなで知恵を出してもらおうか」

久兵衛は家中で大寄合《おおよりあい》をひらいた。三郎右衛門をはじめ、十数名の主だった者たちが広間にあつまる。

「おっと、その前に、まずはみなの禄を増やすでの、よき武者どもをあつめてくれよ」

最初は、人である。三万石の軍役をつとめられるよう、家来衆をあつめねばならない。

三万石のうち一万石を自身の蔵入りとし、残りの二万石を家中の者たちにくばった。三郎右衛門には千石、佐吉には八百石、嘉七郎には五百石といった具合である。

家来衆には、それぞれ禄高に見合った人数をあつめさせる。ここまでの加増でも、家来衆に人あつめをまかせたから、みな身内の者をひっぱってきた。その結果、家中には宮川やら田中やらの姓が目立つようになっている。ほかには近江に多い磯野、石崎《いしざき》といった姓も目につく。

「近江では浪人衆の奪い合いになるぞ。心してかかってくれ」

禄がふえた喜びに相好《そうごう》をくずしている家来たちに念を押してから、本題にはいる。

「さて、城普請をせねばならん」

近江入りして最初の大仕事が、孫七郎の居城を築くことだった。秀吉じきじきの指示である。その場所が八幡山《はちまんやま》。安土城の西、一里半ほどのところだ。

「そいつはまかせて下され」

「おう、城普請ならいくらもやっとるで」

みな、自信ありげにうなずいている。久兵衛も十七、八歳のころから築城に関わってきたから、城を縄張りし普請の監督をすることは手慣れたものだ。腕のいい職人たちとも顔見知りになっており、必要になれば呼び寄せられる。今度はいくらか新しい趣向の城のようだが、まず難なくできるだろう。

が、そのつぎが問題だ。

「さあ、最後に代官を決めるぞ。二十万石を取り仕切る者が五人必要や。誰がいいか。これと思う者の名をあげてくれ。自分で手を挙げてもいい」

そう言ってみなを見渡した。

久兵衛は孫七郎の一の老臣として、検地から年貢の徴収、家来衆への配分、そして揉めごとの裁定など、領国の経営にあたらねばならない。

こうしたことは河内や摂津では、昔からの流れで三好家の旧臣たちがやっていた。しかしこれからは久兵衛の仕事になる。

——奥丹波の代官をまかされたのは、このためやな。

秀次に近江を与えることを見越して、久兵衛に代官を経験させたのだ。三成が「試し」と言ったのは、このことだろう。深く先を読む秀吉なら、ありうることだ。

さいわい近江は久兵衛の出身地だけに、土地勘はある。この地の有力者たちも知っている。なんとか治められるだろうと思う。

領地は甲賀、野洲《やす》、蒲生《がもう》、坂田、浅井の五郡にわたるから、それぞれの郡に代官をおいて仕切らせる。代官はまた、おのれの家来衆に郡内の郷や村を担当させ、年貢の催促などをする。そうして二十万石を治めるのだ。

ぽつりぽつりと名があがる。まずは磯野伯耆守。奥丹波の代官をしたときに、なかなかのはたらきぶりだった。そしてほかに他家で代官の経験がある者、算用が達者だと評判の者など、二人の名が出てきた。

だが、それだけである。

「ほかにおらんのか」

久兵衛がうながしても、声はない。

「なにしろ、槍ばたらきのできる者ばかりあつめてきたでの」

と三郎右衛門がこぼす。たしかにその通りだ。久兵衛も勇ましい者ばかり目にかけてきた。また奥丹波の代官職をまかされたときは、磯野伯耆守ひとりで足りていた。

「おらんのではやむを得ぬな。嘉七郎、五助、代官になれ」

ぎょっとした顔になった五助らに有無を言わせず押しつけて、ひとまず代官は定まった。

「それから三郎右衛門、そなたは公事奉行《くじぶぎょう》や。佐吉は算用奉行をやってもらう」

弟たちに要職をまかせた。それぞれはじめての役職だけに、うれしいのかうれしくないのか、神妙な顔でうなずいている。

――これはいかんな。

算用ができて領内の統治をまかせられる者が足りないと、あらためて気づいた。こうも早く内治の人材が必要になるとは、予期していなかったのだ。

うまく領内を治められなければ、一の老臣の地位が危うくなる。それは避けたい。

「あやつに相談してみるか」

反《そ》っ歯のめだつ石田三成の顔を思い浮かべて、久兵衛はひとりごちた。

九

天正十五年の秋――

「おお、話すようになったか」

相好をくずした久兵衛は、「てて、てて」と言いながら歩みよってくる幼児に手を差し出した。

「丈夫に育っておりまするに」

とほほえむのは、久兵衛の新しい側室、お妙《たえ》である。大坂の屋敷にいた侍女のうち、目に立つほど美しく、かつ目端が利いたので、夜伽《よとぎ》を命じた。するとすぐに孕《はら》んだので側室としたのだ。

目の前で無邪気に笑っている子は、久兵衛の四男にあたる。目がくりくりしているところなど、顔立ちはお妙に似ているようだ。

「この子が、いずれわが家の屋台を背負うかもしれん。心して育ててくれよ」

と久兵衛はお妙に言った。それは大袈裟《おおげさ》な話ではなく、本心だった。

これで久兵衛は四人の男児をもった。嫡男の小十郎こそ立派に成人したが、勇ましく戦うだけに今後、どこかで討死するかもしれない。静香が産んだ次男と三男はまだ幼児だし、小十郎とくらべれば身体が弱かったり、言葉が遅かったりと、無事に育ちあがるかやや不安がある。そこにもうひとり生まれたのだから、心強く感じられたのだ。

「人の命の儚《はかな》さはどうしようもありませぬが」

お妙は察しがいい。やわらかな笑みを浮かべている。

「神仏に祈りながら、大切に育てまする」

「もっともや。頼むぞ」

久兵衛は子を抱くと、「それ」と高く差しあげた。子はきゃっきゃと笑い声をあげた。

――なにしろ三万石の家やでの。一代で潰してはもったいないわい。

跡継ぎとなる男児は、多ければ多いほどよい。差しあげた子を胸に抱き、久兵衛はそんなことを思った。

近江八幡に移ってから二年ほどが過ぎている。

山上に城を築いたあと、山麓に整った城下町をつくった。

いま久兵衛は山麓の自分の屋敷に居すわり、各郡に配した代官を通して二十万石の領地を支配する日々を送っている。

屋敷は敷地が一町四方もあり、堀と築地塀に囲まれている。ふだん住まいの常御殿《つねのごてん》のほか広間のある会所、家人たちが詰める遠侍《とおざむらい》、厩はもちろん、行政のための雑舎《ぞうしゃ》、公事《くじ》のための白洲《しらす》までもある。三つ間取りだった三川村の家とは大違いである。

仕事のほうも、寺社が年貢の免除を願ってくるのを聞いたり、村同士の水争いを裁いたり、代官が出してきた算用状（決算書）を確かめて認めの花押《かおう》を据えたりと、なかなか忙しい。孫七郎の代理として京大坂で各大名衆と交際するのも、役目のうちだ。

この春から夏にかけて、秀吉と秀長は十万の兵をひきつれ、九州へ遠征していた。言うことを聞かぬ島津《しまづ》家を退治したのである。

そのあいだ孫七郎は留守居役として京にいた。一の老臣の久兵衛も、八幡山城と京大坂を往復するあわただしい日々を送ったものだ。

戦いがはじまって三月《みつき》ほどで、島津家は降参した。これで九州の果てまでも関白秀吉の威に服したので、残る東国へもそろそろ手遣《てづか》いかとうわさされているが、まだ出陣の沙汰はない。世上《せじょう》はまず穏やかだ。

孫七郎の領地も治まっている。代官たちも、五助をのぞいてはうまくやっていた。

算用に長けた石田三成に、久兵衛は同郷のよしみで救いをもとめ、指南役をつとめる者を派遣してもらった。その教えにしたがって代官は日ごとに帳面をつけ、年貢を収納した上で、年が明けてから一年分の算用状を作成し、算用奉行の佐吉に送ってきた。

これでまず、領地の算用は片づいた。久兵衛は一の老臣のもっとも重要な役目を果たしたことになる。

ただ五助だけは算用が不得手というか、からきしできず、でたらめな算用状を送ってきたので、即座に交替させた。

いま五助は久兵衛の屋敷にいて、けろりとした顔で取次役をつとめている。代官というむずかしい仕事をさせた久兵衛が悪い、などと思っているのだろう。

そのあいだには、なつかしい顔も見た。行商人同士の縄張り争いが訴訟になり、久兵衛が決裁をもとめられた時のことである。

公事奉行の三郎右衛門が訴人《そにん》、答人《とうにん》双方を屋敷に召し出し、庭にすわらせて対決させた。その言い分を聞いて、最後に久兵衛が決裁を下すのだが、訴人側の代表として久兵衛の屋敷に出てきた大男の顔に、見覚えがあった。

「おお、末松《すえまつ》やないか。息災でいたか」

と声をかけると、

「おなつかしゅうございまする」

末松はこわばった顔で頭を下げる。

三川村付近にもっていた所領は、孫七郎の老臣となって河内へ行ったときに返納していたので、末松との縁も切れていた。

聞けば、父親が亡くなったのでその跡を継ぎ、名を長右衛門と変えたとか。そして数年前から耕作ばかりでなく行商に手を広げ、いまでは村の行商人の座で世話役をつとめているという。

「ほほう、もうかっておるか」

「いえ、とても」

と暗い顔で答える。とはいえ、昔よりは手持ちの田畑もふやしているという。百姓として、それなりに頑張っているらしい。

若いころには痛めつけられて、殺してやりたいと思うほど憎んだこともあった。二十年の歳月はふたりの立場を大きく変え、いまなら虫をひねりつぶすように殺せる。しかしそんなことをしても誰にも益はない。ここは度量の大きさを見せつけてやったほうがよさそうだ。

双方の言い分を聞いた上で、いくらか末松に甘めの裁定を下してやった。長右衛門こと末松は額を地面にこすりつけ、礼の言葉を残して去った。

そうして外向きの仕事はうまくいっていたが、家中は静かではなかった。おふくが、

「あんな女と一緒には暮らせへん！」

と久兵衛に言いつのるのだ。

いま大坂の屋敷には正室の静香をおいて、おふくとお妙が八幡の屋敷にいる。おふくがどうしても近江に帰りたいというので、かわりに静香を大坂においたのだ。

ところが、どうもおなじ屋敷にお妙がいるのがお気に召さぬらしい。大坂の屋敷にいたとき、侍女であったお妙と幾度かぶつかったという。

——わがままもいい加減にしろ。

久兵衛は腹に据えかねている。

言うとおりに近江へつれてきてやったのに、今度はお妙をなんとかしろと言う。あまりに身勝手ではないか。

「そなた、ちと自儘すぎやせんか」

おふくと夕餉をともにしたとき、久兵衛は文句を言った。

「大坂はいやだ、お妙もいやだと言うのでは、家の女房のつとめが果たせぬやろ。少しはこらえたら

どうや」

今宵《こよい》はおふくが、二番目の娘、ふみの婚礼――家臣のひとりに嫁ぐ――について話があるというので、夕餉の席に呼んだのだ。酒を飲みつつ、話を聞いている。

側室のふたりとは、なるべくかわるがわる夕餉をともにするようにしている。久兵衛なりに気を遣っているのだ。

だが久兵衛が誠意を見せているつもりでも、おふくには通じない。

「なにが自儘や」

と口を尖らせる。

「あたしを側女《そばめ》にして、ほかの女を家に入れるのは、自儘ではないのかえ」

「家を保つためや。侍の子は、いつ死ぬかわからん。子供をたくさん持つには、女房をたくさん持つしかないやろが」

「へっ、家を保つために、いやいや他の女を女房にしておるのかえ。ご苦労なこっちゃ」

「いまや田中家は三万石や。潰したらもったいないやろ」

「三万石言うたかて、どうせもとは五反の田畑しかない百姓やないの。どこがもったいないの」

久兵衛とおふくのあいだには侍女がいて、ふだんはにこやかに久兵衛とおふくの盃に酒を注《つ》いでいるが、言い合いのあいだは顔を伏せている。

久兵衛はぐいぐいと盃をあける。すでにほろ酔い加減だったが、どうやらほろ酔いではすまなそうだ。

「そやから、五反の百姓ならこうはなっておらん。三万石やから、苦労してるのや」

「命を賭けていくさ場を駆け回り、体中傷だらけになって、やっと三万石をもらうようになったのに、ちっとも気が休まらず、もう顔も見飽きた女房のわがままも聞いとかんならん。苦労するねえ」

おふくも酔ってきているらしい。捨て鉢な皮肉に、久兵衛はだまった。

――こやつ、変わらんな。

いつまでも百姓の女房のつもりでいる。

三万石ともなればもはや大名だ。千人ほどの家来衆をまとめてゆく立場である。たとえ側室とはいえその女房ならば、人の上に立つ者の気遣いがあってしかるべきではないか。

だがおふくは自分の身と、娘や息子しか見えていないようだ。それではこちらが困る。

「ちっとは自覚をもて。おのれは三万石の家の女房やとな」

と釘を刺すと、おふくは首をふった。

「あんたとちごうて、なりとうて三万石の家の女房になったわけやあらへん。畑を耕して、隣近所の女たちとおしゃべりをして、子供や孫の世話をして、秋の祭りや正月を楽しむ。あたしはそんな暮らしをしたいの！」

つまり、わかった上で逆らっているわけだ。

「昔の百姓にもどりたいのか。あんなのは暮らしやないで。生きながらに食われておるだけや。あんな日々はもうたくさんや」

言い捨ててまた盃をあおった。ふっと昔に見たカワウソの親子が脳裏に浮かんだが、すぐに消えた。

「酒を飲むどころか、米も食えぬ。そんな暮らしのどこがええのや」

「いまの暮らし、息が詰まるの」

言い返してから、おふくも盃を干す。

「日がな一日、することもなくて、お屋敷の奥で侍女たちに見られながらすわってるのや。話をしようとしても、百姓仕事の話をすると笑われるし。話が合うのは五助だけ」

おふくは首をふる。

「そやから、もういや。こんな暮らし」

おふくの言葉に、かちんときた。

「わしが命を的にして駆け回り、ようやく得た三万石やぞ。それがいややと言うのか」

「満足してるのは、あんただけや」

おふくも酔ったのか、目が据わっている。

「人を押しのけ、争って、首を切って得た三万石なんて、自慢にならへん」

「なんやと?」

「首をとってきてもらった扶持で、家に女ふたりもふやして、元からの女房が喜ぶとでも思ってるの!」

正面からにらんできた。

あっと思ったときには手が出ていた。顔を張られたおふくは、あおむけに倒れて動かなくなった。

「この、アマッ」

「まあ、お方さま、気を確かに」

侍女がおふくに駆け寄り、介抱する。

「もうよい。わしに顔を見せるな。それほど百姓暮らしがしたければ、望みどおり離縁してくれる。明日にも出てゆけ!」

そう言い捨てると、久兵衛は席を立って奥へと引きとった。

翌日、おふくは身の回りの品をまとめて屋敷を出ていった。未練などなさそうな、きっぱりとしたようすだったという。

深酔いのため寝坊をした久兵衛は、おふくが出ていったあとに目覚め、五助から顛末《てんまつ》を聞かされてしばしだまりこんだ。昨夜、自分のしたことをよく憶えていなかったのだ。

まだ酒が残っているのか頭が重いし、吐き気もする。気分は最悪だ。

「呼び返してまいりましょうか。酒の上での戯《ざ》れ言《ごと》といえばすむ話でござりましょう」

と取りなし顔に言う五助が、かえって腹立たしい。

しかしおふくを手放すつもりはない。そしてこんなときに頼れるのは五助しかいない。

「おお、頼む。呼び返してくれ。本心で言うたのではないと謝ってな」

と五助を送り出した。

五助が出ていったあと、久兵衛は真顔になり、ひとり考えに沈んだ。

昨夜のおふくとのやりとりを思い出した。

あれは本当に酔った勢いだけだったのか。

これまで、ずっと考えてきたのではなかったか。そしておふくもこちらの真意がわかったから、口論になったのではないか。

こんなことをいつまでもつづけるのか。

小半刻も考えたあとで、小姓に命じた。

「五助を呼び返せ。すぐに走れ」

小姓はあわてて駆け出し、のんびりと馬を歩ませていた五助を屋敷に連れ帰った。戸惑い顔の五助に、

「おふくは呼び返さぬ。ほうっておけ」

と言うと、五助はおどろいて叫んだ。

「なんと。それでは本当に離縁したことになってしまいまするぞ」

「それでよい」

「ええっ」

五助は口をあけたまま、さかんに瞬《まばた》きしている。久兵衛は表情を崩さない。

おふくは百姓をしていたころの遺物だ。侍になったいまは邪魔でしかない。城持ち大名になるという夢をかなえるには、おふくとはここで縁を切ったほうがいい。

それが小半刻考えた末の結論だった。

「涙金《なみだきん》は十分に渡してやれ」

とだけ命じた。

――縁切り、縁切りや。

と胸の内でつぶやいてみた。なにやら大きなものを失ったような気もするが、果たして何と縁切りしたのかは、自分でもよくわかっていなかった。

第五章　危ういかな五万石

一

輿《こし》から降りて地に足をつけた途端、久兵衛は妙な感覚に襲われた。

周囲の風景が、どこかちがって見えたのだ。

うまく言えないが、何もかも色めき立って明るくなったようだ。

これは何だろうか。

一方で手足は強ばっている。その場で両手を天に突き上げ、大きくのびをした。

「いやいや、くたびれた」

内裏《だいり》から、聚楽第《じゅらくだい》の南側にある田中家の京屋敷へもどってきたところである。

冠《かんむり》に袍《ほう》やら指貫《さしぬき》やら慣れぬ装束ばかり着た上に、内裏での作法も教えられたとおりにせねばならぬとあっては、足を踏み出すのもひと苦労だった。まだ昼前だというのに、一日分の仕事をしたかのように疲れを覚えた。

「まことに、めでとうござる。これで殿も殿上人《てんじょうびと》でござるな。雲客《うんかく》ともいうそうな。雲の上のお人になられたわけで。いやあ、この五助も長年、仕えた甲斐があったというものにござる」

五助が愛想笑いを浮かべて寄ってくる。祝ってくれるのはいいが、どこか早とちりしているようだ。

「いや、位階は得ても昇殿まで許されたわけではないゆえ、まだ地下人《じげびと》のままじゃわい」

と久兵衛は苦笑いして否定した。

今朝、久兵衛は参内《さんだい》して正式に兵部大輔《ひょうぶのたいふ》の叙任をうけた。従五位下と位階も得て諸大夫《しょだいぶ》となったのである。天正十六年、久兵衛四十一歳の春だった。

五助につづいて家中の者たちが出てきて、おめでとうござりまする、お祝い申しあげまする、と声をかけてくる。じわじわと喜びが湧いてきた。

「この姿、父上に見せたかったわい」

十六歳のとき、父の反対を押し切って侍になると決意してよかったと、しみじみ思う。

「で、これからは何とお呼びすればよいので」

と五助がたずねる。

「兵部大輔やで、兵部《ひょうぶ》さまじゃろな」

と嘉七郎がよこから口を出す。

「わがあるじ、兵部さまが申すには」

と五助が声音をつくる。

「こたびの祝賀のために、家中の者みなに金銀を下されるそうじゃ」

「こらこら、そんなことは言うておらんぞ」

久兵衛が叱ると、みながどっと笑い、五助は舌を出した。憎めないやつだ。

――兵部どのか。

なんとも慣れない名だが、これから世間ではそう呼ばれるのだ。いや、またちがう呼び方をする者もいた。

内裏を出てから御礼のために聚楽第に寄ったのだが、そこで出会った石田三成からは、

「兵部どの、か。兵部はほかにもおられるでの、田中兵部どの、略して田兵《たひょう》どのじゃの。それが呼びやすい」

と言われたのだ。たひょうとはまた軽い呼び方だが、三成の口調には軽侮《けいぶ》の響きはない。むしろ親愛の情ともいうべきものがこもっていた。そういう男なのだ。

三成自身は、三年前の二十六歳のときに従五位下、治部少輔《じぶのしょう》になっているので、「治部どの」または「治部少《じぶしょう》どの」と呼ばれている。

切れ者で、久兵衛よりよほど出世が早く、それだけに天下にその名が知られて、いまでは治部といえば石田三成、ということになっていた。その早い出世ぶりは久兵衛も気になってはいるが、

――こんな切れるやつと出世争いをしても益はないわ。

と思い、季節ごとに贈り物などして、よい関係を築くよう心がけている。

久兵衛が仕える秀次は三年前、十八歳で少将に任官し、以来着々と昇任して昨年には権中納言《ごんのちゅうなごん》になっているし、秀次の年寄衆の中でも中村孫平次や堀尾茂助らがすでに従五位下の官位を与えられていて、式部少輔《しきぶのしょう》や帯刀先生《たてわきせんじょう》などいかめしい官名を名乗っている。久兵衛の任官は遅いくらいだった。

秀次の周辺の者ばかりではない。徳川家康や毛利輝元《てるもと》ら数カ国を治める大大名は三位の参議などに、国持ち大名は従四位の侍従になっている。そして久兵衛のように数万石を領する者は従五位の諸大夫になるなど、秀吉は諸大名を位階と官位で序列づけしようとしていた。

これなら官位を使って公家と武家の両方を統制できる。秀吉が征夷大将軍でなく関白になった理由はこれか、と久兵衛は納得していた。

そして自分はその序列につらなり、名実ともに天下の名士と位置づけられたのだ。そこらにいる凡《ぼん》夫《ぷ》とはちがうと思えば、世の中の見え方が変わってしまうのも不思議ではないかもしれない。

「これでわが田中家も安泰。もはや押しも押されもせぬ大名家になりましたな」

三郎右衛門も、感慨深いといった顔で言う。

「いや、まだまだ。城をもたねばな」

久兵衛が言うと、五助がすかさず応じる。

「それを言うなら、国を持ちましょうぞ。国持ちになってこそ、大名でございと胸を張れまするぞ」

挑発するような五助の言葉に、久兵衛は苦笑いする。

「いや、国はさすがにむずかしいぞ」

天下を見渡してみても、いま国を持っているのは宇喜多《うきた》、上杉《うえすぎ》といった織田家台頭以前からの大名か、前田、丹羽、細川《ほそかわ》といった信長の家来だった者たちばかりで、久兵衛のような秀吉側近の武将たちは数万石の所領がいいところだ。

だが三郎右衛門たちはこれに反応した。

「そうやな、国がほしいな」

「おお、兄者が国持ちになれば、われらも城持ちになれる。兄者、国持ち大名を目指そうで。もう少しやないか」

そう言われて、久兵衛もまんざらではない。

「ま、夢は大きいほうがええやろな」

一生かかっても、いつかはたどり着く。

そんな思いで、国持ち大名になるという夢をみなで語り合った。

その夕、家中のおもな者を招いて祝宴をひらいた。

家臣たちから注がれる酒を飲み、陽気に騒ぎながら、久兵衛の胸の内には一点、晴れぬところがあった。

——おふくは、この知らせをどう聞くかな。

酔って口論したあげく離縁を申し渡した古女房は、そのまま三川村の実家へ帰ってしまい、以後、音沙汰がない。

久兵衛にも意地があるので、もどってくれとは言えないが、気になって仕方がない。いまも夜更けにひとり眠りにつくときなど、その声と顔を思い出す。すると胸にひりひりとした痛みを覚えるのだ。

——ええい、女々《めめ》しいぞ。

久兵衛は自分に言い聞かせた。おふくは、出世の邪魔になるから離縁したのだ。これからも出世しようと思えば、未練がましい思いを振り捨てなければならぬ場面が幾度もやってくるだろう。それはやむを得ないことだ。

「おう五助、何かひとさし舞え」

迷いを払うように大声で命じると、

「兵部大輔さまのお下知とあっては、従わぬわけにはまいりますまい」

と、酒で赤くなった五助が芝居がかった声で応じ、みなの喝采をうけて座の中央に出てきた。そして堂々と下手な舞を披露し、みなの失笑をかった。

そののち、主人にあやかろうというのか、家中でも改名が流行した。弟の三郎右衛門が左馬尉《さまのじょう》に、佐吉が河内守《かわちのかみ》に、家中で老臣格に出世している嘉七郎が佐渡守《さどのかみ》に、といった具合である。

久兵衛のように朝廷から認められたわけではないので自称にすぎないが、世間では普通にあることだ。家来衆から改名の相談があると、久兵衛は鷹揚《おうよう》に許してやった。

しばらくは慣れぬ名前を呼び合うことになり、笑えぬ混乱もあったが、すぐに身内では昔の名を呼び合うようにもどってしまい、混乱もおさまった。

「それがしも、名を改めようと思いましての」

と五助がまじめな顔で言い出したのは、久兵衛の叙任からふた月ほどあとのことである。久兵衛はたずねた。

「ほう、どう変えるのや」

「やはり五助ではいかにも軽々しいほどに、もう少し重みのある名にしたいのやが、何かいい名はありませぬかの」

かわいらしいことに、久兵衛に名を考えてくれと上目遣いで言う。久兵衛は笑った。

「五助では不足か。ならば六助はどうや」

「えっ、いや、それはちと……」

「六助でも足りぬのなら、七助、八助、どうせなら盛大に百助でもええぞ」

久兵衛は内心、いまのはたらきなら五助で十分だと思っている。しかし五助は渋い顔になった。

「もう少し貫禄のある名になりませぬかの。それがしは伊勢の出ゆえ、伊勢守《いせのかみ》とか。なにしろ嘉七郎が佐渡守や。それがしが伊勢守でもおかしくはないと思いますがの」

「伊勢守？　すでに家中におるやないか。ほれ、左馬尉、いや三郎右衛門の下で組頭をつとめる飯田《いいだ》、あれが伊勢守を名乗っておるぞ」

しだいに五助の顔が強ばってゆく。

「そ、それならば内蔵頭《くらのかみ》とか掃部頭《かもんのかみ》とか」

「内蔵頭やと？　算用状も作れぬのにか」

久兵衛は、はは、と笑った。

「あまり貫禄のある名をつけては、軽々と動けぬようになるやろ。取次役が名前負けして動けぬでは、あかんで」

「で、では仁右衛門《にえもん》とか五左衛門《ござえもん》とか……」

「そっちでゆくか。ならば新兵衛《しんべえ》はどうや。わしも久兵衛やが、久の字はどうも古くそうてなあ。新兵衛ならいかにも心機一転、新しく出直すという意気込みが感じられるぞ」

「いや、出直すわけやないのやけど」

「この際や。出直したほうがええわい」

五助は不満そうだったが、久兵衛の押しに負けて、宮川新兵衛と名乗ることになった。


夏になると、秀吉の意向で京の東山《ひがしやま》の麓で大仏殿の建立がはじまった。

作事《さくじ》に必要な材木や人夫を調達するのは、天下の大名たちである。もちろん久兵衛が秀次の名代として治めている近江にも、材木の調達や数千人の人夫が課されている。

ここは秀吉への忠誠心と、領地統治の腕前を見せる絶好の機会である。久兵衛は配下の代官たちの尻を叩くのに忙しくなった。

さらにふた月ほどすると、諸国の百姓から刀や槍、鉄砲を召し上げろとの指図が出た。大仏殿の釘《くぎ》鎹《かすがい》にするために鉄が要る、だから刀を差し出せというのだ。

百姓たちから武器を取りあげ、一揆を起こせなくするのがねらいだとは、誰でもわかる。

関白さまもずいぶん姑息《こそく》なことを考えつくものだと思ったが、口には出せない。久兵衛はさらに走り回らねばならなくなった。

そうしているうちに、気になるうわさが流れてきた。「淀《よど》のお方、ご懐妊《かいにん》」というのだ。

信長の妹、お市《いち》の方の娘で、茶々《ちゃちゃ》という少女を、秀吉が近ごろ側室にしていた。その寵愛《ちょうあい》ぶりは大変なもので、わざわざ京と大坂のあいだの淀に城を築き、そこに住まわせたほどだった。そのため淀のお方と呼ばれている。

「はて、関白さまに子種があったのか」

と、世間の大方の者は首をかしげた。

以前、女児を得たという話を聞いたことがあるが、本当に秀吉の子なのか、はっきりしない。そののち数え切れぬほどの女に夜伽をさせたのに、孕んだ女はいなかった。なのにここへきて懐妊とは、不思議なことである。

しかしそんなことは言えない。うっかりもらして秀吉の耳に入れば、切腹どころか打ち首や磔《はりつけ》にまでされかねない。

実際、この年の春の終わりには、人々が眉をひそめるような事件が起きていた。

聚楽第の番所の壁に秀吉を批判する落書《らくしょ》があった。それに怒った秀吉が、書いた番衆《ばんしゅう》を逆さ磔にして殺したのだ。

天下人となった秀吉は、もはや誰かに遠慮や気兼ねをする必要がなくなって、おのれの気分のままに行動するようになっている。昔のように気さくで陽気な大将だと思って接すると、確実に火傷《やけど》をするだろう。

ともあれ、うわさどおりに秀吉に実子、それも男子ができれば、天下はその子が継ぎ、秀次は用なしになる。久兵衛の宰相の座も、ただの夢で終わってしまう。国持ち大名の座も遠ざかってゆく。

いくらか悩ましい思いで見守っていると、はたして翌年の初夏、男の子が生まれた。

五十歳をすぎて初めて男児にめぐまれた秀吉の喜びようは、聞くだに痛ましいほどだった。捨て子は丈夫に育つというので、わざわざ道端に捨てさせて家臣に拾わせ、「捨《すて》」と名付けたという。

そして生後三十日の祝いには、諸大名はいうにおよばず、内裏から公家、町人にいたるまで、多くの者が進物《しんもつ》を届ける騒ぎとなった。久兵衛もぬかりなくお太刀代を届けている。

秋になると赤子の「捨」は輿にのせられ、淀城から大行列を組んで大坂城にはいった。

つまりこの子が後継者になると、秀吉は天下に示したのである。もはや秀次の立場はない。

「世の中、そうそう都合よくは回らぬな。わしの運もこれまでかな」

と、久兵衛は三郎右衛門にぼやいた。すると三郎右衛門は目を剝いた。

「兄者は何を言うておるのや。さような贅沢を言うたらあかん」

考えてみろ、と三郎右衛門は言う。百姓から身を起こして三万石の大名、兵部大輔になっただけでもとんでもない僥倖《ぎようこう》なのだ、と。

「天下の宰相になれへんかったって不満を言うたら、神罰仏罰《しんばつぶつばち》が雨あられと降ってくるで」

なるほど、たしかにそうかと思う。

「こうなると、また首稼ぎに精を出さねばならんかな」

秀次のお守りをしていても出世できないのなら、昔のように戦場で手柄をたてて出世するやり方にもどるしかない。秀次がどうなろうと秀吉に認められれば出世できるはずだ。

「おう、そのほうが兄者らしいわい」

三郎右衛門は、こっくりとうなずいた。

「そうかな」

「ああ。代官仕事やら、殿下の側近の者たちへの贈り物に悩む兄者は、どうも見ていてつらいわい。いくさで先駆けする姿こそ、兄者に似合《にお》うておるわ」

「………」

自分では着実に治政の経験を積んで、槍ばたらきだけの武者から領地を治める大名へと変わったつもりだった。それで兵部大輔などと立派な官名までもらったのだが、周囲の見る目は変わっていないらしい。

「ま、あせらずとも、いまに関東のどこかが火を噴くわ。槍を研いで待っておればよい」

天下統一を仕上げるため、秀吉が小田原《おだわら》の北条《ほうじょう》家をなんとか屈服させようとしているのは、聚楽第周辺に屋敷をもつ者ならみなわかっていた。

二

「話に聞くとおり、姿のよい山やな」

久兵衛がつぶやくと、

「ほんまに、きれいな山やなあ」

と三郎右衛門も嘆息した。青空を背に、上部を雪で白く染めた三角の姿は、すわりがよくすっきりとしている。

これほど間近に富士山を見るのは初めてだった。はるばる東国にきた、という感じがするではないか。

天正十八年三月、久兵衛たちは箱根《はこね》峠の手前まできていた。

「小田原征伐」のためである。

すべての私戦を停止せよ、という関白秀吉が出した命令に、小田原の北条家が違反して、上州《じょうしゅう》の名胡桃《なぐるみ》城を攻めとった。けしからぬことだ、というのが出兵の理由だった。

北条家を攻めるために秀吉が繰り出した軍勢は、総数なんと二十万。そのうち秀次がひきいる兵は三万あまり。東海道《とうかいどう》をくだり、沼津《ぬまづ》付近で秀吉の指示を待っていた。

秀吉は三月の末に京から下ってくると、小牧長久手の合戦後、なんとか臣従させた徳川家康らと軍議をおこない、それぞれの持ち場をさだめた。箱根越えの大将は家康。秀次は東海道を押さえる要衝、山中《やまなか》城攻めの総大将に任じられた。

いまや天下で秀吉の威令に従わないのは、関東の北条家と奥羽《おうう》の諸大名衆だけである。このふたつの勢力を潰してしまえば、天下は秀吉の下に完全に平定される。

天下が平定されれば、つまり合戦もなくなるわけで、今回が手柄を立てる最後の機会でもある。

また北条家が滅べばその領地がぽっかりと空く。ざっと見積もっても二百万石以上になるだろう。それを秀吉が寄せ手の大名衆に褒美として分配するはずだ。張り切らざるを得ない。

そして最初の手柄稼ぎの場になるはずなのが、この山中城だった。

それなのに、いくさ備えが悩ましいことになってしまっている。たったいま軍議で決まったのだが……。

——ま、やむを得ぬか。

久兵衛たちはいま、箱根峠へ向かう東海道をにらむ上《かみ》の山の秀次本陣にいる。軍議が終わって、陣幕から出てきたところだった。正面に富士山が見える。たしかにきれいだが、その手前に目障りなものがあった。

箱根の山の、ゆるく立ちのぼってゆく稜線にそって六つの曲輪が見える。

北条勢が守る山中城だ。

土塁と堀がいくつか組み合わさっているが、石垣はなく、山の中腹を切り開いて築いてあるため、赤土が剝き出しで緑豊かな景観を汚している。そして数多くの白い旗がひるがえっていた。

こちらには富士山とは別の感想がわいてくる。

「なんとも古風な城やな」

上方から西国にかけての石垣造りの城を見慣れた目からすると、土塁ばかりではさほど堅いとは思えない。

「堀を越えるうちに矢弾を浴びるな」

と三郎右衛門は言う。西にかたむいた陽が横顔を照らしている。

「城にどれほど鉄砲があるか、や」

「関東勢はあまり持っておらぬと聞くけどな」

「ま、すべては明日、明日や」

どんな城であれ、たやすくは落ちない。明日からは矢弾を防ぐための竹束で出城を取り巻くなど、攻める仕度をする手はずになっていた。

「兵どもに飯を食わせよ。今宵は早くやすむように言え。丑刻《うしのこく》には陣場《じんば》を移るとな」


陣を移った翌朝の巳刻《みのこく》すぎ、久兵衛らが兵に仕寄に使う竹木などをあつめるよう指図していると、鉄砲が乱射される音がした。

おやと思う間もなく、太鼓の連打と法螺貝《ほらがい》のくぐもった音が山間に鳴りわたった。時をおかずに鬨の声が起こり、さらには兵がいっせいに駆け出したのか、地響きが久兵衛の足許にまで伝わってきた。

「さては先手が抜け駆けをしたか」

高所に走り登って見ると、案の定、東海道をはさんで本城の向かいにある小さな出城に、一の手の兵、数百が襲いかかっている。

先手は中村式部少輔一氏《かずうじ》と一柳伊豆守直末《いずのかみなおすえ》。あとに堀尾帯刀先生吉晴《よしはる》や、山内対馬守らがつづく。いずれも国持ち大名をめざす競争相手ばかりだ。

見ているあいだにも、万を超す軍勢がいっせいに攻めかかりはじめた。太鼓や鬨の声にまじって山間に鉄砲の音がこだまする。

「城からの煙は、さほどでもないな」

手をかざし遠見をして佐吉が言う。鉄砲を撃てば白煙があがるはずだが、城からはあまりあがっていない。対して寄せ手の上空は真っ白になるほどだ。

「われらも早く」

佐吉にうながされて、久兵衛は手勢を前進させた。千五百ほどの人数だが、あまり熱気は感じられない。

「五の手ではなあ。得な役割とはいえんなあ」

佐吉が言うように、久兵衛の手勢は陣立ての最後尾についていた。昨日の軍議で決まったのだ。一の老臣として、久兵衛が大将秀次の側にいる必要があるからだ。

秀次の軍勢は三万。城の背後へまわる役目の軍勢を合わせると、攻め手の総数は六万にもなる。なのに城兵はその十分の一もいないだろう。

最後尾にいる久兵衛の手勢が城内へなだれ込むまでに、敵兵が生き残っているかといえば、おそらくむずかしい。それがわかっているだけに、兵たちもやる気がない。

出城はたちまち揉み潰され、一の手は本城へと向かった。二の手、三の手も城へとりかかった。四の手も駆け出していった。

「よし、では武運を祈る」

久兵衛は秀次の側に残らねばならないので、城へ向から大将は三郎右衛門である。

「承った。ゆくぞ。押し太鼓を打て」

三郎右衛門の下知で、久兵衛の手勢が城へ向かっていった。

山中城は、その日の夕刻に落ちた。

なんと開戦から半日で落ちたのである。秀吉が陣中にきて将兵を督励したこともあって、寄せ手の戦意がすさまじかったのだ。

「苦労苦労。ま、役目は果たしたな」

夕方、首実検を終えたあと、久兵衛は家中の者たちを慰労した。

「いや、大変ないくさやった」

「城を半日で落とすとは、前代未聞やな」

「いくら何でも、もう少し手間がかかるかと思ったが、存外早かったな」

三郎右衛門たちがこもごもに言う。殊勲を立てたのは中村式部だった。本丸を落とした式部は、曲輪にそびえる高櫓に自分の馬印を押し立てて、

「山中城は、この式部少輔がひとりで乗っ取ったるぞ」

と叫んだのだ。なにしろ秀吉が見ているのだから、山犬のように吠えたくもなるだろう。

久兵衛の手勢も攻め込んだが、城へたどり着くのが遅すぎ、手柄は立てられなかった。

「ま、それでも勝ちいくさや。伊豆どののようにならなかっただけでも、よしとせい」

と久兵衛は、三郎右衛門らをなぐさめた。

半日で城を落とすような無理攻めをしたため、寄せ手の損害もまた大きかった。

土塁にとりつく兵は矢弾を浴びせられてばたばたと倒れたが、その中で秀次の老臣衆のひとり、一柳伊豆守直末が、城兵の銃弾にあたって討死していた。

一柳は久兵衛の同僚というだけでなく、四十前後と同年配で、若いころから秀吉に仕えたという点も似ていた。それが一方は討死し、他方は生き延びて明暗が分かれている。

——まだわが運は尽きておらんな。

今回手柄がなかったとて、命があればまた次があると、久兵衛は自分を納得させた。

北条方が箱根の要《かなめ》と見ていた山中城を、秀吉勢が苦もなく落とした影響は大きかった。これではかなわぬと思ったのか、各地の小城をすてて小田原の本城へ引き揚げる北条勢が続出したのである。そのため数日後には、秀吉勢は早くも小田原の本城に達していた。

さすがに小田原城は大きく堅く、天下の兵をこぞっての大軍で何重にも囲んだものの、一気に攻め潰すわけにはいかない。

城攻めになれている秀吉は、無理攻めをせず持久戦にでた。

軍勢の持ち場を定めて陣を敷き、昼となく夜となく鉄砲を撃ち放ち鬨の声をあげた。夜になれば火矢を四方より射込むだけでなく、惣構《そうがまえ》を囲んだ兵たちが、北東の隅から鉄砲を撃ちはじめて左回りに順繰りに撃ちつづけ、惣構をぐるりと一周して北側で撃ちおさめる、といった芸当も披露した。

城中からも対抗して撃ち返してきたりしたが、壕と土塁をへだてての撃ち合いばかりで、槍を合わせての戦いにはならない。

それから三月《みつき》のあいだはほとんど戦いもなく、意味もない鉄砲の撃ち合いを繰り返すばかりで、日数だけがすぎていった。

兵たちもさすがに長陣に倦《う》んでくる。

籠城する北条家は、城を囲む大軍が長陣によって兵糧不足をきたし、疲れて引き揚げる時を虎視《こし》眈々《たんたん》と狙っている。退く兵に追い討ちをかけて勝ちを得ようとの魂胆だ。

しかし秀吉は西国から大船をつかって兵糧米をどんどん送り込んだから、兵たちは飢えに悩まされることはなかった。

さらに京から早歌《そうが》歌《うた》いや踊り子を呼び寄せて陣中で演じさせたり、茶の湯の席をもうけたりと、将兵の気分を浮き立たせる工夫もこらした。陣中には市も立ち、遊び女《め》まで店を開くありさまだ。秀吉も京から淀のお方を呼びよせて浮かれ騒ぐ。

そのため兵たちも退屈せず、士気を保ちつづけることができた。

たまらないのは籠城中の北条勢だっただろう。秀吉勢の陣中からはにぎやかな歌声や、飲んで騒ぐ笑い声まで聞こえてくる。疲れ果てるどころかいつまでも楽しく居つづけそうで、まったく引き揚げる気配がない。

その上、六月の末には城の西方《にしかた》、早川《はやかわ》の向こうの山上に、立派な石垣をもつ城が忽然《こつぜん》と出現した。秀吉がひそかに築城させていたのを、大方出来上がった頃合いを見計らって前方の木々を切り払い、小田原城から見えるようにしたのだ。秀吉勢は退散しない、と意気込みを示したことになる。

これでは勝ち目はないと見たか、七月はじめに城主、北条氏直《うじなお》が降参を申し出てきた。

秀吉はこれを受け入れ、城をうけとると氏直を高野山に追放し、氏直の父、氏政《うじまさ》とその弟の氏照《うじてる》には切腹を命じた。

北条家は滅亡し、小田原征伐は終わった。

はたらき者の関白さまは、このあとつづいて奥羽へ攻め込むつもりだから、合戦はまだ終わりではないが、奥羽で大いくさになると見る者はいない。

「いやいや、これでは加増はないかな」

戦勝に沸く陣中で、久兵衛はふさいでいた。結局、めざましい手柄を立てる機会は、あの山中城攻めが最初で最後だったのだ。それをのがした久兵衛は、手柄らしい手柄を立てられぬままこの戦役を終えてしまった。

「ま、勝ちいくさだし、得た領地も大きいゆえ、いくらかはお裾分けがあるのでは」

慰め顔で言うのは五助、いや新兵衛である。

「お裾分けとは情けのうござるが」

「あかんやろ。あちこちで手柄を立てた大名衆も多いぞ」

鉢形《はちがた》城や松山《まつやま》城など関東各地にあった北条家の城も、秀吉配下の大名衆が落としているのだ。褒美の領地の大半はそちらへ行くのではないか。

「ま、もうどうにもならん。待ってみるか」

久兵衛自身にめざましい手柄はなかったが、裏方として秀次を支えたことが功績ととらえられれば、加増があるかもしれない。

七月十三日、秀吉は小田原城に乗り込むと、そこで「御知行割《おちぎょうわり》」、すなわち論功行賞を発表した。

本丸の広間に呼ばれた者のうちには、久兵衛もはいっていた。そこで久兵衛は、ううむ、と唸《うな》ることになった。

三

天正十九年九月。

久兵衛の姿は、三河の岡崎《おかざき》にあった。

「おう、励《はげ》んでおるな。頼むぞ」

早朝、若い近習ふたりと新兵衛をともなって城を出ると、濠の近くで新しい曲輪の普請に出ている家来に声をかけた。

普請を指図している三郎右衛門や佐渡守たちがいる本丸前の小屋に立ち寄り、絵図をもとに今日の作業の打ち合わせをする。いまは城の東に三の丸を築いていて、家来たちもなかなか忙しい。打ち合わせでその日の工程が決まると、

「よし、されば取りかかれ」

と命じておいてから、さらに普請場を巡り歩き、家来衆ばかりか駆り出されている百姓たちにも、

「朝早くから苦労じゃ。わぬしらのはたらきは無駄にせぬでな」

と声をかけてまわる。

久兵衛の服装は、着古した小袖に四幅袴《よのばかま》。足許をはばきでかため、草履は短い足半《あしなか》と、中程度の百姓のような格好だ。したがう近習と新兵衛も、似たような姿だった。

普請場をひととおり見てまわると、もう陽が高くなっている。

「さあ、飯にするか」

朝餉である。濠端の木陰に腰を下ろすと、麦混じりの飯と香の物に味噌少々の弁当をひろげた。忙しいため、近ごろはいつもこんな調子だった。

そこへ大百姓らしい麻の肩衣をつけた男が、数名の従者をひきつれてやってきた。

「おお、藤兵衛《とうべえ》か。どうした。なにか用か」

藤兵衛と呼ばれた男は、久兵衛の前で地面に膝をついて頭を下げた。

「昨日の、御《おん》みずからの検見《けみ》（作柄の判定）、まことにありがたく、御礼にまかり越してござります。村の者ども、みな喜んでおりまする」

昨日、藤兵衛が名主《なぬし》をつとめる村で、今年の年貢高を決める検見をしたのだが、そこに久兵衛みずからが立ち会い、裁定を下したのだ。

「おお、あれか。たしかに穂のはらみ具合が悪かったの。作柄の出来不出来は、天の差配や。百姓の身にはどうしようもないわ。ま、来年は新たに用水もこしらえようと思うておる。ひとしお力を入れて耕作してくれ」

久兵衛の言葉にもう一度頭を下げると、男はうしろの者から蓋をした桶《おけ》をうけとり、久兵衛に差し出した。

「いつもこのあたりで弁当をお使いになると聞き、まいりました。お口に合いますかどうか。ぜひともお納めくだされたく」

蓋をとって見ると底に皿が置かれ、その上に煮込んだ筒切りの身が盛りつけてある。ぷんと味噌の香りが鼻をついた。

「鯉《こい》にござりまする」

「ほほう、こりゃありがたい。さっそく馳走になろう。みなも相伴《しょうばん》せい」

久兵衛は箸で切り身をひとつとり、皿を近習たちに回した。ひと口、食す。こくのある煮汁が口中にひろがる。

「うまいな。どこで獲《と》れた鯉や」

「わが屋敷の濠で飼っております」

「そういえばそなたの屋敷には濠と土塁があったな。用心のためか」

「さようで。近ごろでは戦乱はありませぬが、ときに野盗《やとう》のたぐいが横行いたしますゆえ」

「ふむ、なるほど」

口から鯉の小骨をつまみ出して捨てると、久兵衛は藤兵衛に向き直って言った。

「その濠と土塁、潰して田畑にせぬか」

「は?」

「なに、せっかくよい土地があるのに、田畑にせぬのはもったいないないと思うてな。よい土地は宝や。使わねば損や」

「しかし、それでは用心が……」

「用心はこの田中にまかせよ」

久兵衛は胸を張る。

「野盗のたぐいが出れば、兵を出して捕まえてやる。濠が無用になって田畑がふえれば、そなたも実入りが多くなり、飢える者もへる。悪い話ではなかろう」

藤兵衛は一瞬、返事に詰まって目を瞠ったが、すぐに姿勢をただし、頭を下げた。

「承知いたしました。ご城主さまのおおせのようにいたします」

城主と呼ばれた久兵衛は、にっこりと笑みをつくってうなずいた。

昨年、小田原城での秀吉の「御知行割」によって、久兵衛は五万石と岡崎城を手にしていた。城持ち大名になったのである。

当初の話では、北条家が滅んであいた関東六カ国を徳川家康にくれてやり、徳川家領だった三河、遠江《とおとうみ》、駿河などへは織田信長の次男、信雄がはいるはずだった。

しかし信雄が父祖の地尾張を離れることを拒んだため、秀吉の怒りをかって下野《しもつけ》の那須《なす》へ追放された。そこで空いた信雄旧領の尾張、北伊勢などを秀次に、三河、遠江《とおとうみ》など徳川旧領は、久兵衛のほか山内対馬守ら、秀次の老臣衆などに分け与えられたのである。

家康が、先祖代々の領地である三河を捨ててすんなりと関東へ移ったのも意外だったが、信雄が追放されるとはさらに意外だった。意外なことがふたつ重なった結果、さほど手柄を立てられなかった久兵衛にも、城がひとつ回ってきたのだ。

——わしにはまだまだ運があるな。

城持ち大名になるという、長年の夢がかなったのである。うれしいのは当然だ。だが当初思っていたほどの感激はなかった。喜びの一方で、不満も感じているからだ。

おなじ秀次の老臣でも、山中城を落とす手柄をたてた中村式部は駿河で十四万石、堀尾帯刀は遠江で十二万石と、差を付けられてしまった。久兵衛は秀次の老臣衆の筆頭としてふたりの上位にあったのに、追い抜かれた形である。おもしろいはずがない。

だが不満だからといってふて腐れているわけにはいかない。出世争いはまだまだつづくのだ。

久兵衛は岡崎入りすると、精力的に新しい領地を見てまわり、村々の有力者に対して、

「わしは百姓の出や。百姓どもの苦労はようわかっておる。安心せい」

と語りかけた。

なにしろ領民たちは動揺している。この岡崎は徳川家の根本《こんぽん》領地で、長年にわたって徳川・松平家の父祖が治めてきた。だから領民たちは、徳川・松平家の治世しか知らない。新しい領主のほうから心を開いてやらねば、領民たちは決して打ち解けないだろう。

そこで久兵衛は毎日、早朝から数人の供だけで城を出ては城下を見まわり、普請場で直に指図をし、領民たちにも明るい顔で声をかけてまわっていた。

岡崎城は、菅生川《すごう》と矢作川《やはぎ》の合流点をのぞむ地にある。

龍頭山《りゅうとうざん》という小丘の上に本丸をおき、二の丸、東の丸などといくつかの濠、沼地などで守りをかためている。

久兵衛はこの城の外側に侍屋敷と町屋を新たにもうけようと考えていた、
いま城下町は城の東にしかないが、北にある天神山《てんじんやま》をけずって西の沼田を埋め、城の北から西にかけて新たに町を立てる。そしていまは城の南、菅生川のむこうを通っている東海道を、城の東から北を通り、西へ抜けるようにする。その東海道を囲むように町屋を立てれば、人の行き来がさかんになるから、城下町も繁盛するはずだ。

さらにその外側に土塁と堀による惣構を築いて、城の守りをかためるつもりでいた。

そのように城はもちろん、城下町を大きく造り替えようとしているから、普請は大がかりなものになっている。当然、思うようには進んでいない。

はたらき者の城主も夜になると、憔悴《しょうすい》した顔で普請の遅れを心配する羽目になった。

――なんといっても、この地でしくじるわけには、いかんでなあ。

昼間の笑顔の裏には、必死の形相《ぎょうそう》がある。

久兵衛ら徳川家の旧領を与えられた者たちには、関東へ移った徳川家を押さえ込む、というむずかしい役目が課されていた。

いまや天下で秀吉に次ぐ実力者は、家康である。しかも小牧長久手の合戦で、秀吉と戦って譲らなかった。家康は秀吉と和睦し、秀吉に臣従しているが、秀吉は用心をおこたらず、家康を関東という僻地《へきち》に封じ込めた。

家康が万が一、兵を関東から京へとすすめようとしたときに、見張りと門番の役目を果たすのが、尾張から駿河までの東海道上に配置された諸大名衆だ。そのためには大軍がすんなりとは通れぬよう、城を強固にし、街道を曲げるなど仕掛けを施さねばならない。

そうした仕掛けの普請は、少しでも早く終えたい。でなければせっかちな秀吉に目を付けられ、緩《かん》怠《たい》なりとて領地を取りあげられてしまうだろう。

しかしそのために必要な膨大な労役は、いままで徳川家の領民であった者たちを使ってまかなうことになる。領民たちが旧主を慕って課役に逆らわぬよう、十分に気をつけねばならず、結果、気苦労ばかりが多くなる。

とはいえ心配ばかりしているわけではなく、張り切ってもいた。

もともと久兵衛は、普請や作事といった仕事は嫌いでない。御殿の中で人々の顔色をうかがうより、太陽の下ではたらくほうが、よほど気持ちがよいと感じているのだ。

それに何といっても、この岡崎が久兵衛にとっては初めての「自儘に経営できる所領」なのである。これまで三万石を食《は》んでいたといっても秀次の所領から分配されたものであり、年貢の徴収にせよ城下町造りにせよ、領主である秀次の代わりに行っている、という形だった。

だがこの岡崎では、どれだけ年貢をとるのかも、城下町をどう造るのかも、自分が決めていいのだ。五万石の所領を生かすも殺すも、久兵衛の腕次第なのである。

やり方によっては七万石が穫《と》れるかもしれない。逆に三万石になってしまうこともあるだろう。

商人が多く行き交って城下町が栄えるか、それとも敬遠されて寂れてしまうかも、久兵衛の町造りの巧拙にかかっている。

年貢や物成《ものなり》、商人からの冥《みよう》加金《がきん》といった実入りが減れば、兵も減らさざるを得ず、いざ合戦というときに困る。困るだけならいいが、敗れて首をとられてしまうかもしれない。

だから領地の経営には必死になる。

一方で久兵衛は岡崎にばかりいられない。秀次の一の老臣として、京や大坂に出頭しては秀吉、秀次に仕える仕事もある。少し前までは尾張の仕置きもしていた。忙しくて、体が三つほしいと切に思う。

「なかなか厳しいのう。領地をうまく治めるのと、合戦で先陣を切るのとどちらがむずかしいか、何とも言えぬな」

新兵衛たちにそんな愚痴もこぼした。

「なあに、先に明るさも見えましょう。ここさえ乗り切れば、天下の宰相ですからな」

と新兵衛は大きなことを言う。

そう。また秀次が秀吉の跡取りとして天下人になる目が出てきたのだ。

秀吉の一粒種、鶴松《つるまつ》──「捨」のことである──は先月、三歳で病没していた。

秀吉の落胆ははげしく、出家すると言い出して実際に髻《もとどり》を切ってしまった。すると大名衆もつぎつぎに追従して髻を切ったため、髻の塚ができたと噂されるほどだった。

しかし悲しみは時がすぎれば薄れてゆく。秀吉は有馬《ありま》の湯に出かけてしばらく滞在し、気を取りなおしたようだった。そしてしばらく前から言い出していた「唐入《からい》り」をすすめるべく、来春の出陣と、拠点となる肥前名護屋《ひぜんなごや》の築城を大名衆に命じた。大名衆には、また大きな負担となる下知である。

一方で秀吉は、鶴松のかわりに秀次を跡継ぎにすると決心した模様だった。模様、とあいまいな言い方になるのは、いまだ秀吉の心がゆれているからだ。こと跡継ぎに関しては言うことが頻繁に変わり、周囲の者は振りまわされっぱなしである。

現に鶴松が死んだ直後には、秀次を跡目に立てて関白の位と聚楽第をゆずり、秀吉は隠居。そして秀次が去ったあとの尾張を秀次の弟の小吉にあてがい、小吉がいま領している美濃と岐阜城を久兵衛に与える、という秀吉の内意が示されたこともあった。

久兵衛も家中の者も、美濃という大国の主になれると小躍りしたものだったが、秀吉の心変わりがあったようで、いつの間にか沙汰止みになってしまった。

いまのところ秀次が跡取りになる方針は維持されているが、尾張と北伊勢に領地をもったままで関白に就く、という中途半端な形が想定されている。何やらすっきりしない。

「しかし、それもわからぬぞ。どうやら関白さまは秀次さまを、十全に信じ切ってはおられぬようやしな」

新兵衛はうなずく。

「ま、あの若さでひとりで天下を支えるのは、無理ってものでしょうな」

「神輿《みこし》として担がれるにはいいが、担ぐ者がいなくなったときにどうなるか、や」

おそらく動くこともできないだろう、と久兵衛は見ていたし、多くの者もおなじ見解だと思える。

もちろん、同情したくなる面もある。幼いころから秀吉の一族として別格扱いされてきた秀次は、秀吉の出世につれて地位だけがどんどん上がっていってしまい、試練をくぐっておのれを鍛える機会を与えられなかった。それは本人にはどうしようもないことだ。

「そのへんは、関白さまご本人も気にしておられるでしょうな」

「ああ、近ごろではわしもとんとお呼びがかからん。ご自身の近臣や一族を使って、自分の手で家中を切り回そうとしておられる」

近江八幡にいたときは、久兵衛が領地を差配したものだが、尾張では入部当初こそ久兵衛が面倒を見たものの、いまでは父親の武蔵守を筆頭に、近臣の前野出雲守《まえのいずものかみ》らが奉行として村々の支配にあたっている。

だから久兵衛は尾張に行く必要もない。それはありがたいのだが、武蔵守には広い領地の統治は荷が重すぎるようだった。

領内の支配が行き届かず、先年の洪水による荒れ地はそのままにされ、野盗が横行し、暮らせなくなった百姓らが村を捨てて流民《りゅうみん》となっている、という風評が尾張からこの岡崎まで聞こえてくるほどだった。

久兵衛としては、もとめられれば助けの手をさしのべる気はあるのだが、いまのところ頼みは来ていない。

「ま、とにかくいまは目の前の仕事を片づけることよ。先のことはそのとき考えよう」

久兵衛にも秀次のことはどうなるかわからない。期待と不安が綯《な》い交《ま》ぜになり、考えていると息苦しくさえなってくる。

夕方に城にもどった。

本丸は低いとはいえ丘の上にあるので、町のどこからでも見える。あれが自分の住まいだと思うと誇らしくなるが、実際に住んでみると上り下りが面倒だ。そのためふだんは二の丸に起居している。

二の丸といっても主殿《しゅでん》から常御殿、武者溜など十幾つの棟があり、昼間は下女など百人以上がはたらく。

主殿の表の間で右筆らを相手にいくつかの決裁をしたのち、久兵衛は奥へはいった。

奥は、城主が暮らす家庭である。

常御殿と台所や湯殿《ゆどの》などからなるが、飾りもなく質素な造りながら、とにかく広い。十八畳間をはじめとして、畳敷きの部屋だけでも五つもある。板敷きの間をあわせればいくつあるのか、久兵衛もすぐには答えられない。三川村の三つ間取りの家など、ここの台所ひとつよりせまかったと思う。といっても久兵衛が新築したのではなく、徳川家が築いたものをそのまま使っているだけだった。まだ自分の住まいに費用をかける時期ではないと思っている。

待っているのは、お妙と四男、老母、そして侍女たちだ。

長男の小十郎は領内のもうひとつの城、西尾《にしお》城を宰領していて岡崎にはいないし、静香の産んだ次男、三男は城下の別の屋敷に住まわせている。

次男、三男はわが子ながら、どうも小十郎ほどの愛着をもてずにいる。合戦に出ていたり仕事が忙しかったりで、いっしょに暮らす時間が少なかったせいかもしれない。また静香も気のつかぬ女だから、すすんで久兵衛に子供を会わせようともしなかった。

その上に次男は体が弱くて病気がちで、どうも言葉がはっきりしない。三男は体は丈夫だが、口数が少なくひとりでいることを好んでいる。ふたりとも武将としてはあまり期待できないように思われて、ますます会う機会が少なくなっていた。

「すぐに夕餉にいたしまするか」

お妙がたずねてくる。縹《はなだ》色の小袖の上に、竜胆《りんどう》を色鮮やかに描いた綸子《りんず》の打掛《うちかけ》をはおっている。

「ああ、そうしてくれ」

「お相伴は」

「今日は誰も呼んでおらぬ」

「では」

家臣を呼んで仕事の話をしつつ夕餉をとることも多いが、そうでなければお妙が相手をする。

膳が出てきた。それもふたつ。二の膳には、見たこともない海の魚の焼き物がのっている。お妙が言う。

「おこぜでございます。珍しゅうございましょう」

汁物にも魚の切り身が入ってる。鱸《すずき》だという。ほかに山の芋と鴨《かも》の肉など、珍味がそろっている。

久兵衛は無言で食べはじめ、食べ終わるとお妙に命じた。

「以後、二の膳はよせ。膳はひとつで十分や。魚も珍しいものは不要。飯に汁、それにひと皿かふた皿でよい。ふだんは倹約せえ」

「あら、でも城主ともあろうお方が、百姓とおなじような膳では示しがつきませぬわ」

お妙は不満そうだ。久兵衛は言った。

「銭を惜しめ。いまはな、城の濠や石垣に銭を使わねばならん。敵に城を攻め落とされて首だけになっては、飯も食えぬぞ。それに」

少し迷ってから、久兵衛は付け足した。

「そなたの衣服も質素にせえ。まだ衣服に銭をかけられる身ではないわ」

お妙はむっとした顔になり、まだ食べかけの膳をもちあげると、足音も荒く台所のほうへ歩き去った。

——気の強さだけなら、戦場へつれて行ってもそこらの者にひけをとらんやろ。

久兵衛は胸の内でつぶやく。お妙を城に入れてから奥が整うようになったのはいいが、出費もかさんでいた。何度倹約を命じても、お妙は言うことを聞かない。派手な暮らしが好きなようだ。気が強い上に浪費癖がある。三人目の妻もまた、大名の妻にふさわしいとはいいがたい。

久兵衛はため息をついた。今宵は苦い酒になりそうだった。

ひと月ほど後、久兵衛は数名の供をつれただけで、城から東に十町ほどはなれた菅生という在所へ向かった。

「やあ、茶をよばれにまいったわ」

と笑みを浮かべながら、大きな茅葺き屋根のある屋敷へはいってゆく。

「これは、いらせられませ」

と一礼して迎えるのは、剃《そ》りあげた頭に茶染めの小袖と袴という、半僧半俗《はんそうはんぞく》の格好をした男である。

「かまわぬか」

「どうぞ。ご城主さまが遠慮など、似合いませぬぞ」

供の者を門の脇に待たせ、久兵衛は日当たりのよい縁側に腰をかけた。男がその近くにすわる。妻女が出てきて大ぶりの茶碗をふたつ縁側におくと、すぐに下がった。

あたりに人はいない。

「江戸から何か言うてきておるとか」

久兵衛は声をひそめた。男も小声で答える。

「はあ、あまりやりすぎないでくれと」

「どこのことや」

「高隆寺《こうりゅうじ》」

「あれは仕方あらへんで。坊主どもが弓矢で向かってきては、潰すしかないわ」

「そこを菩提寺《ぼだいじ》にしておった者どもが、悲鳴をあげておるそうな」

久兵衛は茶をひとくち喫した。

いまのところ、岡崎の統治はおおよそうまくいっている。百姓衆の評判はいいし、家来たちも禄がふえて満足しているようだ。

ただ、ひとつ厄介なことがある。寺社のあつかいである。

岡崎には寺院が多く、寺院の領地もまた多かった。その寺領を久兵衛はほとんど取りあげてしまった。寺社が力を持っていては、領内が治めにくくなる。それに家来衆に分け与える領地もほしかったからだ。

多くの寺社は文句を言いつつも、わずかばかり残された寺領でしぶしぶ納得したが、高隆寺ばかりは僧兵を繰り出して抵抗した。そこで久兵衛も兵を出し、僧兵を蹴散らした上で堂塔《どうとう》伽藍《がらん》を焼き払ってしまったのだ。

「寺は残してくだされ。元通りにしてくれとは申しませぬ。本堂の再建くらいはお許しを」

「わかった。そうしよう」

久兵衛は請け合った。

「ご城主さまからは、何か」

「ああ。尾張中納言（秀次）さまがな、大納言《だいなごん》になられる。昨日、一報があった」

「ほう、すると」

「大納言から内大臣、そして関白。順に昇進よ。今年の内にも、とのことや」

男は二度三度とうなずいた。

「なるほど。決まりましたか」

男は念誓《ねんせい》という。以前は徳川家の家臣で、この地の代官をつとめていた。

徳川家が関東へ移ったあとも自分の屋敷にとどまっていたので、久兵衛はぴんときてたずねていった。そして話をする中で、家康から間諜《かんちょう》の役目を命じられていると確信した。三河のようすを逐一、江戸の家康に伝えているはずだ。

——そういうことなら、使い道がある。

と考えて、時折たずねては話をしてゆくようになっている。いまの久兵衛の立場では秀吉と秀次だけではなく、家康の動きもよく見ておかねばならない。

念誓も心得ていて、家康の近況や徳川家からの言づてを教えてくれる。持ちつ持たれつの関係だった。

「世が、また変わりまするな」

念誓が嘆じて言った。久兵衛も応ずる。

「ひとえに関白さまのお心次第やでの、先がどうなるかまったくわからん」

天下人の近くにいると出世は速いが、その気まぐれの影響をもろに受けて走り回らされることも多くなる。合戦に出るのとはまた違った危険と隣り合わせでもある。乗り切っていけるのかどうか不安になってしまう。

「なかなか、疲れるわい」

久兵衛は明るい庭へ目をやった。

四

文禄《ぶんろく》二（一五九三）年の晩秋——。

伏見《ふしみ》城の本丸に久兵衛はきていた。

「関白さまの病、気遣わしゅうござるな」

「気鬱《きうつ》の病ゆえ、なかなか治らぬ、とのうわさやが」

ここで関白というのは、秀次である。鶴松の死の四ヶ月後、天正十九年十二月に秀吉は関白の座を秀次にゆずっていた。いま秀吉は太閤《たいこう》と呼ばれるようになっている。

大広間に接した控えの間に、その太閤さまから呼び出された者たちがあつまっていた。

「熱海《あたみ》の湯でも治らぬかの。とはいえ、命にかかわる病でもあるまい。そもそもいまは湯治どころではあるまいに」

山内対馬守は、渋い顔で腕組みをした。唇を引き結ぶと、若いころに負った顔の傷が目立つ。こやつとも長い仲だと思う。たがいに四十半ばすぎとなったいまも出世争いをつづけているが、対馬守は遠州《えんしゅう》掛川《かけがわ》で五万石の城主になっているから、まだまだ互角といったところだ。

久兵衛もつきあって腕を組みつつ、周囲の者に聞こえぬようささやいた。

「湯治どころではないとは、朝鮮《ちょうせん》のことかの」

「まあ、それもある」

この二年で、世の中は大きく変わっていた。

まず秀吉の指図で「唐入り」がはじまった。日本中の大名衆が肥前の名護屋にあつまった上で、九州の大名衆を先頭にして、軍勢が続々と海を渡って朝鮮へ攻め込んでいった。そして一時は朝鮮の北の果てまで席巻した。

だがその後、明国《みんこく》から朝鮮に援軍が到着したため、日本の軍勢は押し込まれた。和睦の話がはじまり、いま日本勢は朝鮮南岸に城を築いて立て籠もっている。

そしてさらに世の中を変えそうなことが、先月に起きていた。

淀のお方が、また男児を産んだのだ。

今度は「拾《ひろい》」と名付けられたこの赤子が大坂城で生まれたとき、秀吉は名護屋城で唐入りの指揮をしていたが、すぐに大坂にもどってきた。いまは京でわが子を見守っている。しばらく名護屋へもどることはなさそうだ。

実子を得て秀吉は狂喜しているが、天下の大名たちはとまどっていた。

すでに秀吉は跡取りを秀次に定め、関白の位につけている。それでも実子を得たとなると、以前の鶴松のように実子に天下を継がせようとするのが見えている。秀次の立場がどうなるのか、まことに機微に触れる話といわざるを得ない。

秀次も自分の立場の危うさが気になるのだろう。心痛からか体調を崩し、いま熱海に湯治に出かけている。

いま秀吉はここ、洛南《らくなん》の景勝の地である伏見に建てた隠居城に住まっている。

関白となった秀次に京の聚楽第も明け渡し、形の上では秀次が天下人になっているのである。

一の老臣である久兵衛にとっては、天下の宰相への道が開けたのだから喜ばしいが、手放しで喜ぶわけにもいかない。いまのところは隠居城に住む秀吉が、まだ天下の実権をにぎっているからだ。

「で、今日は何の話かな」

「さあて、この城の普請で、ご苦労じゃったと酒でも振る舞ってくれるのかな」

秀吉に呼ばれて控えの間にいるのは、久兵衛たちのほか、秀次の老臣仲間である堀尾帯刀、それに一度は流罪《るざい》となったが、許されて御伽衆《おとぎしゅう》となった織田信雄こと常真《じょうしん》入道。別の間には奥州《おうしゅう》の雄、伊達政宗《だてまさむね》らもきているという。みなに通じることといえば、この隠居城普請にかかわっていることくらいだ。

「みなの衆、では広間へござれ」

廊下から言うのは、石田三成だった。

「おう、治部どの。案内《あない》痛み入る」

三成に連れられて、久兵衛らは広間にはいった。あとから隻眼《せきがん》でがっしりした体格の若者がはいってきた。伊達政宗である。久兵衛とはこの伏見城の普請場で出会っている。互いに会釈をかわした。

「で、何の話かの」

「この城のことにござる」

山内対馬守の問いに、三成は明快に答えた。

「やはりな。小体《こてい》ながら姿よき城に仕上がったゆえ、ご満足されておろうな」

ほぼ一年かかった普請は、およそ出来上がっている。昔から月の名勝として知られる指月《しづき》の丘に築かれた城は、石垣と濠はあるものの天守などはなく、母屋は屋敷構えで庭には築山《つきやま》をもうけて茶室などもあり、隠居所というにふさわしい優美な姿になっている。

大広間の下座でひかえていると、上座の横の襖《ふすま》がひらいて太閤秀吉がはいってきた。みないっせいに頭を下げた。

「よいよい。面《おもて》をあげえ。遠慮せんでええて」

いつもながらの口調である。久兵衛も顔をあげた。目の前に小柄な老人がすわっていた。秀吉は今年、五十七歳になっている。

「普請、苦労じゃった。おかげで見目よう出来上がったわ。これもみなのおかげじゃて」

秀吉は機嫌がよいようだ。これなら無理難題を吹きかけられずにすみそうだと、久兵衛はほっとした。

このところ、大名衆にはさまざまな役務が課されていた。

まず唐入りのために大船を造らされた。

唐入りそのものは西国の大名衆に課されたため、久兵衛は出陣せずにすんでいるが、唐入りの拠点となった肥前名護屋に屋敷を造らねばならなかった。

遠い肥前まで三郎右衛門と家来衆を派遣し、急いで屋敷を建てたものである。

さらにこの伏見城の普請手伝い、京の東山の麓に建てている大仏殿の普請手伝いなど、つぎつぎに大きな役目がまわってきた。どれも費用は自分の負担となるので、領地の百姓衆を動員したり年貢を重くしたりして対応せざるをえない。

久兵衛ら東国の大名は唐入りしないのだから、軍資金は不要だ。それを普請手伝いで使わせてやろう。そんな秀吉の意図が透けて見えるが、天下人のお下知とあっては逆らうわけにいかない。逆らえば、織田信雄のように領地をとりあげられて流罪にされてしまう。

だからどれも命じられるままにこなしてきたが、さすがに疲れてきた。これ以上つづくと、負担が重くなった百姓たちもだまっているかどうか。

秀吉はにこにこしながら、つづけた。

「まことにご苦労じゃったの。そこでご苦労ついでに、もうひとはたらきしてもらおうかと思い、今日、あつまってもらった」

おやおやと思ったとき、三成がみなの前に進み出て、畳一枚ほどもある絵図をひろげた。

「この伏見の城、いまのままでは不用心ゆえ、こう造り替えまする。城地を広げ、濠を深くし石垣を高く、また舟での行き来ができるよう、新たに舟入《ふないり》をもうけまする」

隠居所にするというので、いまの普請はさほど防備を重視していない。それをふつうの城のようにするというのだ。

久兵衛ばかりでなく、一同は押しだまった。

城普請となればまた重い負担がのしかかってくるが、それだけが沈黙の理由ではない。

——なぜだ。

理由を問いたかった。城を堅くするとは、誰かが攻めてくると思っているからだ。誰が攻めてくるのか、と。

だがすぐに、おぼろげながら答に気づいた。となれば、それを問うてはならない。

「普請にも用意があろうでな、すぐにとは言わぬ。年が明けたらはじめてくれい」

太閤さまは、みなの困惑を知ってか知らずか、笑顔で押しつけてくる。

「承知いたしました。おおせの通りに」

野太い声が聞こえた。伊達政宗だった。政宗はゆっくりと平伏した。

その声につられたように、みながいっせいに平伏した。

その年の暮れ、久兵衛は前野但馬守《たじまのかみ》の京屋敷にいた。

広間には、久兵衛だけでなく中村式部、一柳監物《けんもつ》——山中城攻めで討死した直末の弟——ら秀次の老臣衆、それに前野但馬守の息子で、秀次の側近となっている前野出雲守らが、むずかしい顔ですわっている。

「みなが心配しておること、ようわかった」

前野但馬守が言う。但馬守は、秀吉のもっとも古い家臣である。信長がまだ尾張半国の主でしかなかったころから、秀吉を助けて戦場を駆け回った老武者で、当然ながら秀吉の信認はあつい。

少し前に朝鮮陣から帰国したばかりだが、その威光をしたって、さまざまな人物が相談に訪れていた。

「このままでは蛇の生殺しじゃ。はっきりさせたほうがようござる」

前野出雲守が言う。但馬守は首をかしげる。

「何をはっきりさせるというのじゃ」

「太閤さまが、関白さまをどうするのかを。領国の尾張にまで口出しをするのは、関白さまをないがしろにするやり方じゃ」

ふた月ほど前に、秀吉は鷹《たか》狩りと称して尾張、三河を巡検し、秀次の領国である尾張が衰微《すいび》していると指摘。その原因が川の氾濫《はんらん》にあるとして、堤防の普請をすすめるよう、秀次と老臣衆に指示を出していた。

いかに太閤とはいえ、大名の領地にそこまで細かい指示を出すのは異例である。秀次が軽んじられていると、出雲守らは憤慨しているのだ。

「しかしながら、家の跡取りにかかわることじゃ。臣下の者どもが軽々しく口に出してよいものか。よう考えねばなるまいて」

お拾さまが生まれたため、関白秀次の立場がぐらついている。秀次を支える者たちはこの状況にどう対応すべきかわからず、但馬守に相談にきたのである。

「されど、天下人たるお人にござる。われらの存念《ぞんねん》、いや心配も、少しはお伝えしたほうがよかろうと存ずる」

中村式部が大きな声を出す。老臣衆の一致した思いというところだ。

「すでにはっきりしておろう。お拾さまは関白どのの娘と娶《めあわ》せ、つぎに関白となる。お拾さまが成人となるまで、関白さまはそのままじゃ。それで何の不足があろう」

「すると関白でいられるのは、せいぜい十数年……」

「それで納得されるよう、進言するのが家臣のなすべきことよ」

出雲守と但馬守はにらみ合う。

但馬守が何とか秀吉と秀次の仲を取りもどうとしているのは、見ていて痛々しいほどだ。

無理もない。ふたりの葛藤が天下を乱すだけでなく、秀次が閑職に押しやられれば、但馬守の息子、出雲守の出世の道も断たれるのだから。

秀次が関白になったことで、秀吉から付けられていた昔からの老臣衆とは別に、秀次を取り巻く分厚い人の輪ができた。権力者を取り込む派閥といってもいい。派閥の者たちは、秀次に不利になることはなんとしても阻止しようとする。そして出雲守はいまや秀次の派閥の代表である。

久兵衛ら老臣衆も派閥の一員と見なされているが、もともと秀吉から秀次とその一族の監視役を命じられているから、やや立場がちがう。出雲守らとは同床異夢といえる。

——なるほど、関白をずっとつづけたいのや。そして自分の子に天下人を継がせたいのやな。

それは虫がよすぎる、と久兵衛は思う。

秀次を幼いころから見てきた久兵衛にはわかる。秀次は、知恵も度量も気力もまったく平凡で、ただ秀吉の甥という理由だけで関白になった男である。自力で合戦に勝ったこともない。山中城攻めや紀州での戦果も、家臣たちの尻を叩いただけだ。

秀吉は、はたらきに応じて家来たちを評価し、昇進させてきた。

秀次とて、お拾さまが生まれたいまは、もう跡継ぎとして代わりのない身ではない。おのれの力量以上に欲張ると、秀吉に見限られるだろう。よいところで身を引くという知恵を、そっと誰かが授けるべきだと思うが、今日はそんな雰囲気ではない。

「とにかく、まずはご父子の仲がよくなるよう、はからうのが忠臣たるものよ。跡継ぎのことは、おふたりに話し合ってもらわねば、なんともならん」

「なんとか太閤さまに、関白さまをお見捨てなさらぬよう、お願いしてくだされ。太閤さまも、父上の話なら聞いてくれましょうに」

出雲守の懇願に、但馬守はちいさくうなずいていた。

――これは足の置き場所がむずかしいわ。

秀吉の顔を思い浮かべつつ、久兵衛はそんなことを思っていた。

五

文禄三年の晩春。

藍色の水がゆったりと流れる矢作川のほとりに、久兵衛は立っていた。

「この曲がりが悪《あ》しゅうござる。いつもここから堤《つつみ》が破れるので。ここの堤を高くすれば、われらの村も安心かと」

近くの村の名主が、手を振りながら説明している。

「堤が破れたとき、水は堤を越えたのか。それとも押し流したのか」

ときいたのは、久兵衛のとなりに立っていた小十郎だ。

「堤そのものが押し流されてござりまする」

名主が答える。

「それでは高くするだけでは駄目やな。もっと堤の幅を広く、丈夫なものにせんとな」

小十郎は一昨年、三十一歳で民部少輔《みんぶのしょう》に任官して、一人前の武将と秀吉にも認められるようになっている。いまや久兵衛の片腕として頼りになる存在だ。

ふたりの話を聞きながら、久兵衛は頭の中で勘定をしていた。

目の前には、枯れた葦が生い茂る広大な河原と、人の背丈ほどの貧弱な堤がある。この堤を高さ二倍、基底の幅を四倍にするとなると、どれほどの費用と人数が必要となるのか。わが家中から割ける人数はどれほどか。

——たまらんな。

五万石の身代《しんだい》では、出せる人数も知れている。なのにこのところ普請つづきで、久兵衛自身だけでなく、家来衆も右往左往していた。

まず伏見城の改築がある。城域を広げて石垣を積み濠を掘ってと、ほとんど新しい城を造るような大がかりな普請になっている。久兵衛には城地《じょうち》造成の普請のほか、台所近くの門の作事も割り当てられていた。ついで秀次領の尾張の川普請。これも秀吉の命令なので、秀次の老臣としては避けるわけにいかない。

そしてこの矢作川の堤普請まで命じられた。数年前に大雨で堤がやぶれ、濁流が周辺の田畑を押し流していた。荒廃した地をもとにもどすには、堤を修築するしかない。

ほかに肥前名護屋にも屋敷があり、人を置いておかねばならない。京と大坂の屋敷はもちろん、今後は伏見にも屋敷を置くことになるだろう。出費はかさむばかりだ。五万石といっても年貢は年末にならないと入ってこないので、こう普請がつづくと銭が足りなくなり、大名といっても貧窮に陥ってしまう。まことに頭が痛い。

といっても救いの手は出てくるもので、関白さまこと秀次からかなりの金子《きんす》を借用できた。元金は返さなくてはいけないが、利子は払わなくてもよい約束だ。それどころか、そもそも出費の原因を作った相手でもあるし、借用でなくこのまま頂戴する形にできないかと、いろいろ口実を考えているところだ。

何といっても、ここは踏ん張りどころなのである。

——あるいは「試《ため》し」かもしれんからな。

多くの難題を課して、国持ち大名へ昇格させていい器量の持ち主かどうかを、太閤さまが試しているのかもしれない。どうもそんな気がする。

「されば人数と費用を見積もってみよ。そして村々と相談せい」

小十郎が話をまとめるのを待って、久兵衛は川岸から引きあげた。


翌月、久兵衛は京の聚楽第にきていた。

秀次から、尾張と矢作川の普請のすすみ具合をたずねられたので、答えるために上京してきたのだ。

次の間で控えていたが、いささか落ち着かないのは、世にも稀な部屋にいるからだろう。柱と梁《はり》をつなぐ金具に金箔《きんぱく》が貼られ、開けはなした障子のむこうに見える瓦の端が金色に光っている。太閤秀吉の趣味で、建物のあちこちに金が使われているのだ。

そんな聚楽第が秀吉から秀次に引き継がれて、もう二年ほどになる。

そのあいだに世の中は「唐入り」で大騒ぎになり、朝鮮での陣で大勝したかと思えば尻すぼみになり、和睦の話が出て、海を渡った軍勢の多くが引き揚げてきた。そしていまは和睦が不調となり、ふたたび軍勢を朝鮮に送るか、という話になっている。

世間の混乱を尻目に、秀次は京の公家衆と交遊し、体調を崩したといっては熱海に長々と湯治に出かけ、また古典籍を活字本で出版したりと、優雅にすごしてきた。

関白として天下に指図する役目はこなしているが、秀吉の指示を実行しているだけで、自分の意思ではじめた仕事はほとんどない。秀吉が実権を手放さないので、やろうとしてもできないのだ。

いま秀次は、そういう立場にある。

小姓に案内されて、久兵衛は御座《ござ》の間《ま》へとはいった。

肩衣をつけた者たち数名が、左右に分かれて居並んでいる。側近の雀部《ささべ》淡路守《あわじのかみ》、木村常陸介《きむらひたちのすけ》、そして前野出雲守の顔が、もっとも上座にある。

その奥、上段の座に秀次がいた。

久兵衛のほか中村式部、堀尾帯刀ら秀吉がつけた老臣たちは、いまや秀次の信頼を失っていて、相談にあずかることはない。秀次の行動は、すべて出雲守ら側近衆が取り仕切っている。秀次がひとりで天下を統《す》べるようになれば、宰相と呼ばれるのは久兵衛ではなく、出雲守だろう。

「田中兵部大輔、御前に」

下座で久兵衛が平伏すると、

「苦労じゃ。面をあげい。もそっと寄れ」

と声がかかった。

久兵衛は遠慮せずに前へと膝行《しっこう》し、形どおりの挨拶をのべたあと、問われるままに川普請のすすみ具合を説明した。

「さようか。まずまずうまくいっておるな」

声は秀次ではなく、右側にすわっている出雲守のものだった。間髪をいれず、久兵衛は答えた。

「無論、うまくいっておりまする。なにしろ太閤殿下のお声掛かりでござるゆえ」

太閤に逆らったらどうなるか、みな知っているから逆らう者もいない。だから円滑に物事がすすむ。決して秀次の威光ではない。そう言外に匂わせた。みな気づいたと思う。

出雲守は唇を引き結び、言葉を呑んだ。

「関白さまも京での役目が重く、領国へなかなか帰れぬゆえ、目が届きかねるところはあったな」

雀部淡路守が言う。

「武蔵守どのでは、尾張はちと荷が重いのではありませぬかな」

久兵衛が言うと、秀次の目がうろうろと動き、側近たちがざわついた。尾張は秀次の実父の三好武蔵守が代官として支配している。だがやり方がわからないのか、川普請が行き届かず村々は荒れたままだった。

「田兵《たひょう》どの、関白さまの父上では不足と申すか。言葉を控えるがよい」

出雲守が言う。久兵衛は落ち着いて応じた。

「ほかに理由はござらぬ。為《な》すべき者が為さねば、領国は荒れ申す。太閤殿下はそれを指摘したにすぎませぬぞ」

「されば、どうせよと申すのかな」

「武蔵守どのに替えて、もっと手慣れた者を代官になされ。そして太閤殿下に、尾張の百姓たちが安心して耕作している姿を見ていただく。太閤殿下を納得させるには、それしかありませぬ」

側近たちが渋い顔をする。

「それと、もうひとつ申しあげまする。お拾さまのこと」

一瞬、座がしんとなった。

「お拾さま成人の暁には、関白の位を譲りわたすと、早く太閤殿下に申しあげたほうがようござる。されば太閤殿下も安心されましょう。この田中兵部、衷心《ちゅうしん》より……」

「だまれ！」

出雲守が叫ぶ。

「田兵どの、関白さまの進退を言上するなど、家臣の分際を過ぎた言葉ぞ。慎まれよ」

「いや、慎む慎まぬという話ではない。主を思うならば、主の耳に痛いことでも申しあげねばならぬ。それをせぬのは、かえって……」

そこまで言って、さすがに言い過ぎたと気づき、久兵衛は言葉を濁した。

「関白の位は朝廷より授けられ、天下の万機に関《あず》かり白《もう》すべし、と定められたものじゃ。実子だから継ぐ、養子だから譲る、というものではない。それは天下を私《わたくし》するものぞ」

すかさず出雲守が言う。

「ゆえに田兵どのが申すべきことではない。このこと、明らかにしておく」

ためらいもなく言い切るところを見ると、出雲守自身はその理屈を信じているようだ。

――なにをきれいごとを。

久兵衛はしらけた。

若いころ精力の塊のようだった太閤秀吉も、いまは老いた。還暦も目前だ。もう長くは生きられまい。秀吉が死んでしまえば、秀次の天下に文句を言う者はだれもいない。出雲守ら側近衆は、そう考えている。であれば、久兵衛が何を言っても無駄だ。

「太閤殿下は厳しいお方や。お互い、そこを見誤らぬようにせぬとな」

会見が終わり、部屋を出て行くとき、久兵衛は出雲守に釘を刺すのを忘れなかった。

六

翌文禄四年の四月。

聚楽第の南にある久兵衛の屋敷に、田中家の家老格の者たちがあつまっていた。

三郎右衛門と佐吉のふたりの弟、嘉七郎こと宮川佐渡守、磯野伯耆守、それに辻勘兵衛《つじかんべえ》という、新たに召し抱えた世に評判の剛の者。これが田中家の家老たちである。

久兵衛と小十郎は上座にすわり、五人に対していた。

「されば、みな出陣の仕度を急いでくれ。なにせ異国の地やで、気をつけよ。薬や着物など必要なものは、帰ってきた者たちによく聞き合わせて、漏れのないようにな」

久兵衛の言葉に、みながうなずく。

すでに朝鮮への再出兵が決まっていた。

内々に示された陣容の中に田中民部こと小十郎もはいっていて、千人をひきつれて海を渡り、高麗《こうらい》城の留守居をつとめるとされていた。田中家としてぬからず対応をすすめねばならない。

「それはそれとして、大和中納言《ちゅうなごん》どののこと、お聞きか」

と言い出したのは、三郎右衛門である。大和中納言とは三好武蔵守の三人息子のひとりで秀次の末弟、秀保《ひでやす》のことだ。長兄の秀次とならんで豊臣姓を下され、秀吉の弟、秀長の跡を継いでいた。

「おう、なにやら不審な往生《おうじょう》をされたそうな」

佐吉が応じた。

「疱瘡《ほうそう》で亡くなったと聞きまするが」

と辻勘兵衛が分厚い上体の上の太い首をかしげて言う。

「なあに、それは表向きで、じつは十津川《とつがわ》という谷川へ遊びに出た中納言が、たわむれに数十丈の崖から飛び降りてみよと小姓に命じたところ、小姓がいきなり中納言に抱きつき、いっしょに飛んで死んだとのうわさや」

「まことか」

小十郎は目を剝いている。久兵衛が口をはさんだ。

「さようなうわさは、わしも聞いた。不審なことや。それに疱瘡としても、おかしいわ。疱瘡がはやっておるとは聞いておらんぞ。大和だけではやっておるのか」

なにしろ十七歳の若さだから、いずれにしても変死横死のたぐいである。

おかしなうわさが流れるのは、葬儀がひそやかに行われたからだ。太閤秀吉が、隠密にすませるよう命じたという。そして跡取りも決めず、大和の領地も召し上げてしまった。なぜおおっぴらにできないのか、誰にもわからない。

「あるいは太閤殿下が……」

「よもや。さようなことは、あるまい」

小十郎はむっとしたように言い返す。そして久兵衛へ向き直った。

「父上、調べる手立てはないのでしょうか」

「調べてどうする。上のことには、あまり首を突っ込まぬほうがよい」

「では関白さまは、さぞお嘆きでしょうな」

「わからぬ。近ごろ、会えぬのでな」

いまや久兵衛は秀次から避けられているらしく、とんとお呼びがない。

「それも危ない話や。兄者、気をつけたほうがええで」

「何に気をつけろと」

「関白さまに。兄者を快く思っておられぬのなら、災いが降りかかるかもしれんで」

「ま、たしかによからぬうわさを聞くが」

秀次が京の近郊へ鹿狩りにゆくのにも武具をたずさえ、近習たちも武装しているので、あれは太閤に野心があるのではと、京雀《きょうすずめ》たちがうわさしている。

「関白になりになってちと慢心されたか、側室も多く抱えられ、お振る舞いもあさはかになられた。側近どもは、それを矯《た》めもせぬ。うるさいことを言うわれらのような昔からの老臣衆は、遠ざけられておる。沙汰の限りとは思うが」

といってても相手は関白である。引っぱたいて意見するわけにもいかない。

「困ったものや」

家中の話はそれで終わったが、数日後、久兵衛の身に本当に災いが降りかかってきた。

その日、久兵衛は朝一番に石田三成の屋敷をたずねた。昨日のうちに、暇のあるときに寄ってくれ、と書信がきていたのだ。

太閤殿下の側近に呼ばれたのでは、何をおいても駆けつけねばならない。

「いや、呼び立てて申しわけなし」

殺風景な小部屋に案内され、挨拶をすませると三成は、大きな才槌頭を少しななめに傾け気味にして切り出した。

「本来ならこちらから出向くところ、ちと内密の話がしとうて、ご足労願った次第で」

「内密の話？」

「他聞《たぶん》をはばかることゆえ、わが屋敷のほうがよいと思うての」

何を言い出すのか。久兵衛は警戒した。三成は淡々とつづける。

「関白さまが、大名衆に金子を貸しておる、という話を聞きつけてござる」

「………」

「聚楽第には、金子がたんと積んである。それを懇意の大名衆に百枚、二百枚と貸し付けておるとか」

「それが、なにか」

「果たして関白さまが貸していいものか、ということじゃ。あれは太閤殿下が蓄えたもので、関白さまのものではない。太閤殿下がご存じなら別じゃが、そうでなければ、太閤殿下の金子を関白さまが勝手に使ったことになろうて」

「太閤殿下は、ご存じないと?」

「少なくともわしは知らぬ。長束《なつか》どのも初耳とのこと」

太閤秀吉の算用奉行である長束大蔵大輔《おおくらのたいふ》が知らぬのなら、関白秀次のほうで勝手にやったことになる。

「それが関白さまの落ち度になるとお考えか」

「太閤殿下にとっては、愉快なことではなかろうな」

久兵衛は腹が冷えるのを感じた。

「借りておる大名衆の名もうわさにあがっておる。その中に老臣衆もはいっておるそうな」

「しかり。わしも借りておる」

言われる前に言った。

「金子を五十枚借りた。太閤殿下の許しを得ておらなんだとは、まったく気づかなんだ」

知らぬこととはいえ、太閤秀吉の金を無断で持ち出したことになる。これは取り返しのつかない間違いを犯したかと思い、久兵衛は思わず歯がみした。

三成はこくりとうなずいた。

「そうであろうの。借りる者は金子の出所まで考えぬものじゃからな」

「……返さねばならぬな。太閤殿下に返したほうがいいのか」

つとめて抑えた声でたずねたが、腹の中は焦りと秀次への怒りで煮えたぎっていた。ろくでもない主に仕えたがために、一生を棒に振ることになるのではたまらない。

「どうかな。まだ殿下のお耳には入れておらぬゆえ、返すと申しあげたらおどろかれるじゃろ」

三成は首をひねっている。

——どうしたらいいのか。

この失態を取りつくろう手があるのか。

秀次がからんでいるだけに、さっさと金をもどすわけにもいかない。素直にあやまってすむ話でもない。

どうやら罠に落ちたようだ。

せっかくここまで出世したのに、たった一度の不注意ですべてが駄目になった。

暗い気持ちで打ちひしがれていると、

「ま、少し待たぬか。悪いようにはせぬ」

と言って三成が微笑んだ。

「まことか。なんとかなるのか」

久兵衛は思わず膝をよせた。三成は言う。

「知らずにやったことではあるし、そなただけでもない。家中が混乱しても誰も得にならぬでの。怪我人が出ぬよう、ちと動いてみようほどに、しばし待ってもらおう」

「すまぬ。この恩は忘れぬ」

この男と同郷でよかったと思う。季節ごとに挨拶の品も贈ってある。もっともこの律儀な男は必ず返礼の品を贈ってくるので、それが効いているとは思えないが。

「で、関白さまは、どうなる」

久兵衛が問うと、三成は表情を引き締めた。

「わしにはわからぬ。が、以後、あまり近づかぬほうがよい。それだけは言うておく」

「太閤殿下は、お怒りなのか。関白さまに愛想を尽かされたのか」

「そこまでは知らぬ」

察せよ、ということなのだろう。しかし三成が独自に動くはずがない。この男は忠臣だ。命じられた仕事は懸命にこなすが、主家の内情にまでは首を突っ込まない。これは太閤秀吉に指図されているのだ。秀次領国の尾張を調べたのと合わせて考えると、秀吉の思惑が透けて見えてくるではないか。

関白秀次を失脚させる理由さがし。

それ以外に考えられない。

「わかった。忠告、かたじけない」

であれば、こちらの動きも秀吉に合わせねばならない。

「それより、何かないかな。関白さまの話で、目新しいものは」

三成は明るく訊いてくる。ここは失地回復のためにも協力すべきだろう。

「いや、わしも近ごろは遠ざけられておってな、お目にかかっておらぬのや。しかし以前、お拾さまに関白の位をお譲りなされと説いたときには……」

その場での前野出雲守らとの議論を、久兵衛は三成に伝えた。そして自分が秀次に、関白の座をお拾さまに渡すようにと何度か諫言していることと、前野出雲守ら取り巻きの者たちは、まったくその気がないことも告げた。

「なるほど。さようなことがあったのか。ま、わかるがな」

三成がうなずくのを見ながら、久兵衛は五十枚の金子をどうやって算段するかと、考えはじめていた。

七

七月、久兵衛は尾張で川普請の見回りをしていた。

「七夕もすぎて、百姓衆はみな盂蘭盆会《うらぼんえ》の仕度にかかっておりますからな」

普請場に人影が少なく、閑散としているのを「怠慢ではないか」と指摘すると、ずっと張りついて監督していた家臣が答えた。

「ふん。大風も大雨も、盂蘭盆会だからといって避けてくれるわけではあるまいに」

久兵衛はこぼす。野分《のわけ》の嵐が来る前に堤を改修しておきたかったのだが、なかなかすすまないでいる。

「人足に払う銭も、不足しておりますれば」

申しわけなさそうに言う家臣に、久兵衛は咳払《せきばら》いして内心の動揺をごまかした。

こちらの普請にあてるはずだった資金は、秀次から借りた金子の返済にまわした。大急ぎで返済するため、とにかくいまある金を、使途を問わずかき集めたのである。だから当分のあいだ資金不足がつづく。しかしそれは明かせない。

「村から出させるわけにいかんのか」

「それが、どの村も困窮していて、人夫を出すだけで精一杯で」

そう言われると強いるわけにはいかない。

「やむを得ぬな。盂蘭盆会が終わったら急いで築かせろ。大雨が降ったら、また田畑が水浸しになるぞ」

そう言ってつぎの普請場へ向かおうとしたところに、重い馬の蹄《ひづめ》の音がした。

「殿、京より使者がまいった！」

馬上から叫ぶ男は新兵衛だった。うしろにもう一騎、全身汗みずくの武者がついている。宿舎まできた京からの早馬《はやうま》を、新兵衛が普請場まで案内してきたのだ。

「申しあげまする」

馬を下り、久兵衛の前に膝をついた使者は、ひと息に述べた。

「関白さま、太閤殿下とお会いになるべしとの御諚《ごじょう》にて伏見にまいられたところ、太閤殿下はお目見えをお許しならず、関白さまはそのまま高野山へ向かわれました」

「なに、高野山へ？」

まったく思いもかけぬ地名が出てきて、つい問い返した。

「それは太閤殿下のお指図か」

「御意《ぎょい》にござりまする」

思わず、おお、と声が漏れた。

六月の末、関白秀次に謀反の兆《きざ》しありとして、石田三成らが聚楽第をおとずれて詰問におよんでいた。これに対して秀次は謀反の企てを否定し、秀吉に対していささかも野心を存ぜぬとの七枚起請《しちまいきしょう》を書いて使者が持ち帰り、伏見の秀吉に披露した。それで一件落着したはずだった。京屋敷で見守っていた久兵衛も、ほっとしたものだ。

ところがそのあとで、秀次の不審な動きがいくつか発覚した。毛利家に秀次に忠誠を誓う起請文を書かせたとか、徳川家を味方に引き入れるため、徳川秀忠《ひでただ》を虜《とりこ》にしようとした、といったたぐいの話である。

真偽が定かでない、何ともきな臭いうわさ話だったが、久兵衛はその直後に三成から、

「しばし京を離れたほうがよい。ああ、何も聞くな。そなたの身を思うて言うておる」

と言われた。いま思えば、あの時点で三成には成り行きが見えていたようだ。

秀次の身を案ずる気持ちはあったが、すでに側から遠ざけられている身なので、秀次の意向も確かめられない。久兵衛には手の出しようがない事態になっていた。

迷いながらも、三成を信じることにした。三成の意図はわからなかったが、人をだます男ではないと見極めがついていたからだ。そこで尾張へきて川普請をすすめていたのだ。

秀吉は七月に入ってから、別の使者を聚楽第へ遣わし、秀次を伏見に招いたという。ところが伏見にきた秀次は城には入れず、そのまま高野山へ向かえと指示されたのだ。

高野山へ登ればこの世を捨てたことになり、当然、関白の座を失う。

「また思い切ったことを」

そう言うのがやっとだった。秀次の失脚は予期していたが、関白の職を取りあげられ、一大名に落ちる程度だろうと考えていた。いきなり出家に追い込まれるとは思ってもいなかった。

「いやあ、殿はよきところで見切りましたな」

新兵衛が言う。

「あのまま京にいれば、いまごろは夜も眠れぬ仕儀《しぎ》に相成《あいな》っておったに違いなし」

「うるさい。だまっておれ」

新兵衛を叱りつけておいて、使者に向き直った。

「して、関白さまを説いた使者は、誰がつとめたのや」

「されば宮部法印《ほういん》、徳善院僧正《とくぜんいんそうじょう》、中村式部、堀尾帯刀、山内対馬守と聞きおよびまする」

久兵衛はうなった。徳善院僧正玄以《げんい》は、太閤秀吉の側近。そして宮部法印、つまり善祥坊は秀次のかつての義父。残りは昔からの秀次の老臣衆だ。

一の老臣でかつ幼いころの守り役だった久兵衛が京にいれば、もちろん同行させられていただろう。じつにいやな役目だ。

石田三成はそれを察して、しばらく京を離れたほうがよいと久兵衛に助言してくれたようだ。いや、あるいは久兵衛がいては面倒になると思ってのことか。秀次に同情して、久兵衛がひと騒ぎ起こすと考えたのかもしれない。慎重な三成なら、ありうることだ。

「まだ殿さまは京へお上りにならぬほうがよい、とは三郎右衛門さまのお言葉でござる」

使者は言う。

「さらなる動きがありそうゆえ、しばし尾張に留《とど》まっていてくだされ、と」

「さようか」

気がかりだが、京のようすがわからないのだから言われるままにするしかない。

数日すると、また早馬がきた。三郎右衛門からの急使である。

「なんと、切腹やと！」

使者の言葉を聞いて、思わず声が高くなった。福島正則《ふくしままさのり》ら秀吉の使者が高野山まで行って、秀次に切腹を命じたという。

「出家だけでは不足というのか！」

唖然《あぜん》とした。甥であり、一度は後継者に仕立て上げた人物を、まさかこの世から消し去るとは、考えもつかなかった。

「太閤殿下の、情けの薄さよ」

思わずこぼした。秀吉は自分の子供、お拾かわいさのあまり、先々邪魔になりそうな者を除いたのだ。

久兵衛は腕組みをして、しばし物思いにふけった。

——それにしても秀次、いや万丸どのも、ずいぶんと数奇な人生を送ったものやな。

貧しい馬丁の子に生まれたかと思えば、ついには関白となって位人臣《くらいじんしん》を極め、天下を手にする寸前までいった。なのに一転して切腹とは。

まだ三十になっていないはずだ。人生の上り下りが激しすぎて、めまいがしそうだ。

振りかえってみれば秀吉は、幾人もの近親者の人生を引っかき回してきた。秀吉の妹は長年連れ添った夫と別れさせられ、家康を臣従させるためにその許へ嫁がされた。その後、ほどなくして亡くなっている。実母も、人質同然に家康に預けられたことがある。秀次もそんな犠牲者のひとりにすぎない。

だが感慨もそこまでだった。一刻《いっとき》もしないうちに二度目の早馬がきて、久兵衛はまたおどろくことになった。

「なんと、あの出雲守が！」

秀次だけではない。側近たちも処分されたという。

雀部淡路守は、秀次の介錯をしたあと自身も切腹、前野出雲守も切腹を命じられた。父の三好武蔵守は、流罪となった。ほかにも切腹、流罪となった者は両手の指でも数えられないほどだ。

おどろきの次には、黒い疑惑が浮かんできた。

側近衆が処分されたということは、自分のような老臣衆にも罪がおよぶのか。

「わしの名は出ておるのか。中村、山内、堀尾らは、どうなった」

「お咎めがあったとは聞いておりませぬ。しかし、老臣衆に累《るい》がおよばぬのは不思議なことよと世間で取り沙汰されておりますれば、あるいはこれから……」

使者の言葉に久兵衛は唇を嚙んだ。

秀次の起こした禍《わざわ》いの渦に、自分も巻き込まれるのか。

わが強運もこれまでか。

さまざまな思いが胸の内を駆けめぐる。背中に汗を感じた。

「これは、早く京へ上ったほうがようござりましょうな」

傍らで聞いていた新兵衛が言う。顔が青ざめている。

「動かねばならぬことも、ありましょう」

もし咎めをうけそうであれば、陳弁するなり弁護してくれる人をさがすなり、すべきことがある。戦場で槍を受けて倒れるならまだしも、ありもしない咎を受けて切腹させられてはたまらない。

だが、そんなことで弁解に走り回るのも物憂いと感じる。自分は、咎められるようなことはしていないのだ。

そこへ廊下を走る足音がして家来のひとりが顔を出し、久兵衛の前で平伏して告げた。

「いま聞き及んでござる。関白さまが切腹なされたとか。この上は一の老臣の殿も罪は逃れられませぬぞ。太閤殿下より上意がある前に、早々に腹を召されたまえ。さればお殿下も情けをかけられ、家がつづくこともありましょう。われら、供をつかまつる」

見れば宮崎五左衛門《ござえもん》といい、近江八幡で召し抱えた男だった。戦場では勇猛だが、いくらか粗忽《そこつ》なところがある。

「いらざる差し出口や。控えよ！」

と叱責したが、五左衛門はなおも引かずに意見するつもりのようだ。久兵衛はやむなく座を外し、奥へ引き籠もった。

やはり世間ではそんな見方をしているのかと、久兵衛は一気に暗い気持ちになった。

自分もここで終わるのか。

ここまで幸運つづきだったが、そのしっぺ返しが一気にくるのか。

久兵衛は首をふった。

——いや、ここは踏ん張りどころだ。

打ちひしがれていても、何もいいことはない。顔をあげて前を見るしかない。

襲ってくる絶望感に抗《あらが》いながら、ともあれ京へ上って治部少に助けを求めるか、と思案した。

——命乞いをするなら、おねねどののほうがよいかもしれぬ。それとも善祥坊どのか。いや、善祥坊どのもいまは自分の身が大変かもしれぬな……。

命乞いなど物憂いばかりだが、ほかに手がない。もしかすると、もう切腹を命ずる使者がこちらへ向かっているかもしれない。

さんざんに思い悩んだ末に、久兵衛は奥の間に大の字に寝転がった。

「あかん。やめや、やめや」

やはり命乞いなどする気がしない。そんな無様なことができるか、と思う。

そもそも太閤どのの今回の手口を見ると、筋が通っているかいないかなど、まったく考えていない。

何ごとも、ただただ太閤どのの気分だけで決まるのだ。いくら筋道を立てて自分の無実を訴えても、聞き届けられるとは思えない。何をしようが無駄に思えてくる。

もう、なんとでもなれ。

「おい、酒をもて。肴はなんでもいい。それと新兵衛をよんでこい」

まだ明るいが、久兵衛は新兵衛を相手に、腰を据えて飲みはじめた。

「これが最後の酒宴かもしれんな。そう思えばいっそう酒が腸《はらわた》にしみわたるのう」

「そんな縁起でもないことを」

新兵衛はまずそうな顔でつきあっている。

すると夕刻にまた早馬がきた。

「おお、やはりきたか」

久兵衛はすでにほろ酔い加減になっていたせいか、あまり動揺せずにすんだ。

いよいよ切腹を命じられるのかと、暗い予感を抱きつつ目見えすると、使者の表情が明るい。怪訝《けげん》に思う間もなく、使者は告げた。

「ご加増にござりまする」

「なに？　いまなんと申した」

「ご加増を、仰せつけられてござる」

使者が持参していた書状を、封を切るのももどかしく、急いでひろげた。

「……たしかに加増やな」

新たに領地となる村の名が書かれた上で、
都合、二万八千三百五十八石三斗

右、加増として扶助《ふじよ》せしめ了《おわ》んぬ

とある。日付は文禄四年七月十五日。すなわち秀次切腹の日である。

思ってもみなかった加増に、久兵衛は喜ぶより前に胸をなで下ろした。これはつまり、秀次に関してお咎めがないという証である。それだけでなく、今後も秀吉の近くに仕えつづけられる、ということでもある。

「おめでとうございまする。いまの所領と合わせて八万五千石ほどになりますな。幡豆《はず》郡の代官分を合わせれば、楽に十万石を超えましょう。十万石の大名にご出世あそばされた」

と新兵衛が明るい声で告げる。

どうやら危地《きち》を脱したらしい。

が、村の名前をよく見てぎょっとした。先日まで秀次の領地だった村々ではないか。

死人の着ていたものをはぎ取ったようなうしろめたい気分になり、しばし動けなかった。

「これは急いで御礼をせねばなりますまい」

新兵衛が言う。

はっとした。そうだ。弁解に走り回る必要はなくなったが、今度は加増の礼をのべる必要がでてきた。どちらにせよ早く京へ上って秀吉に会ったほうがいい。

翌早朝、久兵衛は新兵衛をともなって京へ向かった。

「ふむ、そなたのはたらきには満足しておるのだわ」

上段の座にすわる秀吉の声は、相変わらず大きい。

「これは恐れ多いお言葉、かたじけのう存じまする」

平伏したまま久兵衛は言上する。加増の御礼として馬代千疋《せんびき》を献上したところだった。

「遠慮することはねえて。面をあげい。久兵衛とは古友達《ふるともだち》だで、そんな言葉を聞くとこそばゆうてあかんわ」

天下人から古友達と言われるとは、思ってもいなかった。

秀吉とはたしかに古くからの付き合いだ。二十年以上前、近江の宮部城で会ったころは主従でもなく、ならんで立ち話をする間柄だった。なのにいまでは天下人と、生殺与奪の権をにぎられている一大名、という関係になっている。

久兵衛はおそるおそるといった体《てい》で顔をあげた。油断するな、と警告する声が頭の中で鳴り響いている。秀次の件では、久兵衛以上に古くからの家臣、というより盟友だった前野但馬守が、結局は切腹させられていた。

「天下を平均《ひらなら》ししても、まだまだ多事多難だわ。唐天竺《からてんじく》を手に入れるまでは、わしも丈夫でおらにゃならんしな。お拾《ひろい》も、みなに支えてもらわんと」

「お拾さまご健勝のごようすで、なによりでござりまする」

「ありがてえ。これからも頼むでよ。支えてやってちょう」

ちらりと見上げた秀吉は、鼻の下と顎に薄く髭を伸ばしている。耳が大きくて鼻がでんと居座り、血色がよすぎて赤ら顔に見えるのは昔と変わらないが、顔中に皺がふえ、ところどころに染みも浮いている。鬢《びん》に白いものが多くなり、心なしか目の力も弱っているように感じた。しばらく見ぬうちに、老いと衰弱の徴《しるし》がはっきりと刻まれている。

——人間、だれしも寿命には勝てぬか。

裸一貫から天下を制覇した秀吉ほどの傑物でも、いつかは老い衰えて死んでゆく。秀次をめぐるこの騒ぎも、突き詰めれば秀吉の老いと衰弱がもたらしたものだろう。

そんなことを思う自分も、もう五十の坂が目前に迫っている。

虚《むな》しいような悲しいような、なんともやり切れぬ思いを抱いて、久兵衛は太閤殿下の御前から下がった。

第六章　十万石の賭け

一

見れば、秀吉の顔からあれほど目立っていた皺がなくなり、肉が落ちて顎髭もいくらか薄くなっていた。大きな耳と意志の強そうな高い鼻は変わっていないが、目の光は消えている。

「よう描けとるわ」

ねねこと北政所《きたのまんどころ》は、感心するように言った。

「達者なものでござりまするな」

と久兵衛も同意する。

「ほんに、殿下にそっくり。生きてそこにおるようだわ」

冠をつけ、白い表衣《うえのきぬ》を着した束帯《そくたい》姿の秀吉が、二尺四方ほどの紙の中におさまっている。久兵衛が御用絵師の狩野《かのう》家の者に頼んで描かせた似せ絵である。

「もう一周忌がすぎたとは、信じられにゃあ。毎日毎日が早すぎるわなも」

嘆息する北政所の顔には、皺がふえているようだ。

秀吉は昨慶長《けいちょう》三（一五九八）年の八月に亡くなっていた。

その前年の慶長二年二月、明国との講和交渉が決裂して、また軍勢が朝鮮へと渡っていった。朝鮮での戦いは激烈になり、蔚山《うるさん》城では加藤清正《きよまさ》や浅野幸長《よしなが》らが大軍に囲まれ、籠城の末にからくも援軍を得て勝利するという、薄氷を踏むような戦況となった。

戦況が変わったせいか、小十郎の出兵内示は取り消されたが、かわりに大地震で倒壊した伏見城の普請手伝いを命じられ、人と資金を絞りとられた。

秀吉自身は名護屋に行くこともなく、伏見で茶会を催したり、醍醐《だいご》で趣向をこらした花見をしたりするばかりになっていた。

醍醐の花見でも田中家は手伝いに駆り出され、久兵衛みずからがこの北政所の乗った輿をかついだりもした。

そうした陽気な騒ぎをしたあげく、秀吉は病の床につく。

六十をすぎての病に寿命を悟ったようで、おのれの死後に幼い秀頼《ひでより》——お拾が四歳で名をあらためた——が立ちゆくようにと、自分の死後の体制について覚書を定め、家康をはじめとする大大名たちから誓書をとったのち、伏見城で静かに逝《い》った。

秀吉の死が公表されたのは、軍勢が朝鮮から帰国したのちの翌年正月五日である。

北政所は秀吉の死後も秀頼を支えて大坂城にいたが、一周忌を境に京にうつっていた。

「殿下が亡くなられた途端、世の中は物騒になってござる。鷹がいなくなった森で、鳶《とび》や烏《からす》が騒ぎ出したような案配になっておりまするが、さてさて、誰の罪でござりましょう」

と久兵衛が問うと、北政所はやさしい声で答えた。

「誰の罪でもにゃあで。世をまとめるだけの器量の持ち主が、おらぬというだけのことだで」

秀吉の死後、葬儀が行われる前から、すでに大名間の確執があらわになっていた。

徳川家康と前田利家とは、秀吉が定めた法度《はっと》を破った破らないで口論し、加藤清正ら朝鮮に出陣して苦労した大名衆七人は、秀吉側近の石田三成を、秀吉にあやまった報告をして自分たちの名誉を傷つけたといって、大坂から伏見まで追い回して討ち果たそうとした。

「治部めが逃げてきたときは、物騒などというものではござらなんだ」

久兵衛は言う。七人の大名と三成との騒動が伏見に持ち越されたときは、久兵衛も伏見にいたのである。

七人の大名のひとり、福島左衛門大夫《さえもんたいふ》の屋敷と久兵衛の屋敷は隣り合わせで、伏見城内にある三成の屋敷も、屋根が見えるほど近い。

それぞれの屋敷で大勢の兵士をあつめ、武備をさかんにしたので、久兵衛も家臣たちにいくさ仕度をさせ、かがり火を焚《た》いて、夜も寝ずに万が一に備えたものだ。

「あのときは、内府《だいふ》どのと毛利どのの間でいくさになるかと、肝を冷やしたものだわなも」

北政所は言う。三成の背後には毛利家があり、清正らは内府こと家康に支えられていた。互いに大大名の後押しを得て、合戦寸前まで突っ走ったのだ。

結局は徳川家と毛利家のあいだで手打ちがなされ、七大名はお咎めなし、三成は奉行職を辞して自領の佐和山に蟄居《ちっきょ》する、という形でおさまった。

「まことに危ないところでござった。ところでいま、内府どのとはご昵懇《じっこん》になされておられまするか。もし機会があれば、それがしもお目通りいたしたく……」

久兵衛が問いかけたが、北政所は答えない。

「それにしても、長浜のころはよかったわ」

北政所は、昔話をはじめた。

「そなたは城の外から通っておったから知らぬやろうが、虎之助《とらのすけ》や市松《いちまつ》は城内で着る物の面倒から見てやったものだわ」

虎之助はいま加藤主計頭《かずえのかみ》清正と名乗り、市松は福島左衛門大夫政則である。ここでその名を出すとはどういうことかと思いつつ、久兵衛はいちいち相づちを打ってつきあう。

半刻ほど話をして、久兵衛は北政所の許を辞した。

——あかんわ。話にならん。

甘かったか、と思う。

このままゆけば、つぎの合戦は豊臣家についで大きな大名の徳川家と、三番目に大きな毛利家のあいだで起こりそうだ。

合戦となればどちらかに加勢せざるを得ないだろう。いま勢力を見比べると、明らかに徳川家が強大になっている。生き残るためには徳川家に味方したほうがよさそうだ。

しかし久兵衛は徳川家にも毛利家にも義理も恩もなく、またつながりもない。味方しようにも手がかりがない。

そこで気づいたのが、北政所の存在である。

北政所は加藤主計頭清正や福島左衛門大夫など、徳川家に近い大名衆と親しい。家康とはさほどつながりはないが、秀忠とは親しく書のやりとりをしているようだ。

徳川家に近づくために、北政所が利用できるのではないか。悪くとも、徳川家や徳川家に近い大名衆の動きが聞けるのではないか。

そこで、秀吉追悼の似せ絵をもって訪ねたのである。

しかし北政所から時局にかかわる話は、ついぞ聞き出せなかった。久兵衛の意図を悟って、煙に巻いたのだろう。もう大名衆の争いには関わりあわぬつもりらしい。わざわざ似せ絵を描かせたのに、無駄足だった。

別の手を考えねば、と思いつつ、久兵衛は伏見の自邸にもどった。

大名として生き残りをかけた戦いは、すでに始まっているのだ。五十二歳という年齢からして、おそらく人生最後の大勝負となるだろう。対応を誤れば、これまでに築きあげてきた地位も、得てきた領地もすべて失う。いや、命さえも奪われるだろう。

負けるわけにはいかなかった。

二

慶長五年七月。

久兵衛とその手勢は、暑熱の奥州街道を北へと向かっていた。

「朝鮮行きがなくなったと思ったら、今度は奥州か。遠いところばかりやで、草鞋《わらじ》ばかりか馬の脚まですり減りそうやな」

馬にゆられつつ、佐吉が愚痴をこぼす。

「ま、朝鮮へ行くよりいい。ひどいところだったそうな。いくさの前に、病と寒さと飢えで兵がばたばた倒れたと聞くぞ」

横で馬を歩ませる三郎右衛門が応じる。

「領地が九州でなくてよかったな。九州の大名衆は、みな朝鮮でひどい目に遭《お》うておるわ。もっとも、こたびの会津《あいづ》もむずかしそうやが」

ふたりの後方にいた久兵衛が言う。

「いくさは久しぶりやし。小田原攻め以来やで、十年ぶりか。腕が鳴るわい」

「兄者はまた、むやみに突っ込んでいかんでくれよ。いまはもう三百石の馬乗り侍やない。十万石の大名やでな」

「ああ、わかっておる」

三郎右衛門が、久兵衛に轡《くつわ》をならべる小十郎にむかって言う。

「小十郎よ、兄者をしっかり見ておいてくれよ。いくさが真っ盛りになると、たった一騎でも敵陣に突っ込んで行きかねんからな」

「なんの、その時は馬から引きずり下ろすまでのこと」

と小十郎がまじめな声で答えたので、佐吉と三郎右衛門は大声をあげて笑った。

「なにが。もうそんな歳ではないわ」

久兵衛はおもしろくない。

敵陣に一騎駆けしたのは、したがう家来が数名のときだ。いま引率する家来衆は、足軽小者を含めれば三千にものぼる。久兵衛たちの前後に長い列をつくって、奥州街道を行軍している。一騎駆けなどできるものか。

「そうは言うが兄者、出陣が決まったときから、ずいぶん楽しそうにしておるで」

「そうそう。朝から晩までにやにやしておる。関白どの成敗の騒ぎがあったときとは、えらいちがいや」

ふたりが声をそろえて指摘する。そんな風に見られていたのかと、久兵衛は憮然とした。

とはいえ久しぶりの出陣に、気分が高揚しているのはたしかだ。若いころについた性癖は、この歳になっても変わらないと見える。

「ま、大将がうしろでふんぞり返っておっては勝てんからな。勝つためには一騎駆けでも何でもするが、わしがせんでもよいようにするのが、わぬしらの役目やで」

久兵衛はそう言って話を終わらせた。

石田三成が佐和山に蟄居して以来、世の中は徳川家康を中心に動いている。早くも秀吉の遺訓は軽んじられ、家康はあちこちの大名との嫁取り婿取りで親族をつくって勢力をひろげる一方、大坂城から前田家を立ち退かせて自分が西の丸にはいるなど、やりたい放題だった。あげくには五大老の一家、上杉家に謀反の兆しありとし、弁明を要求した。そして上杉家が従わないと見るや征伐を宣言し、諸大名に向かって出陣を命じたのである。

上杉家という一大名を、天下の大名衆がこぞって攻めるのだから、負けるはずがない。勝てば上杉家の領地百二十万石を、参戦した大名衆が分け取りすることになる。つまり出陣すれば間違いなく領地はふえるのだ。

徳川家が主導しているというところに、豊臣家恩顧《おんこ》の大名である久兵衛はいくらか危うさを感じたが、建前上は秀頼の指図で上杉家を討伐することになっている。となれば逆らうような話ではない。

久兵衛は勇んで出陣の仕度をし、ここまで手勢をすすめてきた。

宇都宮《うつのみや》で野営した日の夕刻、早馬がきた。総大将の家康からだ。

「明日軍議を開くので、わが本陣のある小山《おやま》へ出頭せよ」

という。おやと思った。大将のお召しとはいえ、まだ敵と会ってもいないこんな時に諸大名があつまる理由が見えない。

「なにか起きたのか」

三郎右衛門らに問い質したが、みな首をひねるばかりだ。久兵衛は舌打ちをした。役に立たぬやつらばかりだ。

とにかく小山へ向けて進発した。留守の指揮は三郎右衛門にまかせ、供は小十郎と辻勘兵衛ら十数名だけとする。

家康とは話したことがない。もちろん顔は知っているが、いつも遠くで見ているばかりで、近くに寄ったこともない。用がないだけでなく、どうも避けられているように感じることもある。

この会津征伐のために家康が江戸へもどろうとして東海道を下ったときも、久兵衛の城下の岡崎を避け、舟を使って海路を行ったようだった。それに気づいた小十郎が、家康を迎えにわざわざ領地内にある島へ出張り、もてなしたものである。

味方の大将に避けられてはたまらない。なんとか顔つなぎをしたいと思っていたが、かなわずにここまで来ていた。

小山に着いたのは夕刻だった。その夜は近くの農家に泊めてもらい、ともかく朝を待った。周囲には、おなじように呼びよせられた大名衆が泊まっている。

「われらが東へ向かったあいだに、どうやら上方で騒ぎが起きたようですな」

辻勘兵衛が告げる。むかし奉公していた家中の泊まり先をたずね、知り合いの武将に会って聞き込んできたという。

「石田治部少が、奉行のだれかと組んで謀反を起こしたとか」

「治部が？　あやつは蟄居していたはずやが」

「だからこそ謀反でござろ。大坂表《おもて》から内府さまに、治部少の謀反を討伐してくれと飛脚がきたとか。それで軍議でしょうな」

治部少三成の才槌頭が脳裏にうかんだ。家康に追い込まれていたが、仕返しに立ち上がったようだ。

「ははあ、治部めがしでかしおったか」

一種爽快な気分になった。心情としては味方してやりたい。だがはっきりとしたことがわからぬうちは、うかつには動けない。

「となると、上方へ引き返すのか」

「おそらくさような話になりましょう」

「それならわが大坂屋敷から飛脚がきてもいいのやが……」

大坂屋敷を宰領するのが静香では、そんな気働きは望むべくもないかと思い直した。お妙ならば別だが、お妙は岡崎の城にいる。

「わかった。今後も調べて教えてくれ」

勘兵衛に頼んだだけでなく、家臣をあちこちに出して聞き込みをさせた。おもな先は、秀次の宿《しゅく》老《ろう》として顔見知りの山内、堀尾、中村といった大名衆である。旧宿老衆はまた領地も近く、だいたい東海道に沿って三河から駿河あたりに城をもっている。

しかし、ほとんどの家臣が手ぶらで帰ってきた。何も教えてくれないという。

それを聞いて久兵衛はあることに気づき、慄然《りつぜん》とした。

久兵衛が治部少三成の謀反に呼応すると、疑われているのではないか。

なにしろ三成と久兵衛とは同郷であり、親しく付き合っていた。三成に味方すると思われても不思議ではない。

——おいおい、こちらには誘いさえ来ておらんぞ。

たしかに心情としては三成寄りだが、いまはまだ何もしていない。

疑われているとわかっても、大声を出して弁明するわけにもいかない。知らぬ顔でやりすごすしかなかった。

結局、勘兵衛の話のほかに役に立つ知識もなく、軍議にでることになった。

場所は、この土地の土豪の城跡とおぼしき一町四方ほどの、壕と土塁をそなえた屋敷だった。その中に、急ごしらえと見える板葺き屋根の仮御殿が建てられている。

久兵衛は小十郎をともなって、その広間にあがった。

すでに多くの大名衆がきていた。山内対馬守らに挨拶した。小十郎も、それぞれ近い歳ごろの者と挨拶をかわしている。

見渡せば、五十すぎの久兵衛より年上の者は少ない。

秀次の宿老仲間だった堀尾家は代替わりして、二十代の当主ひとりが出てきているし、中村家も式部少輔一氏の弟が出てきている。岡崎のとなりにある吉田城の池田家当主、三左衛門輝政《さんざえもんてるまさ》も、小牧長久手で討死した勝入斎のせがれで、まだ三十半ばだ。

よくぞここまで生き残ってきたものだと、久兵衛がおのれの身を顧みているうちに上座へ出てきたのは、井伊兵部《いいひょうぶ》、本多中務《ほんだなかつかさ》の徳川家重臣二名。そして坊主頭のふたり。見ていると坊主頭のうちひとりが、

「それがし、山岡道阿弥《やまおかどうあみ》と申す。これより内府さまよりのお言葉をお伝えいたす」

と切り出して居住まいをただすと、目を閉じて語りはじめた。

「本日、わざわざご参集願ったは他事《ほかごと》にあらず。昨日、上方より飛報がまいった。石田治部少、佐和山に蟄居のところ、近日大坂に赴き、大谷刑部《おおたにぎょうぶ》とともに諸大名を語らいあつめ、謀反を起こしたりとのこと」

一座がざわつく。久兵衛も、ほお、と嘆息をもらしていた。やはり勘兵衛の言ったとおりだった。

「治部少、昨年以来の恥辱をそそがんとて、異図《いと》をくわだて諸大名を引き込むと見えたり。さだめて会津の上杉も同意しておろう」

知らぬ者も多いらしく、ざわめきは大きくなる。道阿弥はつづけて言う。

「大坂の奉行衆ならびにお袋さま（淀殿）、さらには前田どのよりは、内府は軍勢を返して上洛し、治部少と刑部を成敗なされよとの懇望《こんもう》、しきりなり。ゆえにこのまま会津攻めをつづけるか、軍を上方に返すか、おのおの方の意見を徴したいと、内府が申す次第なり」

なるほど、筋はとおっている。

「この謀反、治部少めの手遣《てづか》いなのは明白。されどおのおの方の人質は大坂にあり。治部少に逆らえばその命ははかりがたく、人質を捨てて内府に味方せよとは言いがたし。ゆえにこの中で大坂に与《くみ》するお方があれば、早々に引き取りたまえ。内府が恨みを含むことはあり得ぬ。帰路を邪魔するようなこともせぬ」

一座がしんとなった。

すると誰かひとり、立ち上がって小声で断りを言い、退席していった。なかなか健気《けなげ》なものだと思ったが、名を聞いても憶えがない。どこか田舎の小名《しょうみょう》らしい。

あとは退席する者もない。

——ま、治部少と大谷刑部だけでは、あつめられる軍勢も知れておる。とても内府にはかなうまい。

じつにたやすい算勘である。家康の所領は二百万石を超える。治部少と大谷刑部では、合わせても五十万石に届かない。とても戦いにはならない。そういう結論になる。

「さて、おのおの方のご意見をうかがうべし」

迷っていると、前の方で立ち上がった者がいる。大柄な男は、福島左衛門大夫だ。尾張の清洲に城を持っていて、高は二十四万石。ゆらりと立って、

「それがしには、治部少に一味する筋目はござらん！」

と怒鳴った。

「……たとえ妻子が串刺しになろうとも、男の傷にはならず。ゆえに捨てでござる。内府どのは、すぐに軍勢を返したまえ。それがしは、ここにおりまする総領息子を内府どのに質物《しちもつ》に進呈いたすゆえ、これより上方への先手を仕るべし！」

と、自分の息子を押し出すようにする。

ほう、これは凄《すさ》まじいと思ったが、なにしろ福島左衛門大夫である。先年、三成を大坂から伏見まで追い回した七人のひとりだ。大酒飲みで激しやすい性格で有名だし、かなり三成に恨みを抱いているらしいから、発言が過激になるのも無理はない。

しかし、福島左衛門大夫といえば太閤子飼いの大名である。豊臣家への恩顧は人一倍あるはずだ。なのにためらいもなく家康の味方をするとは、おどろきだった。

だが、そのあとに左衛門大夫が言い出した言葉は、さらに凄かった。

「上方へ軍勢を遣わすには兵糧が要りましょう。それがし太閤さまよりいただいた所領と、代官として預かりおく地所の年貢を尾張に納め置いてござる。これを進呈つかまつる。三十万石ほどにはなりましょう」

これには満座がわいた。久兵衛も、なんと豪儀なとつぶやいていた。三十万石といえば十万の兵が三年は食える勘定だ。

福島についで黒田長政《くろだながまさ》も立ち上がり、おなじように「軍を返し、治部少を攻めるべし」と説いた。池田三左衛門も上方征伐を先にすべしと言う。

――いや、これは大きいぞ。

当初のおどろきから醒めると、久兵衛は焦りを感じた。福島でさえこれほどの熱意を示すのだから、この場で上方へ向かうのに反対する者は出ないだろう。とすれば、いまのうちに自分も賛成であると、表明しておいたほうがよいのではないか。

と思っているうちに、立ち上がった者がいる。樽のように肥えた体は、山内対馬守だ。あやつとも長い付き合いだが、あまり人前で目立つことをせぬやつだ、と思っていると、

「それがしは掛川の城を差しあげまする。上方への行軍の際に、存分に使ってくだされ」

と言ったから、久兵衛は声をのんだ。三十万石の米のつぎは城か。しかも山内が言うか。

これはもう、大勢は決したと言わざるを得ない。治部少成敗を否定する者は出てくる気配もない。みな上方へ軍を返すのを当然とし、その上で家康に取り入ろうとしている。

つまり、ここにいる者たちは、家康をつぎの天下人と見ているのだ。

「それがしも、城を差しあげまするぞ」

というのは、堀尾忠氏《ただうじ》。遠州浜松《はままつ》の城主で、久兵衛とともに秀次の宿老をつとめた堀尾茂助こと帯刀先生吉晴の息子だ。

いけない。ここで遅れてはならない。

「それがしも、岡崎と西尾の城を！　そしてこのせがれを人質に進上つかまつる」

久兵衛は立ち上がり、叫んでいた。

この日の軍議では、上方征伐を先にすると決した。大名衆は、上杉勢に備えて宇都宮に残る者たちのほかは、東海道と中山道《なかせんどう》を使って上方へ軍勢を返すことになった。

三

暦の上では秋だが、まだ日射しは強い。

馬上にある久兵衛は、日に焼かれ埃《ほこり》と汗にまみれて、ぐったりしながら東海道を西へと行軍していた。

久兵衛の前もうしろも、人馬が数珠《じゅず》つなぎになっている。なにしろ十万の軍勢がいっせいに西へ向かっているのだ。本道ばかりか脇道まで混雑していた。疲れたといって、気ままに休みをとるわけにもいかない。

その上、上方の情勢は日に日に変わっている。小田原から沼津、掛川と泊まりを重ねるにつれ、誰が裏切りそうだとか、すでにどこかの城が落ちたなど、物騒な話が耳にはいってくる。

「なんでこんな仕儀になるかのう」

久兵衛は、横に並んで馬を歩ませる小十郎にこぼす。

「進むも地獄、退くも地獄とはこのことよ」

「上方のこと、たしかに心配ですな」

小十郎は、落ち着いている。いったんは人質として江戸に預けられたが、どうしてもいくさに出たいと家康に嘆願し、認められて馬を与えられ、ここまで追いついてきたのだ。

久兵衛は、代わりに岡崎にいた四男の忠政《ただまさ》を人質として江戸に送らねばならなかった。忠政はびくびくしながら江戸へ発《た》った。

この交替があとになってふたりの運命を分けるのだが、このときは知る由もない。

これで大坂の静香、江戸の忠政と、二人が人質にとられたことになる。岡崎にいるお妙と次男、三男も、城を徳川方に明け渡しているのだから人質も同然である。

つまり小十郎以外、家族はすべて人質になったのだ。それも敵味方両方にとられている。多くの大名衆が久兵衛とおなじ状況とはいえ、ひどいありさまだった。愚痴も出ようというものだ。

小田原にて、ようやく大坂屋敷からの使者に会えた。

使者がもたらしたのは大坂の情勢報告と、「内府《だいふ》ちがひの条々《じょうじょう》」なる書状だった。一読した久兵衛は思わず、

「なんじゃこりゃあ！」

と声をあげてしまった。

前田家から人質をとったとか、伏見城を占拠したなど、家康の罪十三ヵ条を書き並べてその非を鳴らし、家康を討つべしと書いてあるではないか。

それも奉行衆の連名で出されているから、豊臣家の正式の意思表明と受けとれる。

この内容を信じると、三成はいまや謀反を起こした逆徒ではなくなり、反対に家康が豊臣家に弓を引く逆臣になったようである。

小山での軍議の際には、大坂の奉行衆やお袋さまから、三成征伐の依頼がきていたはずなのだが、それが数日のあいだに逆転していた。

当初は信じられなかったが、使者の話を聞くと事実のようだ。

「さては治部め、うまく立ち回りおったな」

どうやら大坂で、三成が奉行衆や大老衆の説得に成功したらしい。頭の切れは抜群なだけに、あやつならやりかねないと思う。

こうなったら、こちらはどう動いたらいいのか。さっそく小十郎と三郎右衛門、佐吉、それに宮川佐渡守らを呼びあつめて意見をもとめた。

「どうやら内府が逆臣となったようや。これでは内府を見限る者が出るぞ。このまま上方へ向かうと、われらも逆臣となる。さあ、どうする。それぞれの存分を述べてくれ」

と問いかけると、まず佐吉が口を開いた。

「逆臣ってのは聞こえが悪い。奉行衆がみな内府さまが悪人って言うんなら、そうなってしまうのやろ。こりゃあ、やめたほうがええと思うけど。いまから抜けられれんかな」

「そもそもこの会津征伐も、豊家《ほうけ》のお下知というので出陣が決まったもの。であれば、豊家の方針が変わったなら、それに従うのが筋でござろう」

宮川佐渡守も大坂方につくべきだと言う。

「そうは言っても、この軍列から抜けられるか。ここで治部少の側についたら、十万の軍勢から攻められるで。もう岡崎の城も明け渡してあるし、いまさら裏切れんぞ」

三郎右衛門は、苦々しい顔で反論する。重臣たちのあいだでも意見は割れている。

目で小十郎をうながす。小十郎は腕組みをとき、発言した。

「奉行衆の書状など、所詮、その時々の都合でいくらでも変わるもの。そんなものに振りまわされてはなりませぬ。たとえ奉行衆がなんと言おうとも、最後に勝つのはどちらか。その見極めが肝心でござる」

座の面々を見まわし、小十郎はつづけた。

「いくさに勝つ方につかねば、お家が危うくなりまする」

「ふむ。それでそなたはどちらが勝つと思う」

「内府さま」

小十郎が答えると、佐吉が首をふった。

「それは内府を買いかぶりすぎや。治部少方には内府とここに従う軍勢以外の、天下の軍勢がみな味方になると思わなあかん。上杉勢も、北から襲いかかってくるやろ。挟み撃ちにされては、内府に勝ち目はないで」

佐渡守がうなずく。三郎右衛門は首をかしげている。

「内府さまは、太閤さまにも負けなかったほどのいくさ上手じゃ。対して治部少など、大軍を指揮したことすらない。そこを考えれば、勝ち負けは明らかなはず」

小十郎も自説を曲げない。

こやつは内府の家中にも知り合いをもっておるしな、と久兵衛は腹の底で思う。

内府こと家康は、上杉討伐令を出して大坂から江戸に下る途中、四日市《よっかいち》から舟で三河へ渡った。久兵衛のいる岡崎を避けたようなのだ。どうも久兵衛自身は三成との仲がよいと見られて、家康に警戒されているらしい。

その舟を小十郎が自領の佐久島《さくしま》で待ち受け、乗っていた一行を歓待した。だからいま田中家の中では、小十郎が徳川家の取次役をつとめている。

小十郎も四十路《よそじ》に届こうという一人前の武将である。早く父親の懐から飛び出したいと思っているだろう。頼もしいが同時に危険でもある。勝手な動きをせぬよう、手綱をしめておかねばと思う。

その後も論議はつづいたが、意見は割れたままだ。

小十郎の言うとおり勝つ方につくべきだが、どちらが勝つかは誰にもわからない。悩んだ末に久兵衛は、

「やむをえん。しばらくはこのままゆく。だがいずれ潮目が変わる時もあろう。そのときまで、みな油断せずに聞き耳を立てておれ」

とひとまずの結論を出し、翌日からまた行軍を再開した。

そのうちに江戸に滞在している家康から、楢山本新五左衛門《ならやまもとしんござえもん》と名乗る使者がきた。上方情勢につき

池田三左衛門に言づてしてあるから相談してくれという。

少し進軍して池田家の居城、吉田《よしだ》城で三左衛門と会った。

「内府ちがひの条々」の件だった。

このような書状が出ているが、内府に味方する気は変わらないか、と確かめる口調から察すると、こちらが三成に味方しないかと疑われている気配である。

「むろん心変わりはいたしませぬ。このまま内府さまのお下知にしたがい、逆臣石田治部めを退治いたす所存」

と言ってやりすごしたが、やはり警戒されているとわかって、気分は重かった。

だが近江出身で三成と親しいとなれば疑うには十分だし、実際、どちらにつこうか迷っているのだから、疑うなという方が無理だ。

——そうとなれば、今後の振る舞いには気をつけねばな。

家康に忠誠を尽くす姿を、見せておく必要がありそうだ。

自陣へもどると、三郎右衛門らが心配して駆け寄ってくる。

「なに、思ったとおり『内府ちがひの条々』のことやった。これまでどおり内府に忠誠を尽くすと話しておいた」

と安心させておいて、夜、ひそかに小十郎を呼んだ。

「家来どもはともかく、そなたとは考えをおなじにしておきたいと思うてな」

と久兵衛は言う。小十郎は深くうなずく。

「どちらにつくか、まだまだ決められぬ。それまでは猫をかぶっておるしかあるまい」

久兵衛は小十郎に説く。

「内府も治部めも、互いに自分が正義だと声を大にし、相手を逆臣だの謀反人だのとののしっておるが、所詮は自分が天下を自在にしたい、という野心から動いておるだけよ」

このいくさに正義など、どこにもないのだ。

「ならばこちらも、どちらに味方しようが勝手やろうが」

心情としては昔からよく知る三成に味方したいのだが、同情心だけでこの命と十万石を賭けるわけにはいかない。

「なにしろ負ければ大名の座もこの首も失うでの。やっと築きあげた十万石の大名家を、他人の権力争いに巻き込まれて失ってなるものか。そうやろ」

やつらの目的が天下をとることなら、こちらの狙いは所領を保ち、さらに増やすことにある。

「まさにおおせの通りで」

小十郎も同意する。

「どんな手を使ってでも勝ち残ってやるわ。そなたも覚悟しておけ。ひとまず、勝ち負けをはっきり見定められるまで、内府、治部どちらの陣営にも本心は明かさずにゆく」

小十郎はこれにも納得したが、「しかし」と言い出した。

「布石は打っておかれたほうが、ようござりましょう」

「ん?」

「ひそかに治部どのに使者を出してはいかがで」

久兵衛は一瞬、小十郎を凝視した。その心底を見透かそうとしたが、見えるわけもない。

「考えておく」

そう言って、話し合いを打ち切った。

小十郎に言われずとも、三成には密書を出すつもりだった。自分はいま家康の指揮下にあるが、心は大坂方にある、機会を見てそちら側につくつもりだ、と伝えようと思う。いずれ三成から返事が来るだろう。

――さて、そのあとはどうするか。

どちらが勝ってもよいように、家康に忠誠を見せ、三成には恩を売る手を打っておきたい。そんな手があるか。

久兵衛は頭を巡らせた。

まず目につくのは、近くの友軍である。

十万の軍勢が我がちに西に向かっては混乱するばかりなので、いくつかの組に分かれて行軍している。久兵衛は、宮部長房《ながふさ》の組にいた。長房は、善祥坊の養子である。

善祥坊は還暦をすぎて隠居したあとも、秀吉の御伽衆《おとぎしゅう》として大坂城や伏見城に出仕していたが、昨年の春、秀吉のあとを追うように亡くなっていた。

後継者の長房は、十三万石の鳥取城主として会津征伐に参戦している。宮部家の家格は高いので、組頭として久兵衛の田中家と木下備中守《きのしたびっちゅうのかみ》、垣屋隠岐守《かきやおきのかみ》をひきいていた。ただ長房自身がまだ二十歳と若いため、実際の指揮は家中の老臣たちに頼っている。

久兵衛は三十半ばまで宮部家の家中にいたので、老臣たちはみな昔の朋輩《ほうばい》だった。正室静香の父、国友与左衛門も、宮部家中では家老格になっている。

老臣たちは、ときどき久兵衛の陣営にきては話をしてゆく。誰も彼も、上方の情勢を知りたがっていた。

そこが利用できそうだ。

久兵衛は宮部家に、さほどの恩義は感じていなかった。百姓や屋敷の小者をしていたときには痛めつけられたし、家中で出世したといっても、秀吉の引き立てがあってのことだった。さらに最後は、友田左近と比べられて捨てられたも同然である。恩義があっても、それは命を張ったはたらきですでに十分に報いている、と思っていた。

ある日、宮部家の老臣たちがきたとき、久兵衛は吹き込んだ。

「どうも、治部少の勢いは日に日に盛んになるばかりのようやな。上方一帯は大坂方が押さえておるし、それればかりか近江から伊勢、美濃まで押し出しておるというぞ」

これは本当である。家康の家臣が守っていた伏見城は、大坂方の軍勢によってすでに落とされていた。

「なにしろ毛利どのが総大将や。中国表の諸大名は、みな大坂方についておる。十万どころではない大軍や」

これも本当である。中国路で徳川方についているのは、因幡鹿野の亀井《かめい》家くらいなものだった。あとはみな強大な毛利家をおそれて、大坂方についている。

老臣たちはみな青ざめる。宮部家の所領は因幡にある。城と所領が城主が留守のあいだに毛利家に攻めとられてしまうのではないかと、心配になったのだろう。

「おお、心配やろな。ならば大坂方につくか。なんならそれがしが治部少に繋《つな》ぎをつけて進ぜるが」

久兵衛の言葉に老臣たちは色めきたち、顔を見合わせて甲論乙駁《こうろんおつばく》をはじめた。誰であれ、自分の所領が一番大事なのだ。

そのようすを、久兵衛は表情を殺して見ていた。

四

野州《やしゅう》小山を七月下旬に出立した軍勢は、江戸をへて東海道をのぼり、八月半ばに尾張に到着。清洲城に入った。

そこで家康の来着を待ったが、家康は一向に姿を見せない。さては家康は心変わりしたかと、大名衆は疑心暗鬼におちいった。

そんなところに家康の使者が到着し、

「内府は、おのおの方が敵に攻めかかるのを待っている。早く攻めたまえ」

と、遅れを釈明するどころか逆に大名衆の尻を叩いたので、大名衆は軍議の末に、総力をあげて美濃へ攻めのぼることになった。

このとき久兵衛は岡崎城での滞在が長引いて清洲城へ着くのが遅れ、諸大名衆の疑いを呼んでいた。

「田中家は大坂方に寝返った、などとうわさされておりましたぞ」

先に清洲城に着いていた佐吉は、渋い顔で告げたものだ。だが家康の使者とほぼ同時に久兵衛も清洲城に着いたので、そのうわさも自然に消えたようだった。

美濃へは、二手に分かれて進軍することとなった。このとき、

「そなたは福島どのにしたがえ」

と、久兵衛は小十郎に命じた。

「父子が一緒におっては、万が一のこともある。家のためには分かれたほうがよかろう」

三分の一ほどの軍勢をつけるから、別に行動せよというのだ。

「父上は」

と小十郎はさぐる目つきで問う。

「もしや、そのまま大坂方へお味方するつもりではござりますまいな」

久兵衛はぷっと噴き出した。やはり心配しているようだ。

「成り行きで、そうなるかもしれぬ。そのときは、そなたは内府に忠誠を尽くせ。さすればいずれが勝っても、田中の家はつづく。悪い策ではあるまい」

「父子で敵味方になるので」

「こんな時勢や。やむをえぬ。そうならぬことを願っておるが」

小十郎は首をかしげたが、やがてうなずき、

「承知いたしました。内府さまへ忠誠を尽くしまする」

と言って下がった。

久兵衛はひと息ついた。これでどちらが勝っても何とかなるだろう。

家を存続させるために、久兵衛は着々と手を打ってゆく。その一手として先日、宮部長房の家臣たちを焚きつけ、大坂方に寝返らせた。

そのため寄騎衆の木下備中守、垣屋隠岐守の両大名が、行軍の途中に逃亡していった。さらに宮部長房の家中も動揺し、軍列を抜ける将兵が続出する。若い長房は家中を抑えられず、寝返りの疑いをかけられて大名衆の監視下におかれた。

この子細を、久兵衛は家康に報告した上で、三成へもひそかに書状を遣わして知らせた。徳川方が勝ったときには内通を暴いた手柄になり、大坂方が勝った場合には、味方をふやすという功績をあげたことになる。

といっても三成へ書状を送るのには、苦心した。

これまで久兵衛は、忍びや草の者を使ったことがないし、家中にはそうした者もいない。田中家はいつも大軍の中で命じられた役目を果たしてきただけだったので、必要がなかったのだ。

だがこの混乱の中で密書を三成のいる大坂へ運ぶためには、忍びの心得が必要だ。武者でなく行商人や回国《かいこく》の修験者《しゅげんしゃ》などに化けないと、途中にあるはずの関所を通過できないだろう。だがそんな器用な者は配下にいない。

考え悩んだ末に、海を使うことにした。

領内の湊から船を仕立て、徳川方の息のかかった地域をとばし、大坂方の領域にある湊まで人と密書を運ぶ。伊勢あたりまでいけば大丈夫だろう。湊に着いたら、あとはひたすら大坂か伏見の田中屋敷を目指せばよい。

その手配をしていたため、岡崎で手間どっていたのだった。

屈強な馬廻り衆のひとりに三成への密書を託し、船の手はずをととのえてから、久兵衛は清洲へきた。

あとは自分が寝返るかどうかの判断だ。

いつ決断するのか。

——まだ先は長い。いずれそのときはくる。

いまや天下を二つに割っての戦いとなっている。また戦国の世にもどるかもしれない。そうでなくとも、この戦いは半年や一年はつづくだろう。どちらにつくか、いまは様子見が賢明だと思っている。

四日後。

久兵衛は美濃国に入り、河渡《ごうど》の渡しの手前に立っていた。

目の前を流れる川の幅は、狭いところで半町、広いところは幅一町近くあり、青い水がゆったりと流れている。河原には灌木が生い茂り、水際には一面に白いこぶし大の石が散らばる。

対岸も石河原だが低い堤があり、その向こうには錦秋《きんしゅう》織りなす林が見えている。

気がかりなのは、堤の上に見える敵勢である。背に白い自分指物をさした騎馬と、旗持ちと槍、弓などの足軽十名ほどが、こちらをじっと見ている。

「旗印からすると、治部少の家臣の舞兵庫《まいひょうご》と見受けられまする」

目を細めて対岸を見つめていた辻勘兵衛が言う。舞兵庫は以前、秀次に仕えていただけに、久兵衛もよく知っている。秀次が切腹したのち、三成が五千石で抱えたと聞いていた。

「あれが舞兵庫の手の者ならば、おそらく千を超す兵がうしろに控えておりましょう。その後方には、どれだけの軍勢があるか知れず」

この川を渡れば、敵勢とぶつかることになる。合戦の予感に、久兵衛の血が騒ぐ。

「一番に渡って、ひとつ派手な手柄を立ててやろうか」

「おお、そうなされ」

いまのところは、徳川方で手柄を立てておきたい。そうすれば徳川方が勝ったときは褒賞が期待できるし、なにより久兵衛が大坂方に通じているという疑いを消すことになる。

さいわい、友軍の黒田家の所領は九州、藤堂家は四国なので、このあたりの地理にうとく、川を渡ろうにも浅瀬がわからないようだ。村人たちも逃げ散っていて尋ねる人もいないので、さかんに兵を出して瀬踏みをしている。だが川筋は広い。どこが浅いのかは、すぐには探り当てられそうにない。

久兵衛は、秀次の宿老をつとめていたとき、このあたりを差配したこともあった。しかも岡崎と京のあいだを行き来するのに、ここは幾度も渡っているので、浅瀬を知っていた。

だが浅瀬の場所は、大雨が降れば変わることもある。憶えていた場所は見たところ、人が通った気配がない。草がぼうぼうに生えているばかりだから、おそらく変わっているのだろう。しかしいまから瀬踏みをしていては、ほかの大名に先を越されてしまう。

久兵衛は一計を案じた。

「ついてまいれ」

と近習ひとりをつれて、十町ほど北にある鏡島《かがしま》の乙津寺《おっしんじ》に馬を飛ばした。

途中、人気《ひとけ》のない川のほとりを通ると、不意に激しい水音がした。

すわ敵の襲撃かと馬の背に身を伏せて川のほうを見ると、川面に黒い頭がいくつか浮いている。

「やあ、カワウソやないか」

思わず苦笑いした。岸辺で休んでいたカワウソの一家を、蹄の音でおどろかせたようだ。川の中を自在に泳ぐその姿を見て、

「久しぶりに見るな」

とひとりごちた。

近江の百姓だった十六歳のころ、カワウソがナマズを食べる光景を見て、食われるナマズではなく、食うカワウソになろうと思い、侍になる決心をしたのだった。

——これはもしかすると、吉兆かもしれんな。

カワウソを見たことで人生が変わったのだから、今回のカワウソも久兵衛の人生を開いてくれるかもしれない。そう思うと明るい気分になってくる。道を急いだ。

乙津寺は鏡島弘法《かがしまこうぼう》とも梅寺《うめでら》とも呼ばれる名刹である。

「秀峰《しゅうほう》という和尚《お》っさんがいるはずや。呼んできてくれ」

秀次の宿老をしていたとき面倒を見た僧に、浅瀬のありかを尋ねようというのだ。

秀峰はすぐに出てきた。久兵衛は浅瀬の場所を問う。やはり一町ほど下流に変わっていた。秀峰はその場所を詳しく教えてくれた。

「ありがたい。これは礼や」

三枚もっていた黄金のうち一枚を与えると、風のように陣へもどった。その間、小半刻ばかり。教えてもらった浅瀬を、念のために足軽に瀬踏みさせると、深さは胸までしかないとわかった。これなら渡れる。

「よし、すぐに突っ込め！」

すでに昼を過ぎていたが、久兵衛の手勢は河渡川を一気に渡って舞兵庫の軍勢に襲いかかった。黒田、藤堂の軍勢も先を越されたのを悔しがりながら、久兵衛のあとから川を渡ってつづく。

辻勘兵衛が奇声をあげて、真っ先に敵勢の中へ斬り込んでゆく。宮川市左衛門《いちざえもん》という若者が一番首をもってきた。

手薄だった大坂方の軍勢を圧倒し、合戦は半刻ほどで終わった。

「よし、勝ち鬨をあげよ！」

まずはひとつ手柄を立てたのである。兵たちは力強く槍や刀を振りあげ、えいえいおうと叫び立てた。

敵兵を蹴散らした軍勢は大坂方の拠点、大垣《おおがき》城へと向かう。岐阜城を落とした軍勢もあつまり、大垣城より一里ほど東にある、赤坂《あかさか》という地に陣を築く。

総勢数万の兵が、大垣城の大坂方とにらみ合う形になった。

久兵衛は赤坂でも東方の磯部《いそべ》の森に陣を敷いた。が、ふと気がつくと、その近くに大名衆が寄ってこない。

やはり疑惑の目で見られているようだ。胃の腑がじんわりと熱くなる。

合戦が小休止となり多くの兵が手空きになったので、陣中にはうわさが渦巻いている。

「いやあ、呆れるばかりやな」

と三郎右衛門が言う。

「他家の知り合いに聞いたら、寝返りしそうな大名衆の名が、出るわ出るわ。ほとんど半分くらいは寝返りそうや」

大坂方では小早川《こばやかわ》、長宗我部。徳川方では山内、浅野など豊家に恩義の深い家が返り忠をなすのでは、とうわさになっているとか。

「どうせわれらも、寝返りすると見られておるのやろ」

久兵衛が言うと、三郎右衛門は首をかしげた。

「山内や浅野がうわさになるようでは、われらもうわさになっておろうな」

「やむを得ぬ。疑いは手柄を立てて晴らすしかなかろう」

と久兵衛は答えた。それは本心ではなかったが、いまのところはそう言うしかない。

——ここからは、もう小十郎にも三郎右衛門にも相談できぬ。

たとえひとりにでも寝返りの話をすれば、どこから漏れるかわかったものではない。すべての考えを胸の内に秘めて、自分ひとりで決断するしかない。

露見する恐れがあるので、すでに三成と書状のやりとりもしていない。どうやって連絡をつけるのかさえも、むずかしい。しかしここをうまく乗り切らなければ、所領どころか首まで失う。

久兵衛は額の汗をぬぐい、襲ってくる破滅の予感にじっと耐えた。

それから二十日近くのあいだ、大きな合戦はなかった。大坂方は大垣の城から出てこなかったし、徳川方も赤坂の陣から足軽が出ていって、大垣城の背後の村々に放火する程度だった。

三万の軍勢をひきいて家康が赤坂に到着したのは、九月十四日正午のことである。

家康の馬印をこれ見よがしに高所に掲げたのを認めたのか、大垣城から一手の軍勢が出てきた。鉄砲の撃ち合いから槍合わせとなったが、それも小競り合いに終わる。

夕刻、家康を上座において軍議が開かれた。

諸将は、まず目の前の大垣城を攻め落とせという者たちと、いや大垣城を無視して関ヶ原を抜けて西をめざし、三成の佐和山城を落としてから大坂へ向かうのがよい、と推す者たちのふたつに割れた。

議論は紛糾したが、最後は家康の裁定で、佐和山城を攻めてから大坂をめざすことになった。出立は明日未明である。

行軍順序を決める際、久兵衛は是非にとのぞんで一番備えの組にはいった。

「これも疑いを晴らすためよ」

と、軍議が散会したあと、自陣にもどって家臣たちに説明した。

兵たちは出立の仕度をしておいて、日暮れとともに寝《しん》につく。

その夜、丑の上刻（午前二時）。

未明の出立に備えて起きたばかりの久兵衛のところに、家康から使番の武者がきた。ただちに出陣せよ、との触れである。

「なにが起きた」

「大坂方の軍勢、ひそかに城を出て関ヶ原に向かってござる。全軍でそれを追うとの御諚《ごじょう》なり」

どうやら合戦がはじまるようだ。予定より一刻以上も早い。

「みなを起こせ。ただちに出立する」

いくさ慣れしている久兵衛はあわてない。周囲の者に命ずると、すぐさま手勢を行軍隊形にし、昨日決まったとおり、藤堂佐渡守の隊列のうしろについた。

まだ暗く、冷たい雨も降っている。久兵衛は雨に濡れながら、手勢とともに街道を西に向かう。

天下と久兵衛の人生の行方を決める合戦が、始まろうとしていた。

五

夜が明けても、五十間先が見通せない。

雨は小降りになってそろそろ止《や》む気配だが、関ヶ原一帯には白い霧が立ちこめている。

開戦が近いのは、双方の陣地で放つ鉄砲の音でわかる。足軽たちが興奮して、物頭の制止も聞かずに鉄砲を撃っているのだ。大きな合戦の前にはつきものの騒ぎである。

「敵勢は、どこや」

久兵衛の問いに、佐吉が応じる。

「さあて。西の山際に陣どっておるらしいが」

ときおり霧が薄れると敵勢の旗幟《きし》が見えるが、それもすぐに隠れてしまう。

暗くて小雨も降る中を行軍してきたが、関ヶ原に着いても、どこへ陣を敷けとの指図がない。自身の判断で布陣するしかなかった。

こんな合戦になるとは予想もしていなかったため、用心して街道から少し北へ外れたところに手勢をとどめている。

斥候に出した者がもどってきて、告げた。

「右前方には石田治部少の陣があり、左前方は宇喜多中納言の陣と見えまする。その右後方には、小《こ》西《にし》勢の旗も見えました」

久兵衛は少し考えていたが、

「よし、治部少と中納言の陣の真ん中あたりに向かえ」

と指示を出して軍勢をすすめ、その場所についたあと、伝令を出して物頭、組頭たちを呼びあつめた。

「よいか。他家がいくさを始めても、しばらくは手出しせずに見ておれ」

物頭たちは、おや、といった顔で沈黙した。久兵衛の真意をはかりかねている、といった体である。

久兵衛はつづけた。

「ここから西は、山がある。敵が陣を敷いたとすれば、山の上か裾野や。高いところに向かわねばならぬわれらは不利。攻めても攻めきれるものやない」

このあたりは京や近江との往来に何度も通っているので、地理は頭に入っている。霧で前が見えずとも、敵陣のようすは思い描ける。

「ゆえに、お味方の攻めはいずれつづかなくなる。そのときに逆襲されたら危ない。われらは力をためておくのや」

そのため前線であっても石田勢からも宇喜多勢からも遠い場所へと、手勢を導いたのだ。

物頭たちは不安げな顔のままうなずいた。

「兄者、それでいいのか」

物頭たちがいなくなったあとで、三郎右衛門が問いかける。

「攻めねば、ますます疑われるで」

「承知の上や」

久兵衛はみなまで言わせなかった。

「このいくさ、おそらく長引く。今日は決着がつかず、夕方には引くやろ。そしてお味方は少し後方に陣を築いて、大坂方とにらみ合いになる。小牧長久手の合戦のようにな」

あのいくさは、結局半年ばかりもかかった。

「先は長いぞ。用心せい。攻め疲れて不覚をとるな」

「それで、返り忠は……」

「だまれ！」

三郎右衛門を叱りつけ、久兵衛は口を閉ざした。

そののちしばらくは敵味方とも濃霧のために動けず、自陣にひかえていた。やがて陽が高くなるにつれて霧が薄れ、互いの姿が見えるようになってきた。

見回すと、ここは四方を低い山々に囲まれている上、雑木林があちこちにあって見通しが悪い。そして前方はもちろん、左右の山々にも敵が陣をかまえているようだ。

陣地としては最悪の場所である。

すぐ左手には福島左衛門大夫と藤堂佐渡守の軍勢が、右手には筒井伊賀守《いがのかみ》、加藤、細川の軍勢がいた。もっとも右端で敵陣に向かって突出しているのは、黒田勢のようだ。

正面の敵は小西摂津守《こにしせっつのかみ》勢だが、幸か不幸か両軍のあいだには池があるので、すぐには攻められないし、攻めてもこないだろう。

不意に左手のほうで、ひときわ激しい銃声がした。

明らかに統制のとれた発砲だった。

それに応じるように、少し遠くから一連の銃声がつづく。さらに雄叫びと地響きが加わった。

銃撃のあと、大軍が突進していったのだ。

「はじまったか」

三成に遺恨を抱く福島左衛門大夫が、まず目の前の敵にかみついたらしい。

その音が誘い出したように、右手でも銃声が高まった。見れば石田陣へ黒田、細川などの軍勢が攻めかかっている。

「まだまだ。われらは動かずともよい」

近習に床几を据えさせ、久兵衛はすわりこんだ。手を膝にあてたまま、動かない。

半刻、一刻と時がたつにつれ、銃声や矢声、雄叫びが激しくなってゆく。ときおり右手の石田勢が陣地から突出し、黒田勢を突き崩す。左手の宇喜多勢も、福島勢と押しつ押されつの戦いをしている。

だが、どちらも久兵衛の手勢に向かう余裕はなさそうだ。前面の小西勢も自陣から出てこず、こちらに向かってくる気配はない。

戦場の真ん中にいながら久兵衛の手勢は戦わず、無傷のままでいた。

そうして開戦から二刻近くすぎたが、敵味方とも陣は崩れておらず、どちらが優勢とも見極めがたい。互角の勝負がつづいていた。

久兵衛は空を見上げた。

灰色の雲が低く垂れ込めており、また雨が降りそうだ。

――雨が降り出したら……。

兵たちの疲労は倍加するだろう。それでなくとも、早朝から雨の中を行軍してきた上、激しく戦っているのだ。

「物頭、組頭どもに伝えよ」

久兵衛は、床几に腰掛けたまま使番衆をあつめると、命じた。

「そろそろ敵味方ともに疲れが出るころや。油断せず動きを見張っておれ、とな」

あつまった使番衆は、陣の四方に散っていった。久兵衛はあらためて三郎右衛門と佐吉、宮川佐渡守を呼んだ。

「勝負はまだまだ先やろが、どちらへ味方するにせよ、わしの下知にしたがえ。いいな」

「ほう。返り忠も、あるってことやな」

三郎右衛門の問いに、久兵衛はうなずいた。

「ある」

「よかった。わしはどうも徳川の家風は好きになれん。近江者のほうが性に合うとる」

「まだわからんぞ。とにかく勝つほうへつく。それ以外、考えておらん」

三郎右衛門はその場に残り、宮川佐渡守らは持ち場へ散った。

「さあ、どちらへ味方するか」

三千の手勢といえど、前線の真ん中にいる上、兵も疲れていない。新たに戦いに加われば、戦況を大きく動かす力になるのはまちがいない。そんなことを思いながらじっと前を見つめると、突然、三郎右衛門が叫んだ。

「兄者、あれ、崩れておるぞ!」

「ああ? ほお……」

意外だった。大坂方右翼の宇喜多勢が、わらわらと崩れはじめたではないか。

福島勢と互角に戦っていたはずなのに、陣地から前へ出ていた宇喜多の兵は見えなくなり、山裾の陣にまで福島勢が乗り込んできた。そしてそこに見えるのは、白地に二本の鎌をぶっちがいに描いた旗だ。

「あれは小早川家の旗や。小早川中納言が裏切ったのか」

久兵衛のつぶやきに、三郎右衛門が応ずる。

「そういえば赤坂の陣中で飛んでいたうわさの中に、小早川家が裏切るというのがあったわ。あれ、ただのうわさではなかったのやな」

宇喜多家の不運だと思う。正面の敵と戦っている最中に、味方だったはずの軍勢が横合いから攻めかかってきたのでは、持ちこたえられるはずがない。

宇喜多勢が崩れると、敗兵が横に陣を敷いていた小西勢に押し出され、その勢いで小西勢も崩れはじめた。久兵衛はうなった。

「これは勝負あったか」

全軍で互角に戦っていただけに、大坂方に立て直す余力があるとは思えない。一角が崩れるともはや止められず、このまま全体が崩れてしまうだろう。

「なんとまあ、思いもかけぬことが起こるものやな」

三郎右衛門がおどろいている。久兵衛も呆れて見ていた。長引くと思っていたのに、あっさりと勝敗が決まりそうになっている。

「内府と治部とでは、腕前がちがったか」

久兵衛は思わず舌打ちした。小牧長久手の合戦では、家康と秀吉といういくさ上手同士の戦いだったから、どちらも大崩れせずに長引いたのだ。今回は家康と三成のあいだに力量の差があったというしかない。

「兄者、すると……」

三郎右衛門が険しい顔で久兵衛を見る。勝つ方につくのなら、いまから急いで大坂方を攻めなければならない。

「ああ、わかっておる」

返事をしつつも、久兵衛はためらった。ここで兵を動かせば、自分が大坂方にとどめを刺すことになる。

石田治部少輔三成の顔が目の前に浮かぶ。三成を勝たせたかったという思いが、いまになって痛いほどの勢いで湧きあがってきた。あれは悪い男ではない。少なくとも自分にはよくしてくれた。秀次の騒動のときに救ってくれた恩義もある。

これから三千の手兵を福島勢に突っ込ませようか、と考えた。

横合いから襲いかかれば福島勢は混乱する。あるいは逆転のきっかけになるかもしれない。少なくとも三成の助けにはなる。あやつの喜ぶ顔が目に浮かぶ。

――さあ、どうする。

胸の内は熱くなり、千々に乱れている。これほど迷ったことは、久しくなかった。

しかし熱は徐々に冷めてゆく。同情していたら自分も負ける。首を討たれて家はつぶれ、家族も家来もみじめな目にあう。迷うな。醒めた頭はそう命ずる。

それでも一度熱くなった感情を殺すには、ひとつ大きく息を吐くだけでは足りず、しばし瞑目《めいもく》する必要があった。

久兵衛は目を閉じて動きを止めた。

周囲では銃声と喊声がますます激しくなっている。左右だけでなく、前後にも兵が走り回る気配が迫ってくる。

「兄者、早くせんと……」

三郎右衛門の心配そうな声に目を開くと、久兵衛は大声で下知した。

「者ども、前へ。めざすは石田治部めの陣や。かかれ、かかれ！」

六

合戦が終わったあと、申刻《さるのこく》ごろからまた雨が降りはじめた。

大坂方は数万の兵がいたはずなのに、いまこの関ヶ原に残っているのは、首のない数千の死体ばかりだった。その死体の上に、まるで天が涙するように雨が降りそそいでいる。

——もし昔のよしみで大坂方に味方していたらと思うと、ぞっとするわ。

久兵衛は、戦場となった野のやや東側に据えられた家康本陣にいた。

本陣といっても、野原に陣幕をめぐらせただけの簡素なものだが、ここにきているのは久兵衛ばかりではない。多くの大名衆が家康にひと言でも声をかけてもらおうと、詰めかけている。

冷たい雨が降っているが、蓑笠《みのがさ》をつけている者はひとりもいない。いまや事実上の天下人となった男の本陣なので、失礼にならぬようにと気を遣っているのだ。

久兵衛も甲冑姿のまま、雨に打たれて呼び出されるのを待っている。

迷いに迷ったものの、まずは勝った側につき、生き残った。ここまではいい。道を間違わなかった。

しかし今後のことを思うと、焦りと戦《おのの》きで腸《はらわた》が焼け爛《ただ》れそうだ。

聞いたところでは、最初に小早川勢によって切り崩されたのは、大坂方の最右翼にあった大谷刑部の陣だという。そののち横合いから攻められて宇喜多、小西と崩れてゆき、最後に石田治部少の陣が崩壊したのだった。

久兵衛も石田陣を攻めたが、それは合戦の帰趨《きすう》が見えてからである。朝からずっと日和見《ひよりみ》していた久兵衛の動きは、家康から出された目付が見ていて、すでに報告があがっているのだろう。そのせいか、徳川家の旗本たちのあつかいが冷たい。

前々から疑われていただけに、家康の前に出たときに、ずっと返り忠を企てていたため日和見していたのだろう、と詰め寄られると返答に困る。下手な答をしたら、首が飛ぶかもしれない。

せっかくここまで生き残ったのに、最後の詰めでしくじっては元も子もない。ここはどうしても切り抜けねばならなかった。

——小十郎は、うまくやっているか。

頼みの綱は、徳川家に顔が利く小十郎だった。いま小十郎は徳川家の重臣に挨拶に行って、田中家を救ってくれと頼んでいる。しかしいまのところ目立った動きはない。

このままではいけない。なにか追及を逃れる手はないか、と考えていた。

どれほど窮地に陥っても、打つ手がないということはない。ただ困難な場面になればなるほど、打つ手が少なくなり、またむずかしくなる。

じつは、ひとつ奥の手がある。

が、使うのは気がすすまない。みずからを汚泥の沼に突き落とすような手だからだ。

だが他にいい手は思いつかない。

さあ、どうする。

大名として生き残るか、それともみずからのこだわりに殉じて家族と家臣ごと奈落に落ちるか。

もはや迷っている場合ではなかったが、それでも決断がつかない。

さんざん待たされたあげく、薄暗くなったころに陣幕の中へ招き入れられた。

金扇《きんせん》を斜めにつけた大きな馬印が立てられ、「厭離穢土欣求浄土《おんりえどごんぐじょうど》」と大書された幟がはためくその下に、十数名の武将が馬蹄状《ばていじょう》に腰掛けている。

久兵衛はまだ悩んでいた。だが遅滞はゆるされない。武将たちの中央、床几にすわった家康の前にすすみ、平伏した。

「こたびはご戦勝、まことにめでたく、お祝い申しあげまする」

思い切って大きな声で告げると、

「そなたも粉骨《ふんこつ》、大儀」

ぼそぼそとした声が返ってきた。歓迎されているとは思えない声だ。

その声を聞いた途端、迷いは吹き飛んだ。徳川家の疑念は強いようだ。ここでためらってはいられない。

「お願いがござります！」

戦場での鈍い動きをとがめられる前に、先手を打って久兵衛は声を張りあげた。

「なにとぞそれがしに、石田治部めを捕まえるよう、お命じくだされ」

石田陣は崩壊し、多くの名のある武者が討ちとられたが、首実検をしても三成の首はなかった。三成はまだ生きているのだ。

敵の首魁《しゅかい》を捕まえなければ、この合戦は終わらない。それをやらせてくれ、と申し出たのだ。これが久兵衛の奥の手だった。

しばし沈黙があった。久兵衛は気にせずつづけた。

「それがし、治部をよく知っておりまする。その上、この近くを知行していたこともあり、村の主だった者たちとも知り合いゆえ、治部を探し出すにはふさわしいかと存じまする」

「探すもなにも、これから佐和山の城を攻めるというのに」

横にすわる側近の中から、嘲笑するような声があがった。

「治部は、佐和山の城にはおらぬでしょう」

久兵衛は穏やかに反論した。

「これだけの軍勢で攻められれば、城がもたぬのははっきりしておりまする。治部めはそれを見越し、城を捨てて逃げたと勘考いたしまする」

一瞬、座が静まったが、すぐに話し声でざわついた。そうした考えは、ここに居並ぶ武将たちにはなかったようだ。

久兵衛はしばらくぬかるみに膝をついたまま、肝の冷える時が過ぎてゆくのに耐えた。

「とにかく、明日は佐和山城を落とすでの」

家康の声が響く。

「そなたには案内役とともに、先陣をまかせよう。一日で落とせ」

「は。ありがたき仕合わせ」

久兵衛は頭を下げた。

「また治部少が城におらぬと申すなら、その探索もやってもらおう。ああ、探すのなら、治部少だけでのうて宇喜多と島津も頼むぞ。なるべくなら生け捕りにせよ。あいわかったか」

「肝に銘じて」

「されば、すぐにここを去《い》んで励め」

待っていた言葉だった。久兵衛は額をぬかるみにつく寸前まで下げ、大声をあげた。

「ありがたきお言葉。この田中兵部、きっと佐和山の城を落とし、治部めを探し出してご覧に入れまする」

命をつないだ瞬間だった。

その上、手柄をたてる機会まで勝ちとったのだ。地獄へ落ちる寸前に、極楽への道を見つけたようなものだ。

となれば長居は無用である。さっさと本陣を出た。

自陣へもどると、三郎右衛門たちが駆け寄ってきて「どうでござった」と首尾を問う。

みな心配そうな顔をしている。

久兵衛は思い切り笑顔をつくって言った。

「案ずるな。内府さまはな、咎めの言葉ひとつ発せず、早く治部めを捕まえろとお命じになったぞ！」

おお、とみながどよめく。よかった、助かった、と口々に言い、肩を抱き合う者もいれば、安堵の顔ですわり込む者もいる。

久兵衛はまた声を張りあげた。

「まあ聞け。それゆえこれから治部めを……」

とまで言ったが、途端に新たな難題に気づき、言葉を失った。

――いかん。治部が生きたまま捕まってしまうと……。

ひどくまずいことになる。

一難去ったと思ったら、また一難だ。

「兄者、どうした」

三郎右衛門の声に、立ち尽くしていた久兵衛はわれに返った。そして叫んだ。

「ええい、まだいくさは終わっておらんぞ。すぐに軍勢を西へすすめよ！　まずは佐和山城を落とすぞ。一番乗りや！」

命じられた家来どもは面食らいながらも、軍勢を移動させるために各自の持ち場へ走っていった。

七

四日後、久兵衛の姿は東近江の井口《いのくち》村にあった。

「すべての村をたずねさせよ。書状を渡すだけでは足りぬ。少しは村の中も捜してみせよ。いいな」

物頭だけでなく、その下の足軽たちまであつめ、久兵衛自身が説き聞かせた。手勢をこぞって、行方知れずとなっている石田治部少を捜させようというのである。

関ヶ原で大坂方を打ち負かした翌日、久兵衛は佐和山城の手前まで軍勢を動かし、翌々日から攻めはじめた。

久兵衛だけでなく、小早川勢ら多くの大名衆がいっしょに佐和山城を攻めたが、そのほとんどが関ヶ原の合戦がはじまったあとで大坂方を裏切り、徳川方についた大名たちだった。黒田、細川、福島など、関ヶ原で徳川方の主軸となって戦った大名衆は、高みの見物を決め込んでいる。これでは、

「おまえたちが本当に徳川方に味方するというなら、忠誠を示すために佐和山城を攻め落としてみせよ」

という意図としか思えない。その中に加えられているということは、久兵衛もまた家康に疑惑をも

たれているのだ。

久兵衛は必死で佐和山城を攻めた。

城は二日で落ちたが、案の定、城中に三成はいなかった。

家康は三成を捜し出すよう、天下に触れを出した。近江だけでなく、越前、丹波まで探索の手を広げようとしている。

佐和山城にいなかったのなら、三成は関ヶ原から西へは向かわなかったと見られる。また三成の陣地の南と東には徳川勢がいたので、その方角に逃げるのは無理だ。とすれば北へ向かうしかない。

北といっても美濃国の中では、山にさえぎられて歩きにくい。北西に流れて東近江から北近江へ向かうのではないか。しかもさほど遠くへは行っていないと久兵衛は見ていた。

「北へ向かって丹波や越前に行ったとて、かくまってくれる者もおらんやろ。おそらく上杉家の会津へ逃げるつもりやろうが、道が遠すぎる。ほとぼりが冷めるまで、勝手を知った近江に潜んでおるにちがいないわ」

久兵衛は東近江の村々へ人を遣わし、三成を見つけた者には褒賞を出すとの触れ状をまわした。この触れが徹底すれば、三成は逃げ場所を失い、出頭するしかなくなるだろう。

「なんとしても、われらの手で捕まえるぞ。捕まえた者には、ほしいままに褒賞を与える。すぐにかかれ」

物頭たちは、足早に散っていった。

久兵衛は、ほう、と大きく息をついた。動悸《どうき》がして、胃の腑が重く頭も痛い。昨夜からろくに寝ていないのがこたえている。

「ずいぶんと、ご心労ですな」

と言うのは、新兵衛である。なにやら愛想笑いを浮かべている。こんなときに慰めを言うのが自分の役目と心得ているようだ。それが面憎《つらにく》く思えて、

「いくさ場におるのや。普段とちがうのは、当たり前やろがあっ！」

と、つい怒鳴りつけてしまった。新兵衛は目を剝き、さっと消えた。

「えい、うたていやつめ」

危機といえば、これほどの危機はかつてなかった。

家康は、三成を生きたまま捕らえようとしている。捕らえれば、おそらくどの大名が三成と内通していたのか、吐かせようとするだろう。

三成が吐けば、久兵衛が内通していたことが明白になってしまう。証拠となる書状も三成の手にある。家康がそれを知れば田中家は終わりだ。領地は没収、この身は切腹となるだろう。

破局を防ぐ方法はただひとつ。三成の口を永遠に封じてしまうしかない。それにはまず、この手で三成を捕まえねばならない。

一日じゅう吉報を待っていたが、あやしげな者がいたという報告はあったものの、三成捕縛の一報はなかった。

「油断するな。すべての村に足軽どもを出せ。村の役人どもに尋ねるのはもちろん、空き家や林の中も捜せ」

暗くなってからも兵たちをはたらかせた。事情がわかっている三郎右衛門や宮川佐渡守らも、休まずにあちこちの村へ出向いては、兵たちを探索にあたらせている。

翌日も、三成を見たという思わせぶりな報告が寄せられてくる。しかし兵を行かせてみると、話がちがって空手で帰ってくるありさまだった。

「もはや近江にはいないのではありませぬか」

と宮川佐渡守が言う。目が血走り、その下に黒い隈ができている。

「関ヶ原で負けてからはや五日。寄り道せずに逃げておれば、一日に十里としても五十里。越前を抜けて越中、越後《えちご》まで行っていたとしても不思議ではありませぬ」

三成の行方も生死もわからないまま日数だけがすぎてゆく、という事態は困る。そんなことになったら、いつまでたっても安心して眠ることができない。

「とにかく捜せ。まだ近江にいるはずや」

久兵衛は兵たちの尻をたたきつづけた。自身は井口村に腰を据え、いらいらしながら報告を聞き、指示を出す。

地獄の釜の縁に立っているような時がすぎてゆく。

待ちに待った一報がきたのは、関ヶ原の合戦から六日たった日の朝だった。

「治部少らしき者が、古橋《ふるはし》村にいるとの届けがありました。いま兵が向かっております」

意気込む物頭の話によると、三成は土地の百姓にかくまわれていたが、隣近所の者にあやしまれて密告されたという。今度こそまちがいないとも。

久兵衛は「でかした！」と叫んだ。

「捕らえたら、すぐにこちらへ送れ。本物かどうか、わしが検分する」

古橋村といえば近江の伊香郡にあり、三成の旧領である。いまも近江にいるはず、との見通しはあたっていたのだ。まだわが武運はつづいている、と思う。

「それにしても、あやつも堕《お》ちたものや」

武者は負けたら終わりだ、とつくづく思う。汚いといわれようが卑怯未練といわれようが、勝つ方につくことこそが肝心要《かんじんかなめ》なのである。その意味で、自分は武者として正しい道を選んできたのだと得心した。

心にゆとりができたのか、三成が少し憐れに思えてきた。

「いいか。治部が来たらねんごろにもてなせ。手荒なあつかいをしてはならぬ」

と家来たちに命じた。どうせあと二、三日の命だ。少しはいい気分にさせてやろうではないか。

三成は、後ろ手に縛られた上で輿に乗せられ、井口村の久兵衛の許へ運ばれてきた。

「おお、たしかに治部どのや」

才槌頭をひと目見ただけで、三成だとわかった。

具足も鎧直垂《よろいひたたれ》もなく、百姓のものらしい麻のくたびれた小袖にぼろぼろの袴をつけ、その顔は青ざめていた。

まず家来衆に縄を解かせた。その上で、

「ようござった」

と久兵衛は、まるで三成が物見遊山にでもきたような調子で声をかけた。

「ささ、むさ苦しいところやが、遠慮のう上がられい」

と宿所にしている寺の、庫裏《くり》に入るよううながした。

「おう、田兵も元気そうでなにより」

三成は弱々しい笑顔を見せる。内心ではびくびくしているだろうに、剛毅《ごうき》なところを見せたいようだ。人生最後の芝居に、少しは付き合ってやろうと思う。

「着る物もそれではなるまい。こちらで着替えなされ」

庫裏のもっとも奥まった部屋に落ち着くと、絹物の着替えを差し出した。

「かたじけない。では遠慮なく」

三成は軽く頭を下げた。

「腹は減っておらぬか。欲しいものがあれば申されよ」

「いや、けっこう。腹を壊しておるのでな。食い物より、ちと横になりたいが」

顔色が悪いだけでなく、目にも力がない。たしかに疲れていると見える。ますます憐れに思えてきた。

「されば、この部屋で休まれよ」

これでは尋問もできそうにない。しばらくひとりにしておくことにした。もちろん見張りは厳重にする。また大津にいる家康へ、石田治部少捕縛を知らせる使者を出すのも忘れない。

三成はそのまま眠ってしまったので、薬と夕餉の膳を出して、ひと晩ほうっておいた。

翌朝たずねると、薬も食事も口にしていないという。本当に食べられないのか、警戒を解いていないのか、わからない。

陽が高くなってから、久兵衛みずから庫裏に出向き、体調をたずねた。三成は、

「腹を壊していてな、何も食べられぬ」

と素っ気ない声で言う。あくまで強情を張るつもりのようだ。

「さようか。されば無理にはすすめぬが」

久兵衛はしばし無言でいたが、やがて正面から三成を見据えて言った。

「それにしてもこたびは数万の軍兵をひきいての合戦、まことにゆゆしき智謀と申せよう。弓矢の勝ち負けは天運ゆえ、人智はおよびがたい。負けたとて恥じることではござらん」

それは本心である。大きな合戦を経験せず、後方で検地や兵糧輸送の仕事ばかりしていた文官の三

成が、数万の兵を駆りあつめ、あの百戦錬磨の家康と互角に戦ったのだから、あっぱれと言うしかない。

すると三成は頬をゆるめた。

「秀頼さまの御為《おんため》に害をのぞき、太閤の恩に報い奉らんとしたが、武運尽きてかような姿になっておる。しかし恥じても悔やんでもおらんぞ。それどころか、いまもどうしたら盛り返せるか、考えておるわ」

「はは、わしが捕まえた以上、それは無理や。悪いが逃がすわけにはいかんのでな」

「そなたの立場はわかる。しかしな、最後の最後まで勝ちをあきらめぬのが、将たる者の道じゃ。それゆえ、わしはこの首をはねられる寸前まであきらめぬ。そなたも心得ておいてくれ」

そう言い切る三成は、穏やかな表情をしている。疲れてはいても、怯えたり焦ったりはしていないようだ。

これほど肝の据わった男だったか、と久兵衛はとまどいを覚えた。

たしかに切れ者だったが、それ以上に、秀吉の周囲でうまく立ち回るお調子者、という見方をしていたのだ。三成の別の面を見た気がした。いや、久兵衛が知らなかっただけで、以前からこうした男だったのかもしれない。考えてみれば、あの秀吉に重用されたのである。肝が据わっていなければ重用されるどころか、仕えつづけられもしなかっただろう。

しばらく関ヶ原合戦の話をした。

「あの布陣は見事でござった。われらは攻めあぐねて、一時はもう負けたかと思うたわ」

三成の戦略を褒めつつ、誰と誰が内通していたのか、誰が裏切ったのかを聞きだそうとしたが、三成は、

「小早川だけは許せぬ」

と言うばかりで、内通者を問うても、

「ま、いろいろあってな」

と言葉を濁して答えない。内通者の名を聞き出せれば、それだけで手柄になると思っていたのだが、むずかしいようだ。話をつづけるうちに三成のほうから、

「腹下しには韮粥《にらがゆ》がよいと聞く。作ってくれぬか」

と言いだした。久兵衛を信用したらしい。

さっそく作らせた熱い韮粥を碗に盛ってすすめると、三成はしばらく無言で碗をにらんでいたが、やがて箸をとって食べはじめた。そして一気に食べ終わると、

「やっと人心地《ひとごこち》がついたわ」

と、ぼそりとつぶやいた。なぜか久兵衛もほっとした。

「それはよかった」

「ああ、恩に着る」

「なあに、礼にはおよばぬ」

いい感じになったと思っていると、三成は目をあげ、久兵衛に微笑みかけて言った。

「それと、心配するな。そなたが内通していたことは、決して口外せぬ。わしに味方しようとしたのじゃから、感謝しこそすれ、恨むことではないからな。それでもわしを殺そうとするなら、もはや何も言わぬが」

久兵衛は思わず息を呑んだ。

図星をさされたおどろきと同時に、さらりと感謝と言ってのけたさわやかな態度に気圧《けお》されて、と

っさに言葉が出ない。

しかも、殺すつもりのこちらの意図をわかっていて、こうも落ち着いていられるものか。

「韮粥の礼というのも変だが、わしの刀をやる。太閤から賜った貞宗《さだむね》よ。足軽に取りあげられていまはないが、そなたが足軽からとればよい」

と言う三成は、満ち足りた表情をしている。

三成という人間が、ますますわからなくなった。そして自分が卑小に思えてしまい、もはや尋問などできなかった。殺す気も失《う》せてしまった。

翌日、家康から三成を連れてこいとの指示があった。体調がもどるまでもう一日養生させてから、久兵衛自身が大津へつれていき、家康に会わせた。

家康と三成がどんな話をしたのか、久兵衛は知らない。

三成はそののち大坂と堺《さかい》、そして京の町中を引き回され、おなじように捕まった小西行長《ゆきなが》、安国寺恵瓊《あんこくじえけい》とともに六条河原《ろくじようがわら》で首をはねられた。

秀吉の死からはじまった天下の混乱は、ここに終わったのである。

家康からは三成捕縛を賞する感状が出た。そして三成が内通者を明かしたという話は、どこからも聞こえてこなかった。

——やれやれ。ともあれ、生き残った。

安堵したが、一方で三成のあの態度が、しこりのようになって心に残った。生き残るばかりが武者の道ではない、と諭《さと》されたようで、気になって仕方がない。

だがそんな久兵衛の胸の内も知らずに、

「さあて、加増やいかに」

と三郎右衛門ら家来たちは大はしゃぎだ。

「なにしろ敵の大将を生け捕りにする大手柄を立てたのや」

「おお。それに天下をふたつに割っての戦いや。大名の半分が没落したのやから、勝ったわれらは領地が二倍になってもおかしくないわな」

などと言う。たしかにそんな算用が成り立つから、久兵衛もしだいに気をとられ、三成のことは頭の中から薄れていった。

久兵衛に家康から加増の知らせがあったのは、翌慶長六年の正月がすぎてからだった。

第七章　三十二万石を抱きしめて

一

「おお、これが筑後《ちくご》か」

肥前、筑前《ちくぜん》、筑後三国の境だという三国峠にのぼった久兵衛は、馬上から笠の端をあげて眼下に見える土地を見晴らした。

西と北になだらかな山並みが青く見えるが、東と南は見える限り平らな緑野がつづいている。しかも川も多い。肥沃《ひよく》な地であることは、一見してわかる。話に聞いていたとおり筑後は豊かな国だった。

「ここがわしの国や」

「そや、兄者の国や」

と三郎右衛門が言う。久兵衛は白い歯を見せ、天に向かって拳を突き上げると、叫んだ。

「うはは、わしの国やあー」

関ヶ原の合戦でのはたらきへの恩賞として、家康から与えられたのだ。誰にも文句の言われようがない、自分の領国である。

「それにしても、ずいぶん遠かったな」

三月半ばに京を発して山陽道を下り、早鞆瀬戸《はやとものせと》をわたって九州の地についたのが四月初め。そこから筑前国を南西に向けて突っ切り、国境に着いたときには四月十日になっていた。京を出てから二十日以上かかっている。二千の兵を引率しての旅だし、道中、知り合いの大名衆に挨拶のため一、二日逗留《とうりゅう》することもあったにせよ、二十日は長い。

「こりゃ、なかなか大変だわい」

と久兵衛はつぶやいたが、三郎右衛門がすぐに笑って打ち消した。

「なにを言うておるのや。三十二万石やぞ。贅沢を言うたら罰が当たるわい」

それはその通りだ。思えば十六歳のときは年貢さえも納められず、毎年のように飢えに苦しむ百姓だったのだ。それが五十四歳のいま、三十二万石の国主になった。信じられないような出世である。都から少々遠い国であろうが、不足を言うような話ではない。

なお気分がいいのは、昔から出世を競っていた山内、中村、堀尾らの諸家が与えられた国より、筑後国の石高が多いことだ。

中村家の伯耆《ほうき》にしろ堀尾家の出雲《いずも》にしろ、関ヶ原では徳川方につき、褒賞を得たのはおなじだが、みな二十万石程度の国だ。山内家の土佐《とさ》にいたっては九万八千石である（のちに山内家はみずから検地をして、領地はまったく変わらないのに表向きの石高だけ二十万二千六百石に「石直《こくなお》し」をした）。

筑後三十二万石は、秀次の老臣だった者たちのあいだでは一番大きな所領だ。三成を捕まえたのが大きな功績とされたのである。

そのことに少々後ろめたさを感じなくもないが、なんであれ最後の最後で出世争いに勝ったと思えば愉快になる。

一方で、久兵衛の旧主筋にあたる宮部長房は、久兵衛のたくらみにはまったために家中を統制できず、家臣が暴走したことで家康の怒りを買ってしまった。結果、領地を取りあげられた上で陸奥国へ流罪になっていた。

いくらか胸が痛まないでもないが、あれしきのことで家中が崩壊するようでは、そもそもおかしい。大名として生き残るのがどれほどむずかしいか、二十歳の無知な若者に教えてやったのだと思っている。

とはいえ、久兵衛も喜んでばかりはいられない。

筑後の国には関ヶ原まで立花、小早川、高橋ら諸大名が割拠しており、つい昨年の暮れまで立花宗《むね》茂《しげ》が柳川《やながわ》城にこもっていた。西軍として戦った立花家は関ヶ原の合戦が終わったあとも、自領へもどって肥前の鍋島勢と戦いをつづけていたのだ。

そして十二月中旬になって、筑前の黒田如水《じょすい》と肥後の加藤清正の説得をうけてやっと降伏、開城したのである。

城を明け渡した立花宗茂は、腹心の家来衆だけをつれて筑後を立ち去った。そのあとへ新しい領主として、久兵衛が入国するのだ。

入国したら、やることは山積みになっている。いや、そもそも無事に入国できるかすらわからない。筑後に残った立花旧臣が、久兵衛に素直にしたがうとは限らないのだ。

現にとなりの肥後では、太閤秀吉が九州を平定したのち、国主として佐々成政が入部《にゅうぶ》したが、これを不服とした者たちが一揆を起こした。佐々の家中だけでは鎮圧できず、隣国の兵を借りねばならぬほどの騒ぎになり、それがもとで成政は切腹させられてしまった。たかだか十数年前の話である。

国を治めるのに失敗すれば、悲惨な最期が待っている。筑後で自分がそうならないとはかぎらない。

だから引きつれてきた二千の兵は、すでに甲冑をつけて弓の弦を張り、鉄砲の火縄をくすぶらせている。もしあやしげな者どもが立ち向かってくれば、一撃で粉砕するぞという姿勢を示しての入国だった。

まずはこの軍勢とともに無事に城にはいる。それが国主として最初の仕事だ。

街道をすすんで赤司《あかし》城に着いた。門の前で立ち止まり、しばらくのあいだ、感慨をもって城全体を眺めまわした。

平野にある平城《ひらじろ》だが、濠と土塁が幾重にも取り巻いていて堅そうだ。西の方に高い櫓が見えるのも好ましい。

「ようこそ、いらせられませ」

とおどけて門前で出迎えたのは、小十郎だった。相変わらず日焼けし、元気そうだ。白い歯を見せて笑みを浮かべている。

「どうや、国中を見てまわったか」

久兵衛はさっそく問うた。

「は、ぐるりとひとまわりいたした。領民は、まず落ち着いておるようで」

小十郎はひと月前から筑後に先乗りし、領内を調べてまわっていた。

出立前に京で、筑後の事情を知る者に聞きまわり、まず柳川城を本城にすると決めていた。その上で各地に支城をおき、国内を治めるつもりだった。しかしどこが使える城なのか、実際に見てみないことにはわからない。そこで小十郎を遣わしたのだ。

「立花どのは京へ落ちてゆかれたゆえ、浪人どもは領内に多うござるが、一揆を起こそうという気運はなさそうにござる。むしろ新規召し抱えを待っている者が多いとか」

久兵衛の前の身上が十万石なので、三十二万石の家中を調えるためには、これから多数の家来を召し抱えねばならない。それを知っていて、田中家に入り込もうと思っている者も多いらしい。

「ふむ。そうか」

久兵衛も周囲の者たちも安堵した。

「国を治めるには、やはり柳川の城がよろしゅうござろう。濠が二重三重にめぐらされており、堅い城でござる。縄張りも広く、二千の兵も楽に容《い》れられましょう。湊も近くにあって治国にもよろしいかと」

小十郎は断言する。

「さようか、やはり柳川か」

小十郎の言葉に従い、赤司城に一泊したあと、久兵衛は軍勢とともに柳川をめざした。

早朝に出立したが、半刻もたたぬうちに行列が止まった。

「大勢の者が、先に群がっているような」

ようすを見に行った馬廻りの者が、行列の中ほどにいた久兵衛に告げる。

早くも一揆勢があらわれたのかと、周囲は緊張した。

ほどなく、先頭をゆく辻勘兵衛から伝令がきた。

「近くの村の大庄屋と申す者が、殿様に御礼を申しあげたいと捧げ物をしてござる。いかがいたしまするか」

久兵衛はほっとした。

「大事ない。こなたへ来るように申せ」

先頭から歩いてきたのは、五十年配と見える男だった。肩衣に袴をつけている。久兵衛の馬の前までくると、その場に土下座した。

「このあたりの大庄屋をつとめまする孫兵衛《まごべえ》と申しまする。こたびのご入国祝着の限りにて、われら百姓一同の喜びも、これ以上のものはありませぬ。どうか今後は、ご仁慈のほどを願いあげ奉りまする」

と述べつつ、近習のひとりに書状を手渡した。見れば、捧げ物の箇条書きである。昆布にするめ、酒などと書き出してある。

久兵衛は馬を下りて孫兵衛の前に立った。

「大庄屋、出迎え苦労や」

声をかけると、孫兵衛は恐懼《きょうく》するように体を縮めた。国主が百姓に下馬して挨拶するなど、あり得ないことだ。

「こたびはいかなる天の気まぐれか、わしがこの国を治める仕儀と相なった。うわさを聞いておるかもしれぬが、わしももとは百姓での、百姓の苦労はよく存じておる。無理はかけぬつもりや。これからはともに相はたらき、よい国を造っていこうぞ。頼んだぞ」

そう言うと、またひらりと馬にまたがり、

「出立！」

と声をかけた。土下座したままの孫兵衛の横を、軍勢が通りすぎてゆく。

途中、袴を着けて刀を帯びた男たちおよそ百名が、道の脇に土下座をしていた。孫兵衛の供の者たちだという。

――なるほど、そういうことか。

おそらく孫兵衛は昨年まで、立花家の家臣だったのだろう。立花家が没落したために武士をやめて帰農し、大庄屋と称しているが、武備は捨てていない。年貢に不満があればいつでも立ち上がって一揆を起こすぞと、自分の力を見せつけているのだ。

やはり油断はならない。

道中、さらに別の庄屋や寺社からの挨拶をうけた。みな久兵衛に捧げ物をし、帰順するといいながら刀を帯びた人数を並べるなど、さりげなく力を見せようとしていた。

もう久兵衛もおどろかない。いちいち丁寧な挨拶を返し、相手の心をつかむようにしていった。

そうして夕刻、柳川に到着した。

「ほう、これか」

ひと目見て、久兵衛は柳川城が気に入った。

幅の広い濠に囲まれた平城だが、縄張りが広くて堂々としている。また付近には川が縦横に走っているので、濠代わりにもなる。水運に便利なところもよい。

「さすがに立花どのの居城だけはある。ええ城や」

なんだか拾いものをしたような、もうけた気分になるではないか。

翌朝、久兵衛は家老や一族の者を広間にあつめた。上座に久兵衛がすわる。すぐ右前に小十郎が座を占め、その横に次男の主膳正吉信《しゅぜんのかみよしのぶ》、さらに三男の久兵衛吉興《よしおき》がつづいている。少しあいだをあけて三郎右衛門、佐吉らの一族がすわる。左手には宮川佐渡守、磯野伯耆、石崎若狭ら家老衆が居並んだ。

「まずは国中に兵を配るぞ。どこに置くのがよいか、みなの存分を聞きたい。小十郎、見てきたところを申せ」

入国した以上、敵中にはいったも同然だから、ぐずぐずしてはいられない。

「されば、ありていに申し上げまする」

小十郎は広間の真ん中に筑後の絵図をひろげ、みなに見せつつ話をすすめる。

「久留米《くるめ》城は筑後川と宝満川《ほうまんがわ》を外濠となす、見晴らしのよい丘の上にござる。すでに石垣も積み上げてあり、曲輪も多く、この柳川城にまさるとも劣らぬ堅城でありますれば、これを生かさぬ手はなかろうと存ずる。またこの榎津《えのきつ》城は……」

絵図を扇子で指し示しながら、いくつかの城の特徴と長短を述べる。若いころから戦場を疾駆してきた小十郎だけに、城のありようをよく見ている。

小十郎のあとに、家老衆がそれぞれ発言した。議論の結果、本城となるこの柳川城をふくめて城を八つにしぼることとした。

それらの城は、北側の国境ぞいに流れる筑後川と、南部を流れる矢部川の近くに、ほぼ等分に間隔をあけて置かれる形となった。城主には一族の者と家老衆を配する。国中へにらみを利かせるのはもちろん、国外からの侵入を防ぐことも考えての配置である。

「よし、わかった。今日はこれまでとせい。誰を城主とするかは、あとで知らせる」

寄合が終わったあと、小十郎だけを残した。ここからは家老衆にも相談できない。

「さあ、どこへ誰をおくか。そなたの存分を申せ」

家中の人事を相談できるのは、いずれ跡を継ぐことになる小十郎だけである。

「ならば、かように」

小十郎も考えていたようだ。弟たちと叔父たち、それに重臣たちをそれぞれの城にあてはめてゆく。多くは久兵衛の思惑と一致した。

「ほぼよかろうな。しかし、ひとつは地元の者をいれよ。それが一揆を起こさせぬ配慮というものや」

「なるほど、深慮にござりまするな」

小十郎も納得した。田中家は地元の者も尊重する。そういう姿勢を見せるために、榎津城にもとから城主であった榎津氏をそのままおくことにした。

ほかに国境の重要な拠点である赤司城には三郎右衛門を、柳川に近い江浦《えのうら》城には佐吉を、久留米城には次男の吉信、国の中央にある福島城に三男の吉興など、それぞれ配していった。

　これで武の面の骨格はできあがった。

「あとは奉行と横目付を定めておこう。われらは都や江戸に出ることが多くなろうからな。ふだんはその者たちに決裁させればよい」

　民政をになう国奉行には家老の宮川佐渡守を筆頭に、磯野伯耆と石崎若狭を任命する。家中の不正を監視する横目付は田中織部《おりべ》、塙八右衛門《はなわはちえもん》、北村久右衛門《きたむらきゅうえもん》の三人とした。

　昔から久兵衛と苦楽をともにしてきた者もいれば、新しく召し抱えた者もいる。

　塙八右衛門はもと信長の家臣で、秀次に仕え、その死後は浪人していた。秀次へのまじめな奉公ぶりをかって、この筑後に来る前に召し抱えたばかりの男だ。新参者で家中の者どもとのしがらみがない分、横目付として理非を通しやすいだろう、というのが任命の理由である。

　また国奉行の下で筑後国十郡を治める郡奉行十人も定めていった。

「よし、これでおよそできたな」

　国を治める形が見えてきたのである。ようやく国主として最初の一歩を踏み出せるのだ。

「あとは年貢よな。早く村々の水帳《みずちょう》（年貢の台帳）をとりたてて草高をしらべ、家来どもに宛行《あてが》わぬと、それこそわれらがうしろから斬られるぞ」

　小十郎が噴き出した。久兵衛のもらした本音がおかしかったのである。

　だが笑いごとではなかった。家臣への領地宛行と検地は、久兵衛がこれから乗り越えなければならぬ最大の関門である。

　年貢徴収の元になる検地のやり方によっては、百姓が不満を募らせて一揆に発展しかねない。といってあまりに百姓の肩をもてば、今度は実入りが少ないとて家臣たちが文句を言い出して大変なことになる。

「ところで父上は、どんな国にしたいと思うておられるのでしょうかの。それを伺っておかねば、これからこの国をうまく治められぬかと存じまする」

小十郎の問いに、久兵衛はうなずく。

「よくぞ申した。わしが考えておるのはな」

そこでひと息おくと、少しはにかんだような顔になり、ちいさな声で言った。

「百姓が飢えぬ国や」

小十郎が、意外だという顔をした。久兵衛はひとつ咳払いをして、つづけた。

「百姓でおったころは食うや食わずで、わしも苦労したでな。そんな国にはしとうない。そして百姓が十分に食えておるのであれば、一揆は起きぬ。商人も武士も住みよいはずや。わかるか」

なにやら口に出すのが恥ずかしいが、思ったよりすらすらと話すことができた。

「これまではな、いくさに勝って領地をふやすのに懸命になってきた。しかしもういくさは終わりや。これからは領地を守り、領民を育てる。それがわれらの仕事やで」

いつまでも出世の餓鬼ではあるまいと思う。久兵衛の脳裏には、泰然と死んでいった三成の顔がある。

小十郎にこの気持ちがわかるか不安だったが、小十郎はぽんと膝をたたいて言った。

「父上の存分、ようく承ってござる。たしかにいつまでも戦国ではありますまい。されば百姓が飢えぬ国にするべく、今後は粉骨いたしまする」

「おお、わかってくれたか」

「は。とは言うものの、なかなかむつかしゅうござりまするな。これから国中に竿打ち（検地）をすることになりましょうが、厳しく打てば百姓が不満をもち、ゆるく打てば家臣どもが困りましょう。

いかがなされまするか」

小十郎の疑念はもっともだった。しかし久兵衛は微笑んで答えた。

「心配するな。ちゃんと考えてある。百姓にも家臣どもにも、不満をもたれない手をな」

久兵衛が自分の考えを話すと、小十郎はにんまりとし、

「なるほど、それは妙案」

と手を打った。

二

その冬、久兵衛は小十郎とともに、大坂から船で九州へ向かっていた。

「やはり筑後は遠い。老いた身にはこたえるわ」

久兵衛の言葉は愚痴にかたむく。

国主になった喜びも長くはつづかなかった。徳川家が普請の手伝いをしきりに課してくるのだ。伏見城を修復せよと、六月に大名衆に下命があった。徳川家の命令とあっては逆らえない。せっかくお国入りしたばかりなのに、久兵衛はふた月ほどしか在国できず、また上方にとって返さねばならなかった。

七月からはじまった普請は冬の半ばまでつづき、ようやく終わったところだった。これから筑後にもどり、重臣たちに丸投げになってしまっている国造りの仕事に向き合わねばならない。こちらも難題ばかりだった。

船で豊前の苅田《かんだ》あたりに着くと、そこから陸路で柳川へと向かう。柳川城にはいると、さっそく宮川佐渡守を呼び、仕事のすすみ具合を質す。佐渡守は落ち着いた顔で答えた。

「家臣の家族どもの引っ越しは、ほぼ終わってござる」

すでに領地は定めてあり、城下に家臣たちの屋敷地も選定ずみだから、こちらに大きな混乱はなかった。しかし検地はすすんでいないようだ。

「竿打ちのほう、およそ国中の半分といったところにござります る」

「半分か。そらあかん。今年中になんとかならんか」

佐渡守は首をふる。

「なかなか、手が足りずに遅れてござる」

「今年の年貢は新しい竿でと思っておったが、そうもいかぬか」

もともと太閤秀吉が天下をすべて検地したので、筑後にもそのときの記録がある。その草高《くさだか》は、山口玄蕃《げんば》という者が検地の責任者だったので、「玄蕃高《げんばだか》」と呼ばれている。

入国直後には、とりあえずこの「玄蕃高」をおよそ五割増しにした石高を算出し、家臣へ国内の村々を領地として配分した。

五割増しにしたのは、今後、新田を開いて収量をふやすよう努めるべし、という意味がある。それによって名目上は家臣に多くの領地を配分することができた。一方で年貢は、昨年並みに抑えた。百姓に負担をかけないためである。つまり家臣には名を、百姓には実を与えたのだ。

この久兵衛の案は家臣からも百姓からも受け入れられ、目立った不満は出てこなかった。入国直後のむずかしい時期を、まずは無事に乗り切ったのである。

とはいえ玄蕃高は十年以上前のものだから、現状はかなり変わっているはずだ。いずれ新たな竿打ちが必要になる。玄蕃高を「田中高《たなかだか》」に直さねばならないのである。

久兵衛は七月、筑後をはなれる前に、いそいで国中を竿打ちするよう佐渡守らに命じておいた。しかし年内に終えるのは無理だったようだ。

「なにしろ、お命じのようにやわやわと打っておりますゆえ」

と佐渡守が言う。これまでの竿打ちのように、誰にも有無を言わせず強引にすすめるのでなく、村人たちの同意を得ながらすすめるよう、久兵衛が命じていたのだ。

「わかった。では一日も早く終えよ。それと城の普請も、あまりすすんではおらぬな」

柳川城の縄張りをひろげるよう、上洛の前に命じておいたのに、見たところまだ土塁の基礎を築いているばかりだった。

「はあ。最初から百姓どもを手荒く使っては反感を買うかと思い、急がせておりませぬ」

佐渡守の言葉にはうなずかざるを得ない。百姓をむやみに使役するな、と命じたのは久兵衛自身だからだ。

「そうか、苦労やったな」

と言って佐渡守を解放したが、ひとりになると考え込まざるを得なかった。

国主になって初めての年をすごし、身にしみてわかったことがある。百姓を大切にして年貢を少なくしていては、いずれ田中家が立ちゆかなくなるのだ。

ただ国を維持するだけなら、節約を旨として国政を回してゆけば、年貢を少なくしてもなんとかなるだろう。だが幕府から次々に手伝い普請が命じられてきて、その出費が重くのしかかってくる。

「国主になっても、苦労の種は尽きぬな」

つい、ひとり言をもらすのだった。

その年の暮れと正月を、久兵衛は柳川城ですごした。

家族があつまって気になるのは、次男の吉信と三男の吉興のようすである。

幼いころから吉信は奇矯なところがあったが、筑後入りしてから、ますますおかしな行動をするようになっていた。正月に柳川城にのぼり、久兵衛に会っても目を合わせない。横を向いたまま、しきりになにかぶつぶつ言っている。そのうえ気性が激しいのか、気に入らないことがあるとすぐ家臣を手打ちにする癖があるようなのだ。

吉信には柳川に次ぐ大きな城である久留米城をまかせたのだが、ようすを見ているといくらか心配になる。

上妻郡の福島城をまかせた三男の吉興は病弱で、具合が悪いといってはしょっちゅう奥に引きこもっている。その上、話す言葉がはっきりしない。これでは嫡男の小十郎を支えるどころか、足を引っ張りかねない。

若いころ、静香との家庭を顧みなかったせいでおかしくなったのか、とも思ったが、当時は戦国の世を生き抜くのに精一杯で、子供のことまで手が回らなかった。

——まあ、小十郎がしっかりしておるゆえ、大事はあるまいが……。

将来は、江戸にいる四男の忠政と小十郎のふたりで田中家を回してゆくことになるかと思うが、そうなると今度は兄弟で仲違《たが》いをしないかと心配になる。

年賀の御礼や弓始め、鏡開きなど、正月のさまざまな行事をこなしながら、久兵衛は家の将来を考えつづけた。

「さあ、これからがむずかしいぞ。城普請にしろ手伝い普請にしろ、先立つものが要る。しかし年貢は上げたくない。となれば」

と久兵衛は家老たちを前にして訓示した。

「田畑をふやすしかなかろうよ。新田を開くのや。そのためには村や町、市場もふやさねばならぬ。

みなそのつもりではたらいてくれ」

まずは新田開きを奨励した。手っ取り早いのは使わなくなった城塞を田畑にもどすことで、これは口分田甚左衛門《くもでじんざえもん》という新田開発や用水の普請に長けた家臣に命じてすすめさせた。土塁や櫓をこぼってできた空き地をその地の百姓の次三男に与えると、それだけで各地にかなりの新しい家と新田ができる。

「百姓どもが喜んでおりましょう」

と宮川佐渡守が言う。久兵衛は首をふる。

「いやいや、これぐらいで喜ぶのは早い。筑後はまだまだ田畑をふやす余地があるぞ」

秀吉の下でさまざまな検地や普請にたずさわった久兵衛が見ると、川普請であれ新田開きであれ、あれこれと手をつけたいところばかりなのだ。

だが、悲しいことに国許ばかりには居られない。内府どのこと家康より、京の二条城の修築を手伝えとの下命があった。これには逆らえない。

慶長七年七月には、久兵衛はまた上洛した。途中、大坂へ向かう船の中で、久兵衛は心掛かりのことを右筆に告げて書き出させ、それを国許の奉行衆に送った。

——やつら、懸命にやるかな。

ふと心許なく思ったのは、合戦のように首をあげれば出世できる、といった明確な動機づけが、内政を司《つかさど》る者たちにはないからだ。ほどほどにつとめておけば安泰、と思われては困る。もどったらつとめぶりを見て、首のすげ替えをやるか、と考えていた。

二条城の普請を終えて筑後へもどったのは、また冬のことである。

検地は、ほぼ終わっていた。その草高を足し合わせると、三十二万石どころか五十万石以上にもなった。もっともこれは将来、田畑にできると見込まれる荒れ地も含んだもので、いまそれほどの穫れ高があるということではない。

しかしこれで目標ができた。国中で、この草高をめざして新田開きをすすめればいいのである。直轄領の代官だけでなく、自分の領地をもつ家臣たちにも新田開きをすすめておいて、久兵衛は正月明けから城普請とは別に、大きな普請をはじめた。

柳川と久留米のあいだに、新道を造ろうというのだ。

「道なら、いまもありましょうに」

と宮川佐渡守は不思議そうに言うが、道といってもあちこちの村をつないだもので、うねうねと曲がりくねり、道幅もせまい。久兵衛は断固として言い返した。

「あんなものやのうて、もっと広くて、まっすぐな道や」

柳川は下五郡にあって国の中心だ。一方の久留米は上五郡にあり、支城の中でも特に大きく造りも堅固な城を構えている。そこで上五郡をまとめる役割を与えるつもりだった。上五郡の年貢を、久留米城にあつめてさばくのである。すると柳川と久留米と、国中に大きな城下町がふたつできる。

「柳川と久留米のあいだに広い道を造り、素早く行き来できるようにしておけば、どちらでも商売がしやすくなる。そしてもし肥前や筑前から国境を越えて久留米に攻めてきても、柳川からすぐに兵を送れるやろが」

久兵衛の頭には、その昔、織田信長が近江で虎御前山と宮部城のあいだに造った、まっすぐな道の光景がある。あの道は実際に威力をふるい、浅井家の死命を制したのだ。

だから新道は広くて一切曲がることなく、まっすぐでなければならない。

さいわい筑後の国は平野が多く、久留米と柳川のあいだに障害となる山もなかった。田畑を潰し家を除けさせて、まっすぐに道を延ばした。道の脇に堀をうがち、その土で道を盛り上げたのも、信長のやり方を真似たものだ。その長さ、四里ほど。

道幅は四間と、馬や荷駄が楽にすれちがえるだけの広さにする。本当に直線になっているか確かめるため、月のない夜に道に沿って松明をもった人を立たせ、それを柳川城の櫓の上から見たりもした。

――わしは、信長も造ったことのないほどの大きな道を造る。それだけの力があるのや。

闇夜に櫓の上で指図をしながら、久兵衛はいまの自分に満足していた。

新道ができると、その道沿いに新しく市を立て、町を移転させた。移動が便利な地ならば商売もやりやすいはずで、商売が繁盛すれば人々も豊かになり、飢えることもなくなると考えたのである。

これが合戦ならば、ずいぶんと敵を押し込んで勝利も目前だ、と思っていた。

三

柳川で年を明かした久兵衛に二月、家康が征夷大将軍に就任し、江戸に幕府を開いたという知らせが届いた。これで家康は名実ともに天下人となったのである。

何はともあれ、久兵衛はお祝いを言上しに上洛した。そして三月には、徳川家の斡旋によって他の国持ち大名とともに参内し、従四位下侍従、筑後守に任じられた。

徳川家から領地と官位をもらうとは、豊臣家を裏切ったようでいくらか後ろめたかったが、他の大名たちも山内対馬守は土佐守に、中村一氏の子、一忠は伯耆守になど、それぞれ領国の守護に任命されている。自分だけではないと思えば、後ろめたさも薄れていくようだった。

「いまはな、徳川家と豊臣恩顧の大名家がもたれ合って天下を支えとるのや」

久兵衛は周囲にそんなことをもらした。

しばらく京の屋敷に留まっていた久兵衛に、珍しい客がたずねてきた。竹生島の神主だという。会ってみると、筑後守就任の祝いとともに、意外なことを言われた。

「わが神社の蓮華会の頭人を、つとめていただけませぬか」

蓮華会は竹生島の都久夫須麻神社で一番の大行事であり、その頭人をつとめるのは大変な名誉だが、出費も大きく、よほどの有徳人でないとつとめられない。そして頭人は浅井郡出身の者でないといけないとされている。

久兵衛が浅井郡出身なのはまぎれもないことだし、三十二万石の大名に出世しているのだから、この際、是非にと神主はいうのだ。

「おお、あの蓮華会か」

三川村に住んでいた若い日々が、脳裏によみがえってきた。

——たしか本家のオバは、侍になるなら蓮華会の頭人をつとめられるほどに出世しろ、と言うたな。

何十年も前の遠い昔のことだが、そのときのオバの口調や表情までもありありと思い出した。あのときは冗談としか思えなかったが、いまや現実になっている。

これは努力して夢をかなえたことへの、天からのご褒美かと思える。

「それは名誉なこと。ありがたくお請けいたしましょうぞ」

久兵衛は言われるままに二年後の慶長十年に頭人をつとめることにし、同時に米百石を寄進した。

慶長八年の秋、久兵衛はやっと筑後に帰ることができた。

「さあ、こたびはやることがたんとあるぞ」

柳川城の本丸広間に顔をそろえた奉行たちを前にして、久兵衛は宣言した。蓮華会の頭人をつとめることも決まって、いくらか気分が高揚してもいる。

「是が非でも新田を開かねばならぬ。合戦とおなじじゃ。合戦は、敵を殺さねばこちらが殺される。新田を開かねば、われら家中が立ち枯れると思え。懈怠《けたい》はゆるされんで」

新田を開くには、さまざまな方法がある。その検討のため、口分田甚左衛門をつれて久兵衛みずから領内を巡回することにした。

まず柳川から筑後川の上流へと向かった。

筑後川は、あちこちでうねうねと蛇行している。しかも大水が降るとすぐにあふれるので、川のそば、特に蛇行した川筋にかこまれた地には家も建てられず田畑もできず、荒れた藪のままに放置されている。こうした地を田畑に変えられないだろうか。

久兵衛は、筑後川をのぞむ高台に登ると、その地の代官を側におき、馬上から川の流れをじっと見ていた。

「あそこからあそこまで、堤を築いて川をまっすぐにしよう。そうすりゃ荒れ地も田畑に変えられるぞ」

手で指し示すと、口分田甚左衛門が言う。

「あの地をすべて田にすれば、まず百町歩にはなりましょうな」

「できるか」

「人と銭を使えば、なんとか」

久兵衛はうなずいた。

「さっそく縄を打ち、人工数《にんくすう》を見積もれ。必要な米銭《べいせん》は佐渡守に申せ。文句を言ったらわしに伝えよ。叱りつけてやる」

高台を下りて、川べりまで馬をすすめた。藪の多い河原だが、ところどころに砂地も見える。甚左衛門はひざまずいて土を手にとり、地味《ちみ》を見ている。

「あちらは竹藪か。開くのは苦労しそうだな」

「なに、火をかけて焼き払えば、さほどのこともありますまい」

そんな話をしているとき、目の隅で黒いものが動いた。ふり向くと、いくつかの黒い点が藪の中から砂地に出てくるところだった。

カワウソである。親子のようだ。

大きいのが二匹と、ちいさなのが四、五匹。親カワウソは鮒《ふな》らしき魚を食べていた。尻尾からかじられて頭の方半分が残ったものを、子のカワウソがとりあう。前肢を器用に使うので、なにやら人間の子がじゃれているようだ。家族水入らずで食事を楽しんでいるのだろう。

——ほう、この国にもいるのか。

三川村でカワウソ一家がナマズを食べるのを見てから、四十年がすぎている。思い立ったとおりに侍になり、さらには国持ち大名にまでなった。子供も多く得たが、あのカワウソのように家族で楽しむことは、もはやない。

離縁した妻、おふくの顔が頭をよぎる。胸中に軽い痛みを感じながら見ていると、不意にカワウソたちがあわてはじめた。

親が首を振り、子たちをせかすようにし、川の中へ飛び込む。すると子たちもつぎつぎに飛び込むが、そこへ茶色い大きな獣が襲いかかった。飛び込みかけた一匹の子の首筋をくわえ、藪へ引きもどそうとする。

キツネだ。

子カワウソは手足をばたつかせて必死で逃れようとするが、キツネははなさない。すると川から親カワウソが飛び出し、キツネの足にかみついた。キツネは子カワウソを口から放して反撃する。親カワウソはすぐに川へ逃げもどった。

キツネはすぐに子カワウソをさがす。あわれな子カワウソは、よろよろと川へ逃げ込もうとしていたが、寸前でキツネに捕まった。前肢で押さえ込まれ、首筋にかみつかれて動きが止まる。ぐったりした子カワウソをくわえたキツネは、ゆうゆうと藪の中へ消えた。

久兵衛はその光景を呆然と見ていた。

——カワウソが、食われるのか。

カワウソは獰猛な獣で、魚ばかりでなく、水辺に近づく生き物なら青大将であれ鼠《ねずみ》であれ、襲って食べてしまう。なのに、逆に食われることもあるのだ。

なぜか気分が暗く曇ってゆくのを感じ、久兵衛はその場からそそくさと立ち去った。

四

慶長十年四月、久兵衛は京にいた。

徳川秀忠が征夷大将軍の宣下《せんげ》をうけるため上洛したのにあわせ、御祝いを言上しようと筑後から上ってきたのだ。

御祝いといっても、豊臣恩顧の大名である田中家としては複雑な思いもあった。

家康が徳川家としてはじめて将軍の宣下をうけてから、二年しかたっていない。なのに子の秀忠に将軍職をゆずるというのである。もう天下は徳川家のもので、豊臣家に渡すつもりはないと宣言したのも同然だった。豊臣家をどうするつもりかと、文句のひとつも言いたくなる。

しかしいま徳川家に逆らえば、たちまち攻め潰されてしまうだろう。胸中のざわつきはさておき、儀礼として御祝い言上は欠かせなかった。

　秀忠が十万の兵をひきつれてきたので、京はごった返していた。そんな中、京の田中屋敷で、久兵衛は江戸へ人質に出してある四男の忠政に会っていた。

「ふむ、そなたも出世やな」

「出世など。ただ上様のお供でござる」

　母のお妙に似てととのった面立ちの忠政は、はにかんで答える。

　忠政は江戸で秀忠に仕える形となり、今回の上洛にも供奉《ぐぶ》していた。そして秀忠とともに参内し、隼人正《はやとのしょう》の官位を得たのである。

　息子の出世はうれしいが、四男の出世となると、悩ましいことになる。

「隼人正どのは、上様のお気に入りじゃ」

と徳川家の旗本たちから言われるのだが、これはよいことばかりではない。なぜなら「忠政を田中家の跡取りにせよ。それが徳川家への忠誠というもの」という意味がこめられているからだ。

　田中家の跡取りは、すでに小十郎と決まっている。いまから変えるのは、家中に余計な混乱を招く。それに忠政がいくらか気弱で、一見してなよなよした印象なのも気がかりだ。大名として荒くれ武者どもを統率してゆけるかどうか不安になる。

　だが将軍家の意向を無視して小十郎に継がせても、あとで小十郎が困るだけだろう。下手をすれば、あれこれ理由をつけられて意地悪をされ、はては家を潰されるかもしれない。

　つい、関ヶ原のころを思い出す。

　あのとき小十郎はいったん江戸に人質として置かれたにもかかわらず、手柄を立てたいと家康に懇願して江戸を抜け出し、久兵衛の手勢に加わった。そのかわりに忠政を江戸にやったのだ。

もしあのとき小十郎がおとなしく江戸にいれば、こんなことにはならなかっただろう。もはや考えても詮ないことだが、勇猛なのもよいことばかりではないと思う。

「さあて、どうするか」

跡取りのことだけに家臣たちに相談もできず、久兵衛はひとりで悩まねばならなかった。

難題を抱えつつも、六月に久兵衛は弟たちとともに故郷の近江三川村へ帰った。

竹生島の蓮華会で、頭人をつとめるためである。

三川村に顔を出すのは、ひどく久しぶりだった。

「やれやれ、何年ぶりかの」

「長いこと親の墓参りもせずに、罰当たりなことやで」

三郎右衛門や佐吉もなつかしそうに村を見渡していた。

人もうらやむほどの出世をしただけに、たくさんの人が久兵衛を見ようと集まってきたが、知人の多くは他界しており、親戚衆もみな代替わりしていて知らぬ顔ばかりだった。久兵衛に蓮華会の頭人になれと言ったオバも、とうの昔に亡くなっていた。まるで見知らぬ村へきたような感覚に、久兵衛はとまどいを覚えるしかない。

それでも新たに建てた屋敷で精進潔斎《しようじんけつさい》したのち、久兵衛は近くの湊から、金翅鳥《こんじちよう》を模してきらびやかに飾り立てた船に乗り込んだ。

おなじく湊を出た多くの供船《ともぶね》が楽《がく》を奏でる中を漕ぎすすみ、竹生島に渡る。神主らに迎えられて上陸すると、新たに作った弁財天の像を中腹の弁財天堂に奉納した。

これで久兵衛は頭人の役目を果たし、「蓮華の長者」という名誉ある名で呼ばれることになった。

まさに故郷に錦を飾ったのである。

親類縁者たちから祝福され、満足して京の屋敷にもどってきたが、そこでふと思った。

――おふくは、いまどうしている。

別れてから、もう二十年近くになる。いまもあのやさしい微笑みは変わっていないだろうか。

三川村に行ったときに顔ぐらい見せてくれてもよかったのに、と思うが、あまりの立場のちがいに遠慮したのだろうか。村の者たちも話題にしなかったが、おふくが死んだとの話は出なかったから、まだ生きているはずだ。

――あの女、畑仕事と家事のほかは何もできなかったが、やさしいことはやさしかった。

久兵衛は顎をなでながら思う。

やはりおふくを追い出したのはまちがいだった。かわりに冷たい人形のような女と、気が強く強欲な女を引き入れてしまった。

もはや合戦もないだろう。これ以上、出世しようとも思わない。家も栄えたし、息子が四人もいて自分の死後の心配もない。

それにもう還暦も間近だ。余生はあまり長くないだろう。であれば季節のうつろいを愛《め》でながら、ゆるゆると過ごすのもいい。そうした暮らしの伴侶として、おふくはぴったりだ。

いまからでも、おふくと暮らしたい。

二十年前にはひどいことをしたが、いまなら許してくれるのではないか。罪滅ぼしに、絹物を着せてやろう。御殿に住まわせ、山海の珍味も好きなだけ食べさせてやる。もう何の苦労もさせない。ただ側にいてくれるだけでいい。

しばらく考えて五助、いや宮川新兵衛を呼んだ。新兵衛はすぐにきた。

「折り入って頼みたいことがあるのや。なあ、昔のことやが、憶えておるやろ。おふくを」

「おふく。はあ、昔の御台所《みだいどころ》で」

「ああ。昔の女房や。まだあの近くにおると思う。汝《なんじ》、さがしてきてくれんか」

新兵衛は目を瞠《みは》った。

「あの……、さがして、どうなさるので」

「筑後へつれていって、城の奥に入れる。昔のことなど、語り合いたいのや」

「……つまり、よりをもどすと」

「ま、そういうことや」

「なるほど、それはいいお考えで」

新兵衛の顔が明るくなった。

「おなつかしいことで。さぞ積もる話もございましょう。ええ、それがしもなつかしゅうござる。まだ三川村におられましょうな」

「と思うがな。三川村では話は出なかったな。とにかくさがして呼び返してくれぬか」

「承知いたした。おふくさまも、さぞお喜びになりましょう。ところで」

と新兵衛は上目遣いにたずねる。

「これも、その、仕事でござるな。うまくゆけば、それがしの功名になりましょうな」

久兵衛は思わず「うはは」と噴き出した。

新兵衛はいま、取次役として禄は三百石。対して新兵衛が田中家につれてきた嘉七郎は、家老になって佐渡守と名も改め、禄も一万石と大きな差がついている。

何をやらせてもそつなくこなす佐渡守と、戦場でも目立たず算用もできない新兵衛とではそれくらいの差があって当然なのだが、新兵衛はそれを不満に思ってか、ことあるごとに加増してくれと言い出すのだ。久兵衛のことを吝《しわ》い、吝すぎる殿さまじゃ、と陰口をきいていることも耳に入っている。

「わかったわかった。うまくいけば加増してやる。さあ、早々に行け」

新兵衛はにこやかな顔で下がっていった。

久兵衛も甘やかな気分になった。

おふくと顔を合わせたら、何から話をしようか。若い日におふくに夢中になった、あのころの気持ちもよみがえってくるようで、不覚なことに久々に胸のときめきさえ覚えた。

新兵衛は翌々日の夕刻にもどってきた。

「おふくの居所、わかったか」

新兵衛が口を開く前に、久兵衛は問うた。

「はあ、わかり申した」

新兵衛は言うが、なぜか表情は硬い。不審に思いつつ、久兵衛は重ねて問う。

「やはり三川村にいたか」

「いや、となりの宮部村にござった」

「ほう。家移りしたか。それで、つつがのう暮らしておったか。どんな暮らしぶりや」

「それが……」

新兵衛は口ごもる。このお調子者にしてはめずらしい。

「どうした。なにかあったか」

「はあ、宮部村では、昔のような三つ間取りの家に住んでおられました。百姓をしておるとのこと。お見かけしたところ、お元気なようでござったが、ずいぶんとお変わりなされ、髪など真っ白になっておられ申した」

なるほど、変わったのかと思った。無理もない。もう六十になるはずだから。

「そりゃそうやろな。いつまでも若いはず、あらへん。で、汝の顔を憶えておったか。話もはずんだやろな」

「いえ、おふくさまとは、あまり話もできませなんだ。昔のことは思い出したくないとおおせで」

思い出したくない？　どういうことだ。

新兵衛は思い詰めた顔になっている。

「やはり二十年は長うござる。人は変わるもので。思えば殿もずいぶんと変わられた。おふくさまばかり変わらぬはずはありませぬ」

「……それで？　こちらへ来るのか。まさか断られたのではあるまいな」

久兵衛の問いかけに、なんと、新兵衛はうなずいた。

「おふくさまは、宮部村をはなれたくない、とおおせで」

「おい、ちゃんと伝えたのか。筑後へくれば城に住んで、なんの苦労もない暮らしができるのやぞ。絹の服を着せてやるし、米の飯も好きなだけ食える。御殿暮らしや。そう伝えたか。なぜ貧乏暮らしのほうがいいのや」

新兵衛は口をつぐむ。久兵衛ははっとした。

「そうか。女ひとりで暮らしておるわけはないな。所帯をもっておるのやな」

「はあ……。おおせのとおりで」

いま夫があるのなら、いきなりよりをもどせと言っても無理だ。どうしてそんな簡単なことに気づかなかったのか。

しかし、新兵衛はなにか言いにくそうにしている。なぜだ。

「で、その夫というのは誰や。あのあたりの者か」

新兵衛はむっとだまり込んだ。重ねて問うと二、三度首を振り、それから小声で答えた。

「長右衛門でござる」

「長右衛門？　知らぬな」

「いえ、ご存じのはずで」

「知らぬぞ、そんな男は」

「長右衛門の昔の名は、末松《すえまつ》にござる」

末松？　一瞬、誰だか思い出せなかった。しかしすぐに小さくあっと叫んだ。いかつい大男の姿が脳裏にうかんだ。年貢を催促にきたときの、棒をもった憎々しげな笑い顔、初めての合戦でとった首を横取りにしたときの、図々《ずうずう》しい言いぐさ……。

「末松と暮らしておるのか！」

新兵衛がうなずく。

おふくが、末松と……。

そういえばおふくは、末松が年貢取りたてに家に来るたびに、「あの男はいやらしい目であたしを見る」と訴えていた。末松がおふくに懸想《けそう》して言い寄ったのか。

おふくと末松の顔が交互に思い浮かぶ。不意に抑えようのない熱い波が胸の奥からわき起こってきた。たちまち顔が熱くなる。

「連れてこい」

久兵衛の声は低くなっている。

「おふくをここに連れてこい。末松が邪魔をしたら、斬り捨ててもかまわん。よい。騒ぎになったら、わしが話をつける。すぐに行け。行っておふくを連れてこい！」

久兵衛の剣幕に恐れをなしたのか、新兵衛は目も合わせずにその場を去った。

久兵衛はほうと大きな息をついた。


翌々日の昼すぎになっても、新兵衛はもどってこなかった。

あれからすぐに京を発ったから、昨日のうちには宮部村に着いているはずだ。おふくに話をして昨日のうちにも宮部村を出発していれば、もう帰ってきてもよさそうなものだが。

いらいらしながら待った。

新兵衛が帰ってきたのは、次の日の夕刻だった。おふくの姿はない。

「どうした。なぜおふくを連れてこなかった」

「それが……」

久兵衛の前にすわった新兵衛の顔は、憔悴していた。

「亡くなってござる」

「誰が？」

「おふくさま、末松に斬られて身罷《みまか》ってござる」

「なんだと！」

思わず声をあげてしまった。

おふくが、死んだだと。

「お下知を果たせず、まことに申しわけありませぬ」

新兵衛がふたたび宮部村の家をたずねたところ、おふくはいまの暮らしがいいと言い、筑後へ行くことを拒んだ。そこで下知されたとおり、力ずくで連れていこうとしたら、家にいた末松が天秤棒《てんびんぼう》をふるって暴れ出した。

なにを百姓の分際で、と押さえにかかったが、これがなかなかの腕前で、新兵衛の配下の者とふたりがかりでも押さえられない。

「あの者、もとは侍やでな」

久兵衛はつぶやく。

たまらず、新兵衛はいったん家の外へ出た。そして待たせていた供の者たち五人と刀を抜きつれ、家を囲んだのち、表と裏からいっせいに踏み込んだ。

末松は天秤棒で暴れまわった。せまい家の中で壁を盾にし、刀より長い天秤棒を利して新兵衛らの腹を突き、脛を払った。

「供の者のうちひとりは顎を砕かれ、もうひとりは脛の骨を折ったので、馬に乗せて帰ってござる。それがしも胸を突かれて息が詰まり申した」

しかし多勢に無勢、いつまでも暴れられるものではない。土間に出た末松を三人が囲む形になった。正面のひとりに末松が突きかかったところに、うしろから襲った者が刀を背中から突き通した。動きが止まった末松を、横合いから新兵衛が襲う。刀が首を半ば切り裂いた。噴き出した血が土間を濡らし、末松は声もなく倒れる。

新兵衛の話からは、そんな光景が浮かび上がってくる。

「……おふくは、どうなった」

「それが、奥の間で胸をひと突きにされて、もう息が止まっており申した」

新兵衛はおどおどしながら言う。

「われらが外へ出た隙に、末松がやったものかと」

それが昨日のことだった。すぐに帰ろうとしたが、村人が騒ぎ出し、大勢に囲まれてしまって身動きがとれず、その晩は村役人の家に留められたという。今朝になって領主の上使《じょうし》がきたのでわけを話し、たしかに田中筑後守の家人であるとの一筆を書き置きして、やっと解放されたのだと。

久兵衛は唇を噛んでいた。おふくが末松に胸を突かれて死ぬとは、なんの因果だろうか。いったい何が悪かったのか。

いや、考えても仕方がない。前後の事情がどうであれ、おふくはもうこの世にいない。話もできず、こちらの思いも伝えられない。

いくらあがいても、もはややり直すことはできないのだ。

「ええい、下がれ。みな下がれ。呼ぶまで顔を見せるな」

新兵衛だけでなく、小姓たちまで下がらせて、久兵衛はひとりになった。するとこれまで味わったことのない、骨を蝕《むしば》むような寂しさが襲ってきた。どうしてこんなことになるのかと天を恨んだ。

だが久兵衛の不幸は、これでは終わらなかった。

五

慶長十年の秋、筑後にもどった久兵衛は、新田をふやすよう指示したり、新たな市を立てる場を決めたりと、精力的に動き回った。

しかし夕方になって城へもどると、決まって酒をもとめた。

「筑後の酒は、なかなかいける」

と口癖のように言っては、盃をつぎつぎと干してゆく。まずは腹の底が温まり、しばらくすると気分が明るくなってくる。遅れている開墾のことも、幕府への気遣いも、商人どもへの支払いも、おふくのことも、すべて忘れられるから止められない。

側室もふやした。家臣の娘や屋敷づとめの侍女に手をつけ、閨へ招き入れる。本妻の静香は大坂に、四男の忠政を産んだ側室のお妙は江戸においてあるので、とやかく言う者もいない。気ままに若い女を物色した。

だが、それで毎日の暮らしが満ち足りているわけではなかった。

――国主というても、寂しいものやな。

三十二万石の主となったが、喜びを分かちあえる相手はいない。

若い側室など、いくら美人でも人形のようなものだ。閨で抱いたとて、こちらの苦労を漏らすわけにはいかず、また喜びも共にできない。家来衆は大勢いるが、仕事をさせるために抱えているのであって、頼ったり心を通わせるものではない。

子供たちはといえば、長男の小十郎をのぞけば頼りになるどころか心配の種だ。

四男の隼人正忠政は江戸にいて、滅多に話すこともない。三男の吉興は病弱で仕事らしい仕事はできない。

次男の吉信は、相変わらずようすがおかしい。出家のように頭を剃りあげ、着るものは黒い色のものばかり。何を考えているのか、鷹狩りと称して足軽衆をつれて柳川城の近くに来ては、城に向けて空鉄砲を放ってはしゃぎ回る、というようないたずらをしてくれる。危ないからやめろと叱ってもやめない。

しかも短気で、何かといっては周囲の者を手打ちにする。まだ二十歳そこそこだというのに、すでに数十人を手にかけている。久兵衛もほとほと手を焼いていた。

一度、宮川佐渡守に久留米城にいる吉信の様子見に行かせたことがある。帰ってきた佐渡守が青い

顔で報告するには、

「夜分に物音がするので庭に出てみると、吉信さまがひとり、抜きはなった刀を手にすわっておりました。何をしているのかとたずねたところ、巽櫓《たつみやぐら》の方角から緋縅《ひおどし》の鎧を着た武者が出てきて、立ち向かってくるので組み討ちをするのだが、捕らえたと思うと消えてしまう、と申しまする」

とのことだった。

「幻を見ておるのか」

キツネでも憑《つ》いているのかと、ため息をつくしかなかった。

そして一番の悩みの種は、跡取りである。この筑後三十二万石を、誰に継がせるのか。

一度、小十郎に話したことがある。

「幕府は忠政を跡取りにと考えておるのや。このままそなたが家を継いでも、幕府との仲がうまくいかんやろ。そこでや。この筑後を半分に割ったらどうかと思うてな」

筑後国十郡を、柳川を中心とした下五郡と久留米を中心にした上五郡にわけ、小十郎と忠政がそれぞれ継ぐ、と久兵衛は説明した。幕府と小十郎の双方を立てるには、これしかなさそうだった。

すると小十郎は真っ赤になったが、反対はしなかった。ただ何かを抑えるように拳を握ったり開いたりしながら、久兵衛の顔を見つめていた。

「ま、それが一番ええ案やと思う。跡を譲るのはまだ先の話やが、そのつもりでおれ」

と言って、まずは難題に解決の目途をつけたつもりになっていた。

そののち小十郎とは顔を合わせていない。それぞれ自分の仕事を抱えて忙しいのだ。

久兵衛は毎日、国主のつとめを果たすために走り回り、頼る先も愚痴をこぼす相手もいない、という状況だった。そして側室と酒量ばかりがふえていった。

近ごろでは、どうかすると腹の奥に鈍い痛みを覚える。医師にそう言うと、酒を遠ざけろと言われた。以来、酒でなく医師を遠ざけている。

「酒なしでこの世をやっていけるか」

というのが正直な気持ちだった。

そうして日を送るうちに、新兵衛が気になることをつぶやいた。

「近ごろ、家中の者があつまって何かをすることが多いようですな」

北風が強く吹く日、朝餉の席だった。

城にいるとき久兵衛の朝餉は、身繕いをして身の回りの用をすませたあと辰刻ころに、数名の家臣とともに摂《と》ることが多い。その日にすることの確認とともに、簡単な打ち合わせもその場ですませてしまう。同時に家中で流れているうわさ話や、家臣たちの動向なども聞く。

「何か、とは?」

「いや、それはさまざまですが。連歌を張行《ちょうぎょう》したり平曲《へいきょく》を聞いたりとか」

新兵衛には城での取次役のほか、さしたる仕事も与えていない。なので古なじみたちのあいだを回っては雑談をするのが日常だが、それだけに家中の動きはよく知っている。

「家中が平穏なのはけっこうやな」

「ま、そうも言えましょうが」

新兵衛は何か言いたそうだ。不審に思い、

「家臣どもが仲よくして何が……」

と言いかけて、久兵衛はあることに気づき、はっとした。だが内心は漏らさずにその場をおさめておき、朝餉が終わるとひそかに横目付の塙八右衛門を呼んだ。

「近ごろ、家臣どもが寄りあつまっておると聞くぞ。なにか企みがあるのではないか。そのほう、調べてみよ」

と命じた。

徳川家の間者が入り込み、家中のようすをさぐる一方で、家臣を手なずけて親徳川の一派を作ろうとしているのではないかと直感したのだ。

関ヶ原の一戦で徳川家の天下が定まったが、いまだ豊臣家は健在で、太閤の跡継ぎの秀頼が着々と成長している。いずれ一戦あるだろう、とは誰しも考えることだ。そのとき豊臣恩顧の大名である田中家はどうするのか。徳川家としては気になるだろう。

久兵衛は、情勢次第でどちらへも味方できるようにしておきたいと思っている。だからいざというときに家臣たちが徳川家支持と豊臣家支持で二分されるような事態は、何としても避けたい。徳川方の間者が入り込んでいれば、ひそかに始末するつもりでいた。

数日して、八右衛門が報告にあらわれた。

「家臣衆のあつまり、どうやら徳川家とも豊臣家とも関わりはなさそうにござる」

なんだと思ったが、八右衛門はつづけた。

「されど、ただ連歌や平曲を聞くためだけとも思えず」

「ん？　だけではないとは、どういうことや」

「何かのために集まっているようすで。それが何なのか、いましばらく調べてみとうござる」

顔つきからすると何か嗅ぎつけているようだが、はっきりと言わない。なぜ言わないのか訝《いぶか》しかったが、徳川の間諜が関わっていなければたいしたことはないと思い、久兵衛はこの件を忘れることにした。

そののち数日のあいだ、久兵衛は家臣たちとの打ち合わせに忙殺された。有明海《ありあけかい》の干拓を始めるためである。

有明海の干潟を拓《ひら》く作業は、昔から行われていた。その手法はこうである。

まず松の丸太を、干潟に半円を描くように等間隔に打ち込む。そのあいだに竹や藁を敷き、海水の出入り口を狭くして数年待つ。すると泥が堆積《たいせき》するので、ほどよく積もったところで丸太に沿って堤を築く。これを松土居《まつどい》という。海から締め切って干し上げたら、土を入れる。

こうしてできた土地を「籠《こもり》」と呼ぶ。久兵衛が入国する以前は「籠」が有明海沿岸の各地にいくつも造られて、岸から沖へと鱗《うろこ》を重ねるように延びていた。

久兵衛は、沿岸に点在する鱗同士を堤防を築いて結びつけ、より広い干潟を干拓しようとした。これはいくつもの村や郡の境を越えた普請になるので、国主にしかできない仕事である。

「田地さえあれば、百姓は飢えずにすむのや。まずは田地を広げることや」

海の干潟は川の中州などと比べものにならぬほど広いから、田畑に変えれば多くの収穫が見込める。ぜひとも実現したかった。

その仕度にかかり切りになっているときに、八右衛門がやってきた。

「調べがついてござる」

と言う八右衛門の顔は、真剣そのものだ。しかも人払いせよと言う。尋常ではない。

「何があった」

近習も遠ざけてふたりだけになった部屋で、久兵衛は小声で問いただした。すると八右衛門は、はっきりと言った。

「家臣どものあつまり、謀反の企てを話し合っているようで」

「なに!」

思わず声が出た。

「誰が謀反を起こすのや」

久兵衛の問いに八右衛門はひと息おいて、しかしはっきりと告げた。

「民部さまにござる」

民部とは民部少輔、小十郎のことだ。

久兵衛は言葉を失った。

家来と家族の中で、ただひとり頼りになると思っていた小十郎が、わが子の小十郎が、自分を倒そうとしているというのか。

「民部さま、重臣ども数名と語らい、殿を押し込めて、自分が家督にすわることを企てておりまする」

言われてみれば、思い当たる節はあった。近ごろ小十郎と顔を合わせなくなっている。跡取りの話をしたあとからだ。

昔から久兵衛は小十郎に跡を継がせるつもりでいた。本人も周囲もそのつもりでいたのに、忠政と半分に分けると言われては面白いはずがない。あのとき顔を真っ赤にしたのは、噴き出す怒りをこらえていたからだろう。

「いかがなされまするか。このままでは家中が騒動となること、必定にござる」

八右衛門の額には、冬というのに汗が浮かんでいる。

久兵衛は、深く息をついた。

若く貧しかったころに三川村の小さな家で、おふくが赤子の小十郎を抱いていた光景が思い浮かんできた。

その光景は、明るく温かい。

銭も食べる物もなく、みじめで不満だらけだったが、ひとつ屋根の下でにぎやかに暮らしていた。いまの冷え冷えとした家庭と大ちがいだ。

——あの赤子を、かわいいわが子を、成敗せねばならぬのか。

あるいは、あのころが人生で一番幸福だったのかもしれないとの思いが湧きあがってきて、久兵衛は思わず首をふった。そんなはずはない。それでは何のためにここまで頑張ってきたのかわからない。三川村の極貧の百姓のままでは、自分だけでなく子や孫もおなじ苦しみを味わうことになると考えて、侍になる決心をしたのだ。

なのに、その子をみずからの手で成敗するのか。

なまじ国持ち大名などにならなければよかったのか……。

暗い無力感とともに、おふくを失ったときに感じた、身を削るような寂寥《せきりょう》感が、また強く迫ってきた。

しばし黙考していた久兵衛は、首を何度か小さく縦にふると、八右衛門に命じた。

「わかった。あやつを召し捕れ」


翌日の明け方、民部こと小十郎は寝込みを襲われて捕縛され、後ろ手に縛られて久兵衛の前につれてこられた。

尋問するまでもなく、謀反の企てを小十郎はあっさりと認めた。

「何が不足や。継ぐべき領国が半分になるからか」

久兵衛は、目の前のわが子に問いかけた。

「領国のことではござらん」

小十郎は落ち着いて答える。

「では何や」

「母の恨みでござる」

ずしりと気分が重くなった。結果はああなってしまったが、元々おふくにもよかれと思ってしたことなのだ。それで恨まれても困る。

「あれは末松がしたことや」

「父上が殺したも同然じゃ」

「それは筋がちがう。わしはよりをもどそうとしたのや」

「そもそも母上を離縁してはならなかった。糟糠《そうこう》の妻は堂より下さずとは、唐土《もろこし》の書にもありまするぞ」

小十郎の口調は、罪人を責めるようだった。

出世のためにおふくを離縁した。そして出世を果たすとよりをもどそうとし、おふくが新しい夫と築いた家庭を壊した。おのれの欲望のためにおふくの人生を狂わせ、果ては死なせたのだ。小十郎の指摘は当たっている。

久兵衛にとっておふくは何人もいる妻の内のひとりだが、小十郎にとってはかけがえのない母だ。大切さがまるでちがう。小十郎の目はそう告げている。

いや、戦国の世だから、女房を離縁してでも出世しなければ、おのれが食われていた、と言いたかった。

「そなたも偉くなったな。父に説教するか」

うしろめたさを感じつつも、小十郎の強い態度に腹が立ってきた。なぜ謀反人が大きな顔をするのか。

「説教ではありませぬ。当たり前のことを申したまで。父上のやり方は、あまりに無道で見ていて恥ずかしくなり申す」

「なんやと」

「母上を捨てただけではない。一度は主とあおいだ宮部の家を策略をもって引き回し、ついには潰してしまわれた。関白秀次公も最後はお見捨てになった。いまでは豊臣家も見捨てようとされておる」

「そなたは知らぬのや。わしはどの家でも身を粉にしてはたらいた。その代わりに禄を得るのは当然や。潰れた家は、潰れるだけのわけがあった。わしが潰したわけやない」

「父上はその気でも、世間ではそうは見ておりませぬぞ。それがしは子として、いろいろな者たちから悪《あ》し様《ざま》に言われてまいった」

「……………」

「してきたことは仕方ないとして、そろそろ隠居なさるべしと思い、その仕度をしていた次第」

小十郎は堂々としている。自分の正義を信じているのだ。

腹立ちともどかしさは、やがて絶望に変わった。小十郎が指摘したことは、久兵衛の生涯の大きな関門となった出来事ばかりだった。おおいに悩み、傷つき、苦心惨憺《くしんさんたん》してくぐり抜けてきて、やっといまの自分があるのに、それを非難されてはたまらない。

そして非難の底には憎しみが見える。子から向けられる憎しみに、親は対処する術《すべ》をもたない。こうなれば、もはや親子といえど信頼の絆は切れていると思わざるを得ない。そして謀反は重罪なので、厳正に対処するとなれば切腹を命じなければならない。でなければ家中の秩序が保てない。

わが子を殺すのか。

すぐには決断できなかった。いったん小十郎を牢《ろう》に留めおいて思いに沈んだが、すぐに、

――そうや。小十郎をそそのかしたやつがおるのやろ。

と思いついた。みずから主導したのでなく、誰かにそそのかされたなら、まだ罪は軽い。生かしておく理由ができる。

さっそく謀反に加担していると八右衛門から告げられた重臣たちを尋問した。するとその口から出た名前に、久兵衛はまたも衝撃をうけねばならなかった。

六

「おお、たしかに十三回忌やな。気になってはおったのやが」

河内守こと佐吉は、久兵衛の盃に酒を注ぎながら言う。赤みを帯びた夕陽が、庭に面した広縁を照らしている。

近習数人を連れただけで、久兵衛は佐吉に与えた城、江浦城へきていた。本丸御殿にある佐吉の居室でふたりきりになり、酒を酌みかわしている。

「法事もろくにやらぬでは、あの世へ行って親と合わす顔があらへんで」

久兵衛は盃を一気にあける。

「ああ、ならば盛大にやるか。おふくろも筑後で十三回忌をされるとは、思いもよらなんだやろが」

久兵衛たちの母は、岡崎で亡くなっていた。

「そろそろこちらでわが家の菩提寺を決めたほうがよかろうて。わが田中家は永くここに根を生やすのやし、われらももう、あと何年も生きられへん」

「まあな。兄者ももうじき六十か。思えばわれら、よう生きのびたもんやな。死んで不思議ではない

ような目に、何度も遭《お》うとるのに」

「ああ、若いころは無茶をしたな」

「姉川の合戦、中国路の合戦、小牧長久手の合戦、紀州攻め、関ヶ原と、無茶ばっかりや」

そこへ侍女が肴を運んできた。味噌、焼麩《やきふ》、するめの載った膳がふたりの前におかれる。

「いや、あんまりかまわんでくれ。思い立って急にきたのでな」

「そうは言うても、肴はほしいやろ。夕餉も食べてゆくやろ」

それには答えず、ひと息いれてから久兵衛は言った。

「なあ、家とは、何やろな」

「家？　また急に何を言い出すのや」

「近ごろしきりに思うのや。この一生、もしかしたら家のためにはたらいてきたのかと。最初はただただ、ひもじい思いをしたくない、貧しい暮らしから抜け出したいとばかり思うて危ないいくさに出ておったが、少し楽になると家を大きくすることを考えるようになってな。実際、わが家は国持ちの家になってしもうた」

「……」

「いまはもう、わが家が大名として長続きするようにと、それしか考えられなくなっておる。家を保ちたいと、それだけや」

「大名の家を保てれば、けっこうなことやないか」

「そうかな」

「おお、それでええやろ」

「たしかに大名ならば飢えることもない。腹は満たされるが、それだけやで」

「……それだけ、とは?」

「どうもなあ、こんなはずやなかったと思うのや。考えてみると、何かに突き動かされてここまできたような。何かにあやつられて、命を張って頑張ったような、そんな気がしてならん」

「何にあやつられておるのや」

「わからん。そやけど、何かあるような気がするのや」

「今日の兄者はおかしいぞ。言うてることがさっぱりわからん」

「……そうやろな。わしもわからん。もしかしたら、兄弟の中で一番賢いわぬしならわかるかと思ってきたのやが」

「やめてくれ。気味が悪い」

「なあ、家とは何や。どうしてみんな家を大切にする?」

「そりゃ、そのほうがいろいろと都合がええからやろ。みんなも助かるし」

「所詮は都合か」

「自分と妻子と、親や兄弟の都合。それで十分やろ」

「十分か」

「ああ。他に何がある?」

久兵衛は盃をおいた。

上座にすわっている久兵衛の背後には床と床脇棚《とこわきだな》があり、右手は付書院《つけしょいん》から広縁につづいている。

立ち上がると、久兵衛は左手の納戸に向かった。

がらり、と戸を開いた。

若い武者がひとり、大刀を手に屈《こご》まっていた。久兵衛を見て一瞬、目を見開いたが、すぐに平伏した。

「ちとふたりきりで話したいのでな、去《い》んでくれ」

久兵衛の言葉に武者は佐吉の顔をうかがう。佐吉が、

「よい。呼ぶまでくるな」

と言うと、武者は後方の戸をあけて去った。

「いや、いつもの通りにしただけや。悪く思わんでくれ」

「他にはいないのか」

「ああ、いない」

久兵衛はまた上座にすわると、佐吉を見据えて言った。

「いつから小十郎と謀《はか》り合《お》うてきた」

一瞬、佐吉が目を瞠り、それから下を向いた。

「……謀り合うなどと……」

「きのう小十郎は牢に入れた。謀反をみとめたぞ。母の恨み、などとぬかしておる」

「……」

「当主がわしでも小十郎でも、家としての都合はおなじか」

「そういうわけやない」

「ならばどういうわけや」

「……柳川に軍勢を用意しているのか」

「いや、わぬしとは話し合いにきたのでな」

「それで敵かもしれんわしのところへ、ひとりで乗りこんできたのか。ここで近習どもに兄者を捕まえさせて、そのまま押し込めることもできるのやで」

「そうなったらわぬしと刺しちがえて果てるまでのこと。しかし、わぬしはそうはせんと信じておる」

「兄者の度胸には負けるわ」

ひとつ大きなため息をつくと、佐吉は顔をあげた。

「たしかに小十郎から話はあった。助けてくれとな」

久兵衛はうなずいた。

「最初は止めたが、筑後を半々にするという話を聞いて、そりゃあかんと思うて手を貸すと言うたのや。国を割っていいことなど、ひとつもないで」

「わしも、好きでふたつに割るわけやない。そうでもせんと、幕府が承知せんやろ」

「幕府はわれらの力を弱めることばかり考えておる。そこを何とか逃れんと、お家は立ち行かんで」

得々と話す佐吉を見ながら、久兵衛は盃を口に運んだ。

——こやつ、本心を明かしておらん。

佐吉が敵に回らないことを確信し、安堵しつつも、胸の内には虚しさが広がっていた。

尋問した重臣から聞きだしたところでは、久兵衛を押し込めて小十郎が当主となったら、所領をいまの二倍にするという条件で、佐吉は小十郎の味方になる約束をしたという。

佐吉はそんなことをおくびにも出さず、田中家の将来を説いている。

「三郎右衛門は、どうなのや。あれも加担したのか」

気になっていたことを、佐吉にたずねてみた。重臣を尋問したときには三郎右衛門の名は出てこなかったのだが、重臣が知らないだけかもしれない。

佐吉は苦笑いしながら首を横にふった。

「三郎兄《あに》は兄者についてゆくことしか考えてへん。というか、むずかしいことは何も考えておらんやろ。声をかけても無駄やと思うて、ほうってある」

「……そうか」

余分な心配はせずにすんだが、それはそれで寂しいことだった。むずかしいことを考えずに世の中を渡ってゆけるとすれば、それはつまり久兵衛にもたれかかって生きている、ということに他ならない。

ひとまず事態が見えてきて、大きな危険はないようだと安堵したが、すると今度は猛然と腹が立ってきた。ひとつお灸をすえてやらないと気がすまない。

「それでわぬしは今度のこと、どう決まりをつけるのや」

久兵衛は佐吉に迫った。

「ああ？　べつに何も……」

佐吉のまばたきが激しくなる。

「いいや、当主に逆らったのは大罪や。小十郎もただでは済ませぬ。本来なら打ち首か切腹や。わぬしも何もなしには済まぬぞ」

「……どうするというのや」

佐吉の声が低くなる。久兵衛はひとつ息を吐き、腕組みをした。しばらくそのまま佐吉をにらみつけていたが、やがて、

「あやまれ」

とひと言、吐きだした。

「自分がまちがっておった、もうわしには逆らわぬと誓って、あやまれ」

佐吉はうつむいたまま、凍りついたように動かなかった。そんな佐吉をにらみつけたまま、久兵衛

はじっと待った。

しばらくすると佐吉は、

「悪かった。もうせぬ」

と小声で言い、久兵衛に向かって平伏した。


柳川にもどった久兵衛は、小十郎をどうするか決めねばならなかった。数日のあいだ悩んでいたが、結局、こう言い渡した。

「そなたを勘当する。もはや親でも子でもない。どこへでもゆくがええ」

やはり殺すことはできなかった。しかしそのままにしていては、家中に示しがつかない。今後、このようなことが起こらぬよう、厳罰を与える必要があった。そこで親子の縁を切り、身ひとつにして領国から追い出すことにしたのだ。

「こんな家が長続きするものか。いずれ潰れるわ」

と小十郎は吐き捨て、妻子だけをつれて筑後から消えた。

それ以来、久兵衛は酒を飲まずには寝付けなくなった。

「この歳になってこんな不幸を味わうとはな」

しばらくのあいだ新兵衛はそばに寄りつかなかったので、三郎右衛門を相手にこぼし、気をまぎらわせるしかなかった。

しかし子をめぐる騒動は、これだけですまなかった。

年が明けた慶長十一年一月、次男の吉信が死んだ。

それも尋常な死に方ではない。何が不満だったのか、小姓のひとりを手打ちにしようとしたのを、反撃されて逆に斬られたのだ。

「なんと、無駄な死に方をしたのや」

久兵衛は嘆いた。日頃の行いが悪かったせいだとも思ったが、困った子供でも実の子であり、死なれてみるとやはり寂しさが襲ってくる。子供のころにどんな育て方をしたのかと、生後ずっと放置していた自分のことを棚に上げて、大坂にいる静香を責めたくなった。

だが何をしても、死んだ子は生き返らない。

さらに久兵衛の身辺で不幸はつづいた。若いころからずっと仕えてきた家来、嘉七郎こと宮川佐渡守が、病で寝付いたと思う間もなく亡くなってしまったのだ。

こちらは還暦に近かったから、天寿を全うしたともいえる。跡は息子が継ぎ、家老として久兵衛を支えることになった。

そんな年齢になっていたといえばそれまでだが、悲しいのはもちろんのこと、つぎは自分の番だと耳許《みみもと》でささやかれた気にもなる。

久兵衛は、ますます酒に浸るようになった。

七

二月には江戸城修築を命じられたため、江戸にのぼらねばならなかったが、それも夏には終えて、久兵衛は柳川にもどってきた。しばらく筑後に腰を落ち着けるつもりである。

「やることは、たんとあるでな」

と周囲の者に言い、川の中州や海沿いの地の新田開きを推しすすめた。

だが、思うようにはいかなかった。

夏の大水で川の中州を拓いた新田が流されたり、秋の嵐で大波が汐堤《しおづつみ》を押し流し、「籠」の中の田畑が海水をかぶったりと、災害が打ちつづく。海や川を新田に変えるには、それなりの危うさがあるのだ。

かと思えば、奉行に任命した者たちのはたらきが悪く、久兵衛の下知を無視したり改竄《かいざん》したりする。久兵衛は奉行衆を飛ばして、その下僚の者に直に指図するようになった。

二年ほどのあいだ、久兵衛はそうして筑後に腰を据えて頑張った。

しかし百姓たちは堤修復の普請に駆り出されて疲れ果て、家臣たちは幕府から課される手伝い普請に動員されて消耗した。そうした不満が、久兵衛の施策に向かうのは避けられない。国内に不平不満の声がうずまくようになった。

——これほど百姓のために尽くしておるのに、なんでや。

国内での不評を感じて、久兵衛の気持ちはすさみ、毎日のように盃をあけた。

慶長十四年、六十二歳になった久兵衛は、正月が明けると筑後を出て江戸へ向かった。

前年、家康の隠居城である駿府《すんぷ》城が、火災から再建されていた。そのお祝いを言上がてら、駿府の家康と江戸の秀忠に挨拶するのである。また、家康の九男、義直《よしなお》の居城として名古屋に城を築くことが決まり、田中家もその普請の手伝いを命じられたので、持ち場の下見をする必要もあった。

旅の途中の京では伏見の屋敷に滞在し、高台寺《こうだいじ》に隠棲しているおねねに久しぶりに会ったり、また東山に建造中の大仏殿を見たりした。

久兵衛にとっては久々の旅であり、休暇である。梅が散り、桜のつぼみがふくらむ季節の京はまだ寒かったが、東山や比叡山の山容はなつかしかった。筑後で鬱屈した心がほぐされるように感じた。

「京も、変わったのう」

久兵衛は嘆じた。

「思えば初めて京へきたときは、浅井家臣の善祥坊どのの、そのまた家臣やった。公方さまの御殿を築くのに駆り出されたのや」

「ま、そのころから四十年ばかりも過ぎておりますゆえ、人も町並みも変わりましょう」

と相づちを打つのは、新兵衛である。おふくのことなどなかったかのように、自然と久兵衛のそばに付き添っている。

「あのころの禄高は、はてどれほどでしたか。百石もありましたかの」

「なかったやろ。三石とか、七石半とか」

「それがいまでは三十二万石。堂々たる大大名におなりじゃ」

新兵衛の言葉は耳に心地よい。そう。自分は人もうらやむ大出世を遂げたのだ。

「運がよかった」

それは本音だった。自分は一生、恵まれつづけていたと思う。家庭をのぞけば、だが。

「前世で、よほどよいことをなさったのでしょうな」

新兵衛の言葉に久兵衛は軽く首をひねる。

「それはどうかわからんが、わしはこの世を精一杯生きた。若いころから、食われてなるか、踏みつけられてなるかと目の前の敵に全力でむかっていった。すると自然と運もついてくるようやったな。最初からあきらめて戦わぬ道を選ぶと、こうはなるまいよ」

そしてひとつ息をつき、つづけた。

「それでももう、疲れた。これ以上の出世は望まぬ。あとは領地がうまく治まり、家がつづいてゆけば本望や」

その夜、久兵衛は高い熱を出し、悪寒と腹痛をおぼえた。顔に紅色の斑疹《はんしん》も出ている。

「いつもとはちがうな」

痛みに耐えながら思う。この数年、つねに下腹に鈍い痛みを感じていたが、今回は別の病のようだ。

「やはり殿は運がようござる。名医がたんといる京で病になるとは。これが筑後なら、医師などおりませぬぞ」

という新兵衛も心配そうな顔をしている。

医師は「陽毒《ようどく》（猩紅熱《しょうこうねつ》）」と診断して薬を処方し、安静にしているように言って去った。

久兵衛は数日のあいだ屋敷で養生していたが、熱は下がらず顔色も悪くなる一方だった。

また医師が呼ばれ、診察ののち屋敷から国許へ早馬が出された。六十二歳と老齢であり、酒の飲み過ぎで肝《かん》も腎《じん》も弱っているので、再診した医師も危ないと見たのだ。

久兵衛本人は落ち着いていた。

「わしの運も、もはや下り坂のようや。大負けせぬうちに軍を退くのは、大将の心得や。ここらで世を去るのは、ええ頃合いやろ。田中の家は、これからもつづいてゆくでな。なんの心配もあらへん」

と言って、国許で自分の墓をもうける場所を指示したほか、とくに遺言も残さなかった。

「殿は、十六の歳に侍になると志したのでござりまするな」

枕元の新兵衛が、横臥《おうが》している久兵衛に問いかける。

「所領もない百姓の身から、三十二万石の太守となられるという、途方もない出世を遂げたお方じゃ。あやかりたいと思う者は、世の中にたんとおりましょう。ぜひ出世の心得を聞かせてくだされ」

久兵衛は薄く目をあけて新兵衛を見ると、重い口をひらいた。

「出世をしてどうする。三十二万石を領したとて、さほど面白くもないぞ。気苦労ばかりがふえてなあ。まことに面白いのは」

と言ってから、痛みが襲ってきたのか少し間をおき、いくらか弱い声でつづけた。

「まことに面白いのは、出世の階段をのぼっている最中や。いくさに臨んで、先駆けをして敵に槍を突きつけるのは、えもいわれぬ快楽やった。軍勢を指揮するときも、つぎはどうするのか、敵はああくるのか、こちらはこうするのか、とはらはらしながら頭を巡らせているときが面白いのや」

そこで言葉を切り、苦しげに息をしてから、またつづけた。

「国持ち大名にのぼり詰めてしまえば、もはや心躍ることもない。ただ座して、昔の面白かった日々を思い出すしかできぬわ。まあ、もう少し寿命があれば、筑後の海や川を相手にしておもしろいいくさが出来たやろうが、もはやそれもかなわぬ」

新兵衛はまた言った。

「それでも三十二万石があれば、世の常の人ができぬこともでき申す。側室を何人もお持ちになり、豪奢《ごうしゃ》な広い城に住むなど、それがしにはでき申さず」

「それもなあ」

久兵衛はまただまった。言葉をさがしているようだった。

「城に住もうと側女を何人も抱えようと、そんなものはさしてええものやない。やはり欲しいのは……」

新兵衛はつぎの言葉を待ったが、久兵衛はだまったままだ。やがて深いため息が聞こえ、ささやくような声でひとこと発したきり、静かになった。

新兵衛はひとつ身震いし、足早に枕元から立ち去った。久兵衛の最後のささやき声は、新兵衛にはこう聞こえたのだ。

「おふくぅ……」

二月十八日の朝、久兵衛はついに意識を失った。医師が呼ばれたが、手当の甲斐なく、昼すぎに静かに息をひきとった。

伏見の屋敷には正室の静香がきていて、無言でうつむいていた。

「あれほどいくさ場で無茶をしたのに」

と最期を看取《みと》った新兵衛は言う。

「命を落とすどころか、戦国が終わるまで生き残って、ついに畳の上で往生なされた。なんとも運のお強いお人じゃ」

春の京には青葉が芽吹き、早咲きの桜もちらほらと可憐《かれん》な花をつけていたが、比叡おろしはまだ冷たく、人々を震え上がらせながら広い通りを吹き抜けていた。

寛永六（一六二九）年の秋、江戸の夕暮れ

「初代田中筑後守吉政こと久兵衛どのの一生は、まずこうしたものでござった」

宮川新兵衛と名乗る老人は、そう言うと懐紙をとりだして口をぬぐった。

土井大炊頭の屋敷の御用部屋にあつまった家臣たちが、老人の話を聞き終えたところだった。その話では、老人は久兵衛を助けて大活躍をしたことになっていた。

「吝くてつまらぬ男やったが、いくさでは恐れ知らずや。頼りになる大将ではござった」

老人はひとり納得したようにうなずく。

「時にぞっとするほど冷たいのに、ふだんは陽気で話し好きで、家来衆を手なずけるのもうまかったし、年貢もゆるゆるとしか取らなんだゆえか、百姓にも慕われておった。ま、調子のよい男ではありましたな」

やれ、くたびれ申した。ところで、何のために筑後守の話をしたのでしょうかの、と新兵衛は顔を横に向け、手を当てた耳を突き出すようにしてたずねるが、

「いや、それは役儀ゆえ、申すわけにはいかぬ。ともあれ苦労であった。筑後守なる人物が、ようくわかったわい」

と四十男は礼を言いつつも、理由は明らかにしなかった。新兵衛がさらに、

「うわさは聞いておりまするぞ。先年潰れた田中のお家、ふたたび大名にお取り立てになるので？」

と突っ込むと、男は無言でほほえみを浮かべただけだった。新兵衛は重ねて言う。

「もしそうなら、それがしにこっそりと教えてくだされ。一番に駆けつけて、また一の家来にしてもらおうと思うておりますのでな。それがしが支えねば、田中家は立ちゆき申さん」

これには一同も笑顔になり、同意と同情を示した。

「田中家が潰れねば、それがしももう少し楽な隠居暮らしができておったのに、せがれの少ない禄では酒も飲めぬ」

ぶつぶつ言いながらも、さればこれにて失礼つかまつる、と老人は静かに一礼して去っていった。

その足音が聞こえなくなると、聞き入っていた者たちから小さなざわめきが起きた。ざわつく人々を抑えるように、四十男の声が響く。

「まだ話は終わらぬぞ。初代の死後も田中家はつづいたのじゃ。それがどうなったか、さて、もう少し聞いてみようではないか」

若手の右筆によって、その後の筑後田中家のようすが語られた。

「久兵衛こと初代吉政公のあとは、四男の忠政公が継いでござる」

若い男は、調べた内容を書き付けた書面を、淡々と読みあげてゆく。

忠政は久兵衛のあとを継いで筑後守となり、干拓などをつづけたが、年貢を安く抑えていたために手元不如意となり、あちこちに借金を作ったようだ。そのためか大坂の陣で陣触れがあっても家中をまとめられず、おまけに家中で叛乱も起きたため、ついに参戦できなかったという。幕府からにらまれたのはいうまでもない。

大坂の陣が終わると、三男の吉興が忠政の治世に不満をもち、われこそ跡継ぎになるべきとして、幕府に対して訴えを起こした。

この訴えは老中に取りあげられ、元和二年から三年にかけて長々と審議されたが、結局吉興の訴えは認められず、田中家の当主は忠政のままとなる。吉興には領内で三万石が分知され、小さな大名となった。

「そののち田中本家のほうでは、元和六年に忠政公が病にて亡くなり申した。そしてその時に嗣子《しし》がなかったがために、お定めどおりお家は断絶、領地は収公され申した。田中本家は、ここに滅んだのでござる」

右筆が報告を終わると、声が飛んだ。

「三万石を分知したという、三男の家はどうなったのかな」

「はあ。本家が滅びたあとは減封の上、近江に移っており申したが、跡継ぎがなく、養子をとって当主の吉興公は京に隠居いたした。こちらは旗本としてつづいておりまする」

徳川家の譜代家臣である菅沼《すがぬま》家から入った養子が、いま書院番をつとめている。名前こそ田中家ではあるが、もはや久兵衛の血筋というより菅沼家の一族あつかいされているという。

久兵衛がこの世を去ると、田中家は紛擾《ふんじよう》にまみれて、風を失った凧《たこ》のように凋落した。久兵衛が一生かかって稼ぎ出した三十二万石も、没後十一年で水の泡となったのである。

「ではいま一度、こたびの調べの題目を申しあげる」

四十男が声を張りあげた。

「大御所さま（秀忠）が先日京にのぼられしみぎり、田中筑後守の児孫《じそん》が陋巷《ろうこう》に逼塞《ひつそく》しておるとのこと、上聞《じようぶん》に達してござる。大御所さまが仰せあるには、こはいかなること、もし紛《まご》う方なく筑後守の児孫なれば、召し抱えるも苦しからずと。よろしく調べよとの仰せにてござる」

ここでひと息入れると、左右を見まわした。

「ゆえにわれらの仕事は、お召し抱えの当否、その上で召し抱えるとしたら禄をいかがすべきか、このふたつに目途をつけて、上奏することとあいなる。おのおの方、いかがか」

「聞けば、吉政公の子は、みな跡継ぎをもうけずに亡くなったようじゃが、今般見いだされたという児孫は、誰の血筋でござるかの」

当然の疑問が出た。若い右筆が答える。

「勘当された長男、小十郎の孫にあたり申す。小十郎は勘当をうけたのち京に出て、しばしのちに亡くなり申したが、その子孫はいまも京にて浪人暮らしをしておりまする。権現《ごんげん》さま（家康）から小十郎に下された書状を伝えておりますれば、まずまちがいないかと」

ほう、という声なき声があがる。

「そこに血がつづいておったか。なるほど」

「孫というと、浪人の三代目か。それでは苦しかろうな。竈《かまど》に煙もあがるまい」

勘当された長男、民部こと小十郎は京へのぼり、家族とともにそこで浪人暮らしをしていたが、孫が生まれたのち、元和三年に死去。いまでは子の民部吉勝《よしかつ》も死去し、孫の政信《まさのぶ》ばかりが残っているという。

「さて、いかがでしょうかの。田中筑後守の児孫、お召し抱えあるべきか否か。ご意見をたまわりたく」

一瞬、しんとなったが、

「それほどの英傑の血筋ならば、いずれ幕政のお役に立つこともあろうて」

と言う者があらわれた。

「さよう。召し抱えて悪くはあるまい」

そうじゃの、という声が飛ぶ。異論はないようだった。

「では、禄はいかがいたしまするか」

しばし視線が飛び交ったのち、声があがる。

「まずは下のほうから始めてはどうかな」

「さよう。旗本としてお役に立つならば、出世もできることじゃ」

うなずく者が多い。

「土民からのしあがった初代筑後守のように、大いにはたらいて家を興してみよ、ということじゃな」

「まことに、まことに」

「されば、少禄の旗本に推挽《すいばん》することで、よろしゅうございまするか」

「もっともであろう。席に空きはあるのか」

「ただいまなら、賄方《まかないかた》に二百十俵取りの席が空いております」

「ふむ。それくらいがよかろう」

二百十俵というと、石高にすれば二百石前後に相当する。旗本といってもごく小禄で、いざ出陣となれば自身が馬に乗り、足軽二、三人を従えるばかりの身上である。

「では、さようにお上に申しあげまする」

「よし、決まりじゃ。これにて散会。みなご苦労であった」

四十男が立ち上がると、他の者も三々五々、御用部屋をあとにする。

右筆の若者が、四十男と廊下を並び歩きながらたずねた。

「して、このこと、あの宮川新兵衛と申す老人に伝えまするか」

四十男は、少し考えてから答えた。

「ま、本決まりとなれば知らせてやってもよかろう。二百十俵では、聞いて落胆するかもしれんが、めでたい話には違いなかろうからな」

「あのご老人の話だと、田中家はご老人が奉公して支えたから大きくなったようで」

若者は首をひねりながら言う。

「あの老人、とてもそんな豪傑には見えませなんだが」

「ま、昔話はどうしても一のことを十に言いがちじゃな」

若い右筆はこれにうなずいた。

「それにしても七十過ぎの老人がもう一度奉公したいとは、おそれ入ったわ。戦国の世の奉公は、そんなにおもしろいものだったのかのう」

四十男はつぶやき、首をひねった。

廊下から見える空は、すでに夕暮れで赤く染まっている。歩くふたりに、ねぐらへ帰る烏《からす》の鳴き声が降ってきた。

参考文献

主として以下の文献を参照いたしました。紙面を借りまして御礼申し上げます。

「【柳川の歴史】3　筑後国主　田中吉政　忠政」中野等著　柳川市
「秀吉の忠臣　田中吉政とその時代」田中建彦／田中充恵著　鳥影社
「秀吉を支えた武将　田中吉政　近畿・東海と九州をつなぐ戦国史」市立長浜城歴史博物館編著、岡崎市美術博物館　編著、柳川古文書館　編著　サンライズ出版
「豊臣秀次『殺生関白』の悲劇」小和田哲男著　PHP新書
「別冊歴史読本65　豊臣秀吉合戦総覧　墨俣城の戦い〜文禄・慶長の役」新人物往来社
「詳細図説　秀吉記」小和田哲男著　新人物往来社
「敗者の日本史12　関ヶ原合戦と石田三成」矢部健太郎著　吉川弘文館

【初出】　小説宝石二〇一九年一一月号から二〇二〇年一二月号
刊行にあたり、加筆、修正をしています。

岩井三四二（いわい・みよじ）

1958年岐阜県生まれ。'96年『一所懸命』でデビュー。同作で第64回小説現代新人賞受賞。'98年『簒奪者』（『天を食む者　斎藤道三』と改題）で第5回歴史群像大賞、2003年『月ノ浦惣庄公事置書』で第10回松本清張賞、'04年『村を助くは誰ぞ』で第28回歴史文学賞、'08年『清佑、ただいま在庄』で第14回中山義秀文学賞、'14年『異国合戦 蒙古襲来異聞』で第4回本屋が選ぶ時代小説大賞受賞。『難儀でござる』『たいがいにせえ』『おくうたま』『光秀曜変』『三成の不思議なる条々』『天下を計る』『家康の遠き道』など著書多数。近著の『天命』でも円熟の筆は読者を魅了した。

田中家《たなかけ》の三十二《さんじゅうに》万石《まんごく》

2021年2月28日　初版1刷発行

著　者　岩井三四二《いわいみよじ》

発行者　鈴木広和

発行所　株式会社 光文社

〒112-8011　東京都文京区音羽1-16-6

電話　編　集　部　03-5395-8176

　　　書籍販売部　03-5395-8116

　　　業　務　部　03-5395-8125

URL　光　文　社　https://www.kobunsha.com/

組　版　萩原印刷

印刷所　堀内印刷

製本所　ナショナル製本

ISBN978-4-334-91389-2